A Violinista de
AUSCHWITZ

ELLIE MIDWOOD

A Violinista de AUSCHWITZ

Tradução
Patricia N. Rasmussen

Copyright © Ellie Midwood, 2020

© 2021 desta edição:
Ciranda Cultural Editora e Distribuidora Ltda.
Esta é uma publicação Principis, selo exclusivo da Ciranda Cultural

Título original *The Violinist of Auschwitz*	Produção editorial Ciranda Cultural
Texto Ellie Midwood	Diagramação Linea Editora
Tradução Patricia N. Rasmussen	Design de capa Ciranda Cultural
Preparação Walter Sagardoy	Imagens Apostrophe/Shutterstock.com; Flower design sketch gallery/Shutterstock.com;
Revisão Fernanda R. Braga Simon	Apostrophe/Shutterstock.com; Yurchenko Yulia/Shutterstock.com; Pavlo S/Shutterstock.com

Dados Internacionais de Catalogação na Publicação (CIP) de acordo com ISBD

M629v	Midwood, Ellie
	A violinista de Auschwitz / Ellie Midwood ; traduzido por Patricia N. Rasmussen. – Jandira, SP : Principis, 2021. 352 p. ; 15,5cm x 22,6cm.
	Tradução de: The violinist of Auschwitz ISBN: 978-65-5552-514-4
	1. Literatura americana. 2. Romance. 3. Romance histórico. I. Rasmussen, Patricia N. II. Título.
2021-1761	CDD 813.5 CDU 821.111(73)-31

Elaborado por Vagner Rodolfo da Silva - CRB-8/9410

Índice para catálogo sistemático:
1. Literatura americana : Romance 813.5
2. Literatura americana : Romance 821.111(73)-31

1ª edição em 2021
www.cirandacultural.com.br
Todos os direitos reservados.
Nenhuma parte desta publicação pode ser reproduzida, arquivada em sistema de busca ou transmitida por qualquer meio, seja ele eletrônico, fotocópia, gravação ou outros, sem prévia autorização do detentor dos direitos, e não pode circular encadernada ou encapada de maneira distinta daquela em que foi publicada, ou sem que as mesmas condições sejam impostas aos compradores subsequentes.

Para minha mãe e minha avó, duas das mulheres mais fortes que conheço. Vocês me ensinaram a ser uma guerreira e a escrever sobre personagens guerreiras. Obrigada.

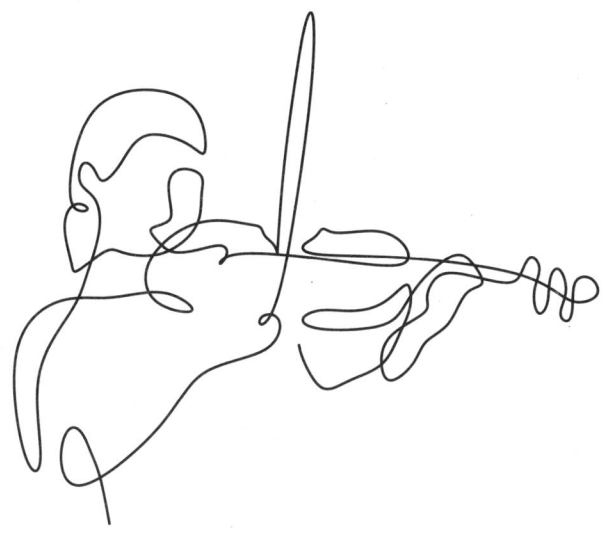

Prólogo

Auschwitz-Birkenau, 4 de abril de 1944

Não haveria chamada ao palco naquela noite. Não para ela, pelo menos. Com o olhar fixo na rachadura da parede oposta, os dedos de Alma brincavam com um pequeno frasco de vidro cheio de um líquido claro. Levara um mês para consegui-lo com um dos internos do destacamento *Kanada*. Durante semanas, ele havia protelado, feito caretas, inventado todo tipo de desculpa – *ele gostaria muito de ajudar, mas o que ela estava pedindo era muito difícil, somente os médicos alemães é que tinham, e ele nem sabia quem abordar e tentar subornar; não tinha intimidade com nenhum deles, como ela bem podia imaginar* – na esperança de fazê-la desistir. Alma escutava, assentia com a cabeça e respondia obstinadamente que *tudo bem, que não tinha problema, que esperaria o tempo que fosse necessário*, até que por fim o vencera pelo cansaço e ele finalmente cedera.

– Aqui está sua mercadoria. Da melhor qualidade, pelo que eu soube. Funciona melhor por injeção, mas pode tomar via oral, se preferir. Só demora um pouco mais para fazer efeito.

– Obrigada. Você terá o meu violino como pagamento depois que...

– Não quero nada. – Ele balançou a cabeça resoluto e olhou para o chão, achatado pelos pés de milhares de internos, a maioria agora mortos e esquecidos. – Está misturado com alguma coisa, por isso quase não causará dor quando... – Ele não terminou a frase, apenas olhou para ela com expressão dramática, com os olhos azuis suplicantes, as mãos enfiadas nos bolsos.

Com um breve sorriso, Alma estendeu a mão e apertou de leve o pulso dele, em um gesto de gratidão pela ajuda.

Dor. Se ele fizesse ideia da intensidade da dor que ela vivia nas últimas semanas, não a teria atormentado com aquela espera desnecessária. Aquilo não lhe infligiria dor... ao contrário, acabaria com ela.

Uma batida urgente à porta tirou Alma do devaneio. Enfiou rapidamente o frasco dentro do bolso do vestido preto, esfregou as mãos e endireitou os ombros.

– Sim?

Zippy, uma bandolinista, amiga e confidente de Alma a quem ela passara a amar como uma irmã, enfiou a cabeça para dentro.

– *Lagerführerin* Mandl está aqui! Estamos prontas para começar.

Assentindo com a cabeça, Alma pegou a caixa do violino, uma batuta de maestro e uma partitura que estava sobre a mesa. Ao sair, olhou para o espelho pela última vez.

A orquestra feminina era conceituada entre as detentas privilegiadas, a elite do campo, como eram conhecidas. Usavam roupas civis, e seus cabelos não eram cortados. As afortunadas, que não eram obrigadas a quebrar as costas nas pedreiras ou ter pavor das temidas seleções. As mascotes dos nazistas, bem alimentadas e poupadas dos abusos que as outras tinham de suportar diariamente.

– Um arranjo e tanto! Reclamar de quê? – eram as exatas palavras que Zippy usava.

Mas havia pouca dignidade em uma existência tão humilhante, em que toda a razão de viver era tirada de uma pessoa. Não apenas tirada, mas arrebatada, no meio da noite, da maneira mais cruel. Sufocada, queimada, afundada em um lago, em uma pilha de cinzas, até que nada mais restasse além da lembrança.

A lembrança e a dor, uma dor maçante, sem fim, que lentamente envenenava o sangue.

Ciente do frasco aninhado em seu bolso, Alma alisou os cachos pretos com uma das mãos e ajeitou a gola de renda branca. Naquela noite, faria sua última apresentação. Não custava estar com boa aparência.

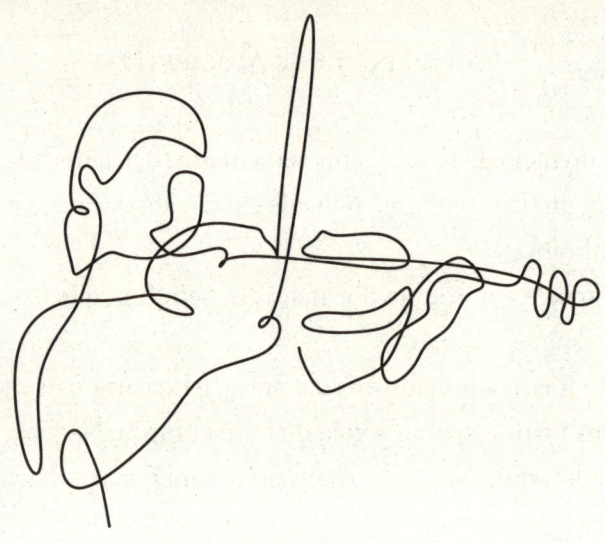

Capítulo 1

Auschwitz, julho de 1943

Na tarde nebulosa, o Bloco 10 permanecia quente e silencioso. De tempos em tempos, uma enfermeira interna fazia uma ronda sem pressa, procurando cadáveres frescos. A cada dois dias, havia alguns. Não que Alma os contasse – ela tinha sua própria febre com que se preocupar –, mas, em meio ao sono interrompido, ouvia as enfermeiras tirá-los das camas, de vez em quando.

Alguns já estavam doentes quando foram amontoados junto com Alma dentro do trem em Drancy, o campo de trânsito francês. Alguns adoeceram durante a viagem, o que não era de admirar, pois foram acomodados feito sardinhas em lata, sessenta pessoas em cada vagão. Alguns morreram em experimentos malsucedidos já ali, em Auschwitz.

Lentamente, Alma percorreu o olhar pelo recinto. Era grande, com os beliches enfileirados tão próximos uns dos outros que as enfermeiras tinham dificuldade para passar entre eles. Mas o pior de tudo era o cheiro, atroz e opressor, de suor rançoso, hálito fétido, carne gangrenada e roupas sujas, que dava vontade de vomitar.

Ao contrário dos demais, o grupo de Alma não havia ficado de quarentena ao chegar. Tampouco foram direto para a câmara de gás. Em vez disso, tiveram a sorte duvidosa de ficar ali, no Bloco Experimental, uma construção de tijolos de dois andares com as janelas fechadas para guardar seus segredos sinistros de estranhos curiosos.

Às vezes, as enfermeiras ficavam com pena e abriam as janelas por alguns minutos preciosos, para ventilar as instalações, embora, na maior parte das vezes, isso fizesse mais mal do que bem. Atraídos pelo cheiro, enxames de moscas e mosquitos invadiam o recinto e atacavam com voracidade os corpos emaciados, espalhando mais doenças e torturando as mulheres, que já gemiam de dor e desconforto, com seus incessantes zumbidos e picadas. Mais feridas infeccionadas, mais corpos levados pelas atendentes de cabeça raspada, uma delas sempre anotando o número das mortas para apresentá-los depois ao seu superior, o membro da SS doutor Clauberg. A infame ordem alemã, aplicada pelos judeus internos. Alma rapidamente percebeu a ironia daquela triste situação.

Em seu primeiro dia no alojamento, ela havia, ingenuamente, tentado pedir uma medicação para a febre, mas riram dela. Reunindo o máximo de dignidade possível naquelas circunstâncias, algo bastante difícil quando a pessoa acabou de ser tosquiada como uma ovelha e de receber um número em vez do nome, ela perguntou sobre os aparelhos de raio X que tinha visto nas salas do andar térreo, mas essa pergunta também foi ignorada pelas enfermeiras internas.

– Não é da sua conta – foi o máximo que conseguiu obter da encarregada Hellinger, uma mulher loira de fisionomia amarrada e uma faixa no braço esquerdo que a identificava como superior do bloco. Aparentemente, mesmo sendo prisioneiras também, as enfermeiras não estavam muito dispostas a fazer amizade com as recém-chegadas.

– Eu sei que isto não é o Hotel Ritz, mas a hospitalidade deixa muito a desejar – observou Alma com frieza.

Pega desprevenida, a enfermeira levantou os olhos da prancheta e piscou algumas vezes. O bloco inteiro ficou em silêncio no mesmo instante.

Todos os olhares estavam fixos nela. Ocorreu a Alma que responder devia ser uma ocorrência rara por ali.

– Transporte francês? – Hellinger mediu Alma de alto a baixo, com frieza. Ela falava um alemão correto, porém com forte sotaque húngaro. – Eu deveria ter imaginado. As mais presunçosas sempre vêm de lá.

– Sou austríaca. – Alma sorriu.

– Melhor ainda. Ambições do Antigo Império. A SS vai ajustar a sua atitude logo, logo, Vossa Alteza.

– Você gostaria disso, não gostaria?

Para surpresa de Alma, Hellinger deu de ombros.

– Não faz diferença para mim. Fui nomeada superior do bloco para cuidar da ordem, não para me amofinar com vocês. Metade de vocês vai morrer até o final da semana que vem, e a outra metade irá para a chaminé ao longo dos próximos três meses, isso se tiverem a sorte de durar esse tempo depois do procedimento.

O procedimento.

Alma estava ciente da existência de uma enfermaria ao lado das delas, de pós-operatório, mas o acesso ali era restrito.

– Aliste-me como voluntária, então – disse, por pura raiva. Como um animal acuado, ela cerrou os dentes em uma última e inútil tentativa de se iludir, não tanto para atingir o inimigo, mas para convencer a si mesma de que não estava com medo. – Também para mim não faz diferença. Quanto antes isto acabar, melhor.

Alma esperava causar agitação. Sabia que as internas reagiam à menor das provocações, mas a superior do bloco permaneceu em silêncio. Hellinger ficou pensativa por alguns momentos, depois fez um sinal para que Alma a seguisse. Olhando para as costas da mulher com ar desconfiado, ela saiu atrás da enfermeira para o corredor mal iluminado e a viu abrir a porta da enfermaria ao lado. Ela ficou ali, segurando a porta aberta, e fez um gesto zombeteiro com a mão, como se dissesse "Por favor, Alteza, entre".

O ar naquela enfermaria estava ainda mais empesteado. Hellinger parou junto ao primeiro catre, onde estava uma mulher com o rosto tão branco e tão coberto de suor que parecia uma máscara póstuma de cera derretendo. Sem cerimônia alguma, Hellinger levantou a camisola da mulher. Alma sentiu o estômago revirar, mas recorreu a todas as suas forças para não demonstrar o que sentia. Uma crosta escura recobria a pele avermelhada – carne crua, na verdade – cheia de bolhas no abdômen da mulher. Logo acima do osso púbico, um longo corte grosseiramente suturado apresentava protuberâncias de aspecto estranho e emanava um odor nauseante.

– Esterilização sem sangue – explicou Hellinger, em um tom de voz inexpressivo, como se fosse uma professora dando uma aula de medicina. – Uma dose extrema de radiação aplicada nos ovários, seguida da remoção cirúrgica para ver se *o procedimento* foi bem-sucedido. Os raios X são tão poderosos que causam queimaduras extremas. A maior parte da cirurgia é realizada sem anestesia. Como pode ver, neste caso infeccionou bastante. Não que o doutor Clauberg esteja preocupado. Estão tentando calcular a dose ideal para não causar essas queimaduras, mas até agora isto é tudo a que se chegou.

Ela cobriu o abdômen da mulher e lançou um olhar penetrante para Alma. Por um longo tempo, Alma ficou imóvel.

– Existe algum sistema para isso? – perguntou por fim, reencontrando a voz. – Isto é, existe um método de seleção das internas?

– Estas são alemãs. – Hellinger sorriu pela primeira vez, embora, para Alma, o sorriso parecesse mais uma careta. Tudo é feito na mais perfeita ordem numérica. Até o momento, foi realizado dos números 50.204 a 50.252.

Alma olhou para o braço esquerdo, onde seu número, 50.381, estava tatuado em tinta azul-clara. Hellinger olhou também, e seu semblante se suavizou um pouco.

Alma ergueu os olhos abruptamente. A determinação estava de volta aos seus olhos negros.

– Será que posso lhe pedir um favor?

Hellinger deu de ombros.

– É possível conseguir um violino aqui?

– Um violino?

Aparentemente, pedir um instrumento musical em Auschwitz era algo tão incomum quanto responder para um superior.

– Você é violinista, ou algo do tipo?

– Algo do tipo. Faz oito meses que não toco. Sei que não tenho muito tempo, mas gostaria de tocar uma última vez, se é que isso é possível. Se algo como o último desejo de uma pessoa condenada ainda é respeitado neste lugar.

Hellinger prometeu que iria ver o que podia fazer. Lançou um olhar furtivo para a mão pálida de Alma, como se considerasse tomá-la entre as suas por um instante, mas mudou de ideia no último momento e saiu abruptamente da enfermaria. Dar esperança a uma condenada era simplesmente cruel.

Alma ficou de pé ao lado daquele espectro imóvel de mulher e sentiu inveja das que iam para a câmara de gás assim que chegavam.

Os mesmos dias intermináveis. A mesma rotina do bloco, uma água amarronzada para o desjejum, que os alemães chamavam de café. O doutor Clauberg fazendo suas rondas – "Abra a boca, mostre os dentes". Uma mulher francesa rezando em latim a um canto, balançando para a frente e para trás, com os dedos entrelaçados tão apertados que os nódulos ficavam brancos.

Mais água amarronzada para o almoço, que os alemães chamavam de sopa. As afortunadas encontravam um pedaço de nabo podre nas delas. Sylvia Friedmann, uma enfermeira-detenta judia e primeira assistente do doutor Clauberg, lendo os números em sua lista. A mulher no canto balançando mais rápido, debatendo-se e uivando enquanto as duas ordenanças a arrastavam para fora da enfermaria e pelo corredor. Silêncio opressivo, sufocante.

Hellinger recolhendo as roupas de cama e as camisolas para desinfecção. Mulheres nuas, com a cabeça raspada, enfileiradas para inspeção – o doutor Clauberg outra vez, agora apertando-lhes os seios. Alguém devia ter informado sobre uma mulher grávida. O doutor Clauberg, com um esgar de abutre no rosto, esfregou os dedos na frente do rosto da mulher.

– Leite!

Ela saiu obediente, sem ordenanças.

Hora do jantar. Um pedaço de pão velho com uma gota de margarina no meio, que as mulheres lambiam com apatia. Uma garota belga no catre ao lado, a cabeça coberta pela manta, chamando baixinho pela mãe, abafando o choro com a coberta de lã como se não quisesse perturbar ninguém com seu sofrimento.

Noite. Lágrimas, em todos os leitos ao redor, preces sussurradas, nomes de entes queridos repetidos por horas a fio, lamentos em hebraico que ela não aguentava mais ouvir.

Por fim, o silêncio. O luar prateado infiltrando-se pela janela e tocando os braços de Alma. Um violino invisível em seu ombro. Seus dedos deslizando pelas cordas como asas de uma borboleta. O arco na mão direita, beijando as cordas do violino. Do lado de fora, as *Sankas*, camufladas como furgões da Cruz Vermelha, levando embora os corpos do Bloco 11 ao lado. Alma as tinha visto através das frestas das venezianas indo na direção do crematório. Dentro de sua cabeça, os *Contos dos Bosques de Viena*, de Strauss.

Música.

Paz.

Serenidade.

Um mundo no qual um lugar como Auschwitz não tinha o direito moral de existir.

– Alma? Alma Rosé?

A jovem enfermeira com um rosto bonito e viçoso, que Hellinger levara para a enfermaria, falava alemão com um forte sotaque holandês. Uma onda calorosa de lembranças, de uma época mais feliz na Holanda, onde várias famílias a abrigaram dos nazistas, a avassalou. Na Europa devastada pela guerra, as estações mudavam, mas não a lealdade de seus anfitriões. Arriscando a própria vida, eles tinham escondido Alma da Gestapo sem pedir nada em troca além de um pouco de música maravilhosa, o que deixou Alma muito feliz. Devia a vida e a liberdade àquelas pessoas altruístas e corajosas, e retribuir sua hospitalidade com a música que podia tocar era o mínimo que podia fazer. Eles a haviam mudado de uma casa para outra quando os rumores de incursões da Gestapo atingiam proporções preocupantes, mas, em qualquer lugar onde ela se escondesse, sentia-se invariavelmente bem-vinda e acolhida.

Naturalmente, Alma reconheceu o rosto da jovem à sua frente. Nunca se esqueceria dos sorrisos amáveis daqueles que a haviam mantido em segurança por tanto tempo. Para a moça, entretanto, demorou um pouco mais para que a reconhecesse. Fazia dias… ou semanas?… que Alma não via o próprio reflexo no espelho, mas podia imaginar como devia ser triste a sua figura. Não era mais uma violinista celebrada, com um elegante vestido decotado nas costas, isso era óbvio.

– Magda, sabe quem é esta? É Alma Rosé em pessoa! – a jovem enfermeira exclamou, extasiada, para a *Blockälteste* Hellinger. – Ela é violinista, muito famosa na Áustria!

Interpretando erroneamente o silêncio de Alma, a enfermeira apressou-se a explicar:

– Meu nome é Ima van Esso. Você tocou em nossa casa em Amsterdã! Em 1942, uma sonata de Telemann! Lembra-se?

Claro que ela se lembrava. Uma casa calorosa, com uma conduta contrária a todos os regulamentos alemães, uma reunião ilegal de amantes da música. Cadeiras descombinadas, porém elegantes, dispostas em semicírculo, mulheres e homens vestidos com trajes de gala, todos os olhares fixos nela, a mulher que eles adoravam a ponto de arriscar-se à ira da Gestapo apenas para ouvi-la tocar mais uma vez.

– Você me acompanhou com a flauta. – De alguma forma, Alma conseguiu dizer as palavras. As lembranças eram dolorosas. Era estranho segurar novamente a mão de Ima. Era um reencontro sem alegria, por todos os motivos errados. Na última vez em que se viram, Alma ainda era uma mulher livre.

Ima a presenteou com um sorriso radiante.

– Sim! Que bom que você se lembra! Eu era apenas uma amadora... não estava à sua altura.

Alma sentiu o lábio inferior começar a tremer e mordiscou-o com força.

– Que nada... bobagem. Você tocou maravilhosamente.

Alma sentiu orgulho de si mesma por falar com voz tão calma. A dor autoinfligida exercia seu efeito, como sempre.

Magda Hellinger assobiou baixinho por entre os dentes.

– Uma celebridade, então? Por que não disse, quando pediu o maldito violino?

– A pessoa precisa ser celebridade para tocar violino aqui? – retrucou Alma, em um tom mais ríspido do que pretendia.

– Não necessariamente, mas ajuda para se conseguir o instrumento – explicou Hellinger. – Não é fácil organizar as coisas em Auschwitz. Vai ser trabalhoso conseguir um violino para você. A única pessoa que conhece alguma coisa sobre música aqui é esta pequena *Fräulein*. Não use isso contra mim, mas preciso verificar com ela primeiro.

Ima segurou o braço de Magda pela manga enquanto a fitava com expressão suplicante.

– Ah, Magda, querida, por favor, consiga um para ela! Você vai ficar encantada quando a ouvir tocar... Ela é esplêndida, acredite em mim. Você vai se sentir na Filarmônica de Viena!

– Que Filarmônica de Viena, o quê... – Magda resmungou baixinho, olhando na direção da porta. – Mesmo que eu consiga um com Zippy, como é que ela vai tocar aqui em segredo? Ou você sugere um concerto aberto, embaixo do nariz do doutor Clauberg?

– O doutor Clauberg e a líder do bloco saem às seis. – Ima se recusava a se render. – Só voltam amanhã de manhã. Todo o complexo ficará deserto.

Colocaremos duas meninas para vigiar a entrada para que nos alertem se alguém se aproximar do bloco.

– E o Bloco 11? Acha que não vão ouvi-la tocar?

Depois de uma pausa, Ima deu de ombros, e um sorriso doce e triste surgiu em seu rosto.

– São todos homens condenados. Acredita mesmo que irão denunciar para a SS a última coisa linda que vão ouvir antes de ir para o paredão?

Para grande surpresa de Alma, no dia seguinte Magda a presenteou com um violino. Com uma expressão das mais astutas, a superior do bloco tirou o instrumento de dentro de uma fronha e o estendeu para a perplexa Alma, com visível orgulho.

– Zippy mandou lembranças.

Alma segurou o braço do violino com uma avidez que as outras internas só demonstravam à visão de pão.

– Quem é Zippy? – perguntou Alma, mais por educação do que por interesse.

Toda a sua atenção estava voltada para o instrumento, ao qual ainda estavam presos fiapos de palha de seu esconderijo. Lentamente e com reverência, ela passou os dedos pelos contornos do violino. Fazia oito meses, longos e excruciantes oito meses, que ela havia segurado seu Guadagnini, fiel companheiro que tivera de deixar sob a guarda segura de seu namorado em Utrecht.

Alma sentiu um nó na garganta ao lembrar-se das mãos quentes de Leonard em seu rosto molhado pelas lágrimas e de suas palavras tranquilizadoras de que *certamente ela estaria de volta antes do que imaginava e que seu violino estaria bem ali, com ele, esperando por sua volta, assim como ele também estaria...*

Com um súbito e arrepiante cinismo, Alma imaginou de quem seria a cama que seu Leonard estaria aquecendo naquele momento, assim como Heini antes dele. Ao longo dos últimos anos, ela se acostumara com as traições dos homens. Somente os violinos permaneciam fiéis. Seu Guadagnini estava com ela quando seu primeiro marido, Váša, pedira o divórcio; continuava com ela quando seu namorado Heini fora embora, deixando-a sozinha na Londres pré-guerra. A ideia de Alma ser o ganha-pão da família não o agradava, assim como o desconforto de ter de começar do zero com uma mulher a quem ele havia jurado amar mais do que a vida poucas semanas antes de deixarem sua terra natal, a Áustria, com o pai de Alma a reboque.

"Pobre Heinrich", pensou Alma, com um sorriso pretensioso, "não teve coragem nem de fitá-la nos olhos antes de bater em retirada." Ela fugiu da Áustria para salvar a vida; ele voltou para Viena para salvar a dele, uma vida confortável desprovida de agruras desnecessárias.

– Quem é Zippy? – Magda repetiu baixinho, com expressão conspiradora. – Isso é para eu saber, e não para você descobrir. Agora guarde isso e nem pense em encostar a mão nele até que eu lhe diga, pessoalmente, que é seguro. Entendeu?

– Sim.

– Você deveria responder *"Jawohl, Blockälteste"*[1].

Quando Alma ergueu os olhos abruptamente para ela, Magda suavizou a ordem com um sorriso inesperado.

– Não precisa me dar essa resposta militar idiota quando só há mulheres aqui. Mas deve responder assim quando os guardas da SS, o doutor Clauberg ou o doutor Wirths estiverem presentes. E deve responder do mesmo modo para eles também, ou levará uma chicotada nas costas. Bem, não do doutor Wirths; ele é em essência um homem razoável e não tem natureza violenta. Na verdade, é graças a ele que temos roupas de cama, camisolas, toalhas e até sabonete em nosso bloco. Mas os outros estão longe de ser tão caridosos. São exigentes na disciplina os SS.

Como se não tivesse escutado, Alma continuou a contemplar o violino com um sorriso fascinado.

---

[1] Sim, superior. (N.T.)

Magda Hellinger já tinha se virado para sair quando ouviu um inesperado "Obrigada, *Blockälteste*". Deu-se conta de que, contra a própria vontade, estava sorrindo com uma ponta de sarcasmo.

– Por nada, Vossa Alteza.

Naquela noite, o sol poente tingiu as nuvens de rosa-claro. O silêncio reinava no acampamento, depois que os grupos de detentos marcharam para dentro de seus blocos. Dentro de suas jaulas, os cães de guarda dormiam, trancados para a noite. Somente o Bloco 10 vibrava de entusiasmo. As mulheres que não estavam acamadas mudaram seus leitos de lugar para abrir espaço para um palco improvisado na parte da frente do quarto. Empunhando o violino, Alma mudava o peso de um pé para o outro, impaciente, os nervos à flor da pele, como se ela fosse tocar para a alta sociedade de Viena, e não para aquele pobre e sofrido rebanho.

Por fim, tudo ficou pronto. Um silêncio perfeito desceu sobre o Bloco Experimental. Posicionando-se diante de sua plateia, Alma levou o arco às cordas e fechou os olhos. A primeira nota, longa e hesitante, soou como se sondasse a noite que caía. Interrompeu-se por uns segundos e então ganhou força de repente, desdobrando-se em um crescendo e, de um momento para o outro, o próprio nome – Auschwitz – pareceu deixar de existir para suas vítimas. Elas não estavam mais ali; com os olhos fechados e um sorriso sonhador nos rostos exaustos, as mulheres se moviam levemente no ritmo da música, cada qual imersa em seu próprio mundo, onde a beleza mais uma vez tinha significado, onde casais apaixonados rodopiavam ao som de uma valsa vienense, onde seus entes queridos ainda viviam, apesar de tudo, pois a música é eterna e também são eternas as lembranças. Em um canto, Ima chorava em silêncio, cobrindo a boca com sua touca de enfermeira. Encostada à parede, Magda esfregava o peito como se doesse fisicamente ser lembrada de que existia alguma coisa além daquele mundo cruel, onde sua espécie estava sendo abatida às centenas de milhares. E, no entanto, ela sorria, pois, junto com a dor, a esperança renascia – a esperança de que talvez nem tudo estivesse perdido, se ainda era possível que tamanha beleza conseguisse se insinuar através dos muros de Auschwitz.

Com os dedos movendo-se ao som dos acordes, Alma abriu os olhos e sorriu com ar maroto para a plateia atônita.

– O que estão esperando? – sua voz rompeu o silêncio reverente. – Estou tocando para nada? Não é apenas indelicado, é praticamente amoral ficarem sentadas e paradas quando a valsa está sendo tocada. E então, meninas? Dancem! Recuso-me a acreditar que fizeram vocês esquecerem como se dança.

Por alguns momentos, as moças trocaram olhares perplexos. A simples ideia parecia um acinte, mas então a própria Magda deu um passo resoluto na direção de um dos catres, fez uma mesura floreada e estendeu a mão para uma das mulheres, em um estilo que deixaria qualquer cavalheiro do Antigo Império orgulhoso.

– Madame Mila, me daria a honra?

Sem hesitar, a jovem a quem Magda chamara de Mila deu a mão à *Blockälteste* húngara. Rindo num misto de incredulidade e encantamento, as duas começaram a girar no pequeno espaço junto ao palco improvisado, descalças e emaranhando as camisolas longas. Logo outra dupla juntou-se a elas, e mais outra, enquanto Alma assistia à cena, com os olhos turvos e sentindo-se em paz pela primeira vez em meses. Com o poder de sua música, ela libertara aquelas mulheres por alguns momentos preciosos. Agora, podia morrer feliz.

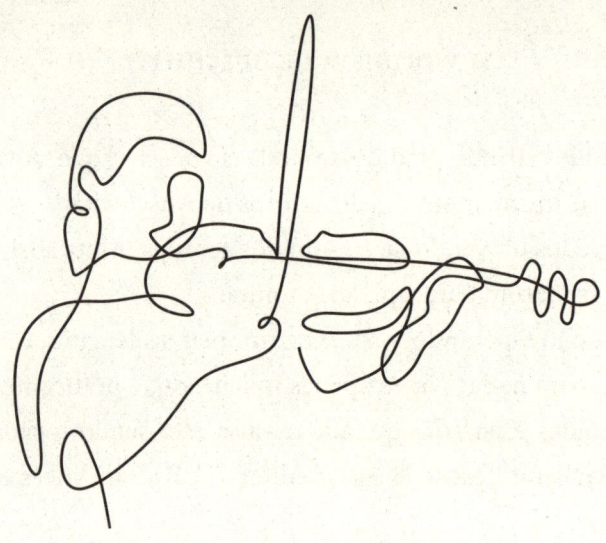

Capítulo 2

Agosto de 1943

— Vossa Alteza! — Apesar do modo provocador com que Magda se dirigiu a Alma, havia certo respeito em sua voz agora.

Não só isso, a superior do bloco havia, de alguma forma, conseguido garantir que Alma ficasse isenta dos experimentos, de forma que o bloco não perdesse sua preciosa violinista que as fazia esquecer os horrores do encarceramento toda vez que tocava para elas. Alma tinha uma forte suspeita de que esse tratamento preferencial tinha algo a ver com Sylvia Friedmann, a primeira assistente do doutor Clauberg, que nos últimos tempos se tornara uma espécie de elemento permanente nas "noites culturais". Era quase certo que fora ela quem concordara em tirar o nome de Alma da lista do doutor Clauberg, depois que ela tocara as músicas eslovacas prediletas da enfermeira, a pedido dela.

— O que acha de tocar para uma plateia um pouco diferente esta noite? — a voz de Magda soou animada, mas com uma alegria artificial; seu olhar, desviado do rosto de Alma, traía o desconforto da superior do bloco.

Atrás dela, duas recém-chegadas, esquálidas como espantalhos, mudavam o peso de um pé para o outro.

— Estas duas meninas são da banda das mulheres — continuou Magda. — São elas que você escuta tocar todas as manhãs quando os *Kommandos* externos... as gangues de trabalho... passam pelos portões. "O trabalho liberta" e essa podridão toda. Os SS acham que a marcha para o trabalho deve ser celebrada com música. — Um expressivo revirar de olhos de Magda foi uma indicação clara de sua opinião sobre o lema infame que estava inscrito acima dos portões do campo de concentração, *"Arbeit macht frei"*. — Foi por esse motivo, antes de mais nada, que eles organizaram orquestras para tocar aqui.

Alma permaneceu em silêncio.

— Boa tarde, *Frau* Rosé. — A mulher mais jovem deu um passo à frente. O vestido listrado muito largo que ela usava apenas realçava sua magreza extrema. Estranhamente, sua cabeça não estava raspada; Alma podia ver os cachos castanhos sob o lenço de cabeça. — É uma honra imensa conhecê-la. Somos todas grandes admiradoras do seu talento.

— Meu nome é Hilde, e esta é Karla — a amiga as apresentou.

Assim como Karla, Hilde falava a língua nativa de Alma, mas com um sotaque prussiano, em vez da suave cadência vienense de Alma. Ela também usava vestido listrado e lenço na cabeça. Ocorreu a Alma que aquele devia ser talvez uma espécie de uniforme da banda.

As duas moças, então, começaram a falar ao mesmo tempo:

— Soubemos por Zippy do tremendo sucesso das suas noites culturais...

— Ela toca na nossa pequena orquestra, sabe...

— Eu toco flauta doce e flautim...

— E eu sou percussionista, mas, para ser sincera, tudo que conseguimos produzir é a mais atroz *Katzenmusik* que a Gestapo local pode usar como forma de tortura que só são boas para o *Aussenkommando*, as gangues externas, marchar.

— Sofia, a líder da nossa banda, tenta nos organizar da melhor maneira possível, mas somos como macacos para uma organista.

– E acontece que hoje é o aniversário de uma das ordenanças da SS, e pensamos que...

– Não.

Surpresas com a negativa categórica – a primeira coisa a escapar dos lábios de Alma, que ela mantinha apertados em uma linha inflexível –, as duas moças se entreolharam com expressão ansiosa.

Perto delas, Magda limitou-se a bufar baixinho, com um desdém bem-humorado.

– Eu disse que ela recusaria. Sua Alteza ainda não entendeu onde está. Se ela fosse designada para uma gangue externa por um ou dois dias, onde eles a fariam carregar pedras de uma pilha para outra por puro divertimento da SS, isso lhe ensinaria bem depressa a não torcer o narizinho para oportunidades assim. Mas ela já ficou mal acostumada aqui.

– Não vou tocar para aqueles criadores de porcos nazistas – disse Alma. Ao ver a expressão das meninas se transformar em puro horror com tais insultos sendo lançados daquela forma imprudente, ela deu um sorriso sombrio. – Cuidadores de porcos – repetiu pausadamente e com grande satisfação. – É exatamente isso que eles são. Querem que eu toque para eles? Por que eu desperdiçaria meu talento dessa forma? Eles não reconheceriam uma boa música nem que trombassem de frente com ela.

Pálida e com os olhos arregalados, Karla balançava a cabeça com tanta veemência que os cachos castanhos escaparam de sob o lenço.

– Você não pode dizer essas coisas aqui! Alguém pode denunciar você para o *Kapo*, ou para um *Blockführerin* da SS, em troca de um pedaço de pão, e você estará perdida!

– Melhor. Denunciem-me vocês mesmas, se quiserem. Não faz diferença para mim.

Não era mera bravata, Alma realmente não se importava que os guardas da SS a levassem para o paredão e a fuzilassem por sua língua comprida.

Magda estava rindo abertamente agora. "Já viram algo parecido com isso?", sua expressão parecia dizer.

– Alteza. – Ela deu alguns passos na direção do catre de Alma. – Não seja tonta. Levante-se.

Alma não se mexeu.

– Bem? Será que devo ajudá-la a esticar as pernas para fora da cama? Que diferença faz para quem você toca, se para nós ou para as ordenanças? – pressionou.

– Faz muita diferença para mim.

– As meninas têm razão. Alguém irá denunciar a sua recusa em tocar e você irá parar no bloco ao lado por sua arrogância, onde a Gestapo do campo irá complicar as coisas para você.

– Eles podem me bater até a morte, se quiserem. Não vai mudar nada. Podem me matar, mas não me obrigarão a tocar.

– Já vi gente cabeçuda na minha vida, mas nunca assim. – Magda balançou a cabeça. – Fiz o que podia – ela disse para as meninas da banda antes de se afastar. – Agora o problema é de vocês. Tenho meus próprios assuntos para resolver.

Por algum tempo, as três mulheres se entreolharam em silêncio. Karla foi a primeira a dar uma tossidela para clarear a garganta.

– *Frau* Rosé, sei que você é da Áustria... Somos vizinhas. Eu sou da Alemanha. Sua família é bem conhecida lá também, no meio artístico. Seu pai e seu tio sempre foram grandes filantropos... – A voz de Karla sumiu. Ela observava Alma com expressão ansiosa, quase de desespero, à espera de uma reação.

– O que minha família tem a ver com isso? – retrucou Alma, impaciente com aquela conversa.

Família. Fazia tempo que a palavra perdera o seu significado original. Os nazistas haviam invadido sua querida Viena e tirado tudo deles, espalhando o clã Rosé pelo mundo. Alguns conseguiram fugir, incluindo o irmão de Alma, Alfred, e a esposa. Alguns ficaram esperando que aquela loucura coletiva passasse, com o pai idoso no meio da confusão toda. Mas a loucura estava apenas ganhando força. Todos os dias, alguma nova lei antissemita era acrescentada à lista interminável, e em pouco tempo velhos amigos não podiam mais visitar a casa dos Rosé. O pai de Alma, Arnold Rosé, o venerável ex-maestro expulso da Filarmônica, estava agora proibido de tocar música de autoria de compositores alemães debaixo de seu próprio teto. Alma quase sentia alívio por sua mãe já ter falecido e não estar mais ali para presenciar aquilo tudo. O coração dela teria se despedaçado com toda aquela desumanidade e terror que os camisas-pardas de Hitler praticavam contra a população.

Família. No final, somente dois haviam restado, Alma e Arnold, seu amado *Vati*, cuja transformação de célebre músico em homem alquebrado havia ocorrido diante dos olhos dela no decorrer de poucos meses. Somente quando se deu conta de que não havia mais lugar para ele em seu próprio país foi que ele permitiu que Alma o levasse embora para a segurança de Londres.

Família, pensou Alma, e de repente sentiu-se profundamente infeliz. Por um momento, Karla pareceu procurar as palavras certas.

– Talvez, se não por si mesma... acredite em mim, eu entendo perfeitamente os seus sentimentos... mas pelos outros, por nós, quem sabe você consideraria...

Outra pausa desconfortável. Alma franziu o cenho.

Por fim, a companheira de banda de Karla deixou escapar um suspiro exasperado.

– O que ela está tentando dizer é que, se você tocar para eles, junto conosco, eles darão uma ração extra para todas nós. Como já lhe dissemos, não somos particularmente boas no que fazemos, por isso precisamos de alguém... com qualificação.

– Sim, com qualificação e experiência – acrescentou Karla.

– E talento...

– Sim, claro... talento.

– O que estamos dizendo – continuou Hilde – é que, quando tocamos bem, eles nos dão pão a mais e às vezes até linguiça. E um naco extra de pão e linguiça é sempre bem-vindo.

As feições de Alma se suavizaram. A sombra de um sorriso apareceu em seus lábios.

— Então é por isso? Vocês deveriam ter falado desde o início. Eu nunca recusei uma apresentação beneficente na minha vida.

— Então você vai tocar? — O semblante de Karla se iluminou, e ela uniu as mãos diante do peito.

— Sim, só que... — Com uma careta, alma tirou a camisola, que era o uniforme do Bloco Experimental. — Não consigo tocar direito com isto.

— Vamos buscar um vestido do *Kanada* para você, agora mesmo! Você vai ficar parecendo uma princesa!

— O que é *Kanada*? — perguntou Alma.

— O *Kanada* é... hã... o paraíso na terra. — Com ar sonhador, Karla ergueu os olhos para o teto. — Um lugar onde se pode conseguir qualquer coisa.

— É um grupo de trabalho de Birkenau, os mais *kosher* do campo inteiro — explicou Hilde, percebendo a confusão de Alma. — São os pavilhões onde separam as roupas e os pertences pessoais dos recém-chegados. Separam, desinfetam e despacham para a Alemanha, para o povo ariano usar. Sempre que você precisar "organizar" alguma coisa, o *Kanada* é o lugar certo para ir.

Naquele momento, Alma não tinha noção de como estas palavras eram proféticas.

Elas de fato conseguiram um vestido de gala para ela em menos de duas horas. Estava levemente impregnado com o perfume de outra pessoa e era um tamanho maior do que Alma usava, mas ela não ligava para isso. Nunca antes se vestira com tanta relutância; nunca antes sentira tanta aversão por uma plateia. Mas as garotas estavam com fome, e por isso Alma engoliu seus sentimentos e seguiu-as pelo campo escuro.

Dentro do bloco para onde ela foi levada, algumas lâmpadas solitárias forneciam iluminação para o palco de madeira compensada. Ele rangeu, mesmo sob o peso leve de Alma, quando ela pisou nele e parou diante da audiência, com o violino na mão. Não era um Guadagnini, nem forçando a imaginação, mas estava bem afinado e com todas as cordas, e para Alma isso era tudo o que importava. "Qualquer instrumento é bom em mãos habilidosas", seu pai costumava dizer.

Quando posicionou o violino no ombro, Alma imaginou como estaria seu *Vati* na Inglaterra. Ela o deixara na segurança de Londres e depois, contrariando os conselhos de todos, viajara para a Holanda, onde ainda era possível encontrar trabalho para músicos judeus. Apesar da ameaça do exército alemão, que enterrava as garras na Europa devastada pela guerra, Alma havia tocado incansavelmente em todos os lugares onde a contratavam, durante alguns meses preciosos, e enviava ao pai o rendimento de suas pequenas apresentações. Mas então a Alemanha invadira a Holanda, poucas semanas antes de seu planejado retorno para Londres, e todas as comunicações entre pai e filha foram repentinamente cortadas. Agora, empunhando o arco do violino em Auschwitz, Alma imaginava o pai bebendo seu chá em algum lugar, em um tranquilo vilarejo inglês, longe dos bombardeios e de todo aquele "antissemitismo científico", em segurança, intocado por aquela imundície.

Ela tocaria pelo pai, naquela noite. Não para aquele grupo heterogêneo de elegantes uniformes cinzentos da SS e trajes civis dos *Kapos*, mas para o pai. Tocaria tão maravilhosamente quanto pudesse, não para agradar aquelas criaturas insignificantes que ela desprezava com intensidade, mas para deixar o pai orgulhoso.

Alma tocou todas as peças favoritas do pai naquela noite. Todas elas, de cor, em tom alto e desafiador, e também composições de músicos judeus. Para encerrar, tocou *As Estações, Dezembro, Natal*, de Tchaikovsky, somente para lembrá-los da nação para a qual estavam perdendo a guerra no momento. Foi quase um desapontamento quando os guardas da SS não reconheceram a ironia e aplaudiram entusiasticamente.

Pela primeira vez em sua carreira, Alma não fez uma mesura para sua plateia.

Depois da apresentação, de fato foram distribuídos pães a mais, com pedaços de linguiça mofada. Alma deu a sua porção para as outras moças.

Nos aposentos da *Lagerführerin*, para onde Alma havia sido convocada por uma das guardas alguns dias após o concerto, persistia um leve aroma de lilases. Sentada em frente à mesa de Maria Mandl, a chefe do campo feminino de Birkenau, ela observava uma das internas arranjar flores frescas em um jarro, sob o olhar impaciente de Mandl. Alma tinha a impressão de que, se não estivesse ali presente, Mandl já teria dado uns gritos com a mulher. No entanto, a *Lagerführerin* continuava ali sentada em silêncio, apenas olhando com expressão fulminante para a figura esquelética. Somente depois que a mulher saiu é que ela se virou para Alma.

Alma calculou que a chefe tivesse pouco mais de 30 anos, só um pouco mais jovem que ela, embora fosse difícil calcular a idade de qualquer uma naquele lugar, tanto das supervisoras quanto das internas. As internas aparentavam ser muito mais velhas do que eram por causa da inanição, da exaustão e das enfermidades, e as feições normalmente bonitas das supervisoras eram prematuramente marcadas em consequência dos constantes gritos, que deixavam marcas profundas ao redor da boca e entre as sobrancelhas; o ódio distorcia suas fisionomias e as envelhecia tanto quanto o sofrimento envelhecia suas vítimas. Alma considerava isso uma forma de justiça poética.

– Minhas guardas não param de comentar sobre a sua apresentação – disse Mandl, rompendo o silêncio. – Seu pai era o maestro da Filarmônica de Viena. – Era mais uma afirmação do que uma pergunta, permeada por um tom de respeito velado.

Alma reconheceu imediatamente um sotaque familiar. "Era austríaca, então, a Lagerführerin Mandl."

– Eu mesma não sou de Viena – continuou Mandl, mudando de posição na cadeira. – Sou das Partes Altas.

Uma cidade, ou aldeia, tão pequena que ela tinha vergonha de dizer o nome. Alma retorceu os lábios em um sorriso; era exatamente como ela havia dito, criadores de porcos, a cambada toda.

– Eu ouvi você e seu pai tocar, logo antes do *Anschluss*[2].

Naturalmente, antes do *Anschluss*. Depois da anexação da Áustria, cada músico judeu foi demitido de sua posição pelo Ministério da Propaganda, para ser substituído por um ariano correspondente. Um ariano que não tinha condição de tocar para salvar a própria vida, mas isso não importava, contanto que seu sangue fosse puro.

Alma continuou olhando para a líder do campo sem dizer uma palavra. Seria mentira se ela dissesse que o evidente desconforto de Mandl, que a todo instante mudava de posição na cadeira diante de seu silêncio, não lhe causava certo prazer.

– Que sorte termos você aqui conosco, não concorda?

Alma arqueou as sobrancelhas. Aquilo era alguma espécie de brincadeira de mau gosto?

– O que quero dizer é que o próprio *Herr Kommandant* terá imenso prazer em ouvi-la tocar para e ele e seus ilustres convidados. Eu sou uma grande apreciadora de música, sabe... Temos isso em comum.

"Isso é só o que temos em comum", Alma teve vontade de dizer.

– Você me faria um grande favor se colaborasse comigo para fazer aquelas garotas parecer uma orquestra. – Mandl deu um risinho envergonhado. – Você as ouviu tocar. Aquilo deve insultar os seus ouvidos mais ainda do que insulta os meus.

– É difícil tocar bem quando tudo que a pessoa pensa é em pôr um pouco de comida no estômago – retrucou Alma.

Por alguns momentos, Mandl ficou imóvel, olhando para ela, piscando os olhos de vez em quando, pega desprevenida. Era óbvio que aquelas primeiras palavras proferidas pela famosa violinista não eram o que ela havia esperado ouvir.

– Certamente posso ensinar a elas a tocar música com qualidade vienense, mas simplesmente não posso viver nem trabalhar nestas condições – prosseguiu Alma, em tom de voz glacial. – Vi onde elas moram,

---

[2] Anexação político-militar da Áustria à Alemanha em 1938. (N.T.)

Lagerführerin, e, com todo o respeito... – tentou não soar sarcástica demais – ...as condições são atrozes. Se quer que eu comande sua orquestra, precisarei de outras instalações, especificamente para as meninas que vão tocar, onde eu possa ter uma sala para ensaios, um local para guardar os instrumentos e acesso a chuveiros, para que possamos nos arrumar e estar com aparência decente para cada apresentação. Precisaremos de uniformes novos, não aqueles trapos listrados que elas usam. E também de uma alimentação boa, pelo amor de Deus! Refeições regulares, substanciais, não aquelas porções parcas que vocês oferecem de brinde depois de cada apresentação, como ossos para cães. É degradante! Como pode alguém criar música sendo constantemente humilhado a esse ponto? Nem eu conseguiria tocar direito nessas condições. – Alma acenou com a cabeça na direção do jarro de flores. – Você não deixaria esses lilases sem água e sem luz do sol e esperaria que se mantivessem viçosos e perfumados. Em sã consciência, espera mesmo que sejamos capazes de fazer uma apresentação que agrade a plateia se nos nega a *nossa* água e a *nossa* luz do sol?

Com a cabeça levemente inclinada para o lado, Alma esperou pela reação de Mandl, irritada com o fato de ter de explicar o óbvio para sua compatriota.

Por alguns momentos, a chefe do campo feminino ficou paralisada, sem saber como prosseguir. Sua autoridade acabara de ser desafiada por ninguém menos que uma judia, e interna, e não era à toa que ela era chamada de A Besta dentro do campo. Birkenau era seu reino, onde ela, e somente ela, dava as ordens. Ali, ela não era apenas uma líder legítima, mas a mandante designada pelo *Führer*, investida do direito de decidir quem iria viver e quem iria morrer. Uma arma estava confortavelmente acomodada no coldre em sua cintura, justamente para esse propósito. Ela já havia matado por muito menos antes e, no entanto...

...E, no entanto, Mandl não se atrevia a elevar a voz para aquela mulher à sua frente, pois um grito a faria perder imediatamente a sua posição de superioridade, por mais contraditório que isto pudesse parecer. Gritos e agressões verbais eram ocorrências diárias em sua própria casa, entre sua família, vindos na maior parte das vezes de seu pai alcoólatra e sendo rebatidos por uma torrente de insultos igualmente brutais da mãe, dirigidos a ele: "o inútil, que não servia para nada, que apodrecesse na mesma sarjeta para fora da qual ele tinha rastejado".

Ninguém gritava no lar dos Rosé, Mandl seria capaz de apostar nisso. Na casa dos Rosé, eles tocavam música, comiam em pratos de porcelana com talheres de prata, e os cavalheiros beijavam galantemente a mão das damas. Não! A gritaria medonha e, pior ainda, o uso do açoite apenas revelavam as diferenças na criação de uma e de outra, e isso Mandl não encararia. Perante os outros, ela continuaria sendo A Besta, mas, na frente de Alma Rosé, ela seria a apreciadora civilizada e cordial de tudo o que era refinado.

– Parece-me razoável – admitiu finalmente, com ar contemplativo. – Vocês irão para outro pavilhão. E ganharão uniformes novos. Mas os chuveiros, terão de usar os do *Kanada* por enquanto.

– Perfeito, *Lagerführerin*. Eu lhe agradeço por sua gentileza e compreensão.

As duas mulheres apertaram as mãos à porta, aliás, a primeiríssima vez que Mandl apertava a mão de uma interna. Mas Alma Rosé não era uma interna comum; era como uma hóspede diferenciada, que agraciava com sua presença aquelas instalações esquecidas por Deus. Um longo tempo depois que a violinista fora embora, Mandl ainda olhava para a palma de sua mão com um sorriso abobalhado estampado no rosto. Ela acabara de apertar a mão de ninguém menos que Alma Rosé.

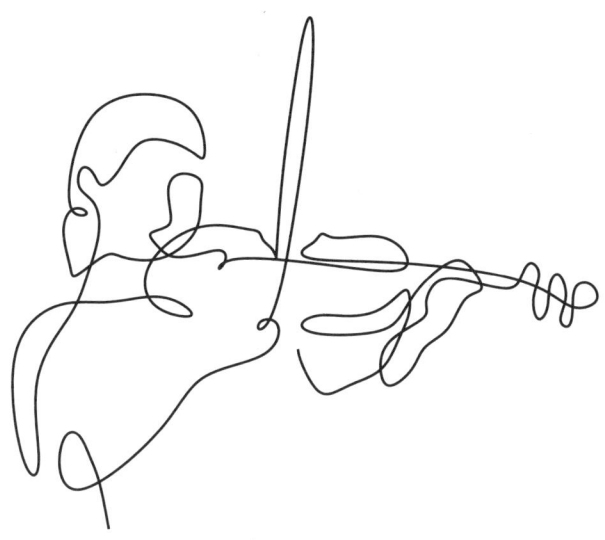

Capítulo 3

O Bloco de Música de Birkenau tinha um número: 12. Era um barracão de madeira cinza, localizado na extremidade do campo feminino, cuidadosamente escondido e em relativa segurança, por ficar mais afastado. Ali a relva não era comida pelas internas famintas, e os pinheiros forneciam sombra e um pouco de frescor nas tardes escaldantes. Mesmo assim, Alma não se deixava enganar facilmente. Uma fina camada de fuligem recobria o gramado acinzentado. Os pinheiros escondiam a cerca de arame farpado com no mínimo quatro metros de altura. E, o mais sinistro de tudo, a construção longa e com uma chaminé alta que se elevava logo do outro lado dessa cerca, como um predador à espreita. Estava em repouso naquele momento – a chaminé não estava lançando a fumaça oleosa e de mau cheiro para o céu azul, mas Alma sabia exatamente para onde estava olhando. O crematório.

– Seu novo bloco – anunciou Maria Mandl, com um tom de voz alegre, como se fosse a dona de alguma charmosa pousada austríaca. Uma das guardas que acompanhavam Mandl tossiu baixinho, indicando que os favores concedidos pela líder do campo às indignas internas deviam ser reconhecidos.

– Encantador – murmurou Alma, com os olhos ainda fixos na chaminé.

– As meninas foram transferidas para cá ontem, mas, como pode ouvir, já estão ensaiando. – O sorriso de Mandl se alargou. – Venha, vou lhe mostrar as instalações.

– *Achtung*[3]! – gritou a segunda ordenança, entrando no barracão.

Esfregando discretamente a palma da mão livre no vestido azul, o novo uniforme da orquestra de mulheres de Birkenau, Alma seguiu Mandl e sua comitiva da SS para dentro, segurando firmemente o violino na outra mão.

Ao ver a SS e a líder do campo feminino em pessoa, as moças da banda se puseram de pé imediatamente e ficaram imóveis e atentas. Mandl fez um sinal para que voltassem a sentar-se nas cadeiras, dispostas em semicírculo ao redor do estande do regente, no meio do recinto reservado para ensaios. Ela virou-se para Alma, parecendo imensamente satisfeita consigo mesma. Em circunstâncias normais, Alma teria achado tratar-se de uma brincadeira de mau gosto. Mas então ocorreu-lhe que, em Birkenau, que era ainda mais populoso e infestado de vermes que o campo principal de Auschwitz, aquele devia ser realmente um dos barracões mais decentes. Alma nunca pusera os pés em um barracão comum do campo de mulheres, mas ouvira falar deles. O campo feminino de Birkenau era uma das ameaças prediletas de Magda para as recém-chegadas, e nem uma única vez as descrições horríveis feitas pela superior húngara do bloco deixaram de aterrorizar as mulheres ao ponto da submissão: "Continuem testando a minha paciência e me encarregarei de colocar o nome de vocês na lista de transferência. Acham que é ruim aqui em Auschwitz? Vamos ver o que acharão de dormir em um beliche de madeira em Birkenau, com sete ou oito mulheres amontoadas feito sardinhas em lata, em vez de ter seu próprio catre com colchão e travesseiro. Se não houver lugar nos beliches de madeira, vocês terão de dormir no nível mais baixo. Sabem o que significa o nível mais baixo? Um piso de tijolos úmido. É tão estreito que vocês têm de entrar engatinhando, como se fosse uma casinha de cachorro. Se

---

[3] Perigo! (N.T.)

tiverem a sorte de se espremer com outras sete mulheres em um dos beliches de nível médio, preparem-se para receber dejetos humanos pingando no rosto enquanto dormem. Disenteria é uma ocorrência frequente por lá, e, uma vez fechada a porta do bloco para a noite, não há como sair para ir à latrina, minhas doces cordeirinhas. Todo mundo faz o que tem de fazer exatamente ali onde estão. Existe um beliche superior, que parece bastante razoável para quem tem de dormir embaixo, mas também tem uma desvantagem: quando chove, as goteiras pingam diretamente em cima de vocês, e no verão o calor que se acumula sob o telhado sufoca vocês mais rápido que qualquer câmara de gás. À noite, os ratos andam por toda parte dentro do pavilhão, e eles adoram uma novidade, recém-chegadas como vocês".

Até aquele momento, Alma sabia que a *Blockälteste* Hellinger só usava essas histórias apavorantes para manter suas pupilas sob controle, que ela nunca de fato levara a cabo as ameaças e nunca havia transferido nenhuma delas para o inferno de Birkenau, mas a descrição do quadro era convincente. Nem mesmo as garantias de Mandl de que Alma obteria novas acomodações para os membros da orquestra foram suficientes para amenizar sua apreensão. Ainda era Birkenau. Ainda era a antessala da câmara de gás.

Vagarosamente, ela olhou em volta, avaliando as instalações. Viu os beliches triplos típicos de Birkenau, mas notou, com alívio, que eram forrados com roupa de cama, cada leito com um cobertor de verdade e com um travesseiro. O piso era de madeira, em vez de terra batida e pedra; não havia forro no teto, somente o telhado, mas dele pendiam fios com lâmpadas, o que era um luxo desconhecido para as outras internas, que tinham de trocar rações de pão por tocos de velas para ter um mínimo de iluminação em seus aposentos, que não difeririam de um celeiro. Ainda era um galpão miserável, mas um galpão miserável habitável, e isso era o que importava naquele momento.

Alma ofereceu a Mandl um sorriso de lábios fechados.

– Não sei como lhe agradecer, *Lagerführerin*, por sua generosidade. – Alma precisou fazer um grande esforço para disfarçar o sarcasmo na voz.

Mandl deu um sorriso largo.

– Não precisa me agradecer. Ao contrário dos rumores, sou aberta a um diálogo racional, e você me deu argumentos que achei convincentes. Fiz apenas o que era o certo neste caso.

"Uma benfeitora com chicote", Alma pensou e forçou outro sorriso.

– Ah, e estes serão seus aposentos pessoais. – Mandl empurrou a porta ao lado da entrada.

Era um *closet*, não um quarto, e muito menos "aposentos". Somente quatro paredes brancas entre as quais uma cama, uma mesa, duas cadeiras e um pequeno armário haviam sido espremidos, como por alguma mágica. Mas aquilo era Birkenau, e pedintes não podiam escolher, não era mesmo?, pensou Alma com tristeza. Deveria sentir-se grata por ter um cubículo só seu, pelo menos teria alguma privacidade.

E, no entanto, seu senso de justiça estava ultrajado. Por que deveria agradecer àquela mulher por aquela casinha de cachorro, sendo que ela nem estaria ali se não fosse pelo *Führer* demente daqueles oficiais e sua proclamação de que pertencer à raça judaica de repente se tornara um crime contra a humanidade, punível com a morte? Por que deveria ser grata por um mínimo de decência humana, que lhe fora concedida, e às suas novas pupilas, sendo que nenhuma delas deveria sequer estar ali? Quando toda aquela fábrica de extermínio nem deveria existir?

"Apenas feche a sua armadilha se souber o que é melhor para você, Alteza", a voz de Magda ressoou em sua mente, com realismo e sabedoria. "Você escuta os tiros todos os dias no Paredão. Sabe como terminam as revoltas aqui."

– Obrigada, *Lagerführerin* – Alma forçou as palavras por entre os dentes cerrados. – Seu gesto é muito gentil.

Nesse momento, ela notou um xale pendurado no encosto da cadeira.

– Parece que já tem uma ocupante aqui. – Ela apontou na direção da cadeira.

– Não mais. – Sem cerimônia, Mandl pegou o xale e o jogou no corredor.

Foi uma constatação súbita e arrepiante testemunhar em primeira mão quão rapidamente os privilégios eram tomados das internas.

Com a mesma graciosidade lânguida e totalmente ensaiada, Mandl fez um sinal para que Alma a seguisse, enquanto ia até o centro da sala de ensaio. Parou no estande do regente e cruzou as mãos atrás das costas. De cada um dos lados da orquestra, as guardas imitaram sua pose como dois reflexos dementes uniformizados.

– Conheçam sua nova *Kapo* e regente, Alma Rosé – anunciou Mandl para a orquestra.

Ao lado dela, uma mulher loira com uma batuta de maestro estava em posição rígida, agarrando o bastão com ar de desespero. Com uma satisfação sádica, Mandl gesticulou para que ela o entregasse à nova autoridade.

– Czajkowska, de agora em diante seu novo papel está reduzido às funções de superior do bloco. Seu quarto será ocupado pela nova *Kapo*. Você deve desocupá-lo assim que eu sair e mudar-se para o quarto ao lado. Vai ouvir e obedecer à nova *Kapo* e maestrina, em tudo o que ela disser. – Lentamente, a líder do campo percorreu o olhar pela orquestra, como que estendendo a recomendação a todas. – Se se dedicarem e se esforçarem, *Frau* Rosé conseguirá bons resultados com vocês.

Frau Rosé. Alma estava consciente dos olhares surpresos voltados para ela. Perguntava-se se reconheciam o nome ou se estavam atônitas com o fato de Mandl dirigir a ela o tratamento respeitoso de *Frau*. Arriscou um olhar na direção da líder do campo; viu como as meninas se encolhiam, como um cardume assustado diante de um tubarão branco. Devia ter parecido inconcebível para elas que o grande tubarão branco tivesse respeito por alguém que não fosse uma predadora cinzenta como ela.

– Contudo, se ela me relatar que vocês estão sabotando o trabalho dela, vocês irão parar em um dos *Aussenkommandos*, revolvendo a terra do lado de fora do campo por doze horas seguidas em vez de tocar música. Estou sendo clara?

Um alto e ligeiramente aterrorizado "*Jawohl, Lagerführerin*" reverberou dentro do pavilhão.

Satisfeita com o efeito produzido por suas palavras, Mandl virou-se para Alma.

– Deleguei todas as suas solicitações às minhas ordenanças. Imagino que a esta altura tudo já tenha sido providenciado. Mas, se encontrar qualquer coisa que não esteja do seu agrado, informe à *Rapportführerin*[4] ou para Spitzer, da *Schreibstube*[5]. – Mandl gesticulou com o queixo, apontando a jovem encarregada do escritório de administração do campo, que segurava um bandolim e tinha uma expressão um tanto astuta. – Elas compartilham as informações entre si e as transmitem pessoalmente a mim, sem demora.

– Obrigada, *Lagerführerin*. – Alma inclinou ligeiramente a cabeça durante a pausa que se seguiu.

Por algum motivo, em vez de deixá-las nas novas instalações, Mandl pareceu hesitar.

– A *Lagerführerin* tem mais alguma recomendação a fazer? – indagou Alma, esboçando outro sorriso.

Como que encorajada pelas palavras da violinista, a expressão de Mandl iluminou-se com visível satisfação.

– Poderia, talvez, tocar alguma coisa para elas? Para que possam finalmente compreender que tipo de música tenho tentado, este tempo todo, fazer com que toquem.

Alma enxergava além; não era esse o motivo principal da líder do campo. Ela simplesmente queria ouvir Alma tocar. Os papéis haviam finalmente se invertido para a menina camponesa da Alta Áustria, que costumava ficar na seção mais barata da Filarmônica de Viena, onde os espectadores tinham de ficar em pé, e para a virtuose do violino, que tocara no palco com seu elegante vestido de seda. Agora, a ex-camponesa podia ter a virtuose exclusivamente para si, e Alma compreendia perfeitamente.

– A *Lagerführerin* se importaria se eu tocasse *Csárdás* de Monti? – perguntou Alma.

---

[4] Líder do relatório. (N.T.)
[5] Sala de escrita. (N.T.)

Por um instante, Mandl ficou paralisada sob os olhares indagadores de suas ordenanças.

Alma precisou conter-se para não sorrir abertamente. Sua punhalada totalmente velada havia atingido o objetivo com uma precisão impressionante: a autoproclamada sofisticada amante de tudo o que era refinado não fazia a menor ideia de quem era Monti e de como era a rapsódia *Csárdás*.

Entretanto, Mandl recuperou rapidamente o autocontrole, Alma tinha de reconhecer isso.

– Ah, qualquer coisa que você queira tocar está ótimo.

Alma esperou pacientemente até Mandl e suas ordenanças se acomodarem na primeira fileira, posicionou o violino sob o queixo e tocou as cordas com o arco, mergulhando o pavilhão inteiro na peça folclórica que seu pai a fizera praticar por horas a fio quando ela ainda era criança, em um passado remoto e esquecido. O professor Rosé, seu amado *Vati*, sempre perfeccionista, fazia Alma tocar repetidamente até que ela soubesse de cor e pudesse tocar com os olhos fechados e sem partitura, assim como estava fazendo naquele momento, para a perplexidade das mulheres da SS.

Ela as hipnotizou com aquela peça curta e relativamente pouco complicada, da mesma forma como havia hipnotizado a plateia inteira e também os críticos de música na Filarmônica de Viena, deixando-os sem palavras e levando-os a finalmente abandonar o tom condescendente sempre que escreviam sobre seu desempenho. "Técnica muito boa, mas ainda um pouco forçada. Masculina demais; não demonstra a paixão que deveria..." Ela tinha levado aqueles corvos presunçosos vestidos com seus fraques a explodir em aplausos; levar aquelas mulheres da SS a fazer o mesmo seria brincadeira de criança. Ali estavam elas, batendo palmas como crianças, olhando para ela com fascinação... como é que conseguiam pegar tão rara borboleta para sua medonha coleção?

Observando-as com atenção e com um desprezo cuidadosamente disfarçado, Alma pensava nisso. Fazendo uma mesura para sua plateia vestida de cinza – curvando-se só um pouco, não muito –, perguntou se desejavam ouvir algo mais.

– Prepare alguma coisa para tocar hoje à noite com a orquestra, se puder – respondeu Mandl, levantando-se para sair. – Convidaremos alguns oficiais da SS.

Assim que a porta se fechou atrás delas, Alma viu-se cara a cara com suas novas pupilas. Eram cerca de vinte mulheres, sem contar com a ex--regente e as duas que ela já conhecia, Hilde e Karla. Todas elas pareciam estudar Alma atentamente, impressionadas, porém visivelmente com a guarda em alta. Após uma rápida inspeção, Alma concluiu que ao menos uma delas, a encarregada da *Schreibstube*, pertencia à assim chamada elite do campo. Logo que os rumores sobre a transferência de Alma para Birkenau começaram a se alastrar, Magda Hellinger a instruíra pessoalmente a reconhecer esses detalhes, se ela quisesse sobreviver.

Quanto menor o número no peito da prisioneira, mais importante o seu *status*. Números mais baixos significavam que eram prisioneiras mais antigas, as assim chamadas VIPs do campo. Eram estas que haviam se tornado as primeiras *Kapos* – funcionárias internas – e superiores de bloco. A maior parte dos cargos administrativos no campo pertencia a esta casta. Facilmente reconhecíveis entre a população do campo, elas desfilavam por lá com trajes civis e botas engraxadas, não muito diferentes de seus chefes da SS. Usavam os cabelos cuidadosamente repartidos do lado e consultavam o relógio de pulso preguiçosamente, enquanto fumavam seus cigarros importados e supervisionavam suas subordinadas. Da mesma forma que a SS, tinham o direito de tirar ou salvar vidas, com um pesado bastão pendurado na cintura como um lembrete sinistro de tal poder concedido por suas superiores uniformizadas.

– Todo mundo se corrompe no campo, em grau maior ou menor – lhe havia dito Magda poucos dias antes. – É importante saber quem subornar. A SS aceita qualquer coisa... ouro, dinheiro estrangeiro, joias... mas adquirir essas coisas é algo que somente as internas do *Kanada* podem fazer.

Você viu as mulheres lá? Cabelos arrumados como se tivessem ido a um cabeleireiro francês, unhas esmaltadas, perfume, brincos... *Teufel!* – ela praguejou. – Inferno... Algumas delas estão melhor aqui do que estavam em suas casas! Que importa para elas que o crematório funcione incessantemente? Suas companheiras internas são arrebanhadas lá para dentro para serem intoxicadas com gás e queimadas, e as do turno da noite do *Kanada* tomam banho de sol e cantarolam canções do outro lado do muro que as separa das câmaras de gás.

Magda balançou a cabeça em aparente incredulidade antes de continuar:

– E os homens do *Kanada*, aqueles são verdadeiros negociantes do mercado de ações! Quando fui até lá para arrumar lençóis e toalhas para o nosso bloco por ordem do doutor Wirths, no começo não conseguia acreditar nos meus próprios olhos. A cada poucos minutos é feita uma transação. Um tinha meias de seda, que acabara de tirar da mala de uma pobre coitada que provavelmente já tinha ido para a câmara de gás, e ofereceu para uma garota do *Kanada* por 10 dólares. A garota do *Kanada* tira o dinheiro de dentro do sutiã... elas usam roupa de baixo lá, e que roupa de baixo, nem lhe conto!... e entrega para ele como se fosse nada. É um bom negócio para ela, considerando que irá vender depois para uma guarda da SS por 30 dólares. Portanto, ganhará 20. Aí, então, aparece outro negociante, com sabonete francês de lavanda, na embalagem fechada, um tesouro! Alguém troca por uma garrafa de conhaque Hennessy que acabaram de descobrir, e por aí vai, o dia todo, separando todas essas preciosidades. Claro, contanto que entreguem parte para os SS de plantão. Mas os SS só aceitam dinheiro estrangeiro ou joias, porque é mais fácil de esconder dos superiores. Fazem tudo com segurança.

Com o olhar fixo na superior húngara do bloco, Alma escutava atentamente, assimilando tudo, propositalmente em silêncio para não interromper Magda com perguntas naquele momento. Eram informações que poderiam salvar sua vida no futuro próximo. Ela poderia pedir mais detalhes depois; agora era uma questão de importância primordial inteirar-se do maior número de informações possível, memorizá-las o melhor que pudesse, separá-las nos devidos compartimentos – a SS, a hierarquia das prisioneiras, o preço da vida de uma interna em dólares americanos ou em ouro, ainda que fosse um dente.

– As marcações no peito dos internos são tão importantes quanto os números – prosseguira Magda. – No campo masculino, os Triângulos Verdes, que são os criminosos, constituem metade dos *Kapos*. Os Triângulos Vermelhos, que são prisioneiros políticos, constituem a outra metade. A maioria dos Vermelhos é de poloneses, ao passo que a maioria dos Verdes é de alemães, portanto os Verdes são considerados superiores aos polacos, só por causa do *status* ariano. Mas os Vermelhos são mais organizados, por isso os Verdes têm de tomar cuidado perto deles, se forem espertos.

A cabeça de Alma começou a doer. Um estômago vazio não inspirava toda essa ginástica mental, mas ela se forçou a manter-se focada nas palavras da enfermeira.

– Com as mulheres é praticamente a mesma coisa, mas lá em Birkenau as prisioneiras mais hostis, Triângulos Pretos, atuam quase todas como *Kapos*. A maioria é de prostitutas alemãs. Depois há as Verdes, mas, naturalmente, bem poucas. Então vêm as Vermelhas e somente depois é que vimos nós, judias, as Estrelas Amarelas. É um arranjo estranho, se você for pensar, assassinos e prostitutas tendo uma autoridade irrestrita sobre ex-professores, médicos, jornalistas e artistas, mas é assim que é Auschwitz-Birkenau. O sangue é tudo. Mas as conexões são ainda mais importantes que o sangue.

Agora, diante daquelas mulheres, mais da metade delas Vermelhas, Alma não poderia sentir-se mais grata pelas instruções de Magda. As Vermelhas deviam ser polonesas. Logo começaram a trocar comentários em seu idioma, e gradualmente o volume das vozes aumentava. Os lábios se moviam, mas os olhares permaneciam fixos em Alma, em um misto de desconfiança e hostilidade, e com expressão dura e sem piscar.

Encorajada pelo fato de que a nova líder da orquestra parecia não ter pressa de estabelecer nenhuma autoridade sobre elas, uma das moças apontou para a estrela amarela de Alma e murmurou algo que parecia ser uma queixa para a ex-*Kapo*. Alma não precisava entender a língua para entender o significado: "por que a judia havia sido nomeada como a nova líder?" A situação era familiar agora; ela havia se deparado com atitudes como aquela na Europa de Hitler e se tornara imune a elas. O que a desapontava era o brilho de ressentimento nos olhos de suas companheiras. Polacas ou não, certamente já deveriam ter percebido que estavam todas juntas no mesmo barco. Os SS eram os inimigos, não ela.

Alma olhou para as jovens judias. Ao contrário das polonesas, permaneciam quietas e caladas, olhando em volta sem fitá-la, parecendo culpadas sem motivo. Somente a encarregada da *Schreibstube*, a representante da elite do campo, olhava para Alma com uma expressão indecifrável no rosto. De constituição delgada e rígida, tinha olhos pretos que pareciam duas pedras preciosas e o hábito de estreitá-los de vez em quando, o que lhe concedia uma expressão de astúcia. Fosse por curiosidade ou uma tentativa de avaliá-la, Alma decidiu ignorar a mulher e estendeu a mão, com a palma para cima, para a ex-*Kapo*.

– Meu nome é Alma Rosé. É um prazer conhecê-la. Por favor, aceite minhas mais sinceras desculpas pela maneira como tivemos de nos conhecer e permita-me assegurar que de maneira alguma foi minha intenção usurpar o seu poder no bloco. Pode manter suas funções de *Kapo* e eu lhe obedecerei como membro de sua orquestra e pupila. A única coisa que lhe pedirei é que me permita ter o controle das atividades musicais. Espero que isto não seja um insulto para você ou para a banda...

– Não se preocupe – a ex-*Kapo* a interrompeu com um sorriso e apertou a mão de Alma. Ela falava alemão muito bem, com um leve sotaque polonês. – Sofia Czajkowska, política. É um prazer conhecê-la também. E você está absolutamente certa com relação à banda e à minha capacidade de reger. Não tenho nenhuma, mas a *Lagerführerin* Mandl cismou que sou parente do compositor russo Tchaikovsky... não sou... e aparentemente foi o suficiente para ela me colocar no comando da orquestra. Sei tocar alguma coisa no violão, mas nada sofisticado como o que você acabou de tocar. Portanto, por favor, assuma a orquestra e não nos poupe. Todas temos uma meta, e uma só: sair daqui vivas mais cedo ou mais tarde, e seria extremamente tolo da minha parte, ou de qualquer outra pessoa, ficar no seu caminho e atrapalhá-la. É óbvio que, de todas nós aqui, você tem muito mais experiência, por isso faça o que tiver de fazer, *Frau* Rosé, e nos mantenha vivas.

– Por favor, me chame de Alma.

– Farei isso. Mas é melhor que elas não o façam. – Ela meneou discretamente a cabeça na direção da orquestra. – Para lhe dar mais autoridade.

Virando-se para as ex-pupilas, Sofia começou a falar em polonês, traduzindo para as que não falavam alemão o diálogo que acabara de transcorrer entre as duas.

Os resmungos de insatisfação cessaram. Uma por uma, as moças da banda começaram a acenar entusiasticamente com a cabeça, acatando as palavras da ex-chefe. Logo, algumas estavam até sorrindo para Alma, ao que ela reagiu com um suspiro de alívio. A transição do poder não poderia ter transcorrido com mais suavidade.

– Foi muito sensato da sua parte. – A encarregada da *Schreibstube* aproximou-se de Alma alguns minutos depois. – Se você tentasse assumir o cargo sem perguntar a Sofia antes, ela poderia transformar a sua vida aqui em um inferno, acredite.

– Não estou interessada em ter uma posição de poder – explicou Alma calmamente. – Só estou aqui para assegurar que todas saiam daqui com vida. Isso é tudo o que importa para mim.

– Imagino. – Por alguns momentos, a jovem dos olhos negros astutos pareceu ficar pensativa. Depois, repentinamente, estendeu a mão e anunciou seu nome, diferente do que Mandl dissera. – Eu sou Zippy. Zipporah, na verdade, mas o submundo aqui me conhece por Zippy. Nem preciso dizer que devo continuar sendo Helen Spitzer, da *Schreibstube*, para todas as outras.

— Claro. — Alma segurou a mão pequena da moça entre as suas e a apertou com grande emoção, comovida com tão inesperada expressão de confiança.

Ela tinha ouvido Magda falar da resistência no campo com um certo grau de reverência e fascínio. Também havia sido advertida para ficar o mais longe possível delas, se sabia o que era melhor para ela, pois aqueles tipos do submundo acabavam no cadafalso do campo com uma regularidade assustadora. Contrabando, rádios clandestinas, folhetos manuscritos, sabotagem em pequena escala no local de trabalho — aos olhos de Magda, essas atividades de resistência eram relativamente inofensivas, mas, aparentemente, a SS via as coisas de maneira diferente. Por alguma razão, Alma imaginara que os tipos do submundo fossem todos homens, talvez ex-soldados do Exército Vermelho com pelo menos algum treinamento formal em combate, ou militantes franceses embarcados para Auschwitz pela Gestapo por suas atividades de Resistência. Certamente, não bandolinistas de uma orquestra feminina, com olhos astutos e mãos brancas e frágeis típicas de quem tocava música.

— Então, foi você que conseguiu o violino para mim? — Ela olhou para Zippy com um respeito recém-descoberto.

— Ele é bom? — Zippy expôs os belos dentes em um sorriso. — Deve ser, já que extraiu dele a música que acabou de tocar.

— Para falar a verdade, eu toquei de raiva.

— Eu imaginei. — Zippy deu uma piscadela marota. — Eu gosto de você. Você vai se sair bem aqui, acredite em mim. — Minutos depois, ela estava de volta em sua cadeira, com o bandolim a postos. — *Frau* Maestrina, inicie a regência. Estamos prontas.

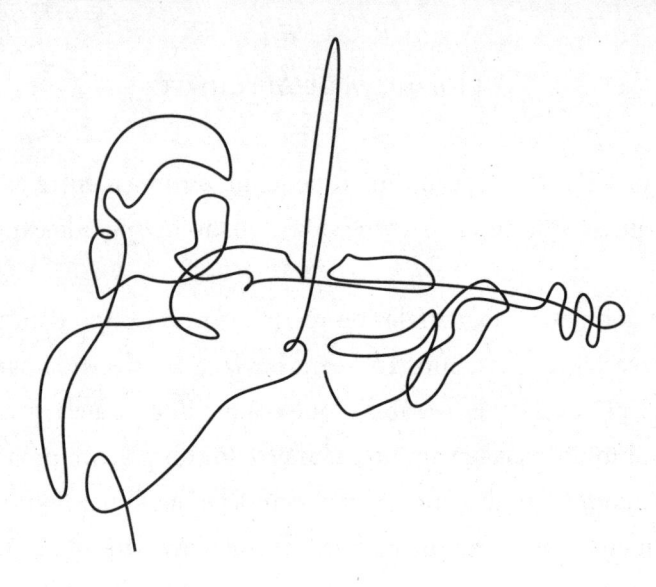

Capítulo 4

A apresentação para os SS naquela noite foi um grande sucesso, embora Alma tivesse assumido quase inteiramente o concerto sozinha, deixando que as meninas a acompanhassem somente em algumas partes que todas dominavam bem. Com as costas molhadas de suor, ela esperou pacientemente que a líder do campo acabasse de aceitar os cumprimentos de suas colegas por tão brilhante adição à orquestra. Em Viena, ela já teria tomado seu copo d'água obrigatório que a esperava nos bastidores antes de voltar para o palco. Mas ali era Birkenau. Com sede e irritada, Alma observou enquanto as SS trocavam amabilidades à sua custa, congratulando-se por causa de seu talento.

Depois, em vez de linguiça mofada e pão amanhecido, as moças receberam uma refeição de verdade – batatas com chucrute e até um pouco de carne – da agradecida líder do campo. Para Alma, sua nova judia de estimação favorita, Mandl concedeu um favor adicional no dia seguinte: um passe pessoal assinado pela própria *Lagerführerin* e autorização para ir ao *Kanada*.

– Pegue o que quiser – declarou Mandl generosamente, quando Alma perguntou, com toda a educação, o que podia pegar. – Mostre ao *Rottenführer* encarregado seu *Ausweis*[6] quando chegar lá e transmita a ele minhas ordens pessoais para lhe providenciar tudo de que precisar. E não perca seu passe. Muito poucas internas têm o privilégio de obter um, portanto certifique-se de tê-lo com você todas as vezes que sair do território feminino do campo. Meus colegas às vezes se empolgam demais com suas funções e podem atirar em você se a encontrarem perambulando por aí sem um *Ausweis*.

Foi uma experiência estranha e assustadora andar sozinha pelo campo. Caminhos sulcados de tanto ser percorridos, um labirinto de arames farpados, torres de vigia, intermináveis fileiras de barracões, gritos de *"Halt!"*[7] vindos de cima, ameaçadores e invisíveis, toda vez que Alma ia na direção errada. Tensa de medo, ela erguia as mãos e mostrava o *Ausweis*, gritando para os canos negros das metralhadoras apontadas para ela.

– Por favor, não atirem! Eu tenho passe!

– Zona restrita!

– A *Lagerführerin* Mandl me mandou para o destacamento *Kanada*.

– Isto parece o *Kanada* para você?

– Eu não sei onde é... Poderia, por gentileza, me indicar o caminho certo?

O cano da metralhadora desviou-se para a esquerda com certa relutância.

– Seguindo em frente, atravessando o campo masculino, fica à esquerda dos barracões de atendimento médico.

– Muito obrigada – respondeu Alma, recuando, meio que esperando um disparo da arma de fogo.

---

[6] Carteira de identidade. (N.T.)
[7] Pare! (N.T.)

– Preste atenção para onde vai! Mais um passo e você será frita na cerca elétrica, sua vaca retardada!

Quando Alma chegou ao campo masculino, suas costas estavam encharcadas de suor. O sol já começara a descer a oeste, mas o ar estava opaco com as cinzas. Nuvens delas, de cheiro desagradável, obscureciam o céu e ocasionavam um lusco-fusco prematuro. As cinzas caíam em grandes flocos oleosos à volta dela, restos de uma humanidade aniquilada pousando diretamente em sua pele.

Alma passou a mão pelo braço, mas as cinzas apenas se espalhavam mais. A palma de sua mão estava agora empoeirada e acinzentada. As cinzas estavam em seus cílios, o que a deixava relutante até em piscar; estavam no nariz, em toda parte; se ela abrisse a boca para respirar fundo, sentia o gosto delas na língua.

Ela tirou o lenço da cabeça, virou-o do avesso e limpou a língua, o rosto, os olhos, os braços nus. Tamanhos eram seu terror e repulsa que seus outros sentidos estavam entorpecidos de tal maneira que ela mal registrou outro grito furioso do SS: "Saia da frente!". Somente quando o guarda se postou na frente dela, fulminando-a com o olhar e segurando um chicote na mão erguida, é que Alma deu um pulo para trás, por puro instinto.

– Eu tenho um *Ausweis*...

– Saia do caminho! Os homens estão marchando!

Nesse exato momento ela os avistou, liderados por um *Kapo*, cinco deles, lado a lado, um exército fantasmagórico de esqueletos cinzentos retornando de seus labores diários.

"As gangues externas."

Era uma cena grotesca. *O Inferno* de Dante, o nono círculo do inferno. Eles marchavam e marchavam, todos com a cabeça raspada; a constituição emaciada, a pele escamosa, desgastada pelo sol, pelo calor, pelo frio, os pés descalços, pretos; os trapos rasgados onde as listras já haviam desaparecido sob as camadas de sangue e sujeira. Os olhares fixos à frente, opacos e destituídos de um simples brilho de esperança. Os ombros curvados como de anciãos, embora não pudessem ter mais de 40 anos.

Segurando as boinas pressionadas ao peito, eles passaram marchando pelo homem alto da SS, que os observou empertigado e com o queixo empinado, como uma espécie de divindade cruel antiga. De vez em quando, ele se divertia raspando o chicote nos rostos molhados de suor. Os homens mal reagiam, pois pareciam ter perdido a capacidade de sentir dor; continuavam marchando, feito aparições atormentadas, reduzidos a nada, ex-advogados, funcionários públicos, médicos de prestígio, professores universitários, decoradores de cenários, bancários. Olhando para eles naquele momento, parecia quase inconcebível que tivessem sido outra coisa além daquela força escrava sem rosto.

Alma estremeceu. Até aquele dia ela se resguardava em uma bolha de autoilusão, uma espécie de casulo protetor invisível. Ela era Alma Rosé, os SS não se atreveriam a encostar a mão nela. Agora, ocorria-lhe o pensamento arrepiante de que pelo menos alguns daqueles homens deviam ter tido exatamente a mesma ilusão quando pisaram pela primeira vez na plataforma de Auschwitz.

Movendo-se como em um pesadelo, Alma continuou seguindo seu caminho, cambaleando e tropeçando, para o destacamento *Kanada*. Ali era um mundo completamente diferente. Atônita, ela parou e pôs-se a contemplar as intermináveis fileiras de barracões com as portas abertas. Era possível ouvir o som de risos de mulheres lá de dentro, alegres e descontraídos. Não havia guardas da SS à vista; somente um *Kapo* fazia comentários preguiçosos de sobre a pilha de colchões onde estava recostado, feito um paxá oriental, com um cigarro na mão. Apesar de que parecia que os internos escutavam somente metade das instruções, que ele próprio também dava com indiferença. Se não fosse pela faixa distintiva no braço do *Kapo*, Alma não teria conseguido distingui-lo de seus subordinados – quase todo mundo no *Kanada* se vestia com trajes civis.

A distância, um grupo de moças usando calça comprida escura, sapatos e blusas leves de verão estava separando a bagagem. Alma reparou nos cabelos arrumados, nos relógios de pulso e nos sorrisos radiantes e achou que estivesse sonhando. Duas delas estavam tirando as malas de dentro de um furgão e colocando-as no chão, os braços musculosos se tensionando sob as camisetas brancas. Somente as boinas listradas denunciavam que elas pertenciam à população do campo.

O contraste com o campo masculino era algo que estava além de qualquer compreensão. Um homem da SS com a insígnia de *Rottenführer* no uniforme saiu de um dos barracões, bocejou e esticou os braços acima da cabeça, apertando os olhos para o sol poente, como um gato bem alimentado. Aproximando-se do grupo de mulheres, ele apontou preguiçosamente para alguma coisa e sorriu – aparentemente uma das moças tinha dito algo engraçado, de brincadeira. Outra interna foi até ele, tirou a boina de sua cabeça, encostou o pé no calcanhar dele e segurou-lhe a mão, abrindo-a. Interessado, o homem da SS segurou o objeto e, no instante seguinte, guardou-o no bolso.

"Os SS aceitam qualquer coisa", Alma lembrou-se das firmes palavras de Magda. Mas assim, de maneira tão insolente? À vista de todos?

Por outro lado, quem diria alguma coisa sobre isso? Talvez fosse uma bênção disfarçada o fato de os SS serem tão corruptos. Um simples olhar para as internas que forneciam essas preciosidades para eles era argumento suficiente a favor da corrupção da SS. Que diferença para o exército sem vida e seu último sopro de ar que Alma tinha visto marchando de volta para os barracões sufocantes!

Ela se aproximou do *Rottenführer* e mostrou a ele o *Ausweis* assinado por Mandl. Ele mal olhou e fez um sinal para uma das mulheres que estavam esvaziando as malas a poucos passos dele.

– Kitty irá acompanhá-la para dentro. – Ele acendeu um cigarro e soprou a fumaça, desviando-a do rosto de Alma. – Não é permitido aceitar ouro, joias nem dinheiro. Ordens do Reich.

Alma quase perguntou o que ela faria ali com dinheiro, mas conteve-se.
– Sim, a *Lagerführerin* Mandl me disse.
– *Jawohl, Herr Rottenführer* – o guarda a corrigiu.
Alma olhou para ele; para sua surpresa, ele estava sorrindo.
– Você deve dizer *"Jawohl, Herr Rottenführer"* – explicou ele, como se falasse com uma criança. – Somos o exército.
– Eu sou musicista. – Contrafeita, Alma deu-se conta de que também estava sorrindo.
– Muito bem. – Ele abriu os braços em um gesto de impotência, como se a achasse engraçada. Até os SS eram diferentes ali, apaziguados pela abundância de objetos valiosos que os cercava, e tolerantes para com as internas, por meio de quem podiam lucrar com tanta facilidade.

A prisioneira a quem ele se referira como Kitty já estava puxando Alma pela manga. Alguns grampos de cabelo prendiam os elegantes cachos escuros da moça, e ela possuía olhos vívidos e sobrancelhas bem delineadas, que se moviam expressivamente quando ela falava.

– Não convém confraternizar com os guardas a céu aberto – ela sussurrou, assim que se afastaram do homem da SS. – Sempre em particular, mas não ao ar livre. Há rumores de que alguns oficiais do alto escalão estão vindo de Berlim para inspecionar; se virem você conversando tão amigavelmente com um dos guardas, ele será enviado para o *front*, e você... acaba ali. – Ela apontou o dedo bonito, com a unha perfeitamente manicurada, na direção das chaminés que se elevavam acima dos barracões próximos ao local onde as mulheres do *Kanada* trabalhavam. De dentro delas, colunas de fumaça amarronzada e espessa rolavam para o céu; era dali que vinha "a neve". Alma não respondeu; apenas engoliu uma lufada de fumaça quando o vento soprou na direção delas e quase engasgou com o cheiro adocicado e nauseabundo de carne queimada.

Kitty arqueou as sobrancelhas. Não parecia estar nem um pouco incomodada. Trabalhavam ao lado daquela monstruosidade, já estavam acostumadas.

Minutos depois, conduzia Alma pelo barracão, segurando uma fronha vazia aberta e enchendo-a com mercadorias, sob o olhar chocado da "visitante" que a seguia.

– Roupa de baixo. Definitivamente, você precisa de roupa de baixo. Que tamanho você usa? – Ela olhou Alma de cima a baixo, avaliando a silhueta alta e esguia. – Creio que 42 europeu. Sutiã 2... este é B. Deve ter vindo da loja de departamentos! Veja, ainda está com a etiqueta. Que sorte a sua... Seda pura. Tome, aproveite. Quer uma combinação também? Imagino que sim. Aqui, esta deve lhe servir com perfeição. – E outra peça foi tirada da pilha de roupas de baixo.

Alma olhou horrorizada para a mesa de triagem, sobre a qual transbordavam sedas, fitas e peças simples de algodão branco. As donas de todas aquelas bonitas lingeries estavam sendo queimadas a poucos metros dali, e aquela criatura deslumbrante ao lado dela tagarelava com o profissionalismo de uma vendedora top da loja de departamentos Wertheim, anunciando os produtos para a perplexa Alma, como se esta fosse uma cliente rica.

– Bem, agora as meias... escova de dentes, sabonete... veja este lilás, direto de Paris! Que tal? Seu dia de sorte hoje, não é? – Kitty estava positivamente radiante com aquilo tudo.

Alma olhou para ela através das lágrimas que marejavam seus olhos e imaginou se algum dia também se acostumaria com o cheiro e com o fato de usar roupas de baixo de pessoas mortas e conseguiria achar aquilo natural e até sorrir.

Como se lesse seus pensamentos, o sorriso da outra esmoreceu de repente.

– Pare de olhar para mim como se eu fosse um monstro desalmado. Acha que isso não me afeta? E o *Sonderkommando*, nossos homens judeus que queimam aqueles corpos ali, dia e noite... acha que não se afetam com isso? Queimando os próprios familiares, amigos, vizinhos...

Na pausa que se seguiu, a respiração pesada de Kitty era o único som audível.

– Eu vim para cá da Eslováquia no primeiro transporte, em 1942 – continuou a garota do *Kanada*. – Estes crematórios ainda não existiam. Só havia um em Auschwitz, antigo, que não servia para nada, as paredes das chaminés caíam aos pedaços depois de cada uso. Não cremavam como fazem agora, os corpos eram enterrados em covas coletivas, ali na campina. Acha que o cheiro é ruim? Devia ver quando o solo começou a inchar com todos aqueles fluidos de cadáveres que logo começaram a se infiltrar na água. Devia ver quando começaram a cavar e exumar os corpos e queimá-los, já em estágio avançado de decomposição, em piras tão altas que os moradores de Krakow devem ter visto as fogueiras. Alguns internos do *Sonderkommando* se atiravam nas piras porque não aguentavam mais fazer esse serviço para a SS. Se você estivesse aqui nessa época e tivesse visto o que nós vimos, eu lhe daria o direito de olhar para mim com esse desprezo. Tivemos que aprender a não lamentar pelos nossos mortos se quiséssemos sobreviver. Não há lugar aqui para a sensibilidade. A sensibilidade leva à morte. Eu a advirto veementemente que se livre dela se quiser voltar para o mundo lá fora. Bem, quer um relógio de pulso ou não?

A pergunta inesperada soou quase como uma acusação. Com grande esforço, Alma se recompôs. Ter sentimentos com relação àquela podridão toda era natural, mas a vida seguia em frente, até mesmo ali no campo de concentração, e, como *Kapo*, ela precisaria do relógio para que seu pavilhão inteiro não fosse fuzilado por perder a chamada.

– Sim, por favor.

– Com pulseira de couro como o meu ou de metal? Não posso lhe dar de ouro, não é permitido. Estes são tudo o que temos.

– De couro está ótimo.

Quando Alma saiu do barracão, carregando uma fronha estufada com os pertences de pessoas mortas, o sol brilhante de agosto derramou sobre ela sua luz dourada com uma insolência surpreendente. Talvez até o astro-rei tivesse desenvolvido a capacidade de não sentir nada. Talvez, com o tempo, ela também conseguisse.

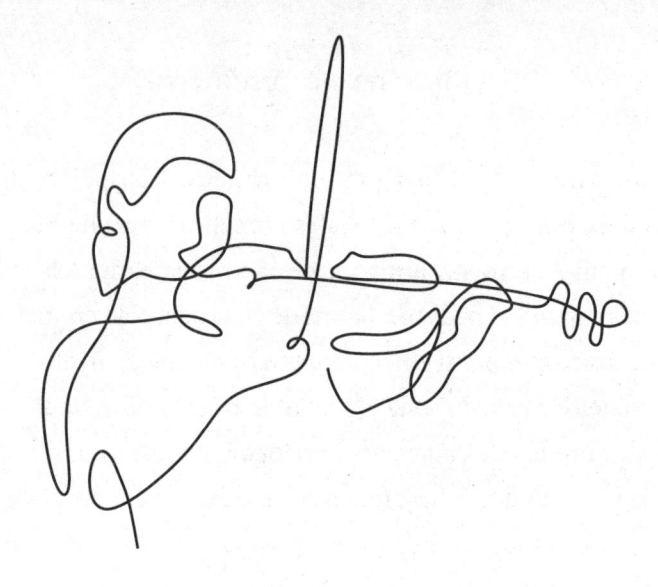

Capítulo 5

Ainda estava escuro quando Sofia sacudiu Alma, para acordá-la.

– Não se acostume, ouviu bem? – disse a ex-*Kapo*, entregando um apito para ela. – Na verdade, a obrigação de acordar é sua.

Sentando-se na cama e piscando para afastar a sonolência, Alma olhou para o apito sem entender.

– É para acordar o bloco – explicou Sofia.

Alma teve a impressão de vê-la sorrir com ar de malícia. Detectou divertimento na voz da ex-*Kapo*, mas o rosto dela na penumbra da pré-aurora era uma mera sombra. – Assim que se levantarem, é seu dever assegurar que arrumem as camas e que se façam apresentáveis para a *Appell*, a chamada. Assim que estiverem vestidas, leve-as para fora, para a fila de inspeção. As guardas Drexler e Grese virão verificar se todas estão presentes.

Alma ficou alerta. Os nomes eram desagradavelmente familiares. As internas tremiam quando os mencionavam.

Recompondo-se, ela colocou as pernas para fora da cama. Seria extremamente insensato antagonizar as guardas demonstrando incompetência logo no primeiro dia. Eram quatro horas da manhã, e o barracão estava frio e úmido. Alma apitou para acordar as garotas.

– Sua *Schreiberin*, a escrivã do bloco, é a responsável pela lista de chamada que você entregará às guardas juntamente com seu relatório matinal. – Sofia seguiu Alma de volta para o cubículo.

A presença dela era reconfortante. Aquela veterana conhecia todos os meandros do campo, não precisava se importar nem um pouco com o êxito de Alma como *Kapo*, mas importava-se, com uma dignidade admirável.

– Quem é a escrivã do bloco? – No escuro, Alma tateou para achar o vestido que estava pendurado no prego atrás da porta.

Sofia acendeu a lâmpada sobre a mesa. Agora Alma conseguia enxergar claramente: a polonesa estava sorrindo.

– Calma, não precisa ficar inquieta. Logo você vai se acostumar à rotina. Sua *Schreiberin* é Zippy, mas, quando ela estiver no escritório da administração do campo, você pode incumbir outra pessoa para substituí-la.

– Temos tempo para nos lavar? – Alma pelejava para enfiar-se no vestido o quanto antes.

– Só se forem bem rápidas. Temos a sorte de ter uma latrina e água corrente logo atrás do barracão, para nosso uso. As outras têm de usar as latrinas comunitárias. Imagine a loucura... Passei por isso quando estava no bloco comum. Acredite em mim, é algo que você não desejaria para o seu pior inimigo. Depois de ficar meia hora na fila, você tem dez segundos para se agachar sobre aquele buraco imundo e fazer o que for preciso. Se demorar mais que isso, elas simplesmente arrancam você de lá, tendo terminado ou não. E Deus tenha misericórdia se você tiver sujeira nas pernas depois disso... As SS que ficam do lado de fora lhe dão uma surra e mandam você para o *Kommando* penal por ser "uma porca imunda". Nem preciso acrescentar que não há papel higiênico, nem mesmo um tira de jornal por perto. Se quiser ter algo parecido, precisará trocar por ração. – Ela deu um sorriso melancólico. – Bons tempos... – O sarcasmo era evidente em sua voz. – Coisas que contarei aos meus netos, se eu sair daqui um dia.

Um turbilhão de atividades se seguiu. Com infinita paciência, Sofia ensinou a Alma a maneira correta de dobrar os cobertores. Beliscou as orelhas de duas garotas que estavam com as unhas sujas e mandou-as de volta para a latrina nos fundos do bloco.

– Não me apareçam de volta sem se esfregarem até ficarem rosadas!

Alma ainda estava checando os calçados das últimas poucas meninas, e Sofia já segurava a porta aberta para as que estavam liberadas, contadas por Zippy e incumbidas do *Kommando* diurno:

– Marche, marche, marche! Vocês têm exatamente trinta minutos para levar esses bancos e estantes de partituras até o portão do campo e voltar. Se se atrasarem para a chamada...

Sofia não precisou terminar a ameaça. As moças saíram correndo do barracão, carregando os objetos, como se o satanás em pessoa as estivesse perseguindo.

De manhã, a neblina envolvia o campo, deixando tudo cinza. Tremendo de frio na névoa úmida, as moças do Bloco de Música se alinharam em fileiras ordenadas, de cinco em cinco, na frente do barracão. Alguém no fundo tentou reprimir um espirro, em vão. Sofia estalou o chicote e lançou um olhar raivoso para a transgressora.

Rijas de medo e de frio, as mulheres esperavam, imóveis.

As guardas apareceram cerca de vinte minutos depois. Aproximaram-se como se estivessem fazendo uma caminhada, duas figuras elegantes usando uniformes de lã quentinhos. A morena tinha uma guia de cachorro enrolada na mão enluvada. Alma olhou para o pastor-alemão e experimentou um ressentimento agudo e um doloroso senso de injustiça pelo fato de aquela mulher à sua frente ter um cachorro, ao passo que ela fora obrigada a entregar o seu a amigos da família antes de fugir da Áustria.

– A morena é a *Rapportführerin* Drexler – Sofia sussurrou para Alma quase sem mover os lábios. – Quando você entregar a ela o relatório, mantenha o olhar baixo. Ela é conhecida por atirar em internas que tenham a impertinência de fitá-la nos olhos. Aparentemente, ofende a delicada sensibilidade ariana.

A loira – uma beldade glacial e impessoal, com mechas de cabelo platinado e pele de porcelana – segurava um chicote e brincava com ele como alguma dama da sociedade faria com um leque durante um sarau.

– A cachinhos de ouro é Irma Grese, tenente de Drexler – Sofia informou no mesmo tom de voz. – Ela quer ser atriz de cinema depois que a guerra acabar. Pena que ninguém contou para ela que não serão os alemães os vencedores.

Alma estava perplexa com o fato de alguém conseguir rir sem mover um único músculo do rosto.

A *Rapportführerin* Drexler recebeu o relatório de Alma e pegou a lista da mão dela sem nem mesmo olhar. Agora que estava tão perto, o pastor-alemão de Drexler cheirou a mão de Alma e de repente roçou a palma com o focinho úmido. Sem pensar, Alma acariciou discretamente a orelha quente e sedosa e no mesmo instante sentiu-se profunda e ridiculamente feliz, mesmo que só por alguns segundos.

– Por que você fez aquilo?! – Sofia foi para perto dela assim que as guardas as dispensaram e liberaram as *Stubendienst* – as zeladoras do bloco – para ir buscar o desjejum para o Bloco de Música: o intragável café do campo. A orquestra tinha precisamente dez minutos para tomá-lo antes de marchar para os portões, levando os instrumentos, para tocar uma marcha alemã para as gangues externas que saíam para o trabalho. – Aquela fera poderia ter arrancado um pedaço da sua mão!

– Ele não faria isso. É um cachorro bonzinho.

Com tristeza, Alma olhou para o café nada apetitoso. Em sua opinião, não existiam cachorros maus. Todos os cães eram inerentemente mansos. Ela tivera um pastor-alemão igual ao de Drexler, na Áustria, preto com patas marrons. Os ganidos de Arno quase lhe partiram o coração ao meio quando ela teve de se despedir dele, como se ele entendesse que ela não voltaria. Ele quase se enforcara na guia, tentando correr para Alma enquanto ela se afastava e desaparecia da vista dele ao embarcar no trem. Os amigos de Alma, a família gentil que havia concordado em ficar com ele, seguravam-no com força na plataforma da estação ferroviária, mas o cachorro chorava de tal maneira que Alma também começou a chorar dentro do vagão. Arno sabia que ela não estava fazendo uma viagem de rotina. Era uma raça muito inteligente, até demais.

– Eu já vi aquele *cachorro bonzinho* atacar pessoas aqui até matar – disse Sofia.

– Bobagem! – Alma fulminou-a com os olhos. Os nervos à flor da pele de repente reagiam.

– Bobagem? – Sofia repetiu quase com uma ponta de compreensão, como se já estivesse acostumada àquelas explosões de nervos. – Pois você verá por si mesma quando marcharmos para o portão.

As palavras acabaram sendo proféticas. Elas estavam marchando em direção ao portão principal do campo, ao longo do caminho de concreto na mesma formação militar, instrumentos nas mãos. A distância, as internas estavam recolhendo os restos dos suicídios da noite anterior, no trecho de cerca elétrica. Houve pelo menos uma dúzia – corpos rígidos com as gengivas pretas expostas em gritos silenciosos e os dedos retorcidos como se, até na morte, tentassem livrar-se das carcaças emaciadas.

– Empilhem-nas em ordem, como se fossem toras de lenha. – A guarda da SS estava apontando para a margem do caminho com postura profissional. – Se as roupas ainda estiverem boas, aproveitem. E rápido! O furgão chegará a qualquer momento para recolher tudo. Se não tiverem terminado, vocês é que irão para dentro do furgão no lugar dessas carcaças fedorentas.

A névoa úmida brilhava no rosto das mortas, acumulando-se, rolando por suas faces como se elas estivessem chorando. Alma conduziu sua pequena tropa ao longo de uma das pilhas crescentes sem virar o rosto, olhando diretamente para a frente apenas.

Através da bruma cada vez mais densa, fileiras intermináveis de barracões surgiram à vista. Diante deles, um exército imóvel de trapos e caveiras cinzentas. A névoa rolava e se espalhava sobre o solo, distorcendo suas feições. Um ou outro uniforme cinza ocasionalmente se movia por entre as nuvens de vapor, coletores de almas. O campo inteiro era um cemitério sem fronteiras, e era apenas por acaso que alguns ainda chegavam vivos ali.

Alma sentiu o rosto molhado e esfregou-o com a mão. Devia ser a névoa.

O estalido de um tapa ecoou retumbantemente pelo complexo.

– ...Vá buscá-la, então! – A neblina pareceu transportar a voz da *Rapportführerin* Drexler para uma distância razoável. – Você conhece as regras. Todas as mortas têm de estar presentes durante a chamada.

A tropa de Alma continuou a marchar. Uma interna atravessou na frente delas, vasculhando a cerca com os olhos arregalados. Alguém do *Kommando* lhe havia dito que a corrente elétrica tinha sido desligada, que ela podia recolher as mortas de seu bloco com as mãos nuas. Ainda assim, a interna hesitava. Esticando o pescoço magro, mas sem encostar na pilha de corpos, ela tentava reconhecer sua companheira de beliche entre eles.

Aquilo continuou por algum tempo. Alma já havia marchado por ela e por outra horrível pilha de corpos que agora, felizmente, ficara para trás. Então, de repente, ela ouviu o som de uma respiração ofegante e o som inconfundível de patas de cachorro correndo. Alma virou-se para olhar. Era o pastor-alemão de Drexler, que saltou com todo o impulso de seu peso em cima da mulher indefesa, derrubando-a no chão. Não havia nada de humano no grito que perfurou o silêncio lúgubre. Os dentes brancos e pontiagudos do cão brilharam por um instante em meio à neblina antes de novamente se enterrarem na carne humana macia. Alma deu-se conta de que havia parado de marchar, mas, ainda que fosse para salvar a própria vida, não tinha forças para mover as pernas. Foi o empurrão de Sofia que a tirou daquele estado letárgico.

– Está olhando o quê?! Continue marchando! Quer ser a próxima? Drexler cuidará disso bem depressa!

O som gorgolejante de um ronco gutural de gelar o sangue substituiu os gritos. Como um autômato, Alma colocou um pé à frente do outro, os nódulos dos dedos esbranquiçados conforme seguravam a batuta de regente.

– Isso é o que acontece com as parasitas judias que me fazem perder tempo! – ameaçou a voz de Drexler.

Alma ouviu outra vez o som dos passos do cachorro, desta vez mais calmos. O pastor-alemão de Drexler alcançou a tropa da orquestra e passou a caminhar à esquerda de Alma, arfando pesadamente depois do esforço. Novamente o cão roçou com o focinho a mão livre de Alma. Gelada de terror, ela se forçou a manter a calma, pelo menos na aparência. Drexler apitou, e o cachorro saiu correndo. Alma olhou para a palma da mão. Estava molhada de sangue.

Mais tarde, ela não se lembraria de ter chegado ao portão, nem de como haviam chegado. Talvez Sofia a tivesse ajudado a subir na pequena plataforma onde ficavam arranjados em semicírculo os bancos e estantes de partituras. Ou talvez tivesse sido Zippy. Ela não se lembrava do que haviam tocado enquanto as gangues externas marchavam para fora do portão – alguma melodia alemã. A única coisa gravada em sua memória era uma frase sibilada para que apenas as mulheres da orquestra ouvissem, e não a SS:

– Colaboradoras vadias imundas!

– É sempre assim?

A lâmpada de mesa estava acesa no quarto de Alma. Alma e Zippy estavam sentadas sob a luz fraca, diligentemente debruçadas sobre as folhas de papel enfileiradas fornecidas pela *Schreibstube* por ordem de Maria Mandl. Enquanto as demais garotas cochilavam no meio da tarde, outro privilégio concedido recentemente, Alma escrevia a partitura de cor e Zippy copiava.

– O quê? O ódio? – Zippy deu de ombros com indiferença. – Nem sempre. Só às vezes. Hoje foi um dia ruim. Elas não têm em quem descarregar, então descontam em nós. As pobres coitadas marcham para um trabalho extenuante que vai matar pelo menos algumas delas até o final do dia, e nós tocamos melodias alegres enquanto elas passam. Entendo como deve ser perturbador para elas.

– Com certeza elas sabem que não ficamos tocando no portão por nossa vontade. Que é uma prática forçada pela SS, não é?

– Naturalmente. As SS adoram inventar coisas desse tipo para se distraírem. O serviço aqui é entediante, particularmente para as jovens da SS. Então, de tempos em tempos, elas amarram os pulsos das internas atrás das costas e as levam acorrentadas até perto do cadafalso no campo principal. Enquanto as prisioneiras gritam de dor, elas ordenam a outras internas que tragam cadeiras e mesas e se acomodam confortavelmente para passar a tarde, bebendo cerveja, comendo linguiça e apostando dinheiro em quais das mulheres as articulações dos ombros se deslocarão por último, ou quem será a primeira a desmaiar, esse tipo de coisa. – Zippy balançou a cabeça com expressão contrafeita. – Ou fazer "exercícios físicos", por exemplo. Às vezes, depois que o turno de trabalho se encerra e o homem da SS faz a chamada, ele ordena que as internas façam "ginástica". Pular cabra-cega, para se manterem "saudáveis e em forma". As que caem apanham de uma *Kapo* com um bastão, até que se levantem ou até que morram. Esse tipo de diversão torna os dias mais interessantes para os SS, como por exemplo nos verem tocar para as gangues que saem para o turno de doze horas ao qual algumas não irão sobreviver. Os SS acham engraçado, mas a culpa recai em nós. – Zippy sorriu, mas era um sorriso melancólico, doído. – Eu estava aqui antes de Birkenau ser construído. Vim no primeiro transporte de mulheres da Eslováquia, em março de 1942. Eu vi tudo.

– Como você sobreviveu? – Depois do que havia testemunhado naquele dia, parecia quase um milagre para Alma. Raramente alguém durava mais do que alguns meses ali.

– Eu me tornei indispensável no escritório do campo. – A expressão dos olhos de Zippy era distante e pensativa. – Criei um sistema de arquivos para eles. Organizava cronogramas, separava as correspondências, datilografava os relatórios... Você não acredita como essas mulheres da SS são quase analfabetas.

– Eu acredito – respondeu Alma.

Por algum tempo, as duas trabalharam em um silêncio agradável. Alma foi a primeira a rompê-lo.

– O que você fazia antes de ser deportada?

– Eu era artista comercial em Bratislava. Foi outra maneira de me fazer indispensável. Tenho uma caligrafia bonita, que Mandl admira. – Ela suspirou baixinho. – Quer ouvir uma história engraçada? Eu estava datilografando alguma coisa no *Schreibstube* quando entrou um mensageiro de Mandl, me convocando para ir ao escritório dela. Eu tinha acabado de voltar da enfermaria, uma pessoa que eu conhecia tinha uma amiga lá que estava com disenteria e tinha pedido um pouco de pão carbonizado. Então, claro que eu pensei, *Chegou a sua vez, Zipporah. Alguém deve ter delatado você. Prepare seu traseiro, Mandl vai chicotear você com as próprias mãos na frente do campo inteiro, só para refrescar sua memória de seus princípios.* Bati à porta, tremendo feito como um cão à espera de uma sova, e o que aconteceu? Ela me mandou entrar, toda sorridente, e colocou um livro nas minhas mãos. "Helen, você pode escrever uma dedicatória para meu bom amigo Kramer, *Hauptsturmführer* da SS, com sua linda caligrafia? É aniversário dele hoje, 10 de novembro." Sem pensar, eu exclamei "Que coincidência! É meu aniversário também..." Então o sorriso dela se alargou ainda mais e ela disse: "Vá até o Bloco 5, onde armazenam as mercadorias, e escolha uma para você, como presente de aniversário".

Por algum tempo, Zippy ficou com o olhar perdido em algum ponto distante.

– O título do livro era *The River Pirates*. Ainda me lembro claramente. Eu comi sardinha naquele dia, da Cruz Vermelha. E ela não me bateu. – Zippy olhou para Alma. – Contanto que você seja indispensável para Mandl, você sobrevive aqui. – Ela chegou mais perto e baixou a voz, em tom confidencial. – Ela alterou a sua classificação no livro de registro. Uma infração passível de punição se o superior dela descobrir, mas mesmo assim ela arriscou.

Alma franziu o cenho sem entender, e o sorriso de Zippy se alargou.

– Ela mudou de "Judia" para *"Mischling"*, sangue misto. Como mestiça e *Kapo*, você fica automaticamente excluída das seleções regulares.

– Como você sabe?

– Eu trabalho no escritório do campo além de tocar meu bandolim, esqueceu? – A expressão astuta retornou ao rosto de Zippy. – Precisamos aguentar somente mais uns dois anos. Os alemães estão perdendo para os soviéticos, e, com os Aliados do Ocidente, as coisas também não estão boas para eles. Temos rádios clandestinas aqui, sabemos o que está acontecendo. Somente mais dois anos, ou talvez menos, Alma! Com nosso destacamento *kosher*, iremos sobreviver, e pronto. Você só precisa nos ensinar a tocar direito.

A princípio, Alma não respondeu. Parecia que ela nem tinha ouvido o que Zippy dissera. Com o rosto parecendo uma máscara indecifrável de lembranças longínquas, ela ficou ali sentada por um bom tempo, com as mãos sobre os papéis.

– Minha família também acreditou que tocar música os salvaria – ela falou por fim, com a voz carregada de emoção. – Então chegou o mês de março de 1938...

– O *Anschluss*? – Zippy olhou para ela com empatia.

– Sim. – Com expressão pensativa, Alma esfregou com os dedos o toco de lápis enquanto olhava, sem enxergar, para o vazio. – Eu mesma tinha poucas ilusões com relação aos nazistas. Mas meu pai... Meus pais me tiveram tarde, *Vati* tinha 43 anos quando eu nasci. Mas ele tocava, tocou até o dia em que Hitler chegou em Viena com toda a sua tropa. Nunca esquecerei o dia em que meu pai e outros músicos judeus se aposentaram... com a devida cortesia. A maioria dos músicos arianos tocava com meu pai, tocaram com ele durante anos. Tinham grande respeito por ele e sentiram profundamente por vê-lo partir. Mas havia aquele jovem violinista nazista da Filarmônica, o único que se vangloriava abertamente. Um idiota de nariz empinado, que em seus melhores dias não tinha capacidade para engraxar os sapatos do meu pai, entrou no camarim de *Vati*, onde ele estava recolhendo seus pertences pessoais, e declarou: "*Herr* Hofrat, seus dias aqui estão contados". *Herr* Burghauser, que às vezes tocava música de câmara com *Vati* como convidado do Quarteto Rosé, foi mais tarde ao nosso apartamento e me contou toda a podridão da história. Disse como todos haviam ficado envergonhados ao saber que o nazista tinha insultado meu pai daquela maneira.

Alma fez uma pausa e apertou os lábios com força.

– Meu pai foi humilhado, tinha acabado de perder o posto de maestro, e não só isso, foi excluído da apresentação de gala que haviam preparado para os alemães, para aquela noite. A ópera de Eugen d'Albert, *Tiefland*. É estranho como me lembro com detalhes... talvez porque meu pai não parava de repetir, incessantemente, depois que chegou em casa naquele dia, "Por que não posso tocar com eles? Eu faço parte da orquestra, sou o regente!" Coitadinho... Ele tinha sempre um ar tão digno, tão nobre, e naquele dia parecia que tinha envelhecido anos de uma hora para outra. Você precisava ver, Zippy. Os ombros se curvaram de repente, e os olhos... a expressão dos olhos dele era algo que eu não suportava ver! Uma mágoa profunda, parecia uma criança que não conseguia entender o que acontecia. O grande professor Rosé, o venerável regente da Filarmônica de Viena, fundador do Quarteto Rosé, reduzido a nada em um dia, pelas ordens de um demente. Um judeu. Um apátrida. Um dreno na sociedade ariana.

– Ele...? – Zippy examinou o rosto de Alma, receosa de concluir a pergunta, tentando se fazer entender sem dizer as palavras.

– Ah não, ele está vivo. – Alma permitiu-se um breve sorriso. – Está atualmente na Inglaterra, um estrangeiro amigável com todo o direito de atuar. Artistas emigrados na Inglaterra e nos Estados Unidos criaram um Fundo Rosé, especial para ele, além do dinheiro que meu irmão e eu mandávamos. Ele insistia que queria continuar se apresentando, não importava a chuva de bombas que caía na capital, mas um amigo da família o levou para o campo, pelo que serei eternamente grata. É um alívio saber que ele está em segurança.

Alma fez outra pausa antes de concluir, como se não acreditasse inteiramente nas próprias palavras:

– Quem sabe um dia voltarei para ele.

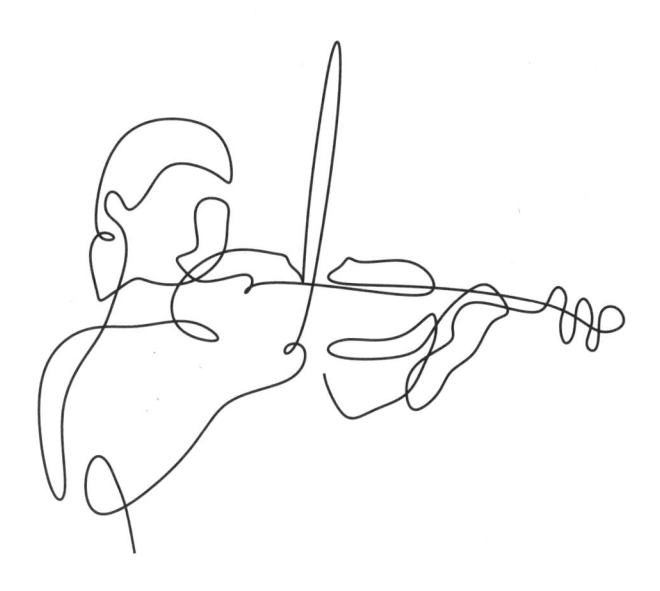

Capítulo 6

Vestindo uma combinação fina fornecida por Kitty do *Kanada*, Alma estava escovando os dentes com o pequeno montinho do precioso pó branco que tinha um leve aroma de menta. Vinha em uma caixinha redonda com uma mulher loira com sorriso radiante na tampa e algumas palavras ininteligíveis em polonês ou tcheco, mas, aparentemente, Kitty estava familiarizada com todos os idiomas e sabia o que dar a Alma, juntamente com uma escova de dentes, uma barra de sabonete e até um creme facial perfumado. Antes, no Bloco Experimental, ela tinha de improvisar com um pedaço de pano enrolado no dedo; que felicidade poder escovar os dentes como um ser humano normal outra vez!

Depois de cuspir na pia rústica, Alma ergueu os olhos para o espelho rachado que Sofia havia pendurado ali poucos dias antes e descobriu que estava sorrindo. Realmente, como era necessário tão pouco para deixar uma pessoa feliz, pensou de repente.

– Alma! – A voz de Zippy ecoou do lado de fora da latrina suja. Ela parou na porta e apontou com o polegar na direção do campo. – Hoje é o dia da enfermaria. Toda terça e quinta, nós tocamos para as doentes do *Revier*, o hospital feminino. Sofia perguntou se você prefere tocar com a orquestra ou ficar aqui e trabalhar... ou alguma outra coisa com que queira se ocupar. Mandl disse que não é obrigatório aparecermos por lá se não quisermos.

Alma olhou para ela com incredulidade.

– Claro que irei! Por que eu não quereria tocar para as doentes?

Zippy ficou em silêncio por alguns momentos.

– Você nunca esteve na enfermaria, não é? – perguntou ela por fim, baixinho.

– Não, mas imagino que seja um hospital como qualquer outro, só que no campo... ou não? – Alma deu de ombros e pegou seu lenço de cabeça. Ela o havia lavado na noite anterior, em água fria, porém com sabonete francês perfumado, e o colocado para secar em um dos canos de água onde a ferrugem crescia como cogumelos. A latrina inteira cheirava a lilases. – É muito horrível?

Zippy olhou para ela por um longo tempo, com evidente desconforto. Por fim perguntou, em um tom de voz estranhamente inexpressivo:

– Você não sabe muito sobre hospitais de campo, sabe?

Alma virou-se para ela, com uma resposta sarcástica na ponta da língua – *É sério que o hospital do campo tem alguma comparação com o Bloco Experimental?* – Mas a expressão no rosto de Zippy era de tamanha aflição que a voz de Alma ficou presa na garganta. Apesar da crescente sensação de desconforto, ela segurou a mão de Zippy e forçou um sorriso antes de repetir, aparentando uma convicção que não sentia mais:

– Eu irei.

No caminho para a Enfermaria Feminina de Birkenau, Zippy comentou que era possível reconhecer o Bloco 25 apenas pelo cheiro. A princípio, Alma achou que era exagero. Fazia dias que ela vinha inalando o odor nauseabundo do crematório; era inconcebível imaginar algo mais atroz do que a combinação de carne queimada e cabelo chamuscado. Entretanto, conforme o cheiro insuportável se espalhava mais pela atmosfera, Alma percebeu que Zippy tinha razão. Era uma mistura revoltante de carne em decomposição e excremento putrefato. Em comparação com aquilo, o cheiro do Bloco Experimental era brincadeira de criança. Diminuindo o passo, Alma ergueu a gola do vestido para cobrir o nariz e a boca e, no mesmo instante, sentiu-se culpada por fazer isso.

A seu lado, Zippy abraçou o bandolim, com a pele do rosto esverdeada. Somente depois que Sofia cutucou Alma delicadamente nas costas com a recomendação "Não fique parada no meio do caminho, as SS estão olhando", foi que ela se forçou a colocar a faixa de *Kapo* no braço e seguiu em frente, diretamente para as entranhas do inferno, conforme sua impressão.

Dentro do bloco da enfermaria, era ainda pior. Uma visão verdadeiramente assustadora apresentou-se aos olhos de Alma. Ao longo do extenso corredor, deitados diretamente no chão de pedra, estavam fileiras e fileiras de corpos emaciados; algumas das mulheres ainda faziam um esforço para se mover, outras estavam completamente imóveis. Uma massa de ossos e pele com crostas acinzentadas pendia de seus membros como se fossem pedaços de pano. Os olhos fundos fitavam sem enxergar. Por toda parte, havia trapos de uma cor difícil de identificar, endurecidos com gordura e excrementos secos. Tufos esparsos de cabelo se projetavam de couros cabeludos recobertos de feridas das quais ninguém havia cuidado.

Engolindo com dificuldade, ela foi percorrendo aquele purgatório, inalando o ar pela boca, mas mesmo assim sentindo no fundo da garganta o gosto de apodrecimento prematuro. Tentando revestir o semblante de uma postura corajosa, foi caminhando pelo que restava de humanidade naquele lugar, em comparação com o qual o Inferno de Dante perdia todas as cores.

Mulheres. Era terrível pensar que todas aquelas mulheres eram mães de alguém, irmãs, filhas, esposas. Noivas lindas que sorriam nas fotos que ela tivera oportunidade de dar uma olhada no *Kanada*, junto com certidões de nascimento, passaportes, certificados de premiações militares e contas bancárias, agora tudo em pilhas de papelada inútil a serem queimadas mais tarde por um ex-rabino nos fundos do depósito. Kitty havia contado que ele recitava o *kadish* toda vez que realizava o ritual. Somente agora Alma entendia por que, efetivamente, elas pareciam zumbis, aquelas mulheres do Revier. Condenadas, sentenciadas à morte, independentemente de um diagnóstico preciso. Era adequado para o rabino chorar por elas enquanto estavam vivas.

À medida que Alma transitava cuidadosamente por entre aquela massa humana, mãos ossudas agarravam a barra de seu vestido e passavam a mão em seus tornozelos. Como se revivessem à visão de mulheres saudáveis e relativamente bem vestidas, as pobrezinhas apelavam para elas com o pouco de forças que lhes restava. Em sua ilusão, qualquer um que andasse ereto devia parecer um médico para elas, alguém capaz de realizar um milagre, com esparadrapo, remédios de sulfa, iodo e até, quem sabe, um pedaço de pão.

Perturbada e mortificada, Alma virou-se para Sofia com expressão de desespero.

Sofia apenas a impeliu para a frente outra vez.

– Continue. Tocamos para as que realmente conseguem sair daqui.

– E as que... – Alma não conseguiu concluir a frase, apenas olhou em volta desamparada, segurando o estojo do violino com força.

– Essas serão levadas no transporte a qualquer momento. Vá em frente. Metade delas está com tifo e disenteria... quer ficar doente também? – Sofia apressava Alma com uma urgência cada vez maior. Também sentia-se mortificada por estar ali, com aquelas mulheres condenadas, cujos gemidos e súplicas cada vez mais altos rasgavam a alma das meninas do Bloco de Música.

Com grande relutância, Alma forçou-se a se mover para a frente até chegarem a um setor que pelo menos lembrava de longe uma espécie de enfermaria. Os catres ainda transbordavam com corpos emaciados, mas pelo menos estavam deitados em colchões de palha forrados com roupa de cama de aparência duvidosa; mas não deixava de ser uma melhoria em relação ao que Alma acabara de testemunhar na antecâmara. Algumas das internas tinham até cobertores rústicos sobre as pernas e travesseiros forrados de palha sob a cabeça.

– Por que o tratamento preferencial? – Segurando a manga do vestido de Zippy, Alma acenou com a cabeça na direção de uma das enfermas, que estava mastigando uma espécie de biscoito.

– Algumas internas recebem pacotes de fora do campo. As enfermeiras não são tolas e sabem o que fazer para conseguir o que querem. Conseguem aspirina, roupas limpas; preenchem os travesseiros e tiram o nome dessas internas das listas de seleção e, em troca, ficam com uma parte do conteúdo dos pacotes. Não é uma barganha ruim, pensando bem. – Ela continuou a explicar em tom confidencial: – Algumas destas mulheres aqui nem estão doentes. Se elas tiverem comida suficiente para subornar os médicos ou enfermeiras, conseguem uma ou duas semanas de férias. Claro que a artimanha tem seus riscos... os médicos da SS às vezes aparecem por aqui, e aí é câmara de gás na certa. Mesmo assim elas se arriscam. É compreensível... elas não são como nós. Trabalham duro do lado de fora, doze horas por dias, seis dias por semana. A lista de chamada dura três, quatro horas, e elas apanham à menor provocação, diferentemente de nós, o grupo mais culto. Não dá para culpá-las, em sã consciência.

Brevemente cumprimentadas pela equipe médica que perambulava por ali – de fato alguma inspeção devia estar para acontecer, Alma concluiu pela comoção frenética –, as moças da orquestra se juntaram em um canto e começaram a afinar seus instrumentos.

– O que vocês costumam tocar aqui? – indagou Alma baixinho.

Sofia deu de ombros.

– Qualquer coisa alegre. Nada daqueles clássicos melancólicos. Nossa tarefa oficial é elevar os ânimos, portanto qualquer música popular serve.

– Pode ser *Blaue Husaren*, de Zara Leander?

– Zara Leander, com certeza pode.

– Sabe, os avós dela eram judeus – disse Alma em tom de voz neutro. – Como os de Margarete Slezak, a estrela da ópera de Berlim e favorita de Hitler. – Ignorando a expressão atônita de Sofia, Alma empunhou o arco, o olhar perdido na distância. – Margarete... Gretl, como a chamávamos...

foi minha amiga de infância. Ela passava as férias de verão conosco todos os anos, em nossa casa de veraneio perto da Floresta Negra. Éramos inseparáveis, *Vati* brincava que éramos siamesas. Mas, quando tentei entrar em contato com ela outra vez em 1938, logo depois que meu pai foi demitido da Filarmônica de Viena, ela se recusou a nos ajudar. Acho que temeu pela posição frágil de sua família. Ela viaja por toda a Europa ocupada, entretendo as tropas, pelo que eu soube.

Como se despertasse de repente de um sonho, Alma bateu com o arco na parede, na ausência de uma estante, e avisou:

– Meninas, *Blaue Husaren*!

Em uma questão de segundos, a atmosfera dentro da enfermaria mudou. Uma melodia alegre preencheu o ambiente, despertando as internas de seu sono diurno intermitente.

Alma achava bizarro tocar uma música tão animada em um barracão que fedia a morte e onde havia mulheres desenganadas deitadas no chão do lado de fora da enfermaria, ignoradas até pela equipe médica. Mas a SS afirmava que a música elevava o moral das doentes, e, portanto, elas tocavam – para as moribundas na enfermaria e para as gangues externas que passavam pelos portões todas as manhãs ao som das marchinhas, como que em um desfile grotesco.

Escravas elas próprias, tocavam para pessoas escravizadas, em um mundo que só podia ter enlouquecido completamente, onde conceitos como música e sofrimento inimaginável podiam coexistir em harmonia em um inferno como Auschwitz.

Enquanto elas tocavam, algumas mulheres escorregavam para fora dos catres e arrastavam os pés descalços até perto da parede próxima à orquestra, agarradas àquelas infames imitações de cobertores contra o peito. De tempos em tempos, elas estendiam as mãos quase transparentes, com veias azuis salientes, e encostavam nos instrumentos, com um sorriso débil e melancólico nos rostos exaustos e pálidos.

Uma enfermeira apareceu com um frasco de aspirinas e distribuiu as pílulas entre as pacientes que estavam dispostas a trocar suas rações pelo breve alívio que o remédio proporcionava. A maior parte dos medicamentos vinha do mercado negro local, segundo a sabe-tudo Zippy. Morfina era o mais caro de todos, mas ainda assim podia ser obtido no hospital da SS, onde era encontrado em abundância. Só era necessário saber qual a pessoa certa a subornar.

Uma buzina impaciente do lado de fora e gritos familiares em alemão agitaram a equipe médica e as doentes que conseguiam se mover. Correram cada um para um lado, as internas que estavam ouvindo a música voltaram apressadas para seus beliches e se deitaram, apoiando a cabeça no cotovelo dobrado e puxando os cobertores até o pescoço, olhando assustadas para o corredor. Ali, uma espécie de *Aktion* – um eufemismo tipicamente alemão para uma operação de extermínio – estava acontecendo, pois os gritos frenéticos logo substituíram os gemidos fracos e súplicas desesperadas, em todas as línguas europeias imagináveis.

Ainda invisível, aquela orgia babilônica de violência quase abafou o som da música, de tão ruidosa que era. Enrijecidas de medo, as garotas retomaram o ritmo sem nenhum comando, impulsionadas por uma espécie de instinto animal de pura autopreservação.

Do corredor veio um grito inflamado em alemão. Era a voz de alguém acostumado a dar ordens e a ser obedecido.

– As ordens da administração médica eram para colocar setenta internas na lista de hoje! Contei apenas quarenta e três. Onde está o resto?!

A médica interna, com o corpo firmemente posicionado na soleira da porta da enfermaria, bloqueando o caminho do homem da SS, respondeu algo como que o resto eram trabalhadoras saudáveis em recuperação e tentou mostrar alguns gráficos para o homem uniformizado, em uma lamentável tentativa de salvar algumas pacientes.

Os alemães adoravam fazer aquelas listas, Alma lembrava-se de Zippy ter dito. Também adoravam colocar números nelas, os números aos quais haviam reduzido a população do campo. O *Kommandant* Höss de Auschwitz se certificava de que precisamente vinte mil tivessem sido exterminados até o final o mês. Doentes ou saudáveis, judeus ou comunistas, homens ou mulheres, não importava. O que importava era que as listas estivessem corretas, e os números, em ordem.

A médica interna ainda estava dizendo alguma coisa, com os olhos suplicantes fixos no guarda, mas ele simplesmente a estapeou, com tanta força que ela cambaleou de costas até a parede e caiu no chão, ainda segurando a prancheta contra o peito.

O homem da SS passou por cima das pernas dela e avaliou a enfermaria com os olhos estreitados e um cassetete na mão. Em menos de um segundo, ele arrancou um cobertor ralo de uma paciente que tinha a má sorte de estar deitada mais perto dele.

– Qual é o seu problema?

– Estou me recuperando de malária, *Herr Unterscharführer*. – Com os olhos arregalados, ela tremia inteira sobre o catre.

– Ainda está doente?

Indecisa sobre o que responder, a mulher arriscou um olhar na direção da médica, que não a olhou de volta; apenas ficou ali de pé, esfregando o rosto com uma expressão de fatalidade no rosto.

– Eu lhe fiz uma pergunta, sua *Scheiße-Jude!*[8] Ficou muda de medo?!

– *Jawohl, Herr Unterscharführer*. – A resposta dela foi um mero sussurro.

– *Jawohl*, o quê?!

– *Jawohl*... Eu ainda estou doente, *Herr Unterscharführer*.

Com um sorriso malvado, o guarda ergueu o cassetete e atingiu as pernas nuas da mulher.

– E agora? Ainda está doente? Eu lhe dou mais remédio ou a ajudo a entrar no furgão lá fora? O Reich não precisa de judeus doentes que não podem trabalhar e contribuir para o esforço de guerra.

Dois dolorosos vergões já se projetavam nas pernas da mulher. Como em meio a um terrível pesadelo, Alma olhava para eles, incapaz de desviar

---

[8] Judia de merda. (N.T.)

o olhar, o tempo inteiro tocando a música alegre como se suas mãos se movessem por vontade própria. De repente se sentia como uma marionete impotente em um teatro de fantoches grotesco conduzido por um demente invisível. Suas companheiras marionetes aterrorizadas seguiam o ritmo da mesma maneira mecânica, como se as mãos de todas fossem puxadas pelos mesmos cordões ocultos.

A mulher se arrastou para fora da cama e cambaleou, quase caindo pelo esforço.

– Eu posso trabalhar, *Herr Unterscharführer*!

O homem da SS explodiu numa gargalhada e abriu os braços. Atrás dele, dois internos vestindo calças listradas, mas paletós à paisana, se aproximaram. Parados na porta, mudavam o peso de um pé para o outro, aguardando as ordens de seu superior. Virando-se para eles, o guarda gesticulou com o cassetete na direção da mulher trêmula.

– É uma cura milagrosa! Alguma vez já testemunharam algo parecido? Vamos ver quantas mais dessas vacas judias estão aqui de folga à custa do Reich. Ainda preciso de vinte e sete internas para completar minha lista.

Os dois grandalhões entraram e foram andando pela enfermaria, arrancando outras mulheres de seus catres. As que conseguiam ficar em pé se apoiavam com mãos trêmulas nas paredes e umas nas outras. As que nem isso conseguiam eram puxadas dos catres e arrastadas para o corredor pelos pulsos e tornozelos.

No canto perto da porta, a médica ia excluindo seus números da lista em silêncio. O rosto dela estava todo molhado de lágrimas.

Do lado de fora das paredes do barracão, os lamentos tinham aumentado para um volume insuportável. Combatendo o desejo de cobrir os ouvidos com as duas mãos, Alma continuou a tocar sob o olhar curioso do homem da SS. Ele caminhou por entre os catres vazios e se aproximou da orquestra. Parando a poucos passos de Alma, começou a assobiar a melodia que ela estava tocando, em perfeita harmonia com o violino. Ela fechou os olhos, incapaz de suportar a visão do rosto bonito e cruel à sua frente.

De repente, algo pousou em sua mão direita, assustando-a. O arco raspou nas cordas com um som arrepiante. Dentro do peito, seu coração batia com tanta força que ela poderia jurar que quebraria suas costelas a qualquer momento. A ponta arredondada do cassetete tocou mais uma vez na mão que segurava o arco – em um toque gentil e suave, não um golpe doloroso.

– Essa é minha música predileta – anunciou o guarda, amigavelmente. A súbita mudança de besta enfurecida para amante da música de Zara Leander era mais que perturbadora. – Você é musicista profissional?

– *Jawohl, Herr Unterscharführer.*

– Como se chama?

– Alma Rosé, *Herr Unterscharführer.*

Ele franziu o rosto, como se tentasse se lembrar.

– Você é aquela violinista nova de quem a *Lagerführerin* Mandl fala o tempo todo?

– Suponho que sim, *Herr Unterscharführer.*

– Agora eu entendo o entusiasmo... Você toca muito bem.

Alma não detectou sarcasmo na voz do homem. Ele parecia genuinamente impressionado.

– Obrigada, *Herr Unterscharführer.*

No silêncio que se seguiu, gritos animalescos soaram do lado de fora das paredes do barracão, tornando-se ensurdecedores. De repente, Alma não conseguia respirar. Tudo era demais, alto demais, aterrorizante demais, aquele homem da SS com o cassetete, a médica indefesa, os corpos emaciados e trêmulos enfileirados ao longo da parede, a humanidade condenada ganindo como um rebanho de animais conduzidos ao matadouro e o fato de que não havia como escapar daquilo tudo.

– Ei, rapazes – o guarda da SS virou-se para seus subalternos. – Viram como ela toca bem?

– Música de primeira qualidade, *Herr Unterscharführer*! – Eles se apressaram a acenar com a cabeça, concordando imediatamente; seus semblantes eram uma imagem unânime de subserviência. – Que talento!

— Vocês não reconheceriam talento nem que ele caísse dentro das suas canecas nojentas – resmungou o homem da SS, só para ouvir um respeitoso *"Jawohl, Herr Unterscharführer"* em resposta ao insulto. Aborrecido, ele deu um tapa sem muita vontade em um dos rapazes ao passar por eles.

O que a impulsionou a ir atrás do homem, Alma não sabia. O chão do corredor vazio, onde as moribundas estavam deitadas poucos minutos antes, já estava sendo esguichado por uma enfermeira. Alma olhou para ela com reprovação. Sofia tentou chamá-la, mas os pés de Alma a levavam para a frente como que por vontade própria. Do lado de fora, havia um furgão estacionado. Dois internos corpulentos de camiseta branca e boina listrada arremessavam as mulheres para dentro, segurando-as pelos braços e pernas como se fossem sacos, ignorando os gritos petrificados.

— Há corpos aqui! Corpos! Vocês estão nos colocando junto com pessoas mortas! Não estamos mortas ainda!

— Estarão, em cerca de trinta minutos – respondeu o oficial da SS em tom bem-humorado, olhando para o relógio de pulso.

Aos poucos, os protestos se transformaram em soluços desamparados, profundamente tristes.

Sem pensar, Alma encaixou o violino entre o ombro e o queixo. Não tinha poder para mudar o destino daquelas mulheres nem podia ajudá-las de alguma forma, por isso fez a única coisa em que pôde pensar: tocou o *Hatikvah* para elas. Era uma ofensa capital tocar o hino nacional de Israel em Auschwitz, e no entanto, de repente, não fazia mais diferença para Alma se ela terminasse dentro daquele furgão por sua insolência, acrescentando mais um nome à lista do SS.

Ele ficou olhando para ela boquiaberto, num silêncio atordoado, que poderia ser seguido a qualquer momento por uma explosão violenta, e Alma sabia. Apesar de tudo, era a única coisa certa a fazer; ela sentia isso profundamente em seu coração, e sempre valia a pena arriscar a vida pela coisa certa.

Dentro do furgão com o logotipo da Cruz Vermelha, as mulheres foram aos poucos silenciando. O violino de Alma despertou alguma coisa nelas;

algo que os nazistas haviam tentado eliminar e apagar da memória para toda a eternidade – o orgulho nacional de um povo sofredor que sobrevivera ao longo de milhares de anos contra todas as probabilidades.

Com uma dignidade nobre e resoluta, elas deitaram a cabeça no ombro umas das outras e cantaram a letra da música da Terra Prometida com os olhos fechados. A maioria chorava em silêncio, sem mover um único músculo do rosto; algumas olhavam para Alma com gratidão por lhes trazer paz naqueles últimos minutos de suas vidas.

Tirando o violino do ombro, Alma percebeu que o instrumento estava molhado com suas próprias lágrimas. Ela nem se dera conta de que havia chorado o tempo todo.

Quando se virou para o homem da SS, notou que o cassetete pendia imóvel ao lado dele, como se de repente ele não soubesse o que fazer com aquilo.

– *Herr Unterscharführer* – disse baixinho, e desta vez com certo respeito na voz. – Por favor, deixe-me ir com elas. Elas irão mais em paz se eu continuar tocando...

– Não. – Recuperando-se depressa, ele a interrompeu com um categórico meneio de cabeça. – Não é permitido. Somente o *Sonderkommando* tem permissão para... – Ele calou-se abruptamente e apertou os lábios, como se tivesse falado mais do que deveria, colocou o quepe na cabeça e afastou-se em passo de marcha.

As portas do furgão foram trancadas com um clangor sinistro, mas dessa vez nenhum som veio lá de dentro. Segundos depois o veículo partiu na direção do crematório, deixando Alma sozinha na frente do barracão mortalmente silencioso.

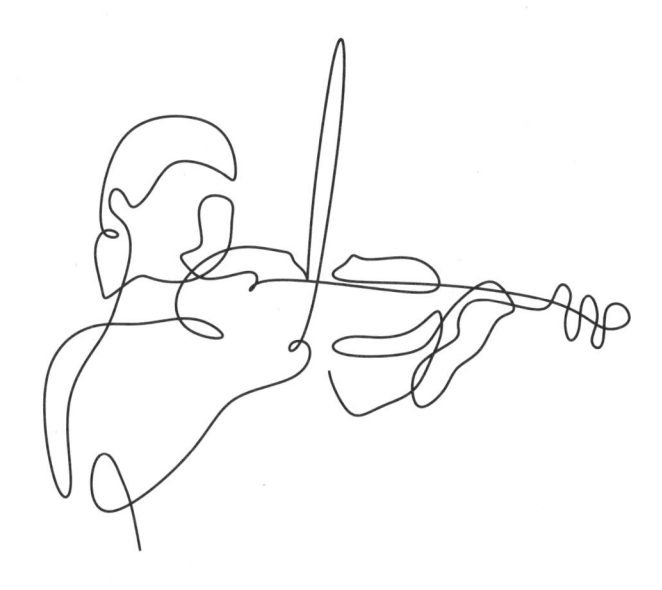

Capítulo 7

– Você não precisa ir à rampa – disse Sofia. Àquela altura, Alma já estava familiarizada com a gíria que os internos e os SS usavam para a plataforma de desembarque do trem. – É só alguma música bobinha que eles esperam que toquemos para os recém-chegados enquanto os médicos da SS fazem a triagem. Eu posso reger.

Sofia estava na soleira da porta do quartinho de Alma, vendo-a pelejar com o pente. O cabelo de Alma estava crescendo e se enrolando em caracóis curtos e sedosos que se recusavam a ser penteados e a ficar ajeitados de alguma forma. Na claridade esmaecida do amanhecer, os olhos da violinista tinham um brilho mais intenso que de costume – negro, radiante, alerta, inteligente. Eram seu traço mais marcante, que chamava a atenção imediatamente. Ela estava dolorosamente pálida, as maçãs do rosto estavam salientes, mas aqueles olhos bonitos e expressivos brilhavam com tanta intensidade e deixavam transparecer uma força tão grande que era impossível não se enfeitiçar. Sofia achava espantoso que, mesmo em condições tão horríveis, Alma conseguisse demonstrar uma dignidade de realeza. Era como se ela simplesmente se recusasse a ser afetada pela sordidez da vida no campo de concentração e mantivesse a cabeça erguida e os ombros retos, numa atitude quase de desafio à degradação a que todos eram obrigados a se submeter.

"Foi uma sorte para a orquestra que Mandl tenha nomeado Alma como Kapo", pensou Sofia, sem um pingo de ressentimento pela posição perdida. Alma era muito mais forte que ela; ensinaria às meninas como sobreviver.

– Eu já escutei essa música "você-não-precisa-ir" antes. – Alma a fitou nos olhos. – Na última vez foi Zippy. Começo a temer que vocês estejam tramando contra mim na esperança de usurpar meu poder de *Kapo* duramente conquistado.

Sofia riu baixinho, apreciando o humor.

– A própria Zippy não vai para a rampa, se puder deixar de ir. Por que você quereria ir?

Desistindo de pentear o cabelo, Alma cobriu a cabeça com um lenço e pegou o estojo do violino junto com a batuta de regente sobre a mesa.

– Eu não *quero* ir, mas irei. Se a orquestra inteira vai, o mínimo que se espera é que a regente também esteja lá.

– A rampa é um quadro do inferno.

– Este lugar inteiro é um quadro do inferno, se ainda não notou.

– Algumas partes são mais infernais que outras.

– Talvez. Mais uma razão para irmos tocar lá.

– O doutor Mengele é o encarregado das seleções. Só a presença dele já seria um incentivo suficiente para eu ficar longe.

A reputação do *Herr Doktor* o precedia. Os rumores que corriam no campo eram de que, em comparação com o doutor Mengele, o doutor Clauberg do Bloco Experimental de Auschwitz era um mero canalha. Diferentemente de seu colega, a imaginação do doutor Mengele não se limitava à esterilização sem sangue. Na verdade, a esterilização era o de menos para ele. O doutor Mengele tinha ambições muito maiores – ele estava escrevendo um artigo sobre a teoria racial ariana e achava que seria uma ideia maravilhosa usar os internos de Auschwitz como cobaias para provar sua tese. Ele havia chegado ao campo recentemente, depois de ser ferido no *front* oriental, mas já tinha tomado conta de todo o composto de blocos experimentais de Birkenau – barracões separados para meninos gêmeos e meninas gêmeas, um para ciganos e anões, instalações para internos com deformidades, que, de acordo com Zippy e os documentos que ela às vezes era forçada a datilografar no escritório do campo, *Herr Doktor* dissecava com uma regularidade invejável e com o fanatismo de um cientista louco. Às vezes ele nem se dava ao trabalho de aplicar anestesia. Às vezes pingava corantes químicos nos olhos das crianças com a esperança de mudar a cor. Até então não havia obtido êxito, Zippy contara para Sofia; Zippy sabia porque eram ela e Mala, sua colega judia no escritório do campo, que empacotavam os potes com olhos nadando dentro deles em diferentes soluções, dentro de caixas com o rótulo "Manuseie com Cuidado: Material de Guerra – Urgente". As caixas eram despachadas para o Instituto de Pesquisas Biológicas, Raciais e Evolutivas em Berlim-Dahlem.

Alguma coisa estalou na mente de Alma. Ela ainda estava abalada depois do que havia acontecido na enfermaria e tinha jurado para si mesma, assim que voltaram para o bloco, que faria qualquer coisa ao seu alcance para impedir que suas meninas fossem jogadas em um daqueles furgões de maneira tão degradante. Agora, ela olhava para Sofia, refletindo ansiosamente. Alguma coisa que o homem da SS dissera, uma frase, continuava girando em círculos em sua mente – *As ordens da administração médica eram para colocar setenta internas na lista...*

Alma ergueu a cabeça bruscamente e fitou Sofia com intensidade, um sorriso começando a se formar em seus lábios.

– O doutor Mengele é encarregado apenas das seleções na rampa? – ela perguntou, com súbito interesse, quando Sofia não se moveu de sua posição na porta, como se a bloqueasse fisicamente com seu corpo.

– Não. Ele os leva pelo campo também, quando está entediado. O que acontece dia sim, dia não.

– Mandl pode passar por cima das decisões dele?

– Ele é médico, então não. A autoridade dele é quase ilimitada no que se refere às seleções. Mandl pode tentar intervir, mas a decisão final é dele.

Alma pensou um pouco e acenou com a cabeça. Sob a testa franzida em concentração, dois olhos escuros brilhavam, agudos e firmes.

– Então, ele também pode conceder perdões, eu presumo. – Ela olhou para Sofia, ainda calculando alguma coisa na mente.

– Pode – disse Sofia, olhando para ela com desconfiança. Não estava gostando nada da expressão no rosto da violinista. – Mas ele só fará isso se tiver algum interesse pessoal na barganha. Não se iluda, ele é um monstro. Mas só do lado de dentro. – Ela deu um sorriso sarcástico. – Por fora ele é bonito como um artista de cinema e educado a ponto de ser ridículo. Até espetar o coração de um interno com uma injeção de fenol só para dissecar o corpo ainda quente.

– Parece ser um encanto de pessoa – murmurou Alma, com expressão séria. – Agora, vamos. Imagino que não seja recomendável chegarmos atrasadas.

Sem hesitar, Alma passou por Sofia com passos resolutos, ombros e cabeça erguidos e o estojo do violino nas mãos.

Com um sorriso suave nos lábios, Sofia viu as moças seguir prontamente sua nova líder sem que nenhum comando tivesse sido dado. Ela seguiu Alma para fora e alinhou-se com as moças em frente ao barracão, enquanto Alma inspecionava sua pequena tropa cuidadosamente e com ar profissional.

– Volte para dentro e limpe seus sapatos... Estão empoeirados... Aperte seu cinto, está muito baixo...

Sofia acenou a cabeça com aprovação. Alma aprendia rápido.

Um batom – que Alma conseguira contrabandear de algum canto – passou de mão em mão entre as fileiras do Bloco de Música. Enquanto Alma passava o batom nas faces pálidas, em um engenhoso substituto para ruge, a expressão das meninas se transformou como que por mágica.

– Maria, veja só você! Parece uma artista de cinema!

– Como nos velhos tempos, nos bailes!

– Karla, que linda você está. Como nas fotos...

– Hilde, se Werner visse você agora...

Quando chegou a vez de Sofia, ela fez uma careta para sua sucessora.

– De onde veio isto?

Alma deu de ombros com indiferença. Estava mais preocupada com a aparência da orquestra do que com a logística. Em Auschwitz, ruge e batom custavam o preço de ouro. Faces rosadas e lábios que ainda tinham cor não eram uma questão de moda, eram uma questão de vida ou morte. Zippy já havia comentado mais de uma vez com Alma como as internas que não tinham condições de pagar por esses luxos estapeavam o próprio rosto e mordiam os lábios com força até sangrar para parecerem mais saudáveis do que realmente eram, antes das seleções. Alma tinha guardado aquele precioso batom exatamente para essa finalidade, mas agora, considerando que o doutor Mengele estaria lá para vê-las tocar, precisava que as meninas estivessem com a melhor aparência possível.

– Do *Kanada*... de onde mais? O supervisor me deixou pegar se eu tocasse uma música para ele.

– Que música?

– Uma melodia romântica que ele dançou com uma amiga especial antes de ser transferido para cá. Disse que sente muita saudade dela.

Sofia arqueou uma sobrancelha, com ar cético.

– Então, eles têm sentimentos, os SS?

– Devem ter... só que não em relação a nós.

Lá no alto, acima das cabeças cobertas com lenços, o sol ardia impiedosamente. Em fileiras ordenadas de cinco em cinco, as moças marcharam ao longo da *Lagerstraße*, um pequeno exército de azul desfilando rua abaixo, passando por barracões vazios com as portas abertas, que lembravam bestas antigas com as bocas escancaradas, prontas para engolir presas humanas todas as noites, sem falta; passando por torres de vigia onde guardas idosos da SS cochilavam em cima de suas metralhadoras; os mais jovens tinham servido de alimento para a besta do *front* oriental, fazia tempo. Agora era a vez dos pais dos filhos mortos de vestir o uniforme e vigiar aqueles com quem não tinham nenhum conflito, mas que *der Führer* odiava e proclamava como inimigos. Nos tempos de juventude, em um *front* oriental diferente, havia um inimigo diferente – armado e perigoso – não aquelas mulheres e, certamente, não aqueles homens esqueléticos. Ao contrário dos filhos ideologicamente confiáveis, agora mortos, eles não conseguiam compreender aquilo tudo, então cochilavam ou fumavam seu cachimbo, mergulhavam em uma abstração lânguida e observavam as que tocavam música marchando como soldados em uma parada.

Logo a infame rampa surgiu à vista. De dentro de sua cabine, um guarda da SS mal olhou para as meninas antes de sinalizar para que passassem pela abertura estreita na cerca de arame. Enganados pelo zumbido baixo que vinha da cerca, os pássaros às vezes pousavam nela. Os pastores-alemães dos SS se divertiam brincando com seus corpinhos no instante em que caíam no chão.

O trem ainda não havia chegado. A plataforma estava deserta e silenciosa; somente dois oficiais da SS de baixa patente perambulavam por ali, parecendo terrivelmente entediados, enquanto seus subordinados internos esperavam a uma distância respeitável.

Movendo-se o mais discretamente possível e sem fazer barulho para não perturbar os guardas, Alma começou a organizar sua pequena tropa.

Reprimindo um bocejo, o homem da SS encarregado da recepção do transporte consultou o relógio de pulso.

– Aquela droga está atrasada de novo.

Seu companheiro, magro e de óculos, tateava os bolsos à procura de cigarros.

– Deve estar dando passagem para algum transporte das *Wehrmacht*[9].

O primeiro homem estreitou os olhos, vasculhando o horizonte.

– Você notou que os transportes das *Wehrmacht* só vão em uma direção, ultimamente? Sempre para o leste. Voltando, só os trens da Cruz Vermelha

---

[9] Forças Armadas. (N.T.)

com soldados feridos, para os hospitais do exército se os bombardeiros soviéticos não jogassem alguns ovos neles e acabassem com essa necessidade.

– Besteira. – O segundo gesticulou como que descartando a ideia. – Os transportes das *Wehrmacht* fazem a rota para casa o tempo todo. De outra forma, como os soldados de licença iriam para casa?

– E eles vão? – O primeiro estreitou os olhos com expressão de malícia. – Quando foi a última vez que você viu um transporte das *Wehrmacht* lotado de soldados em licença? Desde que perdemos Stalingrado e todo o 6º Exército junto, só fizemos recuar.

– Reduzindo o *front* – disse o segundo homem, de maneira não muito convincente.

– Essa é a estratégia! – O primeiro riu, zombeteiro. – Trazer todos para Berlim para que possamos atacá-los em nossa própria terra com nossas armas milagrosas! Não importa que a superioridade numérica deles tenha crescido para cerca de dez soviéticos para cada alemão, mas, já que somos guerreiros arianos tão ferozes, vamos destruí-los todos unicamente pelo princípio do sangue superior. – Ele cuspiu no chão, com asco. – Continue ouvindo os discursos políticos do Ministério da Propaganda. Eles insistem que estamos ganhando esta guerra mesmo quando um Ivan ou outro está dormindo em sua cama com sua mulher e você está detido neste campo como prisioneiro de guerra.

O segundo homem se empertigou, mas não disse nada, apenas tirou um cigarro de uma bela cigarreira de prata e também cuspiu no chão antes de acendê-lo.

– Eu poderia denunciar você à Gestapo do campo... Cuidado com essa sua língua comprida.

Para grande irritação dele, o outro começou a rir outra vez.

– Onde? No *front* oriental? Vá, então, me denuncie! Eu mesmo lhe escreverei sobre os russos massacrando nossa espécie a torto e a direito!

– Derrotista!

– Idealista estúpido!

Após a troca de cortesias, os dois homens viraram-se na direção de onde viria o trem. Os trilhos tinham começado a vibrar levemente. Logo em seguida, um apito estridente, mas ainda distante, perfurou o ar.

Tendo organizado a orquestra no lugar designado, Alma ergueu a batuta, aguardando o sinal de um dos homens da SS. Os dois continuavam olhando na direção do transporte que se aproximava. O trem já tinha passado pelos infames portões de Auschwitz e diminuía a velocidade conforme chegava à plataforma. Com a mão erguida, Alma acompanhava o progresso do veículo, enquanto um vago sentimento de angústia, tensão e expectativa crescia em seu íntimo, arrastando-a para o poço escuro de lembranças recentes: o interior sufocante de um vagão semelhante, incontáveis pares de olhos brilhando de terror na penumbra permanente daquele esquife sobre rodas que deixara o campo de trânsito de Drancy para desembarcá-los no verdadeiro inferno na terra: Auschwitz. Dias e noites se confundindo em uma viagem torturante. Sem água, sem comida, um único balde no canto do vagão para ser usado como banheiro e que transbordava. A morte nos olhos das pessoas; elas caíam e morriam ali mesmo. A morte no ar: o fedor dos corpos em decomposição começando a se misturar ao de excrementos derramados. A morte espiando por sobre o ombro de Alma; delirante de sede e de fome, ela podia jurar que sentia aquele cheiro em sua própria pele. Foi preciso recorrer a uma força de vontade sobre-humana para não sucumbir. Com uma obstinação quase louvável, ela olhava para as fendas do vagão, memorizando os sinais da ferrovia enquanto passavam, primeiro franceses, depois alemães, depois poloneses e alemães juntos, até que o último apareceu e o trem parou junto à plataforma: Oświęcim – Auschwitz.

A mesma rampa onde ela se encontrava agora.

Alma sentiu um tremor percorrer seu corpo. Morte. Ela não a tinha reivindicado no trem, mas sua presença era muito tangível. Ela observava. Aguardava...

Um assobio vibrante e melódico acompanhou o clangor laborioso do trem de gado. Sem virar a cabeça, pelo canto do olho Alma viu um novo oficial que estava subindo em um pequeno pódio à sua direita. Não conseguia ver o rosto dele, meio obscurecido pela aba do quepe, mas distinguiu o uniforme elegante e impecável, com duas Cruzes de Ferro, a mais cobiçada comenda do Reich, orgulhosamente afixadas no lado esquerdo do peito, as botas de cano alto polidas a tal ponto que brilhavam ao sol como se fossem feitas de obsidiana negra reluzente, as luvas feitas sob medida que ele tirava vagarosamente das mãos. Então sua atenção se voltou para os dois subordinados do recém-chegado, ambos imóveis feito estátuas, em posição de sentido, enquanto o oficial os ignorava com uma maravilhosa indiferença.

Ela nunca o conhecera pessoalmente, mas já ouvira falar dele o suficiente para reconhecê-lo sem nunca o ter visto. Doutor Mengele, o Anjo da Morte em pessoa, viera recolher sua cota de almas naquela manhã dolorosamente linda.

O trem estava parando. O *Kommando* da rampa, com seus uniformes listrados, já estava a postos, empunhando os cassetetes.

Lenta e deliberadamente, Alma baixou a batuta. O Anjo ainda assobiava a sonata de Brahms, que ela conhecia tão bem. Sob o olhar perplexo de Sofia – *o que você está fazendo?* –, Alma passou a acompanhar a melodia em sol maior.

O assobio cessou abruptamente. Ciente do olhar de gavião do Anjo sobre ela, Alma continuou a tocar de cor. Não precisava se preocupar, poderia tocar aquela sonata dormindo. Aprendera-a tão bem para impressionar o marido, Váša, na última viagem que haviam feito juntos. Aprendera de cor, para que ele visse como ela tocava bem e se apaixonasse por ela outra vez. O casamento já se encontrava desmoronando àquela altura. As Leis de Nuremberg[10] tinham acabado de ser aprovadas na Alemanha e, de repente, era de muito mau gosto ser casado com uma judia, ou judeu. Váša sugeriu que seria melhor eles cancelarem as apresentações conjuntas.

---

[10] Leis antissemitas criadas pela Alemanha nazista. (N.T.)

Alma havia engolido o insulto e se vingado criando a orquestra feminina mais bem-sucedida, as Waltzing Girls de Viena, que se tornou uma sensação da noite para o dia e que fez turnês por toda a Europa, recebendo aplausos estrondosos em todas as grandes cidades. O marido encontrou desvantagem nisso também – "Todas essas suas ausências constantes, francamente, Alma!" – e pediu o divórcio, fingindo do princípio ao fim que isso nada tinha a ver com sua almejada posição na cena musical alemã, a qual não via com bons olhos os músicos que tivessem cônjuges de condição racial errada. Alma assinara de bom grado os papéis do divórcio.

Naquela época, ela tocara a sonata o melhor possível, para impressionar o marido; agora tocava melhor ainda, para que o Anjo poupasse a vida de suas meninas.

Quando ela terminou, o *Kommando* da rampa abriu as portas do primeiro vagão. Com um movimento lânguido da mão, o Anjo os deteve.

– Alma Rosé, não é?

Baixando o violino, Alma virou-se para ele. Ele se dirigira a ela pelo nome e de maneira polida. Ela não esperava por isso. Ou melhor, na verdade, era exatamente o que ela esperava. Sob a sombra da aba do quepe, dois olhos escuros a observavam com grande interesse. Sofia não tinha mentido: ele era de fato muito bonito. Maxilar anguloso, pele impecável, sobrancelhas escuras e um certo ar de magnificência cruel e arrogante que inspirava um misto de admiração e medo mortal ao mesmo tempo.

– Sim, sou eu, *Herr Doktor*.

Ele inclinou a cabeça para o lado, permitindo-se um ligeiro sorriso.

– Sabe quem sou eu?

– Claro, *Herr Doktor*.

Ele assentiu, satisfeito.

– Sua líder não para de se vangloriar de você. Mas vangloriar-se é tudo o que ela faz. Até a esposa do *Kommandant* queria que você e sua pequena orquestra tocassem em um de seus saraus, mas Mandl não cedeu. Sua

Lagerführerin insiste que a orquestra ainda não está pronta para se apresentar para o grande público.

– Não está, *Herr Doktor*. – Alma inclinou a cabeça com pesar. – Eu assumi recentemente a função de regente e creio que levará um tempo para ficarmos em forma. Agora continuaremos a tocar marchas simples com as quais as meninas estão familiarizadas e melodias populares, mas, se quiser ouvir algo mais sofisticado, receio que terá de nos dar alguns meses.

Mengele a estudou com ar de descrença.

– Acredita que consegue ensinar essas garotas a tocar Brahms em apenas alguns meses?

– Brahms, Beethoven, Dvorák, Tchaikovsky, Sarasate... o que desejar, *Herr Doktor*.

– Parece ter muita confiança em si mesma, *Frau* Rosé. – A expressão dele, assim como o tom de voz, era indecifrável.

– Já treinei uma orquestra feminina sob meu comando e fez grande sucesso na Europa. Sim, eu acredito que posso treinar estas meninas também. – Após a pausa que se seguiu, Alma concluiu com toda a cautela possível: – Naturalmente, facilitaria bastante o meu trabalho se a equipe fosse permanente. Eu preferiria ter mais membros na minha orquestra, digamos, quarenta pessoas em vez de apenas vinte... e, se forem profissionais como eu...

Ela ignorou Sofia, que cutucava sua perna sem parar com a batuta de regente.

– Eu entendo que o senhor precise de trabalhadoras fisicamente capacitadas antes de mais nada, mas mulheres que tocam música são criaturas gentis. – Alma sondou o doutor Mengele com o olhar. Quando ele não objetou, ela prosseguiu, com mais convicção na voz: – Elas não vão durar muito mesmo nessas gangues externas. Por que não as deixar comigo, *Herr Doktor*? E eu lhe prometo que as transformarei em uma orquestra com a qual nenhuma outra poderá rivalizar. Sob minha responsabilidade direta, claro. Caso não fique satisfeito com a qualidade da música... – *Mande-me para o gás; eu lhe reservo esse direito, como minha punição.*

Alma apenas pensou a última frase, enquanto sorria para o Anjo com um medo avassalador. Dentro do peito, seu coração batia enlouquecido, roubando-lhe o fôlego.

Durante alguns longos e excruciantes momentos, o doutor Mengele ficou olhando para ela com a cabeça inclinada para o lado. Certamente era um risco fazer propostas tão audaciosas para ele; no entanto, ele parecia estar se divertindo. Não deixava de haver ali um quê de experimento científico, e experimentos científicos sempre o entusiasmavam.

– Muito bem, *Frau* Rosé. Sua orquestra está isenta das seleções até... – Ele estreitou os olhos, pensativo. – Até o Natal. Uma data perfeita para a senhora fazer uma apresentação de primeira classe para nós e para vermos quanto suas virtuoses progrediram, concorda?

A respiração de Alma ficou presa na garganta, mas seu semblante não denunciou nada. Quatro meses sob a proteção pessoal do doutor Mengele era uma vida ali naquele lugar.

– Concordo plenamente, *Herr Doktor.*

– Então, combinado. – Ele parecia bastante satisfeito consigo.

Com a mesma languidez fluida, o doutor Mengele gesticulou na direção dos internos.

Imediatamente, as pesadas travas do trem de gado foram destrancadas, e as portas se abriram para descarregar sua carga apavorada na rampa. Os internos já agarravam os detentos pelas mangas, puxando-os para fora dos vagões; os chicotes dos homens da SS estalavam – "*Raus, raus; los, los, los!*" –, separando-os em duas fileiras – homens de um lado, mulheres do outro. Ao redor, gritos violentos em alemão, os cães dos SS retesando as guias, querendo avançar nos prisioneiros aterrorizados.

Atordoados e instantaneamente cegos, os recém-chegados só conseguiam olhar em volta com expressão selvagem e obedecer às ordens. Apavoradas demais para chorar, as crianças se agarravam aos pais, tremendo de medo. Os homens do *Kanada* já arrancavam as malas de suas mãos e as jogavam em uma pilha volumosa, ignorando completamente os olhares suplicantes e as perguntas dirigidas a eles. Algumas mulheres começaram a gritar em protesto ao serem separadas dos maridos, mas um estalo de chicote em suas bocas logo pôs um ponto final à rebeldia.

Empurrados com brusquidão e ameaçados a fazer silêncio, os prisioneiros se calaram. Logo todos os olhares estavam fixos na única figura que se elevava acima deles como um deus antigo e todo-poderoso. Apesar dos cutucões nas costas, eles não tinham pressa em se aproximar dele, como se sentissem o perigo agudo e inexplicável que ele emanava.

A orquestra de Alma tocava uma alegre marchinha alemã.

Com um sorriso benevolente, o doutor Mengele observou a multidão. Logo o ritual de costume começou – "*Links, rechts*" – esquerda, direita.

– Está grávida, minha senhora? Não? Que pena... Esquerda. Quem tiver filhos gêmeos, reporte-se pessoalmente a mim. Se houver alguém com deformidade física, também...

Simplesmente gesticulando com as luvas, ele concedia a vida ou condenava à morte. Só que, dessa vez, ele exigiu que as mulheres que soubessem tocar algum instrumento também se apresentassem. Para imenso alívio de Alma, duas moças que alegaram saber tocar foram direcionadas para a fila da direita.

Capítulo 8

Setembro de 1943

Como uma mulher possuída, Alma vasculhava descontroladamente uma verdadeira montanha de papéis dentro de um dos depósitos do *Kanada*. Logo atrás dela, o rabino Dayen olhava, com uma paciência infinita, para a caixa em suas mãos. Ele já estava familiarizado com a regente da orquestra àquela altura. Nos dias em que chegavam novos transportes, ela passava a tarde ali, engatinhando, procurando partes de partituras musicais entre pilhas e mais pilhas de fotografias, cartões, passaportes, certidões de nascimento, diplomas, correspondências pessoais e desenhos de crianças.

Nos primeiros dias, ele a via enxugar as lágrimas com uma raiva impotente. Pouco a pouco, ela foi-se acostumando com o trabalho ingrato que fazia, assim como ele também se acostumou. Um rabino, obrigado a queimar a memória de seu povo enquanto a SS queimava o próprio povo naqueles fornos industriais. O campo de extermínio era um mestre implacável. Havia somente duas escolhas: adaptar-se ou perecer.

Sem se dar conta, o rabino Dayen começou a recitar o *kadish* por aqueles que perdiam a vida.

– Poderia deixar para fazer suas preces depois que eu terminar, por favor? – disse Alma por sobre o ombro.

Irritada, ela empurrou uma pilha de fotografias para perto da caixa de Dayen. A tarefa de vasculhar os pertences de pessoas mortas já causava uma sensação ruim o suficiente para ela ainda ter que ouvir aquela cantilena lamuriosa.

O rabino não levou a mal; apenas sorriu, compreensivo. Juntou as fotografias com cuidado e colocou-as dentro da caixa. Era doloroso olhar para aqueles rostos diariamente; podia imaginar como devia ter sido para ela.

– Você deveria tentar aquele campo novo que inauguraram – disse ele por fim. – Eu soube que eles têm músicos conhecidos por lá. Tenho certeza de que dividirão de bom grado suas partituras com você.

– Que campo novo? – Alma virou-se para fitá-lo.

– Os SS chamam de Campo de Família. São judeus do gueto modelo em Theresienstadt.

– Por que Campo de Família? – Alma voltou a revolver a pilha de papéis.

– Porque as famílias vivem juntas, lá – explicou Dayen com um sorriso que era ao mesmo tempo de esperança e descrença. – Mulheres, maridos, filhos, os idosos da família… todos nos mesmos alojamentos.

Alma parou o que estava fazendo e olhou atentamente para o rabino com desconfiança.

– Eu também fiquei surpreso quando soube – admitiu o rabino. – E eles nem são submetidos à triagem na rampa. Os SS mandam todos para as duchas para desinfecção, e só. Eles podem usar roupas normais, não têm a cabeça raspada e não são separados dos filhos. As mulheres grávidas recebem porções adicionais de leite e pão branco.

– Será que o mundo virou de cabeça para baixo e a SS de repente desenvolveu um senso de decência humana? – Alma ainda não estava convencida. Em um lugar como Birkenau, aquilo parecia um conto de fadas.

– Não conte com isso.

Alma virou-se ao som de um suspiro zombeteiro e avistou Kitty ali de pé com uma pilha de passaportes nas mãos. Depois de deixá-los cair sem cerimônia sobre a pilha à frente de Alma, a garota do *Kanada* acenou vagamente com a cabeça na direção do campo.

– Eles só são tratados com essa distinção porque os nazistas os usam com fins de propaganda – disse ela. – Eu já fui lá sondar. Não olhe desse jeito para mim, rabi... quando algo assim acontece, é preciso investigar. Para sobreviver neste lugar, um interno precisa estar bem-informado e conhecer as pessoas certas. – Kitty voltou a atenção para Alma, que estava ajoelhada ao lado da pilha. – De qualquer forma, perguntei a eles o que eles têm de tão especial que os SS nem mesmo os usam para trabalho forçado e os deixam livres para fazer o que quiserem, como se estivessem de férias. Os homens locais do *Kanada* acham que eles são protegidos da Cruz Vermelha, ou algo assim. Mas quer saber...? O líder dos recém-chegados... parece que era um figurão importante no gueto deles... me contou, muito confidencialmente, que havia gente com câmeras filmando por lá, em Theresienstadt, e que isso aconteceu várias vezes. Filmes de Hollywood, segundo ele me contou. A SS levou a equipe inteira de filmagem e o elenco, colocavam tiaras na cabeça das crianças, montavam mesas do lado de fora com comida e bebida, como se fosse uma cafeteria com mesinhas ao ar livre, levavam livros para barracões erguidos às pressas e colocavam tabuletas de *Biblioteca, Clube de Xadrez, Clube de Música, Teatro* e outras acima da entrada e faziam os judeus passear de braços dados e sorrir para as câmeras. Naturalmente, assim que terminavam de filmar, eles recolhiam a comida e a bebida, bem como os livros, os tabuleiros de xadrez e os brinquedos das crianças. E estou achando que a administração do campo os mantém aqui com a mesma finalidade, mostrá-los para os figurões suíços caso venham inspecionar a humanidade dos SS.

– Acha que a Cruz Vermelha ou os políticos suíços não vão notar as monstruosidades? – Alma apontou com o polegar na direção dos crematórios, arqueando uma sobrancelha.

Kitty riu com escárnio.

– Você não conhece os SS? Eles dirão que são fábricas de processamento de carne suína, ou algo parecido, e os figurões suíços irão comer e ainda pedirão para repetir. – Ela comprimiu os lábios e olhou para Alma com ar astuto. – Assim que não tiverem mais utilidade para os SS, irão todos para o matadouro feito um rebanho de cordeiros, pode escrever o que digo.

Ao lado da caixa, o rabi Dayen moveu-se inquieto.

– Eu espero sinceramente que você esteja enganada – sussurrou.

– Bem, eu espero sinceramente que os porcos comecem a fugir para que eu possa montar em um deles e ir embora para o verdadeiro Canadá – retrucou Kitty com indiferença. – Enquanto isso não acontece, só posso contar comigo mesma e tentar aguentar o máximo possível, rabi.

Kitty virou-se para sair quando a voz do rabino Dayen a deteve:

– Você não acredita em Deus, acredita? – ele perguntou.

– *O senhor* acredita? – Kitty girou nos calcanhares e olhou para ele indignada, como se tivesse se ofendido com a insinuação. – *Neste* lugar?!

O rabino não respondeu. Quem sabia o que ela havia passado e quem ela havia perdido... Ele sempre considerava descortês pregar a palavra de Deus para pessoas que não desejavam ouvi-la. Naquele lugar... nisso ela tinha razão... não era apenas mau gosto, era um insulto. Certa vez, um interno havia cuspido em seu rosto quando ele recusara sua porção de comida em observância ao dia sagrado do Yom Kippur. Dayen oferecera ao homem seu pão como um pedido de desculpas.

– Deus está morto – declarou Kitty em tom de voz sombrio, fitando-o nos olhos com evidente desafio. – A SS o matou.

– Pode ser – concedeu docilmente o rabino, para surpresa das duas mulheres.

Kitty pareceu que ia dizer algo, mas o argumento que já estava a caminho, ríspido e cheio de escárnio, defrontou-se com uma expressão tão passiva e de tanto amor e perdão nos olhos do rabino Dayen que ela engoliu com dificuldade e saiu pisando duro, sibilando baixinho:

– Velhote tonto sentimental...

O rabino Dayen começou a murmurar uma prece ou outra enquanto balançava para a frente e para trás, seguindo Kitty com a expressão desamparada e pesarosa de um adulto que de alguma forma havia fracassado com a geração inteira.

Alma o estudava com grande interesse. Ele havia se destacado no *Kommando* do *Kanada* como um polegar ferido. Magro como um palito, pois metade de suas rações passavam para o outro lado da cerca de arame e para os internos menos afortunados, ele era a única pessoa em Birkenau a quem os SS permitiam deixar a barba crescer. Muitos internos achavam esse favoritismo um tanto intrigante – ao contrário dos demais, bem versados no comércio local e infames por sua capacidade de organização, Dayen nunca subornava um único guarda, nunca trocava uma única palavra com um *Kapo*, nunca demonstrava talentos que os SS pudessem considerar úteis ou interessantes. Talvez fosse exatamente esse o motivo do interesse que tinham nele. De toda a população do campo, ele nunca pedia nada e somente dava aos menos afortunados, e os SS consideravam tal demonstração de humanidade uma espécie de curiosidade. Talvez, depois de testemunhar um garoto arrancar um pedaço de pão das mãos do pai moribundo, os SS esperassem decifrar que mágica judaica mantinha Dayen tão imune à degradação e à morte que o rodeavam.

– Sabe, o senhor é muito diferente dos sacerdotes que conheci ao longo da minha vida – observou Alma. – Eles chamariam o senhor de herege por dizer coisas assim sobre Deus.

– Você é católica?

– Fui batizada como protestante quando nasci. Depois me batizei como católica porque alguém deu a entender que isso me protegeria da perseguição. Não que tenha adiantado grande coisa. – Com um sorriso cínico, ela segurou o tecido do vestido azul de interna. – Éramos típicos judeus assimilados, *Herr* Dayen. Comemorávamos o Natal e comíamos bistecas de porco às sextas-feiras. Nunca nos consideramos diferentes da população vienense em geral até os nazistas chegarem em 1938 e explicarem para nós como éramos vermes inúteis e um fardo para a sociedade alemã.

– Tudo acontece por alguma razão. – Houve uma pausa.

– O senhor não vai dizer que eu fui enviada para cá pela mão de Deus, ou algo do tipo? – perguntou Alma, meio de brincadeira.

O rabino balançou a cabeça.

– Vou dizer que devo levar estes papéis que você separou lá para fora, para queimar, se eu não quiser ser açoitado pelos SS.

– Alguma vez eles já bateram no senhor? – perguntou Alma, curiosa.

– Não. Desde que comecei a trabalhar aqui, não.

– Quanto tempo faz?

– Cerca de um ano e meio. – A barba do rabino escondeu outro sorriso gentil. Não era um homem velho, de jeito nenhum, mas os cabelos pretos já apresentavam vários fios grisalhos. – Eles acham que sou uma espécie de santo.

Alma ficou olhando para ele por algum tempo.

– Talvez o senhor seja.

– Talvez sejamos todos – ele respondeu e pegou a pesada caixa.

– De novo.

Dentro do Bloco de Música, era impossível respirar, mesmo com todas as janelas abertas. Um calor opressivo continuava a sufocar a população do campo confinada nos alojamentos abafados. A água tinha se tornado um luxo outra vez; Zippy havia relatado que as internas, sedentas, trocavam suas parcas rações de pão por uma caneca de água, abertamente, na frente de quem estivesse lá para ver.

Enxugando o suor da testa, Alma tocou algumas vezes na estante de música com sua batuta. Havia escolhido propositalmente *Countess Maritza*, de Emmerich Kálmán, como a primeira peça oficial de uma categoria mais alta. Qualquer um que soubesse ler uma partitura poderia aprender rapidamente a tocar aquela opereta. Entretanto, Lota, uma flautista alemã, havia acabado de perder o momento da entrada – de novo. Maria, uma bandolinista polonesa, havia conseguido errar tantas notas nos primeiros dois minutos que Alma começou a chorar na frente de todas. Com expressão de extrema concentração e o cenho franzido, Sofia se esforçou ao máximo para acompanhar a partitura, mas acabou entrando na hora errada e arruinando a peça inteira. Um silêncio tenso pairava no recinto, interrompido apenas pelo zumbido das moscas e um ou outro suspiro mais alto das moças. Todas sabiam o que estava em jogo. Parecia que o recente diálogo entre Alma e o doutor Mengele repassava não só pela mente de Alma, mas de todas elas.

– *Parece ter muita confiança em si mesma,* Frau *Rosé.*

– *Já treinei uma orquestra feminina sob meu comando e fez grande sucesso na Europa. Sim, eu acredito que posso treinar estas meninas também.*

Exasperada, Alma colocou a batuta sobre a estante e foi até perto de Sofia.

– Dê-me seu violão. Observe com atenção os meus dedos.

Nas duas horas que se seguiram, ela ensinou as meninas a reposicionar os dedos corretamente, demonstrou como manter o ritmo e o tempo, fez com que repetissem as partes em que estavam com dificuldade até que elas irromperam em prantos e pediram um intervalo.

– *Frau* Alma, eu nunca vou conseguir acertar! – Maria foi a primeira a protestar abertamente, em seu alemão carregado de sotaque. – Eu só tocava música na escola. Não sou profissional como você. Ninguém aqui é. Kálmán é muito difícil para nós. Sabemos tocar canções e marchas, não músicas clássicas.

– Não é uma música clássica, é uma simples opereta – Alma resmungou baixinho, mais para si mesma do que para alguém em particular. De repente tinha noção de um senso de pânico que começava a crescer dentro dela.

Nem mesmo uma simples e alegre opereta elas conseguiam tocar direito. Ela havia prometido ao doutor Mengele um concerto de Natal com Bach e Wagner; deveria considerar-se afortunada se até o Natal as meninas aprendessem as três primeiras páginas do bendito Kálmán. Impropérios não eram permitidos em seu lar aristocrático, mas naquele momento um robusto e sonoro *Scheiße* estava na ponta de sua língua, pronto para escapar. A vida delas dependia desse concerto. O tique-taque de um relógio invisível soava cada vez mais alto na cabeça de Alma, transformando-se em um pânico latejante, e a orquestra não progredia.

Alma recuperou o controle com grande esforço. Andou com passos resolutos até onde Maria estava e pegou o bandolim. Colocando a mão sobre a da moça, começou a tocar devagar, nota por nota, a parte de Maria. Mas logo percebeu, pelo movimento dos ombros da garota polonesa, que ela estava soluçando em silêncio. Não estava nem mesmo prestando atenção às explicações de Alma sobre o instrumento.

– Alma, deixe – disse Zippy, colocando de lado seu próprio bandolim. – Este tormento inútil não vai fazer bem a ninguém. Você não vai ensinar ninguém que tenha um conhecimento superficial de música a tocar uma peça musical complicada como *Countess Maritza*.

– Eu vou, sim! – Alma se recusava a se render.

– Não vai. E também não pode tocar pela orquestra inteira como está fazendo agora.

Derrotada, Alma soltou a mão de Maria e saiu do alojamento. Dentro do bolso do vestido, tinha meio maço de cigarros importados, generosamente cedidos pelo *Rottenführer SS* do *Kanada*. Eles tinham um acordo – ela tocava músicas sentimentais para ele que o faziam lembrar-se da mulher amada, e ele permitia que ela escolhesse brindes em seu destacamento. Instrumentos musicais e partituras em troca de lembranças. De ambas as partes ficou tacitamente compreendido que era uma barganha justa.

Alma acendeu um cigarro e deu uma tragada profunda, olhando para o horizonte. Era uma transgressão punível com morte fumar em horário de serviço, mas, naquele dia, de repente parecia não fazer mais diferença para ela viver ou morrer. Estava em um daqueles estados de espírito de desespero sombrio e bravura imprudente que fora o que a levara à prisão no começo de tudo, mas parecia que a experiência não lhe havia ensinado a não provocar, afinal. Que atirassem nela, não se importava.

– Alma.

Zippy. Alma não se virou, apenas deu outra longa tragada no cigarro.

– Alma, olhe para mim.

– O que é?! – Alma se encolheu quando sua voz soou mais áspera do que ela pretendia.

Zippy fingiu não notar.

– Vamos voltar a tocar o que sabemos. Aquela marcha de *Rosamunde*... as meninas conhecem bem...

– Não.

– Só porque você não quer admitir sua derrota profissional para Mengele? – Zippy se colocou propositalmente na frente de Alma, bloqueando-lhe a visão. Um leve sorriso curvava seus lábios.

Forçada a encará-la, Alma fulminou-a com os olhos. Era criancice descontar o mau humor em outra pessoa, mas o temperamento dos Rosé mostrava seu lado infame, como sempre acontecia em situações como aquela.

Em uma tentativa de pedir desculpas, Alma estendeu o maço de cigarros para Zippy. A amiga aceitou, nem um pouco ofendida. Por algum tempo as duas fumaram em silêncio. Só que, ao contrário de Alma, Zippy ficou o tempo todo de olho nas patrulhas.

– Mesmo que você não consiga presenteá-lo com a música do alto padrão dos nazistas, ele não irá nos mandar para o gás – continuou Zippy depois de alguns minutos. – Estou aqui há mais tempo que você. Eu o conheço. Ele corta pessoas sem anestesia, mas não vai matar a orquestra inteira só porque a regente não proporcionou a ele um Bach no momento esperado. Ele é como Mandl, sentimental quando você menos espera.

Alma revirou os olhos expressivamente.

– Ah, eu sei o que você está pensando. – Zippy deu uma tossidela, como que para reprimir uma risadinha. – Ela é diabólica e cruel, mas uma vez ou outra o instinto maternal vem à tona.

– *Instinto maternal*? Mandl? – Alma olhou para a amiga com incredulidade.

– Sim. Mandl. – Zippy soprou a fumaça desviando-a do rosto de Alma. – Certa vez, em uma daquelas inspeções surpresa que ela tanto gosta de fazer, Mandl me viu deitada na cama em meu quarto no *Schreibstube*. Desnecessário dizer que fiquei petrificada e esperei que ela me arrastasse para fora na frente de todo mundo e atirasse em mim só para ensinar a elas uma lição do que acontece às sabotadoras que decidem tirar uma soneca no meio da tarde. Mas, em vez de fazer isso, ela apenas me perguntou, com toda a calma, qual era o problema. Eu respondi a verdade, que estava com fortes cólicas menstruais. Não que isto alguma vez tenha sido considerado no campo como justificativa. As mulheres que trabalham nos *Aussenkommandos* têm que empilhar cascalho por doze horas seguidas, estando ou não naqueles dias, e espertas são elas se trocarem seu único pedaço de pão por algumas folhas de jornal para se manterem limpinhas durante seu turno. Que Deus as livre de uma guarda da SS ou uma *Kapo* verem sangue escorrer pelas pernas de uma delas ou dos delicados narizes arianos detectarem algum cheiro... A coitada apanha por ser uma porca sem higiene. É incrível como parece que ninguém se lembra de que é praticamente impossível para as internas ter higiene quando não há água corrente nos alojamentos, muito menos um sabonete ou roupa de baixo... Bem, mas o fato é que eu fiquei tão surpresa que a resposta sincera foi espontânea, antes que eu pensasse em uma desculpa melhor. E quer saber? Em vez de me bater, Mandl sorriu com ternura, colocou a mão na minha testa, exatamente como minha mãe fazia, e me disse para ficar deitada até me sentir melhor. Muito tempo depois que ela saiu, eu continuava olhando para a porta sem acreditar, pensando que realmente não faltava mais nada para eu ver nesta vida.

Alma estava com expressão pensativa, dando profundas tragadas no cigarro.

– Aquelas duas meninas novas da França são muito boas – disse por fim.

Zippy olhou para ela, surpresa.

– Você ouviu alguma palavra do que acabei de dizer?

– Sim, ouvi tudo. Mas não concordo. Não concordo com um repertório fraco só porque é a saída mais fácil. Não concordo com nada menos que excelência. – Ela fitou Zippy nos olhos. – Vou transformar essa banda em uma orquestra profissional, custe o que custar. Mengele me deu permissão para recrutar mais profissionais. Já temos duas que vieram no último transporte. Agora irei de alojamento em alojamento procurar outras. Talvez cheguem mais algumas no próximo transporte... – Ela olhou para a frente, sorrindo de leve.

Zippy balançou a cabeça, horrorizada.

– É muito bonita essa sua ideia de "excelência", mas pense na posição das veteranas do Bloco de Música! O que sugere que elas façam depois que você as substituir por profissionais? Ir para o gás? Dispensá-las e realocá-las nos *Kommandos* externos para que morram em uma semana?

Alma olhou para Zippy como se esta tivesse dito uma estupidez sem tamanho.

– Não, claro que não! Para administrar com eficiência o Bloco de Música, vou precisar de copistas para desenhar pautas musicais e copiar partituras, de uma secretária para organizar os ensaios e cronogramas de apresentações, de algumas decoradoras para cuidar de nossos trajes e arrumar o palco. Definitivamente, vou precisar de muitas assistentes.

Um sorriso vacilante apareceu no rosto de Zippy.

– Você está certa – concordou Alma, apagando o cigarro na parede do alojamento. – Não posso tocar pela orquestra inteira. E também não posso ensinar as meninas a tocar música séria em um período de tempo tão curto. Mas o que eu posso fazer é reunir o máximo possível de musicistas profissionais... quarenta, se tivermos sorte... com o pretexto de que não dispomos de instrumentos simples suficientes... algo assim. Vou pensar numa desculpa. E as meninas que estão na orquestra desde o início farão outras tarefas, mas continuarão no Bloco de Música. Farei parecer que são indispensáveis. Vamos salvar o maior número possível; vou cuidar disso. Enquanto eu for encarregada, ninguém vai voltar para o campo principal nem irá para a câmara de gás. E posso cair morta, mas vou apresentar o bendito Bach para Mengele no Natal.

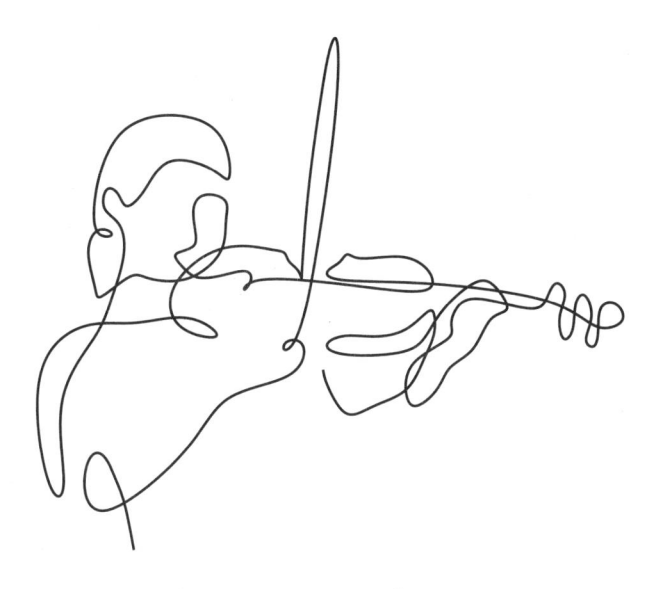

Capítulo 9

A garota era dolorosamente magra e tremia como um pardalzinho órfão.
– Ela é ótima violinista! Muito boa mesmo! – repetiu Hélène mais uma vez, em seu alemão com forte sotaque. – Nós chegamos no mesmo transporte da França, mas ela estava passando mal, e *Frau* Czajkowska a rejeitou. Mas ela pode tocar qualquer música clássica! Faça um teste, *Frau* Alma. *Frau* Czajkowska só não a aceitou antes porque ela estava doente. Estava com febre alta, não tinha forças para tocar. Mas agora ela está bem. Faça o teste, por favor!

A notícia sobre as audições do Bloco de Música se espalhou pelo campo como fogo em folhas secas. Mulheres famintas e desesperadas se aglomeravam na frente do alojamento de Alma a cada final de dia, após a chamada, na esperança de conseguir uma vaga no privilegiado destacamento. Todas alegavam ter uma carreira musical, cada uma mais incrível que a outra. Infelizmente, assim que pegavam nos instrumentos que diziam saber tocar tão bem, os sons que aquelas "virtuoses" extraíam deles eram a coisa mais distante de música que alguém poderia imaginar.

– Sinto muito. – Alma tinha perdido a conta de quantas rejeições tivera de anunciar nos últimos três dias. – Estou procurando apenas instrumentistas profissionais.

A parte mais difícil eram as lágrimas e as súplicas angustiantes que se seguiam.

– *Frau* Alma, me dê apenas uma chance! Eu vou aprender rápido! Me ensine, e serei sua melhor aluna.

– *Frau* Alma, eu lhe imploro, não me mande de volta. Não vou sobreviver mais um mês no *Kommando* externo.

– Tenha misericórdia de mim… Eu farei qualquer coisa que for necessária! Tem um surto de tifo no alojamento ao lado do nosso. Se chegar em nós, seremos enviadas para a câmara de gás! Me aceite temporariamente, *Frau* Alma. Pode me mandar de volta depois, se quiser, mas, por favor, me aceite por algumas semanas só. Não posso ir para o gás! Minha mãe também está aqui no campo; quem irá tomar conta dela?

Algumas limitavam-se a retorcer as mãos, outras se ajoelhavam no chão aos pés de Alma e seguravam a barra de seu vestido ou até seus tornozelos, e só a soltavam quando Sofia, que já estava acostumada com essas táticas, batia nas mãos delas com o bastão de *Kapo* que Alma se recusava veementemente a usar.

– Todo mundo está sofrendo! – a polonesa declarava com firmeza, escoltando as mulheres rejeitadas para fora. – Você não é a única. A ordem é para encontrar instrumentistas profissionais. Você é profissional? Não. Então, fora. Ou quer ir se queixar diretamente ao doutor Mengele?

A menção do nome do temido médico era suficiente para apavorar as internas. Alma chegava a sentir uma dor quase física ao vê-las se arrastar desanimadas para fora do alojamento, como aparições transparentes em seus vestidos surrados, mas havia um fundamento na crueldade relutante de Sofia. Se Alma queria que as meninas que não sabiam tocar ocupassem algum cargo no Bloco de Música, tinha de substituir suas posições com instrumentistas talentosas, para que nem o doutor Mengele nem Maria Mandl fizessem objeção ao arranjo.

A VIOLINISTA DE AUSCHWITZ

Perdida em pensamentos, ela não ouviu o que a garota francesa havia acabado de falar.

– Desculpe, o que você disse?

– Eu disse que posso tocar *Countess Maritza* para você.

Já prevendo qual seria o resultado, Alma entregou seu próprio violino para ela, em silêncio.

– Aqui, menina.

– O nome dela é Violette – avisou Hélène.

Alma lançou um olhar severo para Hélène, mas esta apenas deu de ombros.

– O nome dela é Violette – repetiu. – Ela é de Paris. Tem 18 anos, como eu, e seu compositor favorito é Vivaldi.

E, de repente, o pardalzinho trêmulo à sua frente tinha um nome e um compositor favorito. Alma não conteve um suspiro diante do estratagema, com uma ponta de aprovação. Rejeitar mulheres sem nome era muito mais fácil. Enviar uma "Violette-de-Paris" para a morte certa era bem diferente. Hélène sabia que isso assombraria Alma para o resto da vida.

Violette-de-Paris sabia tocar, porém, exatamente como Alma suspeitara, não em nível profissional.

– Já chega. – Alma a fez parar com um gesto da mão.

Com a respiração suspensa, Violette esperou um veredito.

– Vou lhe dar uma semana de teste. Vou providenciar sua transferência temporária do destacamento de trabalho externo para o Bloco de Música, mas não pense que irá se hospedar em algum tipo de resort. Significa apenas que você deverá praticar desde manhã cedo até tarde da noite, até sentir como se seus dedos fossem cair. E, já que sua amiga a apoia tanto, irei nomeá-la sua tutora pessoal. Entenderam, as duas?

– *Jawohl*.

Violette-de-Paris chegou até mesmo a dobrar os joelhos em uma vênia.

Alma balançou a cabeça quando a menina lhe estendeu o violino de volta.

– Fique com ele. Não preciso praticar, você precisa. – Seu resmungo bem-humorado era dirigido às duas garotas, mas o tom era gentil e quase maternal.

O pardal finalmente parou de tremer. Pela primeira vez, Alma a viu sorrir.

Durante a noite, a temperatura caiu bruscamente. Pela manhã, nuvens de bruma cobriam o campo, obscurecendo a visão dos barracões e das torres de vigia. Em meio à névoa, ecoavam os latidos dos cães. Os cães também eram SS, de raça pura e ferozes. Às vezes, quando seus adestradores ficavam entediados, eles os soltavam e se divertiam vendo os pastores-alemães perseguir e atacar internos que não conseguiam correr suficientemente rápido. Embora esta diversão fosse reservada ao campo masculino, Alma parou e ficou escutando, atenta. Os latidos altos e nervosos, amplificados pela vastidão envolta na névoa ao redor, vinham continuamente do mesmo lugar.

Alma deu um suspiro de alívio e prosseguiu seu caminho. De tempos em tempos, sombras indefinidas e fantasmagóricas moviam-se na névoa – um exército listrado de fantasmas presos no limbo. Os cães deviam estar latindo para as sombras também.

Quando ela chegou ao Bloco de Quarentena, seu lenço de cabeça estava encharcado. Até seus cílios estavam molhados, pingando gotículas de névoa úmida. Seus olhos estavam fixos na ordenança da SS. Ela tinha um *Ausweis* consigo, assinado pela *Lagerführerin* Mandl – um passaporte naquela terra de pessoas deslocadas – e, portanto, podia transitar livremente pelo campo a serviço de seu Bloco de Música. Ainda assim, nos territórios onde não era conhecida, Alma tinha a cautela de manter-se o mais longe possível dos SS. Eles tinham o péssimo hábito de primeiro atirar nos internos para depois fazer perguntas, e Alma esperava evitar fazer parte dessa estatística.

Ela ouviu a ordenança praguejar baixinho – a bruma carregava as palavras por longas distâncias. O tempo certamente estava úmido e lamacento, com isso ambas concordavam, mas, em vez de praguejar contra o tempo, a ordenança praguejava contra os *malditos judeus, porcos imundos.*

A violinista de Auschwitz

Por causa deles, ela tinha que se arrastar na lama por horas a fio, porcos nojentos, todos eles...

Alma não se surpreendeu muito; o que mais se poderia esperar de alguém cuja educação vinha do *Führer* e oito anos de escola, onde as aulas sobre raças substituíam a história das nações, onde a física judaica era uma coisa real e onde o nariz dos estudantes judeus era "cientificamente" medido na frente da classe inteira para provar sua inferioridade racial em relação aos chamados arianos?

Observando a tal "ariana" escorregar na lama e praguejar ainda mais irritada com os dentes cerrados, Alma subitamente se deu conta de que desprezava a mulher e ao mesmo tempo tinha pena dela. Mais sentia pena do que desprezava. A guerra não duraria para sempre. Nenhuma guerra era eterna. Aquilo tudo passaria, e eles, os judeus, retornariam para suas artes, profissões e negócios. Mais uma vez pegariam suas canetas e escreveriam artigos espirituosos para jornais internacionais; dirigiriam peças e filmes que ganhariam reconhecimento internacional; escreveriam romances que imediatamente se tornariam clássicos da literatura; comporiam músicas que seriam tocadas por anos... E ela, a figura sem nome em sua capa de chuva preta, continuaria pelejando através da lama pelo resto de sua vida miserável, pois o ódio não substituía o talento, nem a habilidade, nem a inteligência, e unicamente por esse motivo Alma sentia pena dela, com uma espécie de satisfação maliciosa.

Na pequena janela do Bloco de Quarentena, um braço magro apareceu, segurando uma lata de alumínio com a alça quebrada. Alma viu a ordenança parar.

Durante todo o mês de agosto que passara ali, Alma ouvira gemidos e súplicas por água vindo daquele bloco. Em termos de Birkenau, era apelidado de "portal para o inferno", e com razão; apesar de serem enviadas para lá com o pretexto de ficarem em quarentena, a maioria das habitantes do bloco ficava sem água e comida por duas semanas, e dois terços das que sobreviviam eram enviadas para a câmara de gás.

Naquele dia, as internas em quarentena finalmente conseguiram um refresco. A bruma descia sobre o campo e se derramava liquefeita do telhado diretamente para as canecas das internas. Alma podia imaginar a empolgação delas com a promessa de água que vinha do céu, aquela doce bênção...

Com o bastão, a SS derrubou a lata da mão que a segurava e chutou-a para longe com o bico da bota preta antes de bater na vidraça da janela que a separava de suas vítimas invisíveis.

— Nem duas semanas ainda, e vocês já se julgam espertinhas, suas vagabundas israelitas? Voltem para seus beliches e grudem seus traseiros gordos lá! Macacas imundas!

Ela ainda resmungava quando virou a esquina.

Rapidamente, Alma pegou a lata na lama e limpou-a com seu lenço de cabeça. A janela era alta demais para olhar para dentro do barracão, mas ela ergueu até lá a lata que enchera com água.

— Ande, pode pegar, rápido! Não se preocupe, ela já foi.

Uma mão agarrou a lata no mesmo instante. Lá de dentro, soaram vozes entusiasmadas, e uma comoção se seguiu.

— Há entre vocês alguém que toque acordeon? — perguntou Alma, levantando os braços para pegar a lata e encher novamente. Ela sabia que a mandariam de volta em segundos.

Dessa vez, um par de grandes olhos castanhos apareceu na beirada da janela, junto com a lata de alumínio, avaliando Alma com desconfiança. Ela não conseguiu distinguir de que cor seriam os cabelos da moça, pois a cabeça estava completamente raspada.

— Eu não sou guarda. Meu nome é Alma Rosé — disse ela, tornando a encher a lata, mas a moça parecia não estar ouvindo. Seu olhar estava fixo no líquido precioso. Alma tentou novamente, mais alto dessa vez: — Eu sou do Bloco de Música. Estou procurando uma acordeonista. — Ela entregou a lata cheia para a moça, que desapareceu em seguida. Com as mãos enfiadas nos bolsos molhados, Alma começou a bater os pés no chão, olhando ansiosamente por sobre o ombro. A ordenança poderia voltar a qualquer momento.

– Você disse que é Alma Rosé? *A* Alma Rosé, da Filarmônica de Viena?
– Outro par de olhos, estes azuis, espiaram para Alma da janela.
– Sim, sou eu.
– Meu pai era da Filarmônica de Amsterdã! Eu toco piano, mas também posso tocar acordeon.
– Como você se chama?
– Flora Schrijver.
– De onde veio o seu transporte?
– De Westerbork, na Holanda.

Alma assentiu, memorizando o nome.

– Aguente só mais um ou dois dias, Flora. Eu virei buscar você.

Murmurando o nome da moça e o da origem do transporte para decorar, Alma apressou-se até o escritório de Mandl, sacudindo a lama e quase cega na bruma cada vez mais espessa. Ao virar a esquina do prédio que abrigava o escritório, ela escorregou e quase caiu, e abafou uma exclamação quando, ao tentar recuperar o equilíbrio, sentiu o braço apoiar-se em algo rijo, mas que não era a parede.

Ainda tentando se segurar, ergueu lentamente os olhos para o homem da SS à sua frente. Como que se movendo por vontade própria, seus lábios murmuraram "Flora Schrijver, de Westerbork, Holanda", enquanto ela fitava, sem piscar, os olhos penetrantes do homem. Ao lado dele, estava Maria Mandl.

– Perdoe-me, por favor, *Herr*... – Alma percebeu de repente que não conseguia distinguir a patente do homem sob a capa impermeável. – Não era minha intenção...

Ela buscava desesperadamente uma explicação plausível. Era um milagre que o homem não a tivesse esbofeteado por tamanha insolência, usando o braço dele como apoio para tentar se equilibrar. Dando-se conta de que ainda se segurava nele, Alma retirou a mão depressa. A expressão do guarda não mudou; somente os cantos dos olhos se estreitaram ligeiramente, como se ele tentasse disfarçar o início de um sorriso.

– O que você estava dizendo? – ele a encorajou em um tom de voz exageradamente civilizado.

Ocorreu a Alma que ele estava gostando daquele joguinho. Ela passou a língua pelos lábios molhados, que, por alguma razão, se recusavam a cooperar, e passou a mão na testa, também molhada, mas já não sabia se era da névoa úmida ou se era de suor nervoso. Sentiu fios de cabelo que deviam ter-se soltado enquanto corria e que agora se grudavam à pele. Tentou enfiá-los para dentro do lenço, mas não conseguiu – sua mão tremia a ponto de ela sentir vergonha.

– A lama, *Herr Kommandant*...

Tudo que lhe restava era baixar a cabeça em sinal de rendição e esperar pela reprimenda ou pelo tapa.

– *Herr Kommandant*? – Para surpresa de Alma, o homem abriu um sorriso. O capuz da capa de chuva cobria o quepe do uniforme, mas ela viu que ele devia ter por volta de quarenta anos, era moreno e tinha olhos curiosos. – Ora, muito obrigado pela promoção. Tardia, devo dizer.

Ao lado dele, Mandl também riu. Os dois pareciam estar se divertindo a valer com Alma.

– Este é o *Obersturmführer* Hössler. *Herr Obersturmführer*, esta é Alma Rosé. Minha nova regente da orquestra, sobre quem lhe falei.

– Ah, a estrela da Filarmônica de Viena. – O homem olhou de volta para Alma, com um interesse renovado.

– O senhor é muito gentil, *Herr Obersturmführer* – murmurou ela, ainda tentando ajeitar o lenço na cabeça.

Mandl era obcecada com aparências, fornecera uniformes novos para elas exatamente por esse motivo, para que parecessem bonitas para a plateia e para distinguir suas novas mascotes do resto da deplorável população do campo. E ali estava ela, a suposta venerável líder da orquestra, parecendo desmazelada diante do... – ela não sabia quem – ... superior de Mandl?

Devia ser.

De repente, Hössler estendeu a mão para o rosto dela. Alma se encolheu instintivamente, esperando uma bofetada, e congelou quando, ao contrário de sua expectativa, ele calmamente colocou para dentro do lenço a mecha de cabelo solta com a qual ela pelejava e ajeitou cuidadosamente o lenço em sua cabeça, como se fosse a coisa mais natural a fazer.

– Pronto. Bem melhor. Bonita como uma pintura. – Ele deu outro sorriso simpático. – É um prazer conhecê-la, *Frau* Rosé. Em nome da administração, eu lhe dou as boas-vindas a Auschwitz-Birkenau e mal posso esperar para ouvi-la tocar com suas virtuoses.

Ele estendeu a mão. Alma olhou para ela antes de apertá-la, hesitante. Toda a situação era positivamente surreal, e ela não sabia o que fazer. Apesar de estar sendo tratada com cortesia, pelo menos até aquele momento, ela sabia do que aquela gente era capaz. O homem segurou sua mão delicada, e tudo que ela conseguiu pensar foi em quantas vezes ele devia ter segurado sua arma naquela mesma mão e em todas as pessoas que ele devia ter alvejado.

– *Herr Obersturmführer* ama música – anunciou Mandl, com outro longo olhar na direção do homem.

– Ah, sim – ele confirmou, finalmente soltando a mão de Alma. – Muito.

Alma não pôde deixar de pensar se eles seriam amantes.

– O que era mesmo que você estava dizendo antes? – A pergunta de Hössler pegou Alma desprevenida. Percebendo sua confusão, ele esclareceu: – Quando você trombou em mim, você estava dizendo alguma coisa.

– Ah... sim, *Herr Obersturmführer*. Eu acabei de ter a sorte de encontrar uma acordeonista no Bloco de Quarentena e estava repetindo o nome dela para não esquecer.

– Ela é muito dedicada. – Mandl estava radiante como uma mãe orgulhosa exibindo o filho para o diretor da escola.

Alma decidiu tirar vantagem daquela disposição favorável.

– Eu ia lhe pedir permissão para transferir a moça para o meu bloco, *Lagerführerin*.

– Claro. Fale com Spitzer. Ela providenciará a documentação, e eu assinarei assim que estiver tudo pronto.

– Obrigada, *Lagerführerin*. – Alma hesitou, esperando permissão para ser dispensada. O tempo todo estava consciente do olhar de Hössler fixo em seu rosto.

– Você está toda molhada e tremendo – disse ele, parecendo preocupado. Alma nem tinha se dado conta de que estava mesmo. – Se continuar correndo pelo campo sem agasalho com este tempo, pegará uma pneumonia, ou algo pior. Certamente não é o que você quer que aconteça. – Ele virou-se parcialmente para Mandl.

– Não, claro que não, *Herr Obersturmführer* – Mandl apressou-se a concordar.

– Vá para o *Kanada* e pegue uma capa. – Novamente o olhar dele perscrutou o rosto de Alma. – E também um casaco e botas. O verão está acabando e, aqui na Polônia, esfria muito rápido. – Ele permitiu-se um breve sorriso. – E precisamos de você saudável, *Frau* Rosé.

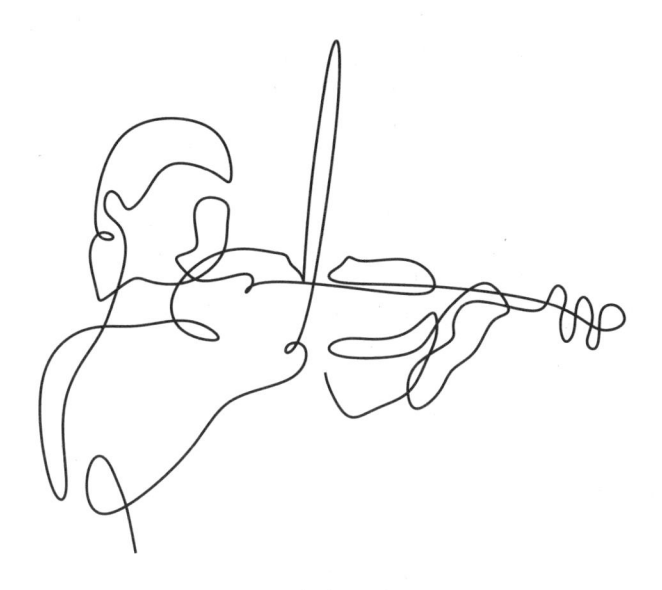

Capítulo 10

Fazia tempo que todas as moças do Bloco de Música já dormiam. A única pessoa acordada era Alma, que estava trabalhando na pauta das músicas para o dia seguinte, quando ouviu uma batida urgente à porta. Era uma das meninas designadas para o Bloco da Recepção.

– Ainda precisa de violoncelista? – perguntou ela, ofegante. – Tenho uma entre as recém-chegadas. Chama-se Anita Lasker. Mas você precisa ir rápido. *Herr Doktor* está fazendo uma segunda triagem do lado de fora da Sauna. A moça ainda está lá dentro com o último lote, para passar pela desinfecção, mas, assim que ela sair, há uma grande chance de que ele mande jogá-la naquele furgão antes de saber o que ela tem.

Herr Doktor era Mengele, obviamente.

Alma tateou na penumbra até achar seu novo casaco de pelo de camelo e vestiu-o diretamente em cima da camisola.

– Ela é profissional? – perguntou Alma, amarrando o lenço de cabeça na nuca.

– Eu não sei. Ela é política e foi deportada da França. Até sobreviveu ao interrogatório da Gestapo francesa – acrescentou a moça, impressionada.

"Ela pode ter sobrevivido à Gestapo, mas Mengele é outra história, completamente diferente", pensou Alma, calçando as botas de borracha.

Alma também tinha "sobrevivido" à Gestapo francesa, depois que um cretino da fronteira franco-suíça prometera levá-la clandestinamente da França ocupada para a Suíça neutra, mas em vez disso a vendera para os agentes alemães. Pega em flagrante com passaporte falso fornecido por seus amigos holandeses, Alma já estava mentalmente preparada para viajar em uma degradante terceira classe e em vez disso deparou-se com um oficial alemão de aspecto terrivelmente entediado. Ele lhe indicara uma cadeira do outro lado de sua mesa.

– Nome verdadeiro?

– Alma Rosé.

– Nacionalidade?

– Austríaca.

O alemão arqueou uma sobrancelha, com ar desconfiado.

– Apátrida – ela se corrigiu rapidamente. Àquela altura, todos os judeus tinham sido reduzidos a uma definição desumanizante – apátridas, um rebanho sem nome. Era mais fácil matar encarando dessa forma. O alemão perguntara com indiferença onde ela havia conseguido o passaporte. Determinada a não envolver os amigos, Alma inventou de improviso uma história sobre ter adquirido o passaporte de um francês, já ali na França. O oficial da Gestapo fingiu que acreditava, mostrou onde assinar o depoimento que sua secretária havia datilografado e enviou Alma para o campo de trânsito de Drancy, parecendo contente por livrar-se dela.

– Era nos membros da Resistência que eles estavam interessados – alguém em Drancy explicara para ela depois. – Conosco, pessoas apátridas, eles não se importam muito.

Não, eles não se importavam nada. Simplesmente as enviavam para campos de extermínio como Auschwitz para que trabalhassem e passassem fome até morrer, conforme Alma descobrira logo depois.

– Ela ainda está dentro da Sauna, você disse? – perguntou Alma, já na porta do alojamento.

– Eu suponho que sim. Corri o mais rápido que pude. – A jovem estudou o rosto de Alma, subitamente apreensiva. – Você tem permissão de entrar lá durante o processo de desinfecção?

– Depende do guarda – Alma respondeu com sinceridade e correu para fora.

Depois de passar por vários pontos de controle sem nenhum problema – poucos internos privilegiados tinham permissão para transitar livremente pelo campo, e os SS conheciam a maioria deles e faziam sinal para que prosseguissem sem nem mesmo verificar o *Ausweis* –, as duas mulheres chegaram ao Bloco de Recepção. Tendo já despachado sua carga humana, estava em silêncio e quase deserto. Dois Triângulos Vermelhos estavam varrendo o que restava dos cabelos tosados para dentro de sacos industriais. Os que já estavam cheios estavam encostados à parede, prontos para ser transportados para desinfecção e posterior processamento. Os homens do *Kanada* estavam vasculhando as pilhas de roupas descartadas – os SS já deviam ter-se recolhido aos seus alojamentos do lado de fora do campo, deixando os internos por sua própria conta. Parecendo extremamente entediado, outro interno do *Kanada* estava sentado à mesa, separando alianças, relógios e joias. Diante dele havia várias caixas com rótulos – *Relógios, Anéis, Brincos, Diamantes, Pedras Preciosas*. O *Kapo* que supostamente deveria estar supervisionando cochilava sentado a um canto, encostado na parede e com os braços confortavelmente cruzados sobre o peito.

A moça conduziu Alma por uma porta dupla com a placa *"Sauna e Desinfecção"*. Encostado nela, um *Kapo* fumava um cigarro.

– Meu nome é Alma Rosé – anunciou ela, mostrando o *Ausweis*. – Sou do Bloco de Música e estou aqui para recrutar a violoncelista.

– Que bom para você – respondeu o homem com uma risada zombeteira, mal olhando para o passe que ela lhe estendia. – E eu estou aqui esperando a bailarina, mas ela ainda está se lavando para mim.

– Ainda há mulheres aí dentro, então? – perguntou Alma, ignorando a brincadeirinha de mau gosto.

O homem olhou para ela com frieza.

– O que você quer com elas?

– Quero perguntar qual é a moda para chapéus em Paris nesta estação – retrucou ela, sarcástica. – O que acha? Eu lhe disse, preciso de uma violoncelista. O doutor Mengele e o *Obersturmführer* Hössler pediram uma orquestra completa para tocar para eles no Natal. Vai me deixar entrar, ou vou ter de ir lá fora chamar *Herr Doktor* na *Appellplatz*, para que ele lhe faça a solicitação diretamente? Ou devo acordar o *Obersturmführer* Hössler, talvez? Prefere falar com ele? – Alma elevou a voz de propósito. Era importante soar convincente.

O sorriso lascivo desapareceu do rosto do *Kapo* como que por um passe de mágica. Só um daqueles nomes seria suficiente para instilar terror em qualquer um que tivesse amor à vida. As ameaças surtiram efeito imediato. Virando-se depressa, o *Kapo* começou a girar a alça do mecanismo de travamento com uma velocidade impressionante.

– Eu estava brincando. Elas estão esperando há algum tempo. O desinfetante acabou, por isso o último grupo ainda não passou pelo processo. Veja se a moça que você quer está entre elas. – Ele puxou a porta com esforço e a abriu.

A sala da sauna estava diante deles, silenciosa e mergulhada na penumbra. Contrariada, Alma sentiu um calafrio percorrer a espinha, arrepiando todos os pelos de seu corpo. A lembrança de sua própria experiência ainda estava fresca na memória. Olhando para a entrada do recinto amplo e familiar, ela se lembrou do dia de sua chegada, de pisar no chão frio de concreto – *Uma casa de banho ou uma câmara de gás? Ela ouvira rumores, ainda no trem, de que alguns campos tinham essas câmaras, e incineradores também; que as grandes fazendas usavam cinzas humanas como fertilizante; que as fábricas alemãs compravam sacos de cabelo humano para usar como estofamento e enchimento de colchões, e outros horrores desse tipo –*, só para ser empurrada pela onda de corpos humanos, açoitados nas costas por chicotes e porretes, e depois a porta se fechando com um estrondo metálico sinistro. A escuridão, o som das respirações aterrorizadas à sua volta, o cheiro nauseabundo do medo. Ninguém havia gritado. Ninguém se atrevera nem mesmo a sussurrar alguma coisa. Em vez disso, mil olhos se fixaram nos bocais de chuveiro no teto em uma prece unânime. Então ouviu-se um som sibilante e em seguida o ranger e estalido de metal. As respirações ficaram suspensas. Todas as mulheres ficaram paralisadas, os olhos brilhando no escuro, apavorados demais para piscar. E então, de repente, água. Torrentes de água gelada, descendo pelos corpos e misturando-se com lágrimas de alívio.

Com um esforço tremendo, Alma forçou-se a entrar – por vontade própria dessa vez.

– Estou procurando Anita Lasker! – Até sua própria voz soava estranha naquele sarcófago úmido, como se fosse a voz de outra pessoa. Alma clareou a garganta e moveu-se em direção a uma parede branca, onde mal se podiam distinguir os corpos trêmulos na penumbra. As mulheres foram se afastando, abrindo caminho para ela como um mar humano. Olhares cautelosos seguiam cada passo dela, todas perplexas e amedrontadas demais para responder. – Tem uma Anita Lasker entre vocês? Do último transporte da França? Anita Lasker, violoncelista...

– Eu sou Anita Lasker.

Do fundo do galpão, uma garota deu um passo à frente. Sua cabeça estava recém-raspada e sangrando onde a máquina de barbear beliscara a pele. Diante do peito ela segurava uma escova de dentes entre os dedos cerrados como se fosse uma faca, fosse de onde fosse que ela havia conseguido obter aquilo.

Gentilmente, Alma estendeu a mão e segurou o pulso da menina.

– Meu nome é Alma Rosé – ela apresentou-se. – Sou do Bloco de Música. Venha comigo. Você vai tocar violoncelo na minha orquestra.

Ela apertou de leve o pulso de Anita, mas a menina não se moveu; ficou ali, imóvel, grudada no lugar feito uma estátua de pedra que não podia se mexer, nem com a melhor boa vontade do mundo.

– Já acabou – disse Alma, passando o braço sobre os ombros da garota. Estavam rígidos, como se fossem feitos de chumbo. – Já passou, venha. Daqui para a frente você só vai tocar música. O que você pode tocar para mim amanhã de manhã, logo cedo, depois da *Appell*? Pode tocar a *Marche Militaire* de Schubert?

Lentamente, Anita conseguiu dar um ligeiro e rijo aceno de cabeça.

– Ótimo. O que mais você tocava quando estava na França? Eu também fui deportada da França. Mas nunca toquei nada lá. Meu violino ficou na Holanda.

– Eu também não tocava na França – disse a garota por fim, com voz rouca. – Eu falsificava documentos para a Resistência.

Sob o braço de Alma, os ombros da menina começaram a tremer com soluços silenciosos. Ela deixou-se levar para fora, para o saguão iluminado onde a moça do Bloco da Recepção já esperava por ela com o vestido listrado e um par de sapatos nas mãos.

– Eu lhe disse que *Frau* Alma iria ajudá-la, não disse? – Ela enfiou o vestido pela cabeça de Anita e guiou o braço dela, com a mão ainda segurando a escova de dentes, por uma das mangas. – Isto é temporário para você. Amanhã de manhã, *Frau* Alma lhe dará o uniforme da orquestra. Você vai parecer uma princesa!

Sob o olhar atônito do *Kapo*, Alma tirou o casaco e colocou-o sobre os ombros de Anita. A menina olhou para ela com as lágrimas escorrendo pelo rosto, mas finalmente baixou a escova de dentes que até então estava segurando como se fosse uma arma.

– Acabou, já passou – repetiu Alma sorrindo.

A garota assentiu em silêncio. O terror ainda se agarrava à sua pele como uma película sebosa que nunca seria inteiramente removida, mas seus olhos tinham uma expressão humana outra vez, tendo perdido o ar assombrado de um animal acuado prestes a ser abatido.

O primeiro concerto da nova orquestra no refeitório dos oficiais resultou em aplausos estrondosos. Se bem que, provavelmente, tão calorosa acolhida se devesse ao novo benfeitor da orquestra, o *Obersturmführer*

Hössler, que foi o primeiro a se levantar da cadeira e bater palmas com franco entusiasmo. Alma não havia mudado de opinião sobre eles; poucos oficiais da SS, ainda mais os guardas comuns, entendiam alguma coisa sobre música. Mas, como ditava seu caráter prussiano, eles buscavam orientação com seus superiores sempre que não conseguiam compreender alguma coisa por si mesmos.

Minha honra é a lealdade, esse era o lema deles. Não, não era a lealdade; era uma obediência cega, canina, que Alma desprezava com todas as fibras do seu ser. Apesar disso, ela sorriu e curvou-se em agradecimento com a mão no peito – *Obrigada, Herren, muito obrigada. Que todos vocês caiam mortos e duros, seus miseráveis, rebanho uniformizado dos infernos.*

Hössler se aproximou do palco improvisado e solicitou um solo de violino. Alma atendeu ao pedido, com a maior deferência possível. Não se esqueça das palavras de Kitty – *Para sobreviver neste lugar, um interno precisa estar bem-informado e conhecer as pessoas certas* – e assim ela fizera algumas perguntas sobre o companheiro estranhamente civilizado de Mandl.

Sua pequena investigação havia resultado no seguinte: o *Schutzhaftlagerführer* (seu cargo oficial na administração do campo, segundo Zippy) Hössler era o superior imediato de Mandl e era responsável pela operação do campo feminino de Birkenau. Acima dele, só o *Kommandant*. Seus deveres imediatos incluíam as triagens e o gerenciamento dos crematórios – *gaseamentos e cremações*, nos termos práticos de Zippy. Isso fora tudo que ela pudera informar; afinal, não era subalterna direta de Hössler, o *Sonderkommando* é que era.

Tirando proveito de seu acesso ao destacamento *Kanada*, Alma havia conseguido abordar um dos homens do *Sonderkommando* que estava ocupado descarregando um furgão lotado de pertences de um grupo que havia ido para a câmara de gás.

– Hössler? – O homem coçou a nuca. – O "fala-mansa" – foi a resposta, que de certa forma surpreendeu Alma. – Bem-educado, muito polido, distinto como um nobre prussiano... Dia desses atirou em um homem por insubordinação. – Ele deu de ombros com indiferença. – Mas, no geral, é um chefe razoável, contanto que você não o pegue em um dia ruim. Caso contrário, é melhor manter distância... Música? Ah, sim, ele gosta muito de música! Conhece bastante sobre aqueles compositores clássicos... Como ele é com as mulheres? Normal, eu acho. Depende da mulher. Ele brinca muito com as meninas do *Kanada*. Já com as do campo... – Ele fez uma careta eloquente. – Bem, elas não parecem mulheres. Eu imagino que ele não as considere como mulheres.

As informações haviam sido bastante promissoras. Sem dúvida, Hössler ainda era um assassino implacável, mas, em comparação com os demais, ele pelo menos inspirava um pouco de confiança como alguém com quem se podia dialogar, e com isso Alma podia lidar.

Agora, um sorriso radiante e bem-treinado iluminava o rosto da artista conforme ela se inclinava atenciosamente para ele.

– O que gostaria de ouvir, *Herr Obersturmführer*?

– Qualquer coisa que queira tocar, *Frau* Alma – ele respondeu com uma mesura elegante.

Alma estudou o rosto dele, imaginando até onde poderia ir.

– Posso tocar *Oberek*, dança polonesa de Wieniawski? – sondou, com a maior delicadeza possível.

A maioria dos compositores não alemães não era vista com bons olhos. Todas as músicas de compositores judeus eram sumariamente banidas do repertório da orquestra. A pergunta era essencialmente um teste de flexibilidade ideológica. Com ansiedade, Alma observava a reação de Hössler.

Após um momento de consideração, as inclinações culturais dele acabaram triunfando sobre o antissemitismo. Hössler sorriu com benevolência.

– Eu apreciarei até uma música infantil se você tocar. – Com esta bênção, ele voltou para o seu lugar.

Um pouco aturdida com aquela pequena vitória, Alma pegou o violino. Era um risco testar as autoridades de maneira tão insolente, mas, por algum milagre, havia funcionado. Seu sorriso se alargou ainda mais quando a plateia uniformizada começou a bater os pés calçados em botas ao ritmo da melodia alegre. Dessa vez, quando ela terminou, eles não esperaram pelo sinal do chefe para aplaudir.

Somente Sofia não estava tão entusiasmada com aquela escolha da música solo.

– O que você tem na cabeça?! – ela sibilou no ouvido de Alma assim que todas as moças se curvaram numa reverência final. – Tocar uma música composta não só por um polonês, mas um judeu ainda por cima!

– Não se preocupe. Hössler não se importou, e os outros são ignorantes demais para saber que música eu estava tocando. Aqui, eles são considerados conhecedores de música quando conseguem distinguir Mozart de Bach. Acha mesmo que eles sabem quem é Wieniawski?

– Mas foi uma ideia infeliz.

Alma não discutiu. O que Sofia não entendia era que não havia sido um ato de desafio pelo desafio em si. O que Alma de fato queria era ver se podia confiar no bem-educado oficial de fala-mansa no que dizia respeito a proteção. Ter Mandl do seu lado era uma coisa boa; ter o doutor Mengele era melhor ainda. Mas Hössler era a autoridade maior sobre ambos. Se pudesse contar com ele como seu protetor, e particularmente para suas meninas judias, Alma sentia que finalmente poderia respirar livremente, ou pelo menos tão livremente quanto era possível em um lugar como Auschwitz.

O evento cultural da noite havia terminado. Os SS se levantaram e fumaram com as costas viradas para o palco, conversando animadamente entre eles. Os de patente mais baixa consultavam o relógio de pulso – ouviam os garçons arrumar as mesas no salão de banquete adjacente e lançavam olhares impacientes naquela direção, incomodados por seus superiores não demonstrarem pressa alguma.

Ignoradas por eles, as meninas de Alma guardavam seus instrumentos, fazendo o mínimo barulho possível. Alma esperava tirá-las dali antes que os aromas tentadores do jantar que os garçons internos estavam organizando para seus superiores uniformizados começassem a se espalhar. A última coisa que as meninas precisavam era lembrar de como era o aroma de bistecas caramelizadas.

No meio da movimentação, Violette-de-Paris esbarrou o cotovelo em uma estante de partitura. Com as mãos ocupadas segurando o violino e a partitura, Alma esticou a perna e segurou o suporte com o tornozelo antes que caísse no chão.

– Excelente reflexo.

No primeiro segundo, Alma se sobressaltou. Um dos oficiais estava em cima do palco, um rapaz loiro de óculos e com uma longa cicatriz na face esquerda. Um dos tipos da fraternidade nacionalista; Alma estava bem familiarizada com eles, do tempo em que Viena ainda era uma cidade livre. Porém, logo se recuperou, empurrou a estante de volta para a posição correta e forçou um sorriso.

– Obrigada, *Herr Scharführer*.

Os olhos frios e desbotados atrás das lentes desceram para o peito dela e notaram a ausência da estrela; ausência de qualquer marcação, na verdade. Como as moças do destacamento *Kanada*, Alma era poupada da humilhação de ostentar um número de identificação e marca de classificação na roupa.

– Você é política?

Um instinto arraigado em Alma a induziu a dizer "sim". Ele assentiu, satisfeito.

– Por que foi detida?

– Desprezo pelo governo. – Ela deu uma resposta vaga.

Não era, tecnicamente, uma mentira. Havia sido desprezo, puro e intencional, que inspirara em Alma a decisão de viajar para a Holanda antes de mais nada, mesmo quando o exército alemão já estava se esgueirando em direção às fronteiras. Amigos influentes na Inglaterra garantiram a ela e ao pai posições de estrangeiros amigáveis com total permissão de se apresentar e ganhar a vida. Fora desprezo que impelira Alma a aceitar o convite da Filarmônica de Amsterdã depois que os alemães a expulsaram, e à sua família, da de Viena. Fora desprezo que a levara a permanecer no país invadido pelos uniformes verde-acinzentados. Fora desprezo que a encorajara a tocar até o final vitorioso, debaixo dos narizes da Gestapo, até que começaram as deportações e seus amigos e anfitriões imploraram que ela fugisse para a Suíça pela França, para seu próprio bem. Um deles até se casou com ela unicamente com a esperança de ajudá-la com a documentação, pois não tinha interesse romântico em mulheres e fez isso somente por bondade do coração. Alma sempre se lembrava disso com um sentimento de profunda gratidão.

– Sua orquestra é muito boa – disse o homem da SS, interrompendo o devaneio de Alma.

Ela o viu estreitar os olhos para as meninas com o olhar desapegado de um contador de banco. Estava calculando alguma coisa em sua mente.

– Mas você tem muitas instrumentistas judias.

O rosto de Alma ficou impassível.

– Elas são profissionais – observou, enfrentando o olhar dele.

Pelo canto do olho, ela viu Hössler e Mandl subir os degraus para o tablado.

– Tudo bem, mas a orquestra foi inicialmente organizada como um *Kommando* ariano – insistiu o oficial, cada vez mais irritado com o olhar fixo de Alma em seu rosto.

– As arianas não eram profissionais – explicou ela com um sorriso desprovido de calor. – Tudo que sabiam tocar eram simples marchas militares e músicas populares. *Frau Lagerführerin* e *Herr Obersturmführer* expressaram o desejo de uma orquestra profissional de verdade. Do jeito como está agora, podemos tocar Bach e Vivaldi. Entretanto, se o senhor ainda tiver críticas sobre a qualidade do desempenho... – Sob o olhar mortificado de Sofia, Alma virou-se para Hössler e sorriu para ele. – *Herr Obersturmführer*, quem sabe o senhor poderia permitir que alguns membros da sua orquestra masculina do campo pudessem vir treinar minhas novas meninas judias? *Herr Scharführer* acabou de expressar sua preocupação com a qualidade do desempenho delas, e eu não gostaria de decepcioná-lo na nossa próxima apresentação.

Na visão periférica de Alma, Sofia revirou os olhos para o teto em puro tormento.

– Não vejo problema algum. – Hössler pegou uma elegante cigarreira de prata e, sob o olhar incrédulo do austríaco loiro, ofereceu-a a Alma.

Agora, ignorando totalmente seu compatriota, Alma falava diretamente com Hössler:

– Na verdade, o ideal seria ter uma contrabaixista na orquestra, para que possamos expandir ainda mais o nosso repertório. Tenho duas recém-chegadas da Grécia, Lily e Yvette, e Yvette estava aprendendo a tocar contrabaixo em sua terra natal, Salonika, quando a família foi deportada. Talvez *Herr Obersturmführer* tenha alguém que possa continuar a ensiná-la.

– Certamente posso dispensar alguém de suas funções por uns dois meses.

Ele estendeu o isqueiro para acender o cigarro de Alma. O oficial austríaco olhava para ele como se seu superior tivesse enlouquecido de vez.

– Acha que dois meses serão suficientes?

– Claro, *Herr Obersturmführer*! – Alma apressou-se a garantir que sim. – Bem a tempo para o Natal. – Ela exibiu um sorriso encantador.

– Tudo de que precisamos, judias tocando no Natal – comentou o austríaco com um risinho sardônico, olhando para Mandl em busca de apoio.

Mas a líder do campo feminino estava com o olhar fixo em Hössler, com uma expressão indecifrável.

Hössler demorou alguns minutos para reagir. A primeira coisa foi o sorriso benevolente que desapareceu; suas feições endureceram como gesso; os olhos escureceram com uma fúria crescente enquanto o sangue subia ao rosto, tingindo as faces. Lenta e deliberadamente, Hössler virou-se para o homem da SS, endireitando os ombros e empertigando-se, como uma cobra venenosa se desenrolando. O guarda da SS era mais alto que ele, mas curiosamente pareceu encolher, contraindo-se diante da presença ameaçadora que de repente se assomava sobre ele, pronto para dar o bote.

– Talvez você queira tocar, você mesmo, então, seu idiota miserável? – Hössler vociferou, as feições distorcidas pela raiva. Alma estremeceu com a violência do grito. – Se acha que consegue tocar melhor que *as judias*, vá em frente. Pegue um instrumento. Toque para nós. E então...? Por que ficou mudo de repente? O medo paralisou sua língua? *Frau* Alma está fazendo o que pode para formar uma orquestra de verdade para nós, e você questiona as qualificações e o discernimento dela? Os eventos culturais da SS não são obrigatórios. Se judias tocando música ferem a sua delicada sensibilidade, marche para fora daqui antes que eu o ajude a encontrar suas pernas. Seu corvo hipócrita com dragonas! Preste atenção quando seu superior fala com você. Ou vocês não aprendem mais isso no colégio? A teoria racial substituiu o treinamento militar, ou o quê?! – ele berrou no rosto do rapaz.

O rosto do austríaco estava pálido. Com os ombros retos e as mãos espalmadas contra as calças do uniforme, ele olhava diretamente para a frente como se estivesse diante de um sargento instrutor.

– Eu fiz uma pergunta! – O grito inflamado de Hössler silenciou tudo ao redor.

– Não, *Herr Obersturmführer*.

– Não ouvi!

– Não, *Herr Obersturmführer*!

– Não o quê?!

O jovem estava completamente perdido e trêmulo.

– Não, não substituiu o treinamento militar – disse ele por fim.

– E o que mais?

– Não, a música judaica não fere de maneira alguma a minha sensibilidade, *Herr Obersturmführer*.

– Fora daqui, seu piolho metido! Quem assinou essa promoção para você?! – Hössler rosnou ferozmente, enquanto o oficial se afastava apressado.

O tempo todo, Maria Mandl ficara acariciando a manga do paletó de Hössler, murmurando baixinho, mas ele parecia totalmente alheio à presença dela, no estado de fúria em que se encontrava.

Alma captou o olhar de reprovação de Sofia. *E aí...? Esse é o seu benevolente* Herr *Benfeitor. Calmo e doce; exatamente o que precisamos do nosso lado.*

A ex-*Kapo* polonesa estava certa, claro. Os SS eram todos iguais. A sede de Berlim não mandava almas caridosas para os campos de concentração e extermínio, somente selvagens para quem a vida humana não valia nada, e, depois de testemunhar como Hössler havia tratado sua própria espécie, Alma podia apenas imaginar o que ele seria capaz de fazer com a dela.

Ela desviou o olhar, envergonhada. Um choque percorreu seus nervos, já tensos ao extremo, quando uma mão pousou em seu braço, com o qual ela ainda segurava o violino ao pescoço.

– Espero que você perdoe meu comportamento inaceitável. – Hössler retomara sua conduta cordial como se nada tivesse acontecido. – Não foi de maneira alguma minha intenção lhe causar mal-estar... – Ele suspirou, contrafeito. – Eles são jovens e idiotas, a maioria deles. Não são? – Ele se virou para Mandl.

Ela assentiu concordando, com a mão tranquilizadora ainda no punho do paletó dele.

– E o banquete? Está tudo pronto?

– Vou agora mesmo perguntar.

– A líder do campo feminino se afastou, e de repente Alma se sentiu exposta sem a *Lagerführerin* por perto. O cigarro esquecido tremia em seus dedos gelados.

– Sim, jovens e idiotas – Hössler repetiu e sorriu para Alma com expressão um pouco cansada. As linhas ao redor de sua boca e de seus olhos se tornaram mais pronunciadas. Então, ele perguntou inesperadamente: – Você é judia, *Frau* Alma?

Alma não sabia o que Mandl havia dito para ele, mas, por alguma razão, após um momento de hesitação, ela reconheceu que sim, ela era. *Judia,* sim. A princípio batizada como protestante, depois como católica, mas judia na essência.

Hössler balançou a cabeça, o sorriso melancólico nem por um segundo abandonando seu rosto.

– Não, você não é judia. Você é vienense, e essa é uma raça completamente diferente. Pessoas educadas, refinadas, cosmopolitas... Como eu gostaria de me sentar e dividir um conhaque com você e falar sobre arte, música e outros assuntos. Se você soubesse como sinto falta de conversas intelectuais aqui, *Frau* Alma...

– Tenho certeza de que a *Lagerführerin* tem uma conversa muito agradável e enriquecedora... – Alma se calou quando Hössler deu um risinho silencioso.

– Ah, sim. Claro que você diria isso sobre a sua líder do campo. Muito apropriado da sua parte. Vou contar a ela que você disse isso. – A expressão dele se modificou um pouco. – Você é casada, *Frau* Alma?

– *Jawohl, Herr Obersturmführer.*

As feições de Hössler se retorceram.

– Não diga *"Jawohl"* para mim. Não gosto de ouvir isso, não de você, pelo menos. Diga apenas "sim" ou "não", como em uma conversa de pessoas normais.

– Sim.

– Onde está seu marido?

– Na Holanda, *Herr Obersturmführer.*

– Gentio?

– Sim.

Ele assentiu com a cabeça.

– O casamento não protegeu você?

– Não, *Herr Obersturmführer.* Um novo decreto foi promulgado...

– Ah, entendi... Sempre um novo decreto. – Ele desviou o olhar como que constrangido. Quando voltou a fitar Alma, havia uma expressão de genuíno pesar em seu semblante. – Eu sinto muito que você tenha vindo para cá, *Frau* Alma. Você é uma excelente violinista e uma boa moça. Não combina com este lugar.

– Estou feliz aqui, *Herr Obersturmführer*. Temos um bom alojamento e somos bem tratadas. Não temos do que nos queixar. E, se eu não tivesse vindo para cá, quem sabe o que teria acontecido com estas meninas?

Por um momento, Hössler a estudou com uma expressão intrigante.

– Sim, você é muito especial – disse por fim, baixinho. – Bem, se você está feliz, eu também estou. Diga-me, *Frau* Alma, depois que a guerra terminar, você aceitaria tomar um conhaque comigo?

Pega de surpresa, Alma não sabia ao certo como reagir. Porém, rapidamente recuperou o bom senso e sorriu para o oficial, nas mãos de quem estava não só a sua vida, mas a de todas as moças da orquestra.

– Será um prazer, *Herr Obersturmführer*.

– E uma honra para mim, *Frau* Alma. Obrigado pela esplêndida apresentação desta noite. Não vá embora ainda. Espere atrás do palco. Depois que o banquete terminar e os oficiais se retirarem, os garçons lhes servirão um jantar, por minha ordem. Haverá bastante comida, para você e suas meninas.

Aquilo era a última coisa que ela esperava.

– Muito obrigada, *Herr Obersturmführer*. – E Alma deu-se conta de que desta vez o agradecimento era sincero.

Capítulo 11

– Lamento informá-la, mas nosso pianista se foi.

Alma olhou para seu equivalente na orquestra masculina de Birkenau, o *Kapo* Szymon Laks. Ele usava roupas civis e pareceria um intelectual comum, não fosse pela boina listrada, que não combinava com a jaqueta feita sob medida. Os cabelos escuros também não haviam sido tosados, Alma notou, mas cuidadosamente penteados e recém-umedecidos.

Ela os alcançara bem a tempo, ele a informara segundos antes; estavam de partida para a *Appellplatz* principal para tocar durante a execução.

– O pessoal da resistência do campo de novo. – Ele suspirou desanimado. – Dizem que o chefe da Gestapo do campo, Grabner, fritou um lado inteiro do rosto de um deles para fazê-lo confessar os nomes de seus cúmplices, mas o homem não falou. O que eles esperam conseguir com essa teimosia, os pobres coitados?

Talvez nada, pensou Alma, vendo os homens munir-se com seus instrumentos. Ou, pelo menos, não morrer passivamente, como carneirinhos, por nada, e isto valia a pena toda a tortura e armadilhas.

– Ele... se foi? – Incerta, Alma apontou com o polegar na direção do crematório, esperando desviar Laks do assunto que certamente lhe causaria pesadelos.

Laks deu um sorriso que mais parecia um esgar.

– Não. Voltou para casa. – Sob o olhar incrédulo de Alma, ele empurrou os óculos de aro de metal mais para o alto do nariz. – Ele serviu pelo período de seis meses e foi liberado. Era um *Reichsdeutsche*, entende? – E continuou, à guisa de explicação: – Sangue alemão de primeira linha. Ao contrário de nós, eles realmente podem sair daqui.

– Ele parecia um cavaleiro teutônico – interveio Heinz Lewin, o baixista. – O próprio modelo para as propagandas de filmes.

A pedido de Alma, e com a anuência de Hössler, Heinz havia sido liberado de sua função secundária de relojoeiro e parecia estar bastante entusiasmado com a perspectiva de passar os dois meses seguintes entre as meninas da orquestra feminina. Convocado pelo mensageiro do destacamento para interromper temporariamente a atividade de relojoeiro, ele já tinha arrumado suas coisas e esperava pacientemente por Alma enquanto ela tentava negociar mais uns dois treinadores para as garotas. Não havia necessidade imediata de um pianista; na verdade, o Bloco de Música de Alma não dispunha de um piano, mas ela tinha Flora, que pelejava com o acordeon, e Alma sentia que, se conseguisse um treinador para ela, as chances da menina aumentariam de maneira significativa.

– Para ser sincero com você, ele era um pianista medíocre – continuou Laks. – Mas era boa pessoa.

– Ele estará de volta quando menos esperarmos. – Heinz sorriu, bem-humorado.

– Por que diz isso? – perguntou Alma.

– Ele é humanista demais para saber o que é bom para ele – explicou Laks. – Foi por isso que veio parar aqui, neste *belo resort da SS*, para começar. O pai dele é um daqueles Faisões Dourados, do alto escalão nazista. E quer saber? Em vez de ir para aquelas escolas Napola para futuros líderes do Reich, o tonto decidiu tocar música e, ao mesmo tempo, falsificar documentos.

Alma notou que não só Laks, mas pelo menos metade dos membros da orquestra masculina usava estrelas amarelas costuradas em suas roupas. De repente, a leniência de Hössler com relação a Alma recrutar cada vez mais meninas judias começou a fazer muito mais sentido. Ele havia feito a mesma coisa com a orquestra masculina. Era reconfortante ter os homens da SS no campo, para quem a qualidade da música era mais importante que o *status* racial dos músicos.

– Ele só passou poucos meses aqui – disse Laks. – Foi graças a ele que organizaram a orquestra masculina em Birkenau.

– Não era adequado para o filho de um figurão nazista curvar-se para algo indigno da estirpe de Sua Graça. – Heinz deu uma risadinha, mas sem sarcasmo.

– Ele detestava quando o provocávamos por causa disso – falou um dos violinistas. – Vi muitas pessoas envergonhar-se de sua raça no meu tempo, mas nunca vi alguém ter vergonha de ser um *Reichsdeutsche*.

– Talvez ele detestasse porque sabia que tinha motivo para ter vergonha – refletiu Alma. – As outras raças são inocentes. Se a minha raça estivesse abatendo outras de maneira indiscriminada, eu também sentiria vergonha.

Laks não discutiu esse aspecto.

– Seu *Ausweis* vale para o campo principal? – perguntou em vez disso. Quando Alma confirmou que sim com um aceno de cabeça, ele pegou uma pequena folha de papel e escreveu algo nela. – Tente o pianista da orquestra de Auschwitz. Mostre este bilhete ao regente. Eles são polacos, a maioria deles... o *Kommandant* não se importa muito com o que fazemos aqui em Birkenau, mas nem morto ele iria permitir judeus em sua orquestra de Auschwitz, e pode complicar as coisas para você.

– Por que ele complicaria as coisas para mim?

– Você é uma judia que substituiu uma conterrânea deles como *Kapo*. – Laks deu de ombros, como se isto fosse explicação suficiente.

Alma bufou baixinho. Ali naquele *belo resort da SS*, era.

Depois de levar Heinz para o Bloco de Música e deixá-lo encarregado de suas funções tutoriais – embora as aulas não fossem render muito naquele dia, Alma pensou com um sorriso, apenas muita conversa, e para ela tudo bem – ela voltou para o campo masculino, tendo o cuidado de evitar a *Appellplatz* com seus cadafalsos. Considerando o aviso de Laks sobre os membros poloneses da orquestra, ela achou que seria sensato mostrar a eles não só o bilhete do *Kapo* como também algo mais substancial; uma ordem direta do líder do campo, por exemplo.

– *Obersturmführer* Hössler? – ela perguntou no posto de controle, após apresentar seu passe para o guarda da SS de ar entediado que lia a seção de entretenimento de um jornal.

Com um suspiro profundo, ele verificou o registro e consultou o relógio.

– O transporte chegou há duas horas. Ele deve estar supervisionando a *Aktion* na *Krema*.

– Em qual?

O guarda revirou os olhos.

– Quatro. – Ele voltou a contemplar a foto da estrela de cinema e cineasta preferida de Hitler, Leni Riefenstahl, esquiando de biquíni, antes que Alma tivesse chance de agradecer.

As portas do Crematório IV estavam abertas, engolindo famílias inteiras num espaço de segundos. Aquelas instalações eram o orgulho e alegria da SS, as mais modernas e equipadas para exterminar nações "sub-humanas" em um estilo organizado e verdadeiramente germânico. Havia quatro em Birkenau, e certamente superavam as de Auschwitz, tanto em tamanho como em eficácia. Era graças a essas quatro monstruosidades que as duas ex-câmaras de gás que ficavam um pouco mais afastadas do campo e tinham os nomes de Pequena Casa Branca e Pequena Casa Vermelha estavam abandonadas. Eram dois ex-bangalôs de vilarejo, que não comportavam as tubulações de gás de maneira eficaz. Demorava muito para o gás ser expelido, as pessoas gritavam e suplicavam de maneira medonha, socando as portas e irritando os SS de plantão com aquela agonia prolongada. Depois os corpos tinham que ser levados para Auschwitz para cremação, e a cada poucos dias as paredes da chaminé desmoronavam pelo excesso de uso, para profunda contrariedade do *Kommandant* Höss. Valas abertas tinham que ser cavadas para enterrar os corpos enquanto a chaminé era restaurada, mas aí as paredes começavam a esfarelar novamente, e mais valas tinham que ser cavadas, e começou a faltar espaço. E então o solo começava a estufar, expelindo vapores e líquidos tóxicos e contaminando a água nas proximidades.

Agora, porém, a engenhosa raça ariana havia resolvido todos esses problemas. Os quatro crematórios tinham condições de operar de maneira ininterrupta, processando diariamente milhares de pessoas. Não havia mais necessidade de valas coletivas; não havia mais problema de transporte. Inclusive, dois elevadores foram instalados nas construções de dois andares exatamente com essa finalidade. Agora, o *Sonderkommando* levava apenas alguns minutos para transportar os corpos da câmara de gás para o andar de cima, onde os dentes dos mortos eram examinados para remover restaurações de ouro, os orifícios, para o caso de haver ouro escondido, os cabelos eram tosados e embalados em sacos. Alguém já esperava pelos processados com a maca a postos. Às vezes, os homens do *Sonderkommando*, desventurados escravos da SS forçados por seus chefes uniformizados a realizar a mais sinistra das tarefas, reconheciam seus próprios familiares ou amigos nos corpos ainda quentes. Alguns iam para a cerca elétrica depois disso, alguns se embriagavam e choravam, escondidos atrás de alguma mesa de triagem no destacamento *Kanada* e contavam a quem estivesse por perto o que tinham sido obrigados a ver.

Certo dia, Alma estava por perto. Ela não conseguiu dormir por várias noites depois de ouvir o que o homem falou, assombrada pelas imagens das covas abertas, dos corpos com as cabeças raspadas, dos funcionários chorosos da câmara de gás tendo de arrancar as restaurações de ouro da boca de seus familiares. Agora, ela teria que ver aquilo tudo com seus próprios olhos.

Alma encontrou Hössler exatamente onde o homem da SS dissera que ele estaria. Bem-vestido, penteado e asseado, e completamente desarmado, ele estava junto à entrada e falava para uma apreensiva multidão de cerca de mil pessoas com sua voz compassada e agradável.

– Vocês chegaram a Auschwitz-Birkenau. Isto não é um *resort*, é um campo de trabalho, e nós esperamos que vocês cumpram suas atribuições da mesma forma que nossos combatentes estão cumprindo as deles no *front*. Assim como eles, vocês também contribuirão para a vitória final. Tão logo a vitória seja conquistada, vocês serão recompensados por sua lealdade ao Reich e retornarão à liberdade. Agora, por favor, sigam para a desinfecção. É essencial que vocês passem pelo processo, juntamente com as crianças, para garantir que nenhuma doença seja trazida para o campo. Uma vez lá dentro, por favor tirem a roupa de suas crianças antes de tirarem as suas, e memorizem o número do cabide no qual seus itens estão para que possam recuperá-los mais facilmente depois. Os membros do nosso *Sonderkommando* distribuirão sabonete e toalhas. Podem manter as joias consigo, para que não as percam.

Apesar do tom de voz calmo e tranquilizador, a multidão vacilou. O olhar das mulheres estava voltado para cima, na direção da chaminé, de onde rolos de fumaça preta e fétida subiam para o céu. Com os braços em volta dos ombros dos filhos, em um gesto protetor, elas hesitavam em dar outro passo.

O subordinado de Hössler, o único outro homem da SS presente, levou a mão ao cabo de seu chicote enquanto lançava um olhar indagador para seu superior. Hössler o deteve com um meneio de cabeça quase imperceptível. Deu alguns passos para perto de uma mulher e, com um sorriso gentil, afagou o cabelo da criança em seu colo.

– Qual é a sua profissão, minha boa mulher? – perguntou com aquele seu jeito suave.

– Eu sou costureira – respondeu ela, com as costas rígidas de tensão.

Hössler pareceu ficar encantado.

– Costureira? Mas é exatamente do que precisamos! Acabamos de expandir um destacamento de costura, onde mulheres como você costuram uniformes para nossas valentes *Wehrmacht*. Inclusive montamos uma área infantil lá para que as mães não tenham de se separar de seus filhos durante o expediente. A propósito, precisamos também de mulheres com experiência que possam tomar conta das crianças pequenas enquanto as mães trabalham. Alguma professora de jardim de infância entre vocês?

Duas mãos se ergueram no ar.

Hössler abriu um largo sorriso. Ele virou-se para seu ordenança.

– Parece que hoje é o nosso dia de sorte! Todas as profissões essenciais em um único transporte!

– Realmente, *Herr Obersturmführer*.

Hössler voltou a afagar o cabelo do menino.

– Está com fome, rapazinho? Assim que sua *Mutti* e você passarem pelo banho, haverá sopa, café e chá quentinhos para todos. Ah, e, antes que eu me esqueça, quem for diabético, favor reportar à equipe médica depois que saírem da desinfecção. Precisamos dessa informação para adequar a dieta de vocês.

Alma assistiu a tudo, horrorizada, enquanto a multidão passava pelas portas do crematório e descia os degraus por vontade própria, tranquilizada pelas palavras pacificadoras do *gentil Herr Obersturmführer*. Uma lufada de vento desceu sobre a coluna de recém-chegados e arremessou uma nuvem de cinzas brancas em seus rostos.

Freneticamente, Alma limpou-as de sua pele com a ponta do lenço de cabeça, mas o cheiro de carne revolvida e cabelo queimado continuava pairando no ar, nauseantemente adocicado.

Um dos homens deu um passo à frente, olhando com desconfiança para as cinzas em sua mão.

– Por que a chaminé? – ele desafiou abertamente, em voz alta o suficiente para que a massa de gente parasse outra vez.

Inabalável, Hössler deu de ombros com indiferença.

– Para as caldeiras dos chuveiros. Cada casa de banho é projetada para fornecer água para mil pessoas. Certamente, vocês não vão querer que suas esposas e filhos e pais se banhem em água gelada.

– Por que de repente está tão preocupado com nosso bem-estar? Me desculpe, mas parece um pouco incoerente, vindo de uma nação que jurou nos aniquilar a todos.

Mais uma vez o guarda da SS avançou, e mais uma vez Hössler o deteve com um gesto indiferente. Ocorreu a Alma que tinha sido exatamente assim que ele havia conseguido ser promovido a uma posição tão importante. Ele tinha uma habilidade especial com assassinatos coletivos. Aprendera por experiência que a persuasão suave funcionava muito melhor do que ameaças e golpes.

– Precisamos de servidores saudáveis, não de uma enfermaria lotada de doentes – explicou de modo prático. – Eu já lhe disse, somos um campo de trabalho, não um local de extermínio com que o inimigo tenta apavorar vocês com suas propagandas sinistras. Precisamos de vocês para ganhar esta guerra. Nossos soldados estão combatendo no *front*. Enquanto isso, precisamos de homens e mulheres para substituí-los. Por que mataríamos vocês? Seria simplesmente contraprodutivo. – Ele abriu os braços em um gesto indefeso.

Notando a presença de Alma, ele sorriu mais amplamente e foi na direção dela com os braços estendidos.

– Ah! Aqui está nossa insubstituível regente da orquestra de meninas, *Frau* Rosé. Algum austríaco aqui? Amantes de música? Eu mesmo sou, aficionado! Se alguém aqui conhece alguma coisa sobre música, sabe quem ela é. Ainda não consigo acreditar que *Frau* Rosé decidiu juntar-se a nós para elevar os ânimos não só de nossos corajosos guardas como dos internos também. Vocês ouviram as meninas tocar a marcha de boas-vindas na rampa… vamos saudá-la com um aplauso caloroso? Bem, ela veio saber que música vocês gostariam de ouvir nesta noite. Sim, nós sempre recepcionamos os recém-chegados com um concerto na primeira noite. – Ele passou o braço sobre os ombros dela e virou-a de frente para a multidão.

Pálida e tremendo por dentro, Alma sorriu para os rostos à sua volta e engoliu as lágrimas, tentando não trair a farsa de Hössler. Era uma coisa abominável fazer parte do jogo desprezível daquele homem da SS contra seus companheiros de sofrimento, e, no entanto, que escolha ela tinha? Trair o segredo de Hössler, gritar para aquela gente correr só para prolongar a agonia, só para fazê-los cambalear aterrorizados até a cerca elétrica ou ser ceifados do alto pelas metralhadoras? Não havia como escapar do crematório. A única escolha ali era entre ser alvejado por balas ou intoxicado com gás, e Alma sabia disso e, portanto, impotente e infeliz, sorriu para aquele povo por entre as lágrimas que marejavam seus olhos. Odiava Hössler com todas as suas forças naquele momento; odiava-o por fazer dela sua cúmplice involuntária, por usá-la como uma prova perfeita para sua farsa. Usando um casaco quentinho de pelo de camelo que havia chegado ali nos ombros de alguma parisiense agora morta, com um lenço de cabeça combinando cobrindo os cachos de cabelos escuros, e botas de cano alto e até meias longas, ela era exatamente o que ele precisava para exibir para a multidão apreensiva: *Estão vendo? É assim que nossos internos são tratados.*

O efeito foi instantâneo. Tranquilizados pelo cordial oficial da SS e pela interna que ele abraçava com ar paternal, os recém-chegados esqueceram a chaminé e entraram praticamente correndo no galpão.

Alma sentiu o corpo inteiro tremer. Os dedos de Hössler se enterraram em seu braço conforme ele a puxava para mais perto.

– Eles iriam morrer de qualquer maneira – sussurrou no ouvido dela. – Antes era pior, quando eram mandados para dentro a pauladas e socos. Eu só proporciono a eles alguns minutos a mais de paz. Na hora em que o gás se espalhar, eles nem vão se dar conta do que aconteceu.

Alma assentiu com a cabeça, rígida.

– Que tal um pouco de Mozart hoje à noite? – Ele se voltou para a multidão, falando em voz alta. – Alguém aqui tem alguma coisa contra *Herr* Wolfgang Amadeus? Não? Eu imaginei. Então será Mozart, senhoras e senhores. Lembrem-se de estar apresentáveis; uma virtuose do violino irá tocar para vocês nesta noite. – Ele olhou para Alma e baixou a voz outra vez. – O que você queria?

– Permissão para trazer um pianista de Auschwitz como treinador. O de Birkenau...

– Voltou para a casa do pai. Sim, sim... – Ele riu baixinho. – Vou deixar o posto disponível para ele. Ele estará de volta antes do Natal – ele repetiu exatamente a mesma coisa que o *Kapo* havia dito. – É do tipo paspalho. Claro, vá buscar um no campo principal. Diga a eles que eu ordenei, se forem teimosos.

– Obrigada, *Herr Obersturmführer*.

Ele ainda a segurava, sua garota-propaganda, pelos ombros.

– Na próxima vez que precisar falar comigo, vá ao meu escritório. Nunca mais venha aqui outra vez, por favor.

Capítulo 12

Na frente do Bloco 24, Alma parou e escutou, com a cabeça inclinada para o lado. Um dos guardas a orientara para aquela construção de tijolos vermelhos de dois andares quando ela perguntara onde ficava o Bloco de Música de Auschwitz. Além do som fraco de um piano que parecia acariciar sua pele com um toque leve e suave, ela não conseguia ouvir mais nada.

Uma das janelas estava aberta no segundo andar. Uma jovem mulher com o rosto muito maquiado estava com os cotovelos apoiados no parapeito. Alma viu que tudo o que a moça usava era uma espécie de combinação de seda.

Enquanto acendia um cigarro, ela notou que Alma estava olhando para ela e acenou com a cabeça.

– Está perdida, passarinha? – perguntou em alemão, com um forte sotaque da Suábia.

Alma levou a mão à testa para proteger os olhos do sol.

– Este é o Bloco 24? – indagou, embora o número estivesse bem ali, acima da entrada.

A garota sumariamente vestida confirmou com um aceno de cabeça.

– Veio fazer um teste?

– Que teste?

– Você sabe... – A garota sorriu com malícia. – Você contribui para a prosperidade do Reich por doze meses deitando-se de costas e eles deixam você ir embora para casa. É a mais recente ideia de reeducação.

– Eles não vão me deixar ir embora. Sou judia. Não podemos ser reeducadas, somente erradicadas.

A garota apenas acenou com sabedoria e olhou para Alma com ar de compreensão, enquanto dava uma tragada no cigarro.

A porta à frente de Alma se abriu, e uma mulher grandalhona apareceu na soleira. Quase no mesmo instante, ela virou-se para a garota na janela e ergueu o punho cerrado.

– O que eu disse para você sobre se debruçar nessa janela? Feche-a imediatamente!

A moça franziu o rosto.

– Eu preciso arejar o quarto, pelo menos por uns cinco minutos!

– Então areje sem mostrar sua cara!

A garota resmungou alguma coisa ininteligível e recuou, apenas o suficiente para que a mulher não a visse.

Um homem vestido com paletó civil, porém com a calça listrada, passou pela matrona, com a boina nas mãos e agradecendo profusamente. Mas ela não lhe deu atenção; estava ocupada examinando Alma.

– Você é nova? – Ela fez um sinal para que Alma se aproximasse. – Quem mandou você aqui? É ariana puro sangue? Associal?

– Não... ninguém me mandou. Não, não. Eu preciso de um pianista.

Uma exclamação irônica soou no andar de cima. A garota estava novamente debruçada na janela, acompanhando com grande interesse o diálogo que se desenrolava lá embaixo.

– Um pianista? Que novidade, hein... Eles finalmente abriram um bordel onde se podem solicitar coisas tão peculiares? Já não era sem tempo!

– Saia daí antes que eu arraste você pelos cabelos! – a mulher gritou e novamente ergueu o punho cerrado para a garota da Suábia. Seus acessos de raiva eram rápidos, automáticos e impessoais; mães afrontadas tendiam a ter essa reação quando os filhos desobedeciam, pensou Alma, e, por alguma razão, isso a fez sorrir.

– Garota linguaruda... – resmungou a matrona.

Alma sorriu, compreensiva. A mulher cruzou os braços.

– Mas, afinal, quem é você e para que precisa de um pianista?

– Sou Alma Rosé, *Kapo* do Bloco de Música de Birkenau. – Alma mostrou a faixa em seu braço.

A mulher assentiu, embora por um instante sua expressão demonstrasse desapontamento. Alma era uma mulher atraente, com olhos grandes amorosos, cachos negros sedosos, pernas longas... seria um ótimo complemento para o negócio operacional da matrona.

Naquele momento, Alma compreendeu que, na verdade, devia ser grata por seu sangue israelita; se aquele bloco abrigava o que ela suspeitava, ela não queria ter nada a ver com aquilo, e para o inferno com as promessas de liberdade após doze meses "trabalhando" deitada de costas.

– O *Obersturmführer* Hössler ordenou que um pianista fosse temporariamente liberado de suas obrigações para ensinar e treinar uma das meninas da minha orquestra – explicou Alma.

– Ah, que azar o seu, garota... Os rapazes não estão aqui. Estão na residência do *Kommandant* Höss, tocando para as visitas dele. Volte amanhã. Mas não a esta hora... eles ficam ocupados na cozinha durante o dia, descascando batatas.

Com o ouvido treinado atento à porta aberta, Alma olhou para a mulher.

– Quem está tocando piano? Ou é um rádio?

– Não, não é rádio. – A mulher pensou por um momento. – É o nosso Miklós que está tocando, mas ele não é membro da orquestra.

– Uma pena – opinou a moça na janela. – Deveria ser. Um grande talento, só que com sangue errado.

Dessa vez, a mulher a ignorou.

– Ele é judeu – explicou em tom confidencial. – Judeus são proibidos de tocar na orquestra de Auschwitz. Mas eles os deixam tocar quando a sala está livre, por pura bondade do coração. Ele já tentou se enforcar uma vez porque ninguém o deixava tocar sua música. É um grande pianista da Hungria...

– É compositor também – a moça do segundo andar interrompeu outra vez. – Compôs uma ópera quando estava na Filarmônica de Budapeste...

– Bobagem – disse a mulher. – Ele não compôs ópera nenhuma. Ele só tocava.

– Ele compôs, sim. E digo isso com autoridade! – A garota estava agora praticamente pendurada na janela, determinada a fazer valer seu ponto de vista. – Sándor me disse quando veio aqui, duas semanas atrás. Ele até trouxe uma revista com um artigo sobre isso. Tinha a foto de Miklós no palco, de fraque e tudo. Um rapaz tão bonito...

– Pode parar com esse embevecimento! Ele é um cavalheiro refinado e não está interessado em você. E, mesmo que estivesse, vocês são racialmente incompatíveis.

– Eu prefiro dar para alguém incompatível como ele do que para aqueles gorilas do *Sonderkommando*.

– O que você tem contra os meninos do *Sonderkommando* agora? – ralhou a mulher. – São eles que presenteiam você com todas as mercadorias. De onde vêm suas presilhas de cabelo, meias de seda e toda aquela *lingerie*?

A menina fez uma careta de nojo.

– Eles tiram tudo dos cadáveres ainda quentes.

– Eles não fazem isso! – retrucou a matrona.

– Fazem, sim!

– Não, não fazem mesmo – interveio Alma, olhando para a mulher à sua frente sem enxergar. – Eles fazem as pessoas se despir primeiro. Elas entram nuas na câmara de gás, achando que é uma casa de banho. Recebem até sabonete e toalha...

As duas mulheres ficaram repentinamente em silêncio. Um longo momento se passou antes que a matrona se afastasse da porta e fizesse um sinal para que Alma entrasse, desviando o olhar do rosto dela. Estava assustada de um jeito supersticioso, como se Alma tivesse dito algo que não deveria ser dito no campo; como se a morte fosse contagiosa, até por meio de palavras.

– A sala de música é no primeiro andar, no final do corredor.
– Obrigada.

Alma entrou e viu a mulher fazer o sinal da cruz enquanto se apressava pelo corredor sombrio, murmurando alguma coisa – provavelmente rezando, pedindo proteção.

O bloco inteiro estava em silêncio, com exceção daquela melodia fraca soando em acordes suaves através da porta entreaberta no final do longo corredor. Caminhando o mais silenciosamente possível – um cuidado profissional de uma instrumentista que não queria perturbar outro antes que terminasse –, Alma se aproximou e parou na soleira. O pianista estava sentado em posição diagonal em relação à porta, balançando suavemente o corpo no ritmo da música. Era uma melodia triste que Alma não conseguiu identificar, complexa e fluida ao mesmo tempo. No mesmo instante ela reconheceu um verdadeiro virtuose. Ela tocava piano razoavelmente bem, mas levaria semanas para aprender passagens tão difíceis, que pareciam fluir dos dedos do pianista. E, no entanto, parecia que ele tocava sem esforço algum, como se o piano tocasse sozinho sob o toque delicado daquelas mãos bonitas, como um corpo feminino em perfeita sintonia com o toque do amante.

De onde estava, Alma viu que os olhos dele estavam fechados. Os cílios longos e escuros sombreavam o perfil de feições marcantes. Sobre o nariz ligeiramente adunco, apenas duas linhas de expressão maculavam o rosto de feições nobres e de expressão calma. De repente ocorreu-lhe que a garota da Suábia estava certa: ele era um compositor. E, se aquela era uma de suas criações, Alma cairia de joelhos e beijaria as mãos dele, pois pertenciam a um verdadeiro gênio.

Por fim, ela também fechou os olhos e permitiu-se levar pela melodia. Ele continuava a tocar, e ela acabou por ver-se de volta à Filarmônica de Viena, com um lindo vestido de seda cascateando por sua silhueta alta e elegante. O teatro estava lotado, mas somente eles dois estavam no palco. Levando o violino invisível ao ombro, Alma começou a acompanhar mentalmente a melodia. Não era uma proeza fácil – as partes suaves se alternavam com as mais fortes e dinâmicas, quase se perdendo, dissolvendo-se em um silêncio pensativo apenas para ganhar força outra vez e abalar Alma até o âmago com a profunda emoção de cada passagem.

Ela não apenas ouvia a música, ela a *sentia* dentro de si, como se a melodia lhe falasse de uma maneira que ela não sabia explicar nem para si mesma. Sem abrir os olhos nem uma única vez, sem trocar uma única palavra com o pianista, ela aprendeu toda a história de vida do homem através da música – seu trabalho, seus êxitos, as mulheres que ele havia amado e perdido, a vida que ele celebrava e que lhe havia sido usurpada de maneira tão infame. De alguma forma, ele conseguia expressar tudo isso – um homem alquebrado para uma mulher alquebrada –, e Alma o compreendeu sem entender o idioma dele.

Subitamente, a melodia parou. Alma abriu os olhos e olhou para o pianista, com um medo inexplicável de ser surpreendida bisbilhotando, mas ele permaneceu sentado, imóvel como uma estátua, com as pálpebras pálidas fechadas. Por um instante, seu rosto se contorceu com uma emoção intensa; ele levantou as mãos como se fosse golpear algum inimigo invisível, mas em vez disso bateu-as sobre o teclado com força, e Alma sentiu o chão vibrar sob seus pés.

Com o rosto molhado pelas lágrimas, ele começou a tocar a *Marcha Fúnebre* de Chopin de maneira selvagem e sem piedade do instrumento, que parecia gritar sob os golpes de suas mãos brancas e bem feitas.

Alma começou a tremer. Era muita coisa para um dia só. Primeiro, a *Aktion*, as multidões apavoradas e sem ter ideia do que as aguardava, o braço de Hössler em seus ombros, a sensação das cinzas quentes em seu rosto. Depois, aquela música magnífica, que a fazia lembrar que existia vida fora dali, que havia palcos e pianos e vestidos elegantes em algum lugar muito distante, mas real. O pianista havia lhe dado esperança e em seguida a tirado da maneira mais cruel, e de repente ela não aguentou mais.

Girando nos calcanhares, ela saiu correndo da sala de música e para fora daquele bloco maldito, mentalmente mandando para o inferno as aulas particulares de Flora. Encontraria outra pessoa para treiná-la, alguém que soubesse tocar bem e de modo agradável, mas não de tal maneira que revolvesse as entranhas de quem ouvisse, a ponto de a pessoa querer sair correndo para não escutar aquele encantamento obsidiante e ao mesmo tempo um desespero, a promessa do paraíso e a visão do reino de Hades, tudo em um único pacote.

Deveria ser proibido tocar música daquela espécie, pelo menos ali em Auschwitz.

Alma enxugou o rosto com raiva e só diminuiu o passo quando chegou perto da torre de vigia. Correr podia ser perigoso naquele *belo resort da SS*. Quase tão perigoso quanto permitir-se ter sentimentos outra vez.

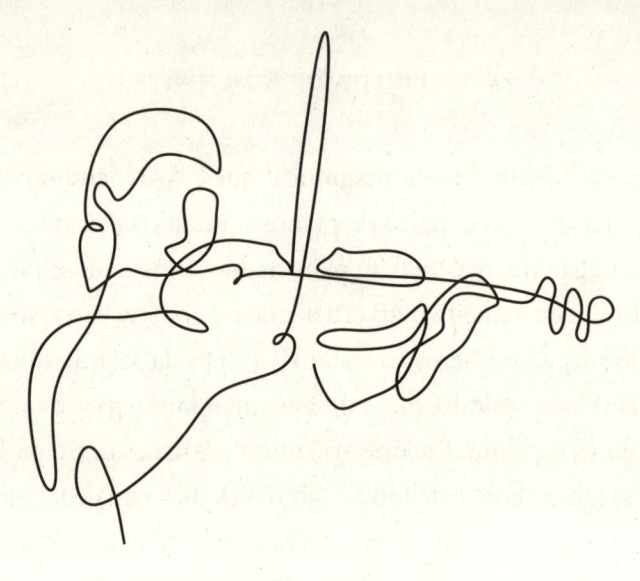

Capítulo 13

A interna não cabia em si de contentamento.

– Ela não mentiu, é você mesma! Alma Rosé, a virtuose do violino!

Sorrindo, a mulher quase saltitava, mudando o peso de um pé para o outro, ainda de pé na porta do alojamento e olhando quase com admiração para o piso recém-esfregado. Ela usava o uniforme regular do campo feminino, um vestido que, no caso dela, era três vezes maior que seu tamanho. De um cordão amarrado em sua cintura dolorosamente fina, pendiam uma tigela e até uma colher. Alma suspeitava de que a mulher tivera de repartir ou até ceder sua porção de pão para que alguém fizesse um furo naquela colher para ela. Mas essa era a vida dos prisioneiros regulares de Birkenau – até os menores favores tinham de ser negociados, já que caridade e boa vontade eram conceitos desconhecidos nos alojamentos sombrios onde a vida tinha sido reduzida à luta pela sobrevivência. A primeira ração de todas era trocada por uma tigela, que ficava com a pessoa. Os recém-chegados logo aprendiam que o *Kommando* de distribuição de rações não se importava se a pessoa tinha ou não uma tigela. Um ou outro mais gentil às vezes se oferecia para derramar uma porção de comida nas mãos em concha do interno; na maior parte das vezes, porém, os internos recebiam um cutucão na testa com a pá de servir e um conselho prático para deixar de ser chato. *Nada de tigela, nada de comida. Agora, dê o fora, seu traste, está empatando a fila!*

A segunda ração era normalmente trocada por um pedaço de barbante para ser amarrado na cintura do interno, para carregar seus parcos pertences. Os recém-chegados logo descobriam, por experiência própria, que essa era a única maneira de evitar que seus preciosos itens fossem roubados, já que os furtos se alastravam entre a população do campo tanto quanto as doenças. Entregar outra ração a um carpinteiro interno em troca de furar o cabo da colher para que o dono dela pudesse dormir tranquilo, sem medo de que fosse roubada por um companheiro de alojamento, era um preço pequeno a pagar pela paz de espírito.

Observando os pertences da mulher, Alma mais uma vez pensou nos privilégios de seu destacamento. De repente sentiu vergonha por estar usando roupas limpas e por ter um prato de verdade em seu cubículo, com o qual não precisava se preocupar.

– Se está aqui para fazer um teste... – começou, reparando na revista de música que a interna segurava pressionada ao peito.

– Não, não! – A mulher deu um risinho embaraçado. – Eu nem sei de que lado me aproximar de um piano, que dirá de outro instrumento. Não, não é por isso que estou aqui. O destacamento *Kanada* está um pouco sobrecarregado ultimamente, e seus superiores solicitaram mão de obra adicional... – Ela meneou a cabeça, impaciente. – Mas não importa. Eu estava trabalhando lá hoje, e uma das meninas fixas me deu isto. – Com grande cerimônia, ela estendeu a revista para Alma, com um sorriso triunfante no rosto. – Ela me disse que você me daria pão se eu lhe desse a revista – a mulher concluiu em um sussurro quase inaudível, os olhos baixos de constrangimento.

Perplexa, Alma virou a revista de um lado e de outro nas mãos. Era antiga, datada de 1931, e no idioma tcheco.

– O nome da moça é Kitty? A que lhe deu a revista?

A mulher assentiu com entusiasmo.

– Ela disse que você ia adorar. Disse que ela mesma lhe daria a revista, mas não sabia quando a encontraria e queria que chegasse logo às suas mãos. Disse que coisas assim elevam o estado de espírito.

Uma revista de música antiga, em um idioma que ela mal sabia ler?

Não querendo desapontar a interna, Alma agradeceu educadamente, deu a ela um pedaço de pão que estava em seu quarto e o pouco que restava de queijo endurecido.

– Mas você nem abriu! – Em vez do alimento, a mulher pegou de volta a revista das mãos de Alma e começou a folhear as páginas. Por fim, exclamou em tom de triunfo:

– Aha! Esta é você, não é? – Ela segurou a revista aberta diante do rosto de Alma.

Imediatamente, toda a cor desapareceu do rosto da violinista. Com a mão trêmula, ela pegou a revista. Na página central, estava ela própria, a Alma de antigamente, com um sorriso sereno no rosto e segurando seu Guadagnini, posando graciosamente para um retrato, sem nenhuma preocupação na vida, apesar das nuvens escuras que já se aglomeravam sobre seu mundo protegido. Em algum lugar da Alemanha, Hitler – ainda não um *Führer*, apenas um delirante agitador de direita que o público em geral se recusava a levar a sério – convocava uma revolução e guilhotina para os judeus, e ali estava ela, sentada, alheia e apaixonada, em seu vestido prateado, o cabelo cortado de acordo com a última moda e emoldurando seu perfil em elegantes ondas escuras.

Alma Prihoda-Rosé. Ela ainda era casada com Váša naquela época. Como aquele casamento desmoronara depressa sob o novo regime que abria suas asas na vizinha Alemanha!

No canto inferior direito do artigo, um ilustrador havia desenhado um esboço sensual dela – as costas viradas para o público, expostas pelo decote acentuado do vestido de gala; o contorno de um seio logo abaixo do violino; cabelos ondulados obscurecendo o rosto, como se soprados pelo vento; um pé delicado aparecendo sob a barra do vestido, em um elegante sapato de salto alto, o tecido do vestido abraçando sua silhueta esbelta como uma segunda pele...

Uma lágrima caiu sobre as palavras tchecas repletas de glória de outros tempos, logo à direita do desenho. Alma levou a mão ao rosto e surpreendeu-se ao descobrir que estava molhado.

– Não gostou?

Aturdida pelas lembranças, Alma tinha se esquecido da moça, que olhava para ela com apreensão.

– Eu pensei que você gostaria...

– Ah, eu adorei. – Alma forçou um sorriso e pressionou com grande emoção a mão da mulher ansiosa. – Gostei muito. Vou recortar a página e colocar na parede atrás da minha mesa... – ... *para me lembrar de quem eu fui um dia.*

Alma entrou no quarto e, depois de uma procura frenética, voltou com um par de meias de lã para a oferecer à interna. Esta já estava balançando a cabeça e empurrando o presente de volta.

– Não posso aceitar.

– Que bobagem! Claro que pode, não seja tola.

– Mas você vai precisar delas! O inverno está chegando...

– Exatamente. E você está descalça. – Alma olhou para os pés da mulher, sobre placas rústicas de madeira amarradas com uma simples tira de couro.

Por fim, tranquilizada pelas garantias de Alma de que ela tinha botas de inverno e outras meias de lã, a mulher cedeu. Segurando o pão e o queijo embrulhados nas meias de lã contra o peito, ela começou a recuar, inclinando a cabeça repetidas vezes, em agradecimento. *Se a mandassem outra vez para o Kanada, ela reviraria tudo para encontrar mais fotografias de* Frau *Alma;* Frau *Alma podia contar com ela. Ela daria um jeito para que* Frau *Alma tivesse todas as suas fotografias que ela pudesse encontrar...*

– Espere! – Alma a chamou, subitamente assaltada por uma ideia. Ela hesitou antes de falar, porque era muito estranho, até para si própria. O que a interna iria pensar…?

Pois ela que pensasse o que quisesse. Ter nas mãos aquele pedaço perdido de sua vida era precioso demais. Ela queria proporcionar a mesma coisa ao pianista de Auschwitz. Sabia que havia revistas com as fotos dele – aquela garota do bordel tinha visto uma com os próprios olhos. Ela tinha certeza de que havia mais revistas por ali, enterradas no meio das prendas do *Kanada*.

– Na próxima vez em que for procurar fotos minhas – começou, cautelosa –, poderia ver se encontra também de outra pessoa? Não sei o sobrenome dele, mas o primeiro nome é Miklós. Ele é húngaro e tocava piano na Filarmônica de Budapeste.

– Miklós, húngaro, pianista, Filarmônica de Budapeste – a interna repetiu e saudou Alma com dois dedos na testa. – Pode deixar, *Frau* Alma!

– Obrigada. – Alma sorriu calorosamente. – Seu pão com queijo estará aqui esperando por você.

A mulher girou nos calcanhares e caminhou apressada em direção aos barracões do campo feminino.

Alma balançou a cabeça em desaprovação ao vergonhoso calçado de madeira que as internas eram forçadas a usar. Tremendo de frio, ela fechou a porta e encostou-se nela do lado de dentro, olhando novamente para as fotos.

De repente, um estampido alto soou, bem perto. Sentindo o sangue gelar de apreensão, Alma virou-se lentamente de frente para a porta. Quando conseguiu reunir coragem para abri-la, um gemido atormentado escapou de seus lábios entreabertos.

Hössler estava ao lado do corpo que jazia imóvel no chão, ainda com a arma na mão direita. Na mão esquerda, segurava o par de meias de Alma com o pão e o queijo embrulhados nelas. Ele levantou a mão num gesto triunfante.

– Peguei uma ladra em flagrante! – anunciou com um sorriso orgulhoso. – Sorte que eu estava vindo para ouvir um pouco do Mozart que você toca divinamente. Um minuto a mais, e ela teria escapado, e nunca saberíamos quem foi. Aqui está... – Ele deu um passo à frente e estendeu os itens para Alma.

Alma se encolheu, olhando para ele horrorizada e emudecida.

– Ah, mil perdões! – Interpretando erroneamente a reação dela e o rosto pálido com o olhar arregalado fixo na arma em sua mão, ele apressou-se a recolocá-la no coldre. – Não era minha intenção assustá-la. Aqui estão suas meias e a ração.

Quando Alma não se moveu, ele franziu a testa, sem entender.

– Ela roubou você, não foi? Roubou do seu quarto, enquanto você estava ocupada ensaiando... – Havia agora uma ponta de incerteza na voz dele.

Alma balançou a cabeça vagarosamente, sentindo os lábios trêmulos.

– Ela não roubou. Eu dei para ela – ela conseguiu dizer por fim.

– Por que você faria isso? – Ele parecia totalmente perplexo.

Porque ela era um ser humano que estava com fome e com frio, mas isto é algo que você não tem capacidade para compreender.

– Porque ela me trouxe isto. – Ela mostrou a ele a revista.

Ela trouxe minha vida de volta, e você tirou a dela.

Por nada.

A noite havia chegado, mas o sono, não. Com a cabeça apoiada nas mãos, fazia um bom tempo que Alma estava sentada à mesa com as partituras espalhadas, imersa em pensamentos. A escuridão invadira o quarto, juntamente com uma sensação crescente de desespero e angústia; uma escuridão que nem mesmo a lamparina acesa sobre a mesa era capaz de dispersar.

De todos os cantos, ao longo das paredes e das tábuas do assoalho, as sombras se inclinavam sobre ela, roçando seus tornozelos com um toque fantasmagórico, ameaçando arrastá-la para o abismo escuro. Era melhor não pensar no que havia acontecido, no corpo imóvel da mulher caído no chão lá fora enquanto ela tocava Mozart para Hössler com mãos estranhamente firmes, mas, agora que o dia havia chegado ao fim, o horror tomara conta de todo o seu ser. A sua vez chegaria, mais cedo ou mais tarde. Era inevitável, agora ela tinha consciência disso. Seu olhar estava fixo no vazio, escuro e lúgubre como a noite sobre o campo.

Envolta em uma abstração apática, ela não se deu conta de uma comoção no alojamento até que um grito assustado a fez ter um sobressalto e interrompeu seu devaneio sombrio. Com as partituras esquecidas sobre a mesa, Alma se pôs de pé de um pulo e correu para abrir a porta do quarto.

No mesmo instante, o cheiro insuportável de hálito de bebida assaltou seus sentidos.

– Quem está aí? – exigiu, com toda a autoridade que conseguiu reunir, apesar da mão trêmula ainda na maçaneta da porta. Ela não conseguia distinguir nada dentro do alojamento escuro, podia apenas ouvir passos pesados e a respiração assustada das meninas. – Saia imediatamente ou o reportarei à administração!

Somente internos privilegiados e os SS tinham acesso a bebida alcoólica naquele lugar, mas Alma nunca vira um interno embriagado perambular pelo campo depois do toque de recolher. Mas já ouvira contar de vários casos de homens da SS bêbados procurando diversão.

Um vulto se materializou à sua frente, oscilando, como uma aparição maligna. A luz fraca do quarto refletiu-se na familiar fivela do cinto.

Nossa Honra É a Lealdade. Um guarda da SS.

Alma sentiu a boca subitamente seca. Deu um passo para trás, mas o homem avançou na direção dela. Agora ela conseguia ver o sorriso asqueroso no rosto redondo e sardento. Ele deu um soluço, e mais outro em seguida. Os olhos semicerrados típicos de bêbado percorreram a silhueta de Alma – vestida apenas com uma combinação fina – de cima a baixo.

Com esforço, Alma forçou-se a não demonstrar medo. Suas mãos e pés estavam gelados, o coração martelava loucamente dentro do peito, mas ela conseguiu manter a expressão impassível.

– Eu disse para sair, já! – Ela praticamente gritou dessa vez. – Ou logo você vai se ver no *front* oriental, em um dos batalhões disciplinares, por *Rassenschande*[11], antes que se dê conta do que aconteceu. Caso tenha se esquecido, a profanação racial ainda é crime para vocês, arianos.

Por um instante, o homem pareceu hesitar. Logo em seguida, porém, sua educação ideológica devia ter triunfado, e uma expressão carrancuda substituiu o esgar lascivo.

– Ameaçando um SS? – ele balbuciou com voz arrastada, agarrando o braço de Alma.

Com a agilidade de um gato, ela pulou para o lado e pegou o casaco pendurado em um gancho na parede.

– Judia insolente, vadia! – ele vociferou. – Vou ensiná-la a obedecer!

Ambos estavam agora dentro do cubículo. Segurando o casaco na frente do corpo como um escudo protetor, ela o fitava sem piscar. Todos os seus músculos estavam tensos ao extremo, como uma mola prestes a se soltar.

– Judia vagabunda... – ele repetiu e caiu para trás, contra a estrutura de metal da cama de Alma. – Tamanha honra e você não dá valor... – O olhar injetado de sangue recaiu sobre o violino. – Uma instrumentista, é...? Entendi... São todas umas arrogantes, vadias petulantes... – Ele soluçou outra vez. – Deve ter ido para a cama com todos os banqueiros judeus que iam aos seus concertos! Daí é que veio aquele monte de joias. Roubando o povo ariano honesto para encher as vagabundas judias de sedas e diamantes!

– Meus dois maridos eram arianos – Alma sibilou irritada e deu outro pulo para trás quando ele tentou passar o braço por sua cintura. – E eu nunca aceitei presentes de ninguém. Ganhei o meu dinheiro, ao contrário de você. Você e seus companheiros é que toda hora escavam no *Kanada* o nosso dinheiro ganho arduamente, porque vocês mesmos não valem nada, são um bando de ignorantes patéticos!

– Sua puta insolente! – ele rugiu e avançou para ela novamente.

---

[11] Conceito antimiscigenação na política racial da Alemanha nazista, referente às relações sexuais entre arianos e não arianos. Fonte: Wikipedia. (N.T.)

Alma pulou por cima da cama e conseguiu atravessar o cubículo e correr para a saída, quando uma mão agarrou seu tornozelo e o puxou. Ela gritou de dor quando seu antebraço colidiu com a estrutura metálica da cama; poderia jurar que ouvira o osso estalar. Sua mão que segurava o arco, seu bem mais precioso, fraturado por um porco bêbado da SS!

Subitamente enfurecida ao ponto de uma ira cega e selvagem, ela se contorceu e chutou com toda a força, acertando em cheio o rosto do guarda. Ele deu um grito, de susto e de dor, e soltou-a imediatamente para levar a mão ao nariz quebrado. Alma já estava de pé, do outro lado da cama. Na frente da porta, ela parou, lançou um rápido olhar para o homem enraivecido, que se levantava usando a parede para se equilibrar, e então bateu a porta, deixando-o lá dentro.

– Vou chamar os guardas! – ela gritou por sobre o ombro enquanto corria, descalça, para a porta da frente do alojamento – tanto para as meninas assustadas quanto para o homem da SS ouvir. Só esperava que ele tivesse um mínimo de bom senso para desaparecer dali em vez de ir se engraçar com alguma das garotas.

Segurando o braço direito pressionado ao peito com a mão esquerda, Alma passou por dois barracões vizinhos quando parou abruptamente. Por alguns momentos, era só escuridão, seu coração disparado e a respiração errática. No instante seguinte, ela explodiu numa gargalhada histérica que não conseguia controlar, nem mesmo tapando a boca com a mão do braço são.

Ela ia chamar os guardas! Com efeito...!

Alma mudou o peso de um pé para o outro para não afundar na lama gelada. Seus ombros tremiam incontrolavelmente. À sua volta só havia escuridão e as formas retangulares e alongadas dos barracões, como caixões gigantes onde as vítimas eram enterradas vivas. Seus olhos se encheram de lágrimas. Um holofote varreu o chão à sua frente. Alma sabia que, naquele silêncio sepulcral, sua risada poderia ser ouvida a dezenas de metros de distância, mas mesmo assim não conseguia parar. O que estava pensando, que estava em Viena e que tinha direitos humanos e podia recorrer à proteção da polícia? Havia sido justamente um deles que a atacara, e ela queria chamar outros para dentro do alojamento?

O holofote ofuscou sua visão por um instante, passou por ela, mas voltou em seguida e parou, iluminando-a com seu brilho amarelo. De pé no centro de um círculo de luz no meio da noite escura, Alma continuou a rir e levantou os braços em um gesto insolente.

– Atirem! – Ela não reconheceu a própria voz quando esta ecoou pelo complexo.

Mas não houve nenhum tiro. Somente o som de dois pares de botas correndo no chão molhado.

Alma baixou os braços. O direito começou a latejar com mais intensidade. Ela sentia que estava inchando e sentia também a ponta dos dedos formigar.

Está quebrado, com certeza.

Tudo estava quebrado. Não havia volta dessa vez.

E então, tão abruptamente como havia começado, sua gargalhada cessou. Ela esperou pelos guardas com a mesma calma com que um condenado esperava pelo carrasco no cadafalso.

Contra a luz ofuscante, eles eram duas sombras escuras se aproximando. Alma olhou para o rosto deles, mas não conseguiu enxergar nada além dos vapores translúcidos da respiração acelerada dos dois.

Os homens pararam a uma certa distância de Alma, como se o círculo de luz não permitisse que ultrapassassem seus limites. Com a boca do rifle, um deles cutucou sua manga esquerda. Ela olhou para baixo para ver o que era que ele aparentemente estava achando tão interessante.

A maldita faixa de Kapo.

Ela fechou os olhos, contrariada com a própria estupidez. Se não fosse por aquela faixa, eles a teriam executado ali mesmo, e tudo estaria acabado.

Os internos comuns eram como insetos; os *Kapos* eram nomeados ou por sua crueldade ou por algum atributo que fosse vantajoso para os SS. Era uma regra tácita na administração do campo – em caso de punição, os *Kapos* tendiam a ser poupados. Atirar no mascote judeu de um oficial superior do campo certamente não renderia uma promoção para ninguém.

– Bloco de Música? – um dos vultos perguntou, reconhecendo o número do bloco na braçadeira.

Por um momento, Alma considerou a possibilidade de contar a história toda, mas conteve-se.

– Eu preciso consultar o doutor Mengele – falou em vez disso. Sua voz ainda soava rouca e oca, estranha. – É urgente.

– Não deixa de ser uma desculpa – o segundo vulto comentou com o parceiro em tom irônico.

Alma viu-o girar o dedo junto à têmpora, claramente insinuando que ela estava fora do seu juízo normal. O primeiro apenas sinalizou com a boca da arma para que ela o seguisse.

– Apague essa droga! Ele gritou para a torre de vigia. – Os soviéticos vão ver vocês de suas bases aéreas!

Mais uma vez a noite os envolveu, e dessa vez ainda mais escura que antes. Até o céu desapareceu, junto com os esquifes gigantes. Antes que os olhos de Alma se adaptassem ao escuro, tudo que ela podia ver eram os dois pequenos círculos amarelos das lanternas de bolso dos guardas da SS, dançando na escuridão como se perseguissem um ao outro feito dois vagalumes brincalhões.

Ela não se lembraria mais tarde por quanto tempo haviam andado nem em que direção; só se deu conta de si mesma quando se viu diante do contrariado *Herr Doktor*. Com os braços cruzados na frente do peito, o doutor Mengele ficou olhando para os pés dela com desaprovação, vestido em seu jaleco branco. Ainda atordoada, Alma baixou os olhos e viu, pela primeira vez, que estavam descalços e cobertos de lama.

– Nós a encontramos neste estado perto de um dos alojamentos – relatou o guarda mais velho.

Assim como seu colega mais jovem, ele parecia desejar estar o mais longe possível das dependências do doutor Mengele. Foi então que Alma reparou em um corpo, com o peito aberto, deitado em uma laje atrás do médico. Um homem de cerca de cinquenta anos estava ao lado dele, olhando para baixo, segurando um instrumento cirúrgico na mão enluvada e ensanguentada.

– Ela estava lá pedindo para levar um tiro.

Finalmente o doutor Mengele ergueu os olhos dos pés para o rosto de Alma, estudando-o com atenção.

– É verdade?

Alma não respondeu. Seu braço direito latejava dolorosamente, mas apesar disso ela não sentia nada. De repente não fazia diferença se ela respondia ou não, se ele ordenasse aos guardas que batessem nela só por diversão, se ele a dissecasse viva. Ela não aguentava mais.

Alguma coisa mudou no semblante do doutor Mengele. A expressão típica, ligeiramente zombeteira, foi substituída por algo diferente.

– Estão dispensados até segunda ordem. – Ele gesticulou para que os guardas fossem embora. – E mandem alguém aqui para limpar o chão!

Um breve "*Jawohl*" veio da porta, junto com o som dos passos apressados no assoalho. Os homens sumiram como se o exército soviético inteiro estivesse atrás deles.

– Agora, pode me contar o que aconteceu?

O tom de voz calmo do doutor Mengele teve o efeito oposto em Alma. Antes que conseguisse dizer qualquer coisa, um espasmo violento sacudiu o corpo dela, terminando em soluços altos. Aquilo era pior do que a gargalhada. O novo acesso a assustou, pois, de repente, parecia que tudo dentro dela desmoronava. Alguma espécie de cordão que amarrava tudo junto arrebentou, e as lágrimas, a tristeza e tudo o mais que ela vinha reprimindo por tanto tempo veio para fora com toda a força.

Ela sentiu as mãos do doutor Mengele em seus ombros conforme ele se agachava a seu lado. Percebeu então que havia desmoronado literalmente; estava sentada no chão, encostada na parede, e não se lembrava de como havia ido parar ali, naquela poça de lama e lágrimas – uma boneca de pano esfarrapada que ele sacudia, não com muita delicadeza, tentando trazer de volta à razão.

– Você está tendo um colapso nervoso. Precisa respirar. – Mas a explicação racional não ajudou.

Ele a esbofeteou com força. Alarmada, Alma levou a mão ao rosto que se avermelhava e fitou-o com olhos arregalados.

– O que aconteceu? – ele repetiu, esfregando a palma da mão, contrafeito.

– Um homem da SS quebrou meu braço.

– Um dos que a trouxeram aqui?

Alma balançou a cabeça.

– Ele entrou no nosso alojamento depois do toque de recolher... – A cena começou a se desenrolar diante dos olhos dela. – Eu estava no meu quarto. Ouvi uma das meninas gritar... Ele deve ter tentado se deitar no catre dela, ou arrastá-la para fora de lá, eu não sei... Estava muito bêbado. Eu disse a ele para ir embora, e ele avançou para mim... entrou no meu quarto. – Ela inalou e exalou o ar, produzindo um ruído áspero. – Eu só queria que ele fosse embora, mas ele não ia... Tentei passar por ele, mas ele me segurou pelo tornozelo. Eu caí e bati com o antebraço na parte de metal da cama.

As lágrimas voltaram, ainda em silêncio, mas ela sentiu que outro acesso estava vindo.

– Eu chutei o rosto dele. Acho que quebrei o nariz dele... saiu bastante sangue. E então eu corri. Queria pedir ajuda e... – Os soluços violentos e descontrolados retornaram. – Eu não aguento mais, não posso mais continuar... não posso mais tocar com o braço quebrado... aquele porco bêbado... – Alma não conseguiu terminar. *Ela nunca mais poderia tocar; não em nível profissional, pelo menos. Sua vida estava efetivamente acabada.*

Ela segurou a manga do jaleco branco do médico com a mão sã.

– Aplique-me uma injeção de fenol, *Herr Doktor*. – Seus olhos brilhavam febrilmente. – Se ainda resta algo de humano no senhor, aplique em mim a injeção. Acabe com a minha agonia. Eu não posso mais tocar. Não presto mais para nada. Por favor, eu lhe imploro!

– Qual braço está quebrado? Esquerdo ou direito? – perguntou ele, em tom de voz estranhamente profissional.

Alma puxou a manga do casaco e mostrou o braço roxo e inchado. O médico o segurou e começou a tatear com os dedos, desconsiderando por completo os gritos de dor da paciente. Ela batia na mão dele, tentando se desvencilhar com o desespero de um animal preso em uma armadilha.

– Eu disse que estava quebrado! O senhor não tem coração?! Dê-me logo a injeção!

Sem dizer uma palavra, o médico a soltou de repente, levantou-se e foi até um armário de vidro que continha fileiras ordenadas de frascos e ampolas. Ciente do olhar dramático do interno assistente fixo nela, Alma viu o doutor Mengele encher a seringa com um líquido translúcido.

Segundos depois, ele estava novamente agachado a seu lado.

– Última chance para mudar de ideia.

Foi um momento estranho. Alma não esperava que ele concordasse tão depressa e que realizasse o processo tão rapidamente. Se bem que o que poderia esperar de alguém a quem chamavam de Anjo da Morte...? Compreensão? Compaixão? Uma promessa de averiguar o acontecido? De protegê-la do perigo, como na promessa que devia ter feito em troca daquela capa branca?

Alma viu o líquido cristalino pingar da ponta da agulha, brilhando, sedutor e aterrador ao mesmo tempo.

O doutor Mengele a observava com um interesse doentio nos olhos. Alma não conseguia afastar a sensação de que ele estava realizando um experimento com ela naquele momento, só não saberia dizer qual e para quê.

Vagarosamente, ela puxou para baixo a combinação, oferecendo a ele seu coração. O doutor Mengele, no entanto, colocou o braço dela sobre seu joelho. Confusa com a mudança de protocolo – todo mundo em Auschwitz-Birkenau sabia que as execuções por fenol eram realizadas diretamente no músculo cardíaco, e somente dessa forma –, Alma viu-o introduzir a agulha em sua veia.

– Bons sonhos.

Aquelas palavras estranhas e um sorriso astucioso foram as últimas coisas de que ela teve consciência antes que a escuridão a envolvesse.

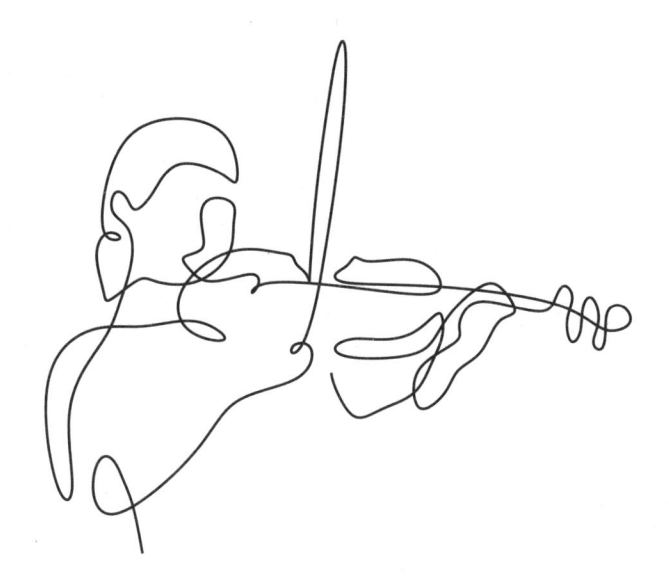

Capítulo 14

Quando Alma recobrou a consciência, o sol banhava o quarto com um brilho suave. Ela estava deitada em uma cama, que não era a dela, coberta por uma manta de lã que recendia a desinfetante e ao cheiro de outra pessoa. Ao lado da cama, havia uma pequena escrivaninha e uma cadeira, junto à janela. Seu casaco estava na cadeira, escovado e cuidadosamente pendurado no encosto. No chão, seu par de botas.

Com a cabeça ainda girando um pouco, Alma afastou a coberta e viu que suas pernas estavam perfeitamente limpas e também que seu braço estava enfaixado. Confusa e trêmula, ela se levantou, cambaleou até a porta e a abriu. O mesmo médico interno que ela tinha visto anteriormente com o doutor Mengele endireitou-se ao lado da mesa de mármore de dissecação. Outro corpo estava lá, muito branco e ainda intocado.

– Bom dia – o rapaz a cumprimentou com um sorriso simpático.

Por alguns momentos, Alma ficou olhando para ele em silêncio.

– Não funcionou – disse ela por fim. – O fenol não fez efeito.

O médico balançou a cabeça.

– Não era fenol. Era apenas um sedativo.

Naquele instante, Alma se sentiu ao mesmo tempo mortalmente traída e infinitamente aliviada.

– Por que ele fez isso comigo? – balbuciou. – Isso é crueldade...

O médico deu de ombros. Seu semblante sereno parecia dizer: *Ele gosta desses joguinhos.*

Ainda perplexa, Alma continuou olhando para o corpo sobre a mesa. Estava deitado de bruços, numa posição estranha, retorcida.

– Deformidade da espinha – explicou o médico com a impassividade de um cientista, gesticulando na direção do corpo com o bisturi. – *Herr Doktor* o trouxe nesta manhã. Veio no transporte de hoje...

Aquele é que recebera no coração o fenol que seria para ela. *Pobre homem.*

– Por que ele fez isso? – repetiu Alma, ainda não entendendo a lógica distorcida do doutor Mengele.

– *Herr Doktor* tem muito interesse em estudar deformidades de todos os tipos – respondeu o médico interno, interpretando erroneamente a pergunta. – Ele sempre os traz para mim, para dissecação, para depois encaminhar os resultados da autópsia para o Instituto de Pesquisas Biológicas, Raciais e Evolutivas de Berlim. Ele está escrevendo um artigo científico para eles, sobre a inferioridade das raças degeneradas, como a nossa. – Ele olhou para Alma. – Você é judia, não é?

– Estou perguntando por que ele fez isso *comigo* – ela repetiu, sem responder à pergunta.

– Fez o quê? Deu-lhe um sedativo? Você teve um colapso nervoso. Era a única solução lógica, nesse caso. Eu teria feito a mesma coisa.

– Não... por que ele não me matou, conforme eu pedi.

– Ah... Seu braço não está quebrado. Foi só uma luxação feia. Ele até pediu para o interno fazer um raio X enquanto você estava dormindo, para se certificar. Você vai voltar a tocar o violino em pouco tempo. Ele disse que você é ótima violinista. Ele gosta de ouvir você tocar.

Resignada, Alma se sentou na única cadeira vazia que ficava ao lado da escrivaninha cheia de pilhas de livros e apostilas. Somente quando o interno a cobriu com um jaleco foi que ela saiu daquela espécie de transe.

– Perdoe-me, por favor. – O que aquele lugar tinha feito com ela? Estava sentada na presença de um homem que não conhecia, usando apenas uma combinação, e nem teria percebido se ele não tivesse aquele gesto de consideração. – Não era minha intenção ofender ou constranger você.

O rapaz fez um gesto dispensando o pedido de desculpas.

– Você vai ficar grogue por algum tempo. Por que não se deita? Aquele ali é o meu quarto. E tem uma biblioteca no cômodo ao lado, se quiser se ocupar com alguma coisa. A maioria é de livros e publicações médicas, mas são edições recentes, se você estiver interessada nesse tipo de literatura... – Como se lembrasse de repente que ainda não havia se apresentado, ele tirou a luva e estendeu a mão. – Sou o doutor Ránki, patologista.

– Alma Rosé, violinista.

Eles sorriram um para o outro. Era uma sensação estranha e curiosamente agradável apresentar-se a alguém pelo nome em um lugar onde haviam sido reduzidos a meros números sem rosto.

– Acho melhor eu voltar para o meu bloco. As meninas...

– Não, não! – exclamou o doutor Ránki, alarmado. – Você não pode sair daqui sem a permissão de *Herr Doktor*. – Vendo a expressão de Alma, ele suavizou o tom de voz, inclinando a cabeça como que se desculpando. – Ele quer ter certeza de que você... esteja segura para ser liberada para o público em geral, por assim dizer. Imagino que você entenda isso, depois do que aconteceu ontem à noite... Você não pode sair pelo campo dando escândalo. Se um interno faz isso, é um instante para explodir uma rebelião. Ele não quer isso.

– Claro que não – Alma respondeu mecanicamente.

– Quer um pouco mais de sedativo?

– Não. Posso ficar aqui com você? Não vou incomodá-lo, só não quero ficar sozinha.

Ele pareceu hesitar.

– Eu preciso dissecar o corpo.

– Tudo bem.

– É uma cena assustadora para olhos desabituados.

Alma deu um suspiro e recostou a cabeça na parede de azulejos.

– As pessoas vivas me assustam, doutor. Este pobre coitado já está morto.

Alma estava ajudando o doutor Ránki com as anotações quando o doutor Mengele entrou, com uma pasta na mão. Parou abruptamente quando viu Alma sentada à mesa do patologista e usando o jaleco.

– Resolveu mudar de profissão? – perguntou com indiferença, disfarçando a surpresa inicial com o fato de ela estar tão perto da mesa de dissecação. – Ou o doutor Ránki decidiu tornar você sua assistente de trabalhos forçados enquanto eu não estava aqui?

O doutor Ránki ficou paralisado junto à mesa de mármore, o rosto subitamente exibindo a mesma tonalidade cadavérica do corpo deitado à sua frente.

– Achei que não haveria mal em permitir que ela fizesse anotações enquanto estou... – A voz do patologista feneceu. De repente ele se deu conta do rim que estava segurando na mão direita. Sem saber direito o que fazer com aquilo sob o olhar penetrante do doutor Mengele, ele colocou o órgão na balança médica e começou a tirar as luvas. – Por favor, permita-me tirar seu sobretudo, *Herr Doktor*.

Alma também se levantou, mas, ao contrário do patologista, não cumprimentou o médico da SS.

– Espero que não se importe, *Herr Doktor* – disse ela, esfregando as mãos no jaleco. – Eu não estava aguentando ficar dentro de quatro paredes como em uma instituição mental. Fui eu que pedi ao doutor Ránki que me deixasse ajudá-lo, se houvesse algo que eu pudesse fazer. Ele foi muito gentil e me deu essa permissão, unicamente para que eu ocupasse meu tempo e minhas mãos com alguma coisa. Se alguém tem de ser punido por isso, sou eu.

Com a cabeça ligeiramente inclinada para o lado, o doutor Mengele a observava com interesse. Um sorriso irônico apareceu no rosto dele enquanto observava o desconforto do rapaz. Voltando a olhar para Alma, ele murmurou, simulando reprovação:

– *Frau* Alma. A mártir nobre, sempre protegendo os indefesos. – Ele começou a rir. – O que vou fazer com você?

– Libere-me para eu voltar para minha orquestra, por favor.

Ele soltou uma exclamação abafada, porém com ar sorridente.

– Ainda quer ser alvejada? Ou envenenada? – perguntou, em tom casual.

Alma deu de ombros.

O doutor Mengele aproximou-se dela, colocou a pasta em cima da mesa e segurou o rosto dela entre as duas mãos, sem tirar as luvas.

– Você não deu mais sedativo a ela – falou para o patologista húngaro depois de examinar atentamente os olhos de Alma.

– Ela disse que não queria.

– E o que acontece com o que eu quero ou ordeno? – exigiu o doutor Mengele, meio sério, meio brincando, a julgar pela expressão do doutor Ránki. – Minha autoridade não vale mais, é isso?

– É claro que vale, *Herr Doktor*. É que eu pensei... bom, ela parece estar muito bem hoje, calma e em plena posse de suas faculdades.

– Você acha?

– O senhor pode verificar por si mesmo, *Herr Doktor*.

Por fim, o doutor Mengele tirou as luvas de couro e pressionou o polegar no pulso de Alma. Dolorosamente consciente dos dedos dele em sua pele, Alma forçou-se a ficar quieta enquanto ele olhava o relógio de pulso.

– Hum. Nada mau, considerando as circunstâncias – anunciou. – Abra a boca.

Alma obedeceu. Ele inspecionou suas gengivas, forçando o polegar por entre os lábios dela.

– Belos dentes.

Depois que ele tirou a mão de sua boca, ela sentiu um leve gosto de nicotina e de desinfetante. Foi preciso fazer um esforço enorme para não cuspir no chão.

– Como está seu braço?

– Está bem. Dolorido, mas consigo até escrever. Contanto que não esteja quebrado, um pouco de dor eu aguento.

O doutor Mengele assentiu com a cabeça, aprovando.

– Flexione os dedos e o pulso.

Ela obedeceu, e ele apalpou o braço dela sobre a faixa.

– Eu enfaixei apertado para diminuir o inchaço. Se você não forçar, poderemos desenfaixar daqui a alguns dias.

– Obrigada, *Herr Doktor*.

– Quer voltar para suas meninas? – ele perguntou, abrindo a pasta e tirando alguns gráficos e papéis.

– Sim, *Herr Doktor*.

– Ainda não. Precisa esperar um pouco.

– Por quê? – As palavras saíram da boca de Alma espontaneamente, antes que ela tivesse tempo de pensar e se conter. – O senhor acabou de me examinar, eu estou bem!

– Tudo indica que sim. O problema é que ainda não confio em você.

– *Herr Doktor*, eu lhe prometo que...

– Eu disse não, e ponto final. – Apesar de deixar claro que a questão não estava aberta a discussão, o tom dele continuava calmo. – Se eu liberar você para voltar para o seu bloco e você tiver outros acessos de raiva, serei eu que parecerei um idiota perante a administração. E não queremos isso, não é mesmo? – Ele olhou para ela de soslaio, e Alma percebeu que o humor havia desaparecido dos olhos escuros, tendo sido substituído quase por uma certa ameaça.

– Não, claro que não – concordou, a contragosto.

– Ótimo. – A sombra de um sorriso voltou aos lábios de *Herr Doktor*.

Por algum tempo, Alma o observou enquanto ele examinava a papelada.

– Posso pelo menos continuar a ajudar o doutor Ránki com as anotações? – Ela umedeceu os lábios ansiosa e acrescentou: – Por favor...? Eu realmente preciso me ocupar com alguma coisa. Não posso ficar sentada sem fazer nada, senão enlouqueço.

O doutor Mengele endireitou as costas.

– Você não se impressiona com sangue e feridas abertas, não é? Nem com aquela carcaça rasgada ali? – Ele olhou para Alma com jeito provocador e sorriu, exibindo uma lacuna entre os dois dentes da frente. – Minha mulher desmaia só de ver uma agulha de injeção, e você fica aí sentada na frente de um cadáver com o peito aberto, anotando todos os detalhes sangrentos da autópsia, sem nem mesmo o coração acelerar. – Ele a avaliou com uma espécie de admiração recém-descoberta e um tanto doentia.

– Sim, pode ajudar o doutor Ránki, se quiser. Na verdade, o doutor e eu estaremos ocupados nesta noite, se estes gráficos de temperatura se confirmarem. Uma secretária temporária será muito bem-vinda.

Se era por causa dos gráficos, ou por causa de seu progresso, Alma não sabia, mas o fato foi que ele saiu parecendo muito bem-humorado, inclusive assobiando uma melodia.

Do lado de fora, o motor do carro oficial roncou, e o som foi desaparecendo a distância. No silêncio que se seguiu, o doutor Ránki continuava ali, pálido e imóvel, não se atrevendo a tocar nos papéis com as fotografias de dois meninos gêmeos idênticos anexas a eles, que o doutor Mengele havia deixado sobre a mesa.

Por fim, ele murmurou, sem mover os lábios esbranquiçados:

– Você não tem a menor ideia de para que acabou de se voluntariar.

A claridade mortiça do lusco-fusco entrava pelas janelas protegidas por telas mosquiteiras verdes e coloria de azul-escuro as paredes caiadas do quarto do patologista. Os internos vieram e levaram embora o último corpo. O doutor Ránki os viu partir com uma expressão indecifrável no rosto, deu um longo suspiro e foi limpar a mesa de dissecação. Ocorreu a Alma que aquela mesa nunca ficava muito tempo vazia. Com uma espécie de obsessão sombria, o doutor Ránki polia as torneiras, a bacia, as três pias de porcelana que, mesmo sem esse cuidado, já eram imaculadamente limpas, a porta de vidro do armário de remédios, os microscópios da sala ao lado, sempre com movimentos abruptos e implacáveis, como se quisesse apagar sua própria presença daquelas instalações às quais estava confinado contra a sua vontade. Lavava as mãos com a mesma energia, esfregava-as com sabão e a escova médica, os olhos fixos na parede de azulejos brancos à sua frente, sem enxergar.

– Se eu não fosse tão covarde, já teria acabado com isto há muito tempo – ele falou de repente, com amargura na voz.

Alma olhou para ele, surpresa.

– Mas você é só um patologista. Isto é… tudo o que você faz é dissecar corpos para ele. Já estão mortos quando chegam aqui. Os *Sonderkommando* é que têm de matar para os SS.

O médico olhou para ela com uma expressão estranha, como se fosse dizer alguma coisa, mas mudasse de ideia, e voltou para aquela esfregação frenética.

Alma teve a impressão de ouvi-lo murmurar "Nunca lavarei todo o sangue das minhas mãos", mas a som da água corrente abafou as palavras, e ela achou que seria impertinência de sua parte pedir que repetisse o que o devia estar assombrando desde que ele chegara ali.

Quando um interno trouxe o jantar para eles – duas generosas porções de salsicha com batatas –, o doutor Ránki hesitou e sugeriu que talvez fosse melhor deixar para comer… *depois de…* ele se calou, desviando o olhar do rosto de Alma.

– Eu tenho estômago forte – ela garantiu com um sorriso tristonho, gesticulando na direção da mesa de mármore onde menos de uma hora antes ainda havia um corpo.

Não para o que logo você vai ver, os olhos tristes dele pareciam dizer. Mas ele não disse nada, apenas pegou o garfo e começou a comer em pedaços pequenos e delicados. Alma mordeu um pedaço de salsicha, sentiu o gosto de cobre na boca, percebeu que não estava com muito apetite e passou a mastigar mecanicamente, apenas porque salsicha com batatas eram uma iguaria no campo, e desprezá-la seria um insulto para os que tinham de passar a noite com um mísero pedaço de pão no estômago. Ela imaginou o que as meninas do bloco estariam jantando. Esperava que fosse salsicha também.

Um silêncio tenso, interrompido apenas pelo tilintar dos talheres e dos pratos, tornava o ar pesado. Nos cantos da sala, as sombras se alongavam em direção à mesa iluminada pela lâmpada verde, a única luz naquele mundo de penumbra.

De repente, o doutor Ránki se levantou, atravessou a sala – praticamente uma sombra – e ligou, um por um, os interruptores na parede oposta. No mesmo instante a sala foi inundada por uma luz branca e estéril. Agora era possível comer direito. Alma sorriu para ele com gratidão. Em um gesto desajeitado, quase paternal, ele deu tapinhas tranquilizadores na mão dela sobre a mesa.

Passavam dez minutos das oito horas quando eles ouviram o choro de uma criança do lado de fora.

– *Herr Doktor* chegou – sussurrou o doutor Ránki, subitamente tenso e olhando angustiado para a porta.

A porta se abriu, e um interno entrou na frente, carregando nos braços o corpo sem vida de uma criança. O doutor Mengele entrou em seguida, os olhos pretos fixos no corpo, mal notando um menino de cerca de sete anos que puxava sua manga, pedindo que ele lhe devolvesse o irmão.

– Coloque ali, na pedra de mármore – o doutor Mengele ordenou ao interno. – E tire todas as roupas dele.

– Não toque nele, seu nazista malvado!

O garotinho se posicionou na frente do médico da SS e pressionou as mãos no cinto com coldre do doutor Mengele em uma tentativa vã de não o deixar aproximar-se do irmão morto. Ele gritava em alemão, com um leve sotaque regional que Alma não conseguiu identificar. Ela reparou que nem ele nem o irmão tinham a cabeça raspada; o cabelo cor de trigo estava emaranhado e sujo, e as bochechas, manchadas pelas lágrimas, não haviam perdido o formato redondo e saudável.

– Wolfgang e Wilhelm Bierlein, sete anos, alemães sudetos[12], pais políticos; crianças não adequadas para reeducação, por conclusão do gabinete de política racial do *Reichsführer* – o doutor Mengele anunciou à guisa de introdução e riu, positivamente encantado, quando o menino bateu em seu peito com o pequeno punho cerrado.

Com grande esforço, Alma obrigou-se a permanecer quieta e impassível, embora sentisse seus membros gelar de horror diante daquela cena.

– Esse é o espírito! – Em vez de afastar o menino, o doutor Mengele afagou o cabelo dele. – Você seria útil para as *Wehrmacht* no *front* oriental, garoto. Agora suba ali ao lado de seu irmão e dê sua camisa para o bondoso *Herr Doktor*. – Ele gesticulou na direção do doutor Ránki.

Este havia acabado de calçar as luvas médicas e estava a postos, infeliz e desamparado, os ombros curvados.

– Eu não vou fazer nada do que você me mandar! Wilhelm deixou você atirar nele e agora está morto! – O menino irrompeu em fortes soluços. – Eu vou atirar em você!

Era uma cena lamentável ver o menino agarrar o coldre do homem da SS. Com as mãos cruzadas atrás das costas, o doutor Mengele o observava com expressão divertida, como se observasse um filhote inofensivo brincar. O menino não tinha força suficiente nem mesmo para soltar o colchete apertado para poder pegar a arma.

---

[12] Sudetos ou Sudetas é uma cadeia de montanhas na fronteira entre a República Tcheca, a Polônia e a Alemanha. O termo designa também as populações de origem alemã dessas regiões. Fonte: Wikipedia. (N.T.)

Alma sentiu um nó na garganta. Percebeu que para o doutor Ránki também era difícil assistir à cena. Ele pegou o menino e o sentou na beirada da mesa de dissecação, segurando-o com firmeza no lugar.

O menino se contorcia e gritava de maneira assustadora; até o interno que estava encostado à parede com as roupas do menino morto nas mãos começou a se encolher com aquela agonia que todos sentiam, como se estivessem conectados à criança por um cordão invisível. Somente o doutor Mengele continuava imperturbável. Depois de tirar o sobretudo e o quepe, ele colocou o jaleco e as luvas e foi até o armário de vidro de onde tirara o sedativo para Alma na noite anterior. Ela se lembrava exatamente de qual prateleira ele havia pegado o remédio; o frasco de vinte centímetros cúbicos que ele pegava agora vinha de outra caixa, de outra prateleira.

Clorofórmio, Alma leu de relance as letras pretas no frasco. *Perigo: veneno*. A caveira com os ossos cruzados sob o aviso tinha uma semelhança assustadora com o símbolo no quepe do uniforme do doutor Mengele, agora esquecido sobre seu sobretudo, jogados descuidadamente sobre a escrivaninha.

Os gritos do menino se tornaram animalescos. Ele se debatia nos braços do doutor Ránki e tentava chutar a mão do doutor Mengele, que segurava uma seringa com o líquido.

A cabeça de Alma começou a girar. Zonza e trêmula, ela viu o médico da SS sorrir para o menino, fazendo lembrar a boca cheia de dentes de um lobo.

– Ora, ora, quanto mais você lutar, menos chance terei de trazer seu irmão de volta. Você quer seu irmão de volta, não quer?

O menino se aquietou imediatamente, olhando para o médico com desconfiança, mas com algo mais. Esperança.

Foi aquele olhar de esperança que rasgou o coração de Alma.

– Ele morreu – o menino falou, com incerteza. – Você não pode trazê-lo de volta.

– Ah, posso, sim. Este é um remédio novo que eu inventei, mas ele só funciona em gêmeos. Seu pai e sua mãe lhe contaram como os gêmeos são conectados? – perguntou o médico, segurando a seringa em posição vertical. Quando o menino assentiu, ainda não muito convencido, porém ouvindo atentamente, o doutor Mengele continuou: – Eu descobri que, se um gêmeo morrer e eu der esta injeção no coração do outro gêmeo, aquele que morreu acorda como se nada tivesse acontecido. Mas a injeção precisa ser aplicada até uma hora depois, e diretamente no coração, caso contrário não faz efeito. Precisamos nos apressar. Você tem de ser corajoso, pelo seu irmão, não é mesmo?

Alma sentiu a respiração presa na garganta ao ver a determinação com que o garotinho tirou a camisa e a entregou ao doutor Ránki. Ele não estava mais olhando para a seringa nem para o médico da SS; virando o corpo para trás para olhar para o irmão, segurou a mão dele e murmurou alguma coisa no tom tranquilizador de um adulto, enquanto o doutor Mengele olhava fixamente para seu peito. O menino se retraiu quando a longa agulha penetrou a pele e o tecido muscular, e virou-se para Mengele, como se naquele momento descobrisse a traição mortal. Seus olhos se arregalaram, e um som abafado escapou de sua boca. E então seu corpinho amoleceu nos braços do doutor Ránki.

Quando o patologista húngaro o deitou ao lado do irmão, Alma viu que ele ainda segurava a mãozinha do outro.

– As crianças são tão crédulas – comentou o doutor Mengele, sorrindo e balançando a cabeça.

Alma levantou os olhos para o teto e piscou várias vezes até as lágrimas desaparecerem. Quando o doutor Mengele virou-se para ela, ela enfrentou seu olhar, perfeitamente calma e inabalável. Dentro dela, um conflito atroz se travava, mas seu semblante não traiu nada. Já havia cometido o grave erro de demonstrar fraqueza na frente dele antes. Alma jurou para si mesma que, acontecesse o que acontecesse, aquele homem nunca mais a veria perder o controle outra vez.

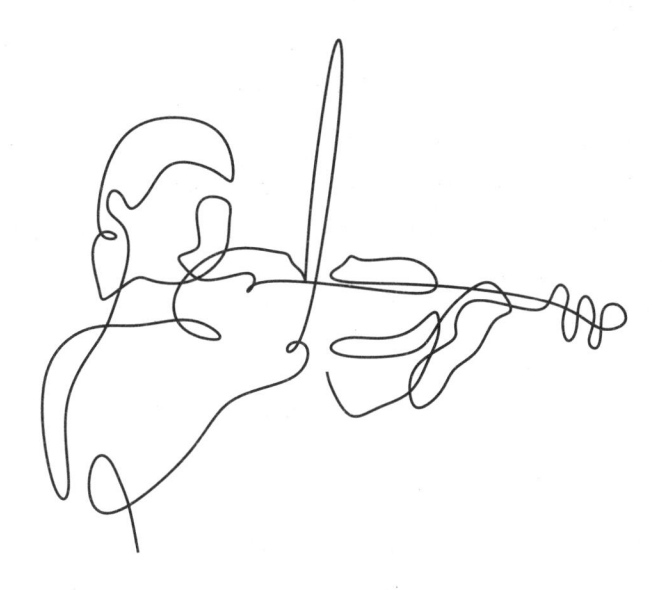

Capítulo 15

O doutor Mengele reapareceu bem cedo na manhã seguinte. Entrou com uma maleta médica na mão em vez da pasta e ordenou a Alma que se sentasse em uma cadeira junto à janela. Tirou da maleta um instrumento estranho e começou a medir o rosto dela, com uma concentração profunda, como se todas as outras pesquisas científicas tivessem deixado de existir. O doutor Ránki o observava em silêncio e imóvel em seu posto habitual ao lado da mesa de dissecação, aliviado por ser ignorado.

Por algum tempo, Alma ficou ali sentada, obedientemente, enquanto o doutor Mengele anotava todas as medidas. Ela tinha de agradecer ao patologista húngaro pelo estado de passividade em que se encontrava e por não sentir o impulso natural de se retrair ao toque das mãos do doutor Mengele. Apesar de seus protestos, o doutor Ránki havia lhe aplicado uma outra dose de sedativo na noite anterior, antes de injetar uma em si próprio – "para afastar os pesadelos", ele explicara com uma trágica imitação de gargalhada, que Alma estava convencida de que era para esconder os soluços acumulados na garganta do patologista, assim como se acumulavam na dela depois dos horrores que haviam testemunhado. Não apenas os testemunhado, como participado deles.

– Melhor esquecer por um tempo. Melhor não pensar, em nada, na verdade – ele dissera. – Se a gente pensar, a gente enlouquece. Um dia nos lembraremos de tudo, mas agora, não. Vamos desmoronar se lamentarmos por todos que perdemos.

Naquela manhã, Alma se sentia grata pelas palavras dele e pelo sedativo, cujo efeito ainda persistia. Fazia com que os procedimentos de Mengele fossem quase toleráveis para seus nervos entorpecidos. Mas, quando ele tirou de dentro da maleta uma placa de metal com amostras de cabelo de todas as cores possíveis e começou a compará-las com o cabelo de Alma, ela não conseguiu mais se conter.

– O que está fazendo, *Herr Doktor*?

Ele não respondeu, concentrado que estava no mostruário de cores. Por fim, quando encontrou a amostra que correspondia ao cabelo dela – *V, braun-schwarz*[13] –, recuou com uma expressão de satisfação no rosto, como se tivesse acabado de descobrir a prova física da teoria da relatividade.

– Sabia que você e eu temos exatamente a mesma cor de cabelo? – comentou.

Alma olhou para ele, perplexa.

– O que está dizendo, *Herr Doktor*? Que somos irmãos separados no nascimento, ou algo assim? – Nem toda a melhor boa vontade do mundo foi capaz de impedi-la de mostrar o sarcasmo na voz.

Ele explodiu numa gargalhada.

– Não, não estou dizendo isso – respondeu, sacudindo os ombros. – Estou dizendo que você tem características arianas. Tipo racial alpino, para ser preciso, de acordo com suas medidas faciais. O mesmo tipo que eu.

– Mas eu sou judia. – O desejo de Alma de fazê-lo enxergar a lógica ridícula daquela afirmação superou seu instinto de autopreservação.

– Eu sei.

– Judia pura.

– Sim.

---

[13] Castanho-escuro. (N.T.)

– E o senhor é ariano.

– Correto.

– E mesmo assim, de acordo com seus parâmetros científicos, pertencemos à mesma categoria racial.

– Exatamente, foi o que eu disse.

Ele estava brincando com as amostras de cabelo, enrolando-as e desenrolando-as com os dedos. Alma leu o nome na placa de metal, Fischer-Saller[14]. Um sorriso começou a se formar em seu rosto. Seria insensato dar risada naquele momento, e mais insensato ainda dizer em voz alta o que estava pensando, mas Alma não se segurou.

– Bem, isso não torna a sua ciência racial, e dos senhores Fischer e Saller... sem sentido?

O doutor Mengele se empertigou, com expressão defensiva.

– Ciência é ciência. Não há erros. E os doutores Fischer e Saller são conceituados eugenista e antropólogo, respectivamente. Na verdade, as ideias do professor Fischer inspiraram as Leis de Nuremberg.

Mais uma vez, Alma deveria ter ficado quieta, e mais uma vez não ficou.

– Mas o que o senhor está dizendo contradiz seu *Führer*, Adolf Hitler. Ele declarou que existe até uma física judaica, depois que Einstein fugiu da Alemanha para os Estados Unidos. Disse isso para desacreditar o trabalho de Einstein. Segundo seu *Führer*, a física judaica não era uma ciência real. Mas, se está dizendo que ciência é ciência, e se física é ciência, então...

Pelo canto do olho, ela viu o doutor Ránki fazer sinais para que ela parasse, com um gesto de cortar a garganta.

Houve uma pausa tensa.

– Talvez você não seja uma judia pura, afinal – concluiu o doutor Mengele, estudando o rosto de Alma com vigor renovado.

– Minha falecida mãe ficaria ofendida se ouvisse isso, *Herr Doktor*.

---

[14] A Escala Fischer-Saller, nomeada em homenagem ao eugenista nazista Eugen Fischer e ao antropólogo alemão Karl Saller, é usada na antropologia física e na medicina para determinar as tonalidades da cor do cabelo. Fonte: Wikipedia. (N.T.)

– Eu não estou insinuando nada – murmurou ele, passando o dedo sobre o nariz de Alma. – Este desvio não é natural. Você quebrou o nariz, e não faz muito tempo.

– O senhor é muito observador, *Herr Doktor*.

– Foi aqui no campo, já sob custódia?

Ele deu um passo para trás, olhando para ela com incredulidade, como se lhe parecesse inconcebível que um de seus companheiros descesse tão baixo a ponto de bater em uma mulher. Talvez, em sua imaginação, fosse de fato um comportamento indigno de um SS. Não havia problema nenhum em matar pessoas, mandá-las para a câmara de gás, ou assassinar crianças a sangue-frio, mas bater, não! Ele nunca havia batido em ninguém, pelo menos não na frente de Alma.

Um cavalheiro de verdade, ela pensou, com grande sarcasmo.

– Não, não foi aqui. Eu o quebrei por acidente.

– Como se quebra um nariz por acidente?

– Eu tropecei e caí na escada, na casa onde estava hospedada na Holanda. Caí de cara no chão, o nariz sangrou bastante. Por duas semanas fiquei com o rosto preto em volta dos olhos, que incharam tanto que eu quase não conseguia abri-los.

– Como é que alguém cai de cara no chão? – Ele a observou, cético. – O reflexo natural é...

– Proteger-se com as mãos, sim – Alma o interrompeu com um sorriso. – Mas eu não sou uma pessoa normal, *Herr Doktor*. Sou uma violinista. Minhas mãos e braços são tudo para mim. Meu instinto é proteger as mãos e os braços, em vez do rosto. Coloquei as mãos para trás quando vi que ia cair.

O doutor Mengele olhava para ela com espanto.

– Que autodisciplina admirável! – murmurou por fim. Seus olhos cintilaram conforme a compreensão se completava. Ele começou a sorrir. – Então é por isso que você estava naquele estado histérico quando foi trazida para cá pelos rapazes. Por isso aquele disparate de "Herr-Doktor--me-dê-injeção-de-fenol". Eu não tinha entendido como era importante para você poder tocar música. Achei que estava dando escândalo por causa de nervos fracos, mas agora vejo que os seus são de aço, *Frau* Alma. – Ele moveu a cabeça na direção da mesa de dissecação, vazia naquele momento. – Desculpe-me.

Aquilo era a última coisa que Alma esperava.

– Obrigada, *Herr Doktor*. – Ela estudou o rosto dele. – Estou livre para ir, então?

– Fique mais alguns dias. Você ainda não pode forçar o braço, de qualquer forma. Além disso, gosto de ter você aqui. Tenho interesse em você. Científico – ele apressou-se a acrescentar, como que para esclarecer qualquer mal-entendido.

Naquela tarde, Zippy chegou trazendo um estojo de violino embaixo do braço. Depois de dar um rápido abraço em Alma, ela colocou o estojo sobre a escrivaninha do médico.

– Eu trouxe também um muda de roupa. Como está seu braço?

Alma já a empurrava para a porta.

– Você não deveria ter vindo... Ele pode aparecer a qualquer momento e, se vir você aqui...

Zippy segurou os ombros dela, sorrindo.

– Almschi, está tudo bem... ele sabe que estou aqui, foi ele quem me mandou vir. E ordenou especificamente que trouxesse seu violino. – Ela se aproximou mais e baixou a voz. – Ele não fez nada com você, fez?

"Nada" significava experimentos, obviamente.

– Ah, não. Só me deu um sedativo na primeira noite e enfaixou meu braço.

– Não quebrou, não é?

– Não. Foi só uma luxação feia.

Zippy assentiu com aparente alívio e, depois de olhar por sobre o ombro para o patologista húngaro (para crédito dele, após o cumprimento inicial o doutor Ránki havia se afastado para a extremidade oposta da sala e fingiu estar ocupado em verificar os rótulos dos frascos no armário de remédios), tirou um papel de dentro do vestido.

— Tenho uma coisa para você. De Auschwitz.

Surpresa, Alma ficou por uns momentos olhando para o papel em sua mão. Por fim se aproximou da janela e o desdobrou. Não era um bilhete, era uma carta, escrita numa elegante letra cursiva. Assim que começou a ler, o nó em sua garganta voltou, e as palavras escritas logo ficaram borradas diante de seus olhos.

Prezada Frau *Rosé,*

Espero que me perdoe por me apresentar de maneira tão pouco ortodoxa. Minha única desculpa é que no momento não possuo um Ausweis *e por isso não posso transitar livremente entre os campos.*

Meu nome é Miklós Steinberg. Infelizmente acredito que tenha sido a minha música que você teve a infelicidade de ouvir hoje. Gostaria de pedir desculpas por ter sido tão indelicado e não ter prestado atenção à minha volta, caso contrário eu nunca teria tocado aquela marcha tão atroz se soubesse que você estava ali o tempo todo. Entendo como isso a abalou...

Se for algum consolo para você, Frau *Gerda, a* Kapo *do bloco – acredito que você a conheceu – já deixou claro para mim o que pensa e me repreendeu severamente por meu comportamento imperdoável e infeliz escolha de repertório.*

Por favor, permita-me assegurar-lhe mais uma vez que não foi intencional. Às vezes uma emoção toma conta de mim e eu começo a tocar coisas que não deveria tocar. Espero que possa me perdoar.

Atenciosamente,
Miklós Steinberg

— Quando o mensageiro trouxe isso do campo principal, você já não estava lá. Guardei comigo esse tempo todo. — Era óbvio que Zippy estava curiosa para saber o que estava escrito. — O que é? Uma carta de amor de um admirador secreto?

Alma tentou sorrir, mas por algum motivo não conseguiu.

– Não. Eu nem o conheço, nunca falei com ele.

– Quem é?

– Um pianista. – Alma pensou um pouco e acrescentou baixinho: – Um dos melhores pianistas que já ouvi tocar.

Muito tempo depois que Zippy saíra, Alma continuava lendo e relendo a carta incontáveis vezes, sentada na beirada da cama do patologista. Pela primeira vez, não se importava por estar só.

Miklós Steinberg. Claro que ele escreveria uma carta como aquela. Um riso sem alegria escapou de sua garganta, mas calou-se quase no mesmo instante. Inadvertidamente, ele tornava tudo pior fazendo-a lembrar de sua vida no passado, quando o cavalheirismo não estava morto e enterrado em algum lugar atrás da Pequena Casa Vermelha, quando a decência humana ainda valia mais que uma fatia de pão, quando os músicos judeus não precisavam pedir desculpas por prantear seus semelhantes com uma marcha fúnebre.

Alma dobrou a carta e em seguida deitou a cabeça sobre os braços cruzados no travesseiro. De repente sentia como se sua cabeça pesasse uma tonelada.

Ele estava certo. Ela não o conhecia, mas de repente ele se tornara mais familiar para ela do que qualquer outra pessoa ali. Alma sentia uma proximidade inexplicável com ele, uma proximidade que não sentia nem mesmo com Zippy, com Sofia ou com qualquer uma das outras moças. Ele vinha do mesmo lugar que ela, embora não do mesmo país. Ela ainda sentia reverberar dentro de si a música que ele tocava, fazendo vibrar cada nervo, trazendo lembranças que ela havia tentado soterrar. Era uma parte do seu passado e do seu futuro, o único lembrete vivo de algo intangível, mas tão impossivelmente importante.

Desejo de viver! A noção atingiu Alma com tanta força que ela teve de se sentar novamente. Ele era a primeira pessoa que lhe inspirava o desejo de viver.

Até aquele momento, seu destino pouco importava. Antes de toda aquela desgraça em Auschwitz, ela chegara a considerar tirar a própria vida em Drancy. Era a criação que recebera que inspirava esses pensamentos sombrios e angustiantes – melhor morrer do que viver naquela escravidão imposta pelos alemães. Por mais ridículo que parecesse, agora ela invejava os judeus do Leste da Europa que compartilhavam com ela os aposentos abarrotados no campo de trânsito francês; eles tinham uns aos outros, tinham sua religião e, para eles, isso era suficiente. Haviam sido perseguidos por anos pela Europa, da Rússia devastada pela revolução à Alemanha, Polônia, Áustria, França. *Passaportes?* Eles davam risada disso. Não tinham passaporte desde 1917, apenas um documento temporário emitido pela polícia, para fins de identificação. Haviam se acostumado com essa situação.

Alma os invejara, e eles sentiram pena dela. Sentiram pena das roupas elegantes cada vez mais sujas, dos sapatos de salto alto (que tortura haviam sido no vagão de carga! Alma acabara tirando os sapatos e passando a viagem inteira descalça). Sentiram pena do fato de que ela vinha de um lar com governanta e uma equipe de criados, e agora, de repente, tinha que cozer batatas no fogão comunitário. "Quando você não tem nada, é muito pouco o que podem tirar de você", um deles, ortodoxo vestido de preto, havia sabiamente observado. Contanto que os membros da família estivessem vivos, estavam perfeitamente satisfeitos com o pouco que tinham. Suportavam o sofrimento com nobreza e orgulho. "Nossos antepassados sofreram por dois mil anos, e nós também devemos sofrer." Conquistar o céu na terra, ou algo semelhante... Alma conhecia muito pouco das tradições e da religião, e entendia menos ainda. Nem com a melhor boa vontade conseguia encontrar conforto em seus ideais. Vienense cosmopolita, era cínica e esteta demais para se reconciliar com a ideia de sofrer e sobreviver só porque essa era a sina do povo judeu. O problema todo era que, desde criança, ela fora ensinada a como *viver* – com fartura e bom gosto. *Sobreviver* era uma coisa que ela não havia aprendido no lar dos Rosé. O único motivo para não tomar o veneno que tinha conseguido obter de um dos contrabandistas de Drancy foi pensar no pai. Ele era um homem idoso. A notícia da morte da única filha acabaria com ele.

Em Auschwitz, onde a morte estava literalmente no ar, rodopiando em grandes flocos de cinzas, era por causa das meninas. Se não fosse por elas, não haveria a menor chance de Alma ser tão respeitosa com Mandl e tão propositalmente feminina com Hössler. Era por elas, seus pequenos pardais, por Violette-de-Paris, por Zippy – com sua experiência e habilidade no campo –, por Sofia – contundente, porém bondosa –, que Alma vasculhava as pilhas de documentos de pessoas mortas para encontrar uma partitura debaixo de fotografias de crianças sorridentes. Era por elas que trocava gentilezas com os homens da SS, a quem desprezava, e elogiava o gosto musical das mulheres da SS que nada entendiam de música. Se não fosse pelas meninas, ela já teria mandado aquilo tudo para o inferno há muito tempo.

E agora apareciam aquele pianista e a carta dele em suas mãos. Até poucos dias antes, Alma não tinha a menor ideia da existência daquele homem, mas ele havia exercido em seu íntimo um efeito poderoso, com sua música e suas palavras, e ela ficava sonhando acordada em tocar com ele em um palco – o compositor, o criador, o homem que conseguia tocar o que ela apenas sentia por dentro e não sabia expressar em palavras.

Seus olhos estavam fixos à frente, brilhantes. Um sorriso radiante crescia lentamente, desabrochando em seu rosto, apagando as lágrimas de anos de sofrimento, suavizando as linhas de amargura ao redor dos lábios. Pela primeira vez desde sua prisão na França, Alma se sentia feliz por estar viva.

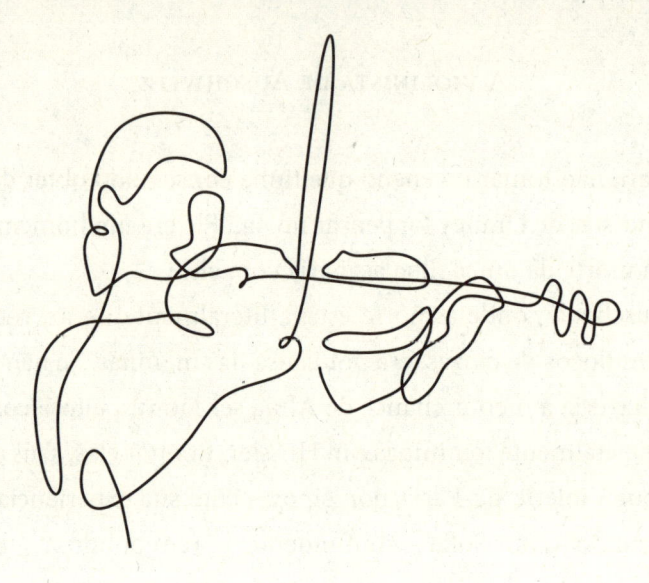

Capítulo 16

Alma foi liberada para voltar para o Bloco de Música no final da semana. Antes de escoltá-la para fora dos aposentos do patologista, o doutor Mengele entregou a Alma um formulário oficial preenchido com sua caligrafia emaranhada.

– Isso é para Drexler ou Grese, caso elas lhe peçam durante a chamada. Você estava oficialmente sob meus cuidados esse tempo todo. Diga a elas que é fundamental que você descanse o braço o máximo possível. Se ainda não estiver disposta para se apresentar em suas noites culturais ou tocar qualquer música que elas lhe solicitem quando estão entediadas, é isso que vale e ponto final. Se alguém precisar de mais explicações sobre esse assunto, que vá direto ao meu escritório.

Alma tinha a profunda convicção de que ninguém no campo teria falta de bom senso a ponto de questionar as ordens do chefe sádico. Ainda assim, sentia-se grata pela precaução; ambas as supervisoras tinham reputação de crueldade, e, embora Mandl as tivesse proibido de infligir qualquer tipo de agressão física às integrantes da orquestra, fazia tempo que as duas não disfarçavam seus sentimentos com relação ao Bloco de Música.

– Se dependesse de mim, todas vocês, vagabundas inúteis, teriam sido postas para trabalhar no *Aussenkommando* em vez de desperdiçar os recursos do Reich por nada – Drexler havia dito para Alma apenas algumas semanas antes, depois que Alma lhe entregara uma lista de chamada atualizada.

– Todas as novas adições à orquestra estão aqui sob a autoridade do doutor Mengele – Alma respondera calmamente, seus olhos mirando o chão, como Sofia lhe havia ensinado.

Às vezes, Alma se perguntava se Drexler realmente atiraria nela se ela levantasse o olhar – uma ofensa capital aos olhos da diretora da SS. Grese, sua tenente, apenas aspirava ao nível de crueldade de sua mentora. Ela ainda era muito jovem e inexperiente na SS e geralmente se contentava em chicotear as internas nos seios até que a pele se rompesse sob seus golpes, mas não era conhecida por atirar nas internas indiscriminadamente, apenas por ousarem olhar para ela; pelo menos, ainda não.

Com aquelas duas "boas" representantes da raça ariana, era prudente ter a proteção por escrito de um de seus superiores homens, Alma ponderou a caminho do alojamento, enquanto estudava a caligrafia gótica e a assinatura do doutor Mengele na parte inferior do documento.

Tenho interesse em você. Científico, ele havia dito. Essa era a única razão pela qual ela ainda estava viva, Alma percebeu com desgosto. O interesse científico e o gosto pelos clássicos. Realmente era uma injustiça a extensão a que o valor da vida de um ser humano fora reduzido naquele novo Reich. "Utilidade" e o interesse pessoal de alguém.

Segurando firmemente o formulário em sua mão, Alma caminhou pelo campo enlameado fantasiando, com uma inesperada crueldade sádica que nunca esperara de si mesma, sobre o dia em que seus libertadores viriam e quando os corpos dos guardas da SS estariam balançando na forca do acampamento das mulheres em vez dos judeus "inúteis que só davam prejuízo".

Tomada pela vergonha, ela teve que parar por alguns momentos. Não, essa não era ela. Alma passou lentamente a mão pela testa, onde algumas gotas de suor surgiam, apesar do frio. Ela era melhor que isso. Não iria deixar o veneno daquele lugar transformá-la em um deles – cruel, sem coração, abertamente apreciando o sofrimento dos outros. Seria uma morte moral e profissional, de alguma forma – um artista precisava *sentir* para criar alguma coisa digna de atenção. As músicas eram sempre produzidas a partir do amor, nunca por ódio ou crueldade. Por isso não houvera uma cultura nascida da nova Alemanha de Hitler. Eles salpicaram um pouco de Wagner sobre o desatualizado Nietzsche, adicionaram um Darwin adulterado, carimbaram com o selo de aprovação do Ministério da Propaganda e classificaram tudo como a Grande Cultura Germânica e Nova Ciência Racial, e o público, coitado, não tinha condições de discernir coisa alguma.

Alma estava aliviada por ainda sentir tudo – medo, desespero, culpa, vergonha. Empatia. Esperança. Amor...?

Os dedos de Alma tocaram o bolso de seu casaco, onde outra carta, muito mais importante que qualquer coisa que Mengele pudesse escrever, estava discretamente escondida. Ela parou de contemplar a lama sob seus pés, ergueu a cabeça e retomou a caminhada. Enquanto ainda era capaz de sentir, nem tudo estava perdido.

A superior Drexler claramente se intimidou com o formulário do doutor Mengele, mas não disse nada; Grese disse que Alma teria que tocar na noite cultural do domingo.

– O doutor Mengele ordenou que eu não force o braço até que sare completamente – Alma respondeu, sentindo um prazer interior.

Ela podia sim tocar violino, somente não devia tocar por um período de tempo muito longo; afinal, ela havia tocado para o próprio *Herr Doktor*. Ele se sentara com os olhos fechados junto à escrivaninha do doutor Ránki, com a cadeira virada para o lado oposto, de frente para Alma, a cabeça ligeiramente inclinada e a mão direita acariciando o ar à sua frente em movimentos suaves no compasso da música, um sorriso feliz e sereno tocando seus lábios fugazmente sempre que ela tocava suas músicas favoritas. Os pedidos dele Alma não podia rejeitar. Mas as ordenanças, com suas pequenas festas dançantes apresentando Alma como o entretenimento principal, podiam enforcar-se todas que ela não se importava. Preferia gastar seu tempo e esforço ensaiando com as meninas da orquestra.

Grese, com um bico já se formando em seu rosto de boneca de porcelana, estava prestes a repreender Alma, mas a *Lagerführerin* Mandl apareceu naquele momento, olhou para o antebraço ainda enfaixado de Alma e declarou, em tom pragmático, que ela deveria descansar o braço pelo tempo que fosse necessário para que sarasse adequadamente. Quanto aos homens bêbados da SS – ela fez uma careta de repulsa –, a orquestra não precisava mais se preocupar com eles. O novo *Kommandant* já enviara alguns transgressores para o Leste.

Com isso, o assunto parecia encerrado.

– Novo *Kommandant*? – Alma perguntou a Zippy assim que Mandl saiu com as ordenanças, imaginando o quanto havia perdido naquele tempo que estivera fora.

Zippy arqueou as sobrancelhas.

– *Kommandant* Liebehenschel. Ele esteve aqui na manhã seguinte depois que você desapareceu e interrogou todas nós por mais de uma hora. Pelo que ouvi dos guardas no *Schreibstube*, ele reuniu todos os homens da SS e disse-lhes explicitamente que tal comportamento não seria mais tolerado. Disse também que todas as surras deveriam parar de agora em diante, tanto vindas das SS quanto dos *Kapos*. Disse que é contraproducente para o propósito do campo. E também anunciou um novo sistema de recompensa para os internos. Quanto mais você trabalha, mais privilégios você obtém, ou algo assim. Um sujeito estranho, devo lhe dizer. – Ela baixou a voz confidencialmente – Há boatos de que a amante, ou noiva, ou seja, quem for a mulher, foi acusada pela Gestapo por suas associações com judeus, e essa teria sido a razão para o terem transferido de seu antigo cargo para Auschwitz-Birkenau. Supostamente em punição por defender a moça e seus pontos de vista – ela terminou em um sussurro grave, obviamente impressionada pelo comportamento tão pouco ortodoxo para um oficial da SS. – Ela o seguiu até aqui, eles vivem juntos fora do campo.

Alma olhou para Zippy, surpresa. Um *Kommandant* simpático aos judeus? Aquilo era totalmente inédito.

– O que aconteceu com o *Kommandant* Höss?

Após um rápido olhar por cima do ombro, Zippy voltou a sussurrar:

– Dizem que ele estava roubando muito, até mesmo para os parâmetros da SS. Alguns chefes de Berlim vieram aqui na semana passada e fizeram uma inspeção. Algum chefão importante da SS, doutor Morgen, se não me engano, revirou o escritório do campo de cabeça para baixo e sujeitou os guardas da SS e a nós, secretários internos, a interrogatórios. Quase contei a ele tudo que eu nem sabia para que ele parasse. Tinha algo a ver com corrupção no campo entre os SS. Bem, parece que o tal doutor Morgen, e qualquer que seja a inspeção para a qual esteja trabalhando, não gostou do fato de que Höss estava se apropriando de coisas do *Kanada* para uso pessoal e usando os internos para lazer pessoal, como, por exemplo, a orquestra de Auschwitz. Eles passavam mais tempo tocando para os convidados dele na *villa* do que fazendo o trabalho que deveriam estar fazendo aqui. Ao contrário de nós, eles têm incumbências, como descascador de batatas, motorista de furgão... Mas ele os transformou em uma espécie de banda particular. Parece que incomodou até mesmo seus próprios superiores, e eles o despacharam para algum lugar antes de substituí-lo pelo *Kommandant* Liebehenschel.

Não demorou muito para Alma conhecer o novo *Kommandant*. Calmamente, ele entrou na sala de música numa tarde daquela semana, acompanhado por Mandl e dois de seus ajudantes, tirou o quepe e sentou-se em uma cadeira no fundo da sala, acenando para que a orquestra se sentasse quando todas se levantaram para cumprimentá-lo.

– *Kommandant* Liebehenschel – Zippy, que estava sentada na primeira fileira, sussurrou para Alma e, em seguida, alertou com um olhar expressivo: – Toque algo bonito para ele!

– Não queria atrapalhar vocês – falou ele com voz suave e sorriu agradavelmente. – Por favor, continuem seu ensaio e não se importem comigo. Do lugar onde estava, Alma só conseguiu perceber que ele tinha um rosto bonito e pálido, cabelos escuros e grandes olhos castanhos. Em parte por gentileza, em parte motivada por Zippy, ela perguntou se *Herr Kommandant* gostaria de ouvir algo em especial. Ele apenas balançou a cabeça novamente e ofereceu a ela outro sorriso envergonhado, como se quisesse se desculpar por sua presença.

– Por favor, não se preocupe comigo e faça de conta que não estou aqui.

Zippy não havia mentido. Ele era um sujeito estranho, para um homem da SS.

Alma ficou ainda mais surpresa quando, após o término do ensaio, o *Kommandant* Liebehenschel se aproximou dela e, muito educadamente, perguntou se a orquestra precisava de alguma coisa.

– Um piano seria bom, *Herr Kommandant* – Alma ousou, encorajada pela aproximação amigável. – Se isso for possível, é claro.

– Evidentemente, é possível! Há três pianos na *villa* – anunciou. Alma imaginou que ele provavelmente se referia à antiga residência de Höss. – Vou providenciar para que o *Kommando* especial traga um para cá. Afinal, que tipo de orquestra não tem um piano, não é mesmo? – Ele riu, procurando o apoio de seu grupo.

Os ajudantes e Mandl concordaram rapidamente e com entusiasmo.

– Algo mais? – perguntou, virando-se de volta para Alma.

E por que não? Alma considerou. *Deve-se aceitar o bem como ele vem, especialmente neste lugar.*

– Um fogão de ferro, *Herr Kommandant*, para aquecer o alojamento. – Quando ele pareceu hesitar, pois aquilo seria um privilégio inédito entre os internos, Alma gesticulou na direção dos instrumentos. – Nos meses frios, eles precisam de uma temperatura constante para ficarem afinados, principalmente os de cordas. A madeira na maioria desses instrumentos é muito sensível, e as cordas podem simplesmente quebrar por negligência, se não forem tratadas de acordo...

– Sim, sim, eu entendo. Você terá seu fogão. Suponho que prefira um em que possam cozinhar também. – Ele fez um sinal para um de seus assistentes.

O rapaz pegou um pequeno caderno preto e começou a escrever, sob o olhar atônito de Alma. Ela mal podia acreditar em sua boa sorte.

O novo *Kommandant* estava olhando para ela com benevolência, com aqueles grandes olhos castanhos, como se não houvesse limites para sua generosidade. Alma lembrou-se de Drexler e de seu recente e desnecessário comentário sobre serem vagabundas inúteis, e de repente foi tomada pelo desejo de esfregar na cara da superior mais aquele privilégio concedido pelo próprio *Kommandant* do campo.

– *Herr Kommandant*, talvez agora que o inverno se aproxima, seria sensato fazer a chamada dentro do alojamento em vez de lá fora? – Alma sondou, oferecendo um sorriso hesitante. – Somos um pequeno bloco e certamente as guardas também prefeririam...

Mandl olhou para o novo administrador, interessada.

Alma quase não acreditou quando o *Kommandant* Liebehenschel apenas assentiu amigavelmente outra vez.

– Perfeitamente sensato. E, por favor, prefiro que não me chame de *Herr Kommandant*. – Ele fez uma leve careta, como se o título tivesse um gosto ruim em sua boca. – *Herr Obersturmbannführer* está ótimo.

– Como desejar, *Herr Obersturmbannführer*. – Alma inclinou a cabeça, demonstrando o máximo de respeito que era possível naquele gesto.

– Algo mais?

Alma quase riu de alegria descontrolada. Definitivamente, ela devia estar sonhando!

Atrás do ombro de Mandl, Sofia meneava a cabeça para Alma, sinalizando freneticamente para ela parar de abusar da sorte.

Alma apenas sorriu para ela, um sorriso irracional e astuto de alguém que havia estado do outro lado e voltara, encarara o diabo nos olhos e não tinha medo de mais nada.

– Tem um pianista judeu no campo principal que não tem permissão para tocar na orquestra. Seria muito difícil transferi-lo para cá, para a orquestra masculina de Birkenau, para que ele pudesse tocar piano lá? E, se ele pudesse vir aqui e ensinar minhas meninas, isso nos ajudaria tremendamente.

Sofia olhou para ela, positivamente mortificada.

Mas o novo *Kommandant* apenas perguntou o número do pianista.

– Não sei o número dele – confessou Alma. – Sei apenas o nome. É Miklós Steinberg e era muito famoso na Hungria.

Instintivamente, sua mão tocou o bolso onde estava a carta. Por alguma razão, era uma sensação incrivelmente boa dizer o nome dele em voz alta.

Assim que o grupo deixou o Bloco de Música, Sofia deu meia-volta em direção à radiante Alma.

– Você ficou completamente louca?! Höss teria atirado em você por isso!

– Höss foi embora. – Alma deu de ombros e pegou sua batuta. – Espero que o submetam à corte marcial e que o executem como ele merece.

No dia seguinte, um piano novo e brilhante foi trazido para o Bloco de Música. No outro dia, um grande fogão de ferro foi devidamente instalado em um canto, junto com um saco cheio de carvão – "De *Herr Kommandant*, com os melhores votos" –, os homens especiais do *Kommando* tiraram suas boinas listradas com gestos teatrais e saíram, trocando piadas entre si.

Na quarta-feira, Miklós Steinberg apareceu na porta do alojamento. Ficou parado ali, hesitante, apertando a boina entre os dedos longos e bonitos, como um santo com o halo do sol na cabeça e, de repente, o barracão inteiro pareceu ficar mais leve.

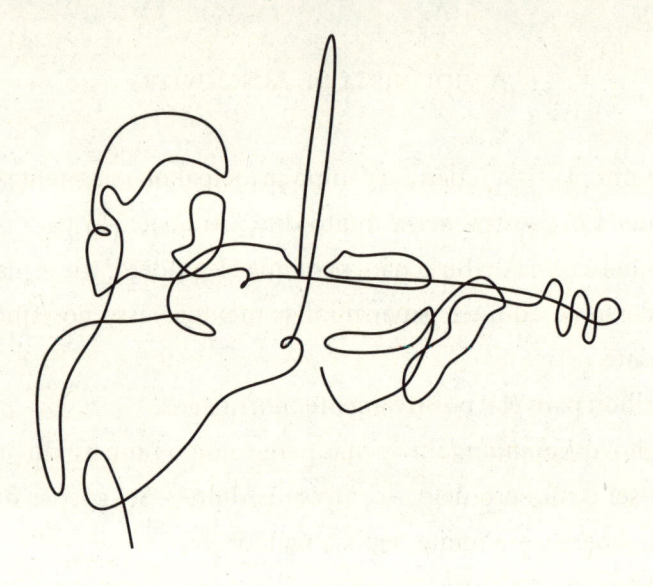

Capítulo 17

– Aquele fá que você acabou de tocar deveria ser um fá sustenido. – Com uma batida abrupta da batuta, Alma interrompeu o ensaio.

– Sinto muito, *Frau* Alma. É difícil se concentrar quando... – Violette--de-Paris não terminou a frase, apontando com seu arco em direção ao piano de cauda, no qual Miklós estava dando aulas particulares para sua nova pupila, Flora.

Imediatamente, o pianista desviou o olhar das teclas.

– Se estamos incomodando você...

– Vocês não estão incomodando ninguém, absolutamente, *Herr* Steinberg. – Alma encarou Violette com um olhar furioso. – Você consegue se concentrar com os recém-chegados gritando ao fundo enquanto os SS separam suas famílias na rampa? Consegue se concentrar quando as gangues de fora estão marchando em volta dos portões, carregando seus mortos com eles? Consegue se concentrar, tocando apesar dos gritos e gemidos agonizantes na enfermaria? Pois bem, ter um piano tocando uma melodia diferente do seu instrumento deveria ser o menor de seus problemas. De novo, do começo!

Ao longo dos últimos meses, a orquestra de Alma havia aumentado significativamente em número. Sempre com a permissão do doutor Mengele e do *Obersturmführer* Hössler, Alma as tirava das seleções e dos blocos de quarentena a cada chance que tinha. Mas agora havia quarenta delas, sem contar as que ela transformara em funcionárias do bloco, como copistas e outras coisas, e dessas quarenta apenas vinte eram profissionais. Os SS, que agora apareciam no meio do dia com cada vez mais frequência e solicitavam suas músicas preferidas, pareciam mais do que satisfeitos com a orquestra nova e aprimorada. Mandl falava sobre o progresso do Bloco de Música com visível orgulho para todos os que vinham apreciar a música e até mesmo mandou a equipe de costura criar um novo uniforme para as apresentações. Agora, as meninas de Alma se apresentavam com blusas brancas impecáveis, saias azul-escuras e com a cabeça coberta por belos lenços cor de lavanda. Mandl até providenciou meias de seda preta para suas protegidas, para espanto e desgosto de suas subordinadas. Antes disso, apenas as guardas da SS tinham acesso a tanto luxo.

No entanto, quanto mais coisas a SS proporcionava, maior se tornava a pressão. Alma estava sentindo seus ombros pesados – um fardo invisível, mas estranhamente físico, para criar uma orquestra do tipo da Filarmônica de Viena a partir do lastimável grupo heterogêneo de Birkenau. Os SS não tinham o hábito de ser generosos sem motivo. Para cada novo privilégio, eles esperavam uma apresentação mais elaborada. Para cada nova ração ou item extra, esperavam um verdadeiro concerto dado em sua homenagem. Se tudo dependesse apenas de Alma, ela não estaria se queixando. Desde muito pequena, fora treinada para tocar, tocar sem parar e sem errar; fora disciplinada nesse estilo de vida, e isso era natural para ela. Mesmo agora, ficava acordada em seu quarto até muito depois de apagarem as luzes – outro privilégio especial concedido a *Frau* Alma, deixar a luz acesa em sua mesa após o toque de recolher – e trabalhava nas partituras do dia seguinte.

Eram quarenta meninas e, para a maioria delas, a vida havia apenas começado. Elas não entendiam direito o que estava acontecendo; choravam à noite, batiam timidamente à sua porta e declaravam, do nada, que sentiam falta de suas mães e choravam ainda mais quando Alma as abraçava e acariciava seus cabelos e lhes assegurava que tudo ia ficar bem e que o dia em que seriam libertadas certamente chegaria e, assim que acontecesse, ela as levaria na Victory Tour por toda a Europa.

Eram quarenta meninas que se cansavam de tocar por dez ou doze horas por dia e não conseguiam dobrar os dedos adequadamente no dia seguinte. Havia meninas que tinham fome o tempo todo, embora suas rações fossem muito melhores que as das internas comuns. Havia algumas que olhavam para ela com uma reprovação silenciosa sempre que ela exigia perfeição e que se recusavam a entender que, como regente, ela apenas as pressionava para o seu próprio bem, pois, caso algo acontecesse com Alma, elas precisavam ter condições de se defender sozinhas e permanecer vivas até a libertação.

Tudo isso tornava o trabalho de Alma muito mais difícil.

– Você é bastante rigorosa com elas – Miklós comentara com ela, puxando seu paletó curto por cima do suéter que tinha dois furos rodeados de vermelho-escuro, bem sobre o coração.

Ele parecia não se importar com as manchas de sangue e com o fato de que aquelas roupas tinham sido removidas do cadáver de algum pobre coitado; ter um suéter era uma bênção grande demais para questionar sua qualidade.

Seu primeiro turno de tutoria havia acabado. Era hora de voltar para sua nova orquestra e seus deveres noturnos – recepcionar com uma música animada as gangues que retornavam. Alma suspeitava de que, em vista da impossibilidade de levar o piano até os portões, Miklós ficava nos postos permanentes de música trabalhando com a orquestra de Laks.

– Eu tenho que ser. Elas precisam tocar de forma excelente para que a SS não as mande para o gás – Alma explicou, um pouco mais na defensiva do que pretendia.

Miklós sorriu, colocando a boina listrada na cabeça raspada.

– Eu nunca disse que era uma coisa ruim.

– Sim, bem... – Ela deu uma tossidela, subitamente sem voz e sem saber o que dizer. – Eu vou acompanhar você.

– Não precisa. Está congelando lá fora...

– Não, está tudo bem.

Lá fora, a neve estava caindo. Os holofotes iluminavam o complexo ainda vazio, perfurando a escuridão crescente e apagando sombras deformadas com sua claridade amarela. O ar estava úmido e enevoado, e a respiração deles saía em nuvens vaporosas translúcidas. Imediatamente, Miklós tirou o paletó e o colocou nos ombros de Alma. Ela olhou para ele um pouco envergonhada e sentiu seu rosto esquentar.

– Eu ouvi você tocar em Viena – ele disse de repente.

– Na Filarmônica?

– Duas vezes na Filarmônica. Você tocou música de câmara com seu pai. E outras vezes no Prater.

– Com as Waltzing Girls? – Alma sentiu um sorriso brotar em seu rosto com a lembrança. Ela amara tanto sua primeira orquestra! Assim como a de Birkenau, ela a idealizara do nada e a transformara em um sucesso na noite. Não mais à sombra do nome de seu pai, ela conseguira independência e se tornara uma força própria, o nome que as pessoas repetiam com respeito e admiração. Seu casamento tinha acabado, mas Alma descobrira que estava quase grata por isso. Enquanto era casada, sempre fora a carreira de Váša que importara; a de Alma era raramente discutida. Mas com as Waltzing Girls tudo mudara, era o rosto de Alma que aparecia em fotos e revistas, parecendo orgulhosa de seu sucesso, e com razão. E, se alguns homens não conseguiam lidar com a competição, o azar era deles, na opinião de Alma. Ela queria um parceiro, não um mero marido. Um parceiro que dividisse os holofotes com ela e todas as dificuldades também. Ainda não o havia encontrado, mas nutria a esperança de que ele existisse.

– Isso mesmo. Eu não perdia uma apresentação sempre que visitava a cidade. Só não conseguia vê-la quando você estava em turnê, o que acontecia às vezes.

Houve uma pausa. Alma constatou que estava com medo de que ele fosse dizer algo do tipo: *Todas aquelas moças ao seu redor no palco, mas eu só via o seu rosto. Você estava tão incrivelmente linda...* isso é o que seu namorado Heinrich diria. E foi por isso que seu ex-marido Váša se sentiu atraído – um rosto bonito e um sobrenome famoso. Às vezes, seu irmão costumava brincar que Váša se casara com o pai deles, e não com Alma. Alma ria por educação, mas, no fundo, sempre suspeitou de que Alfred tivesse razão.

Ela ia começar a falar quando Miklós disse algo bem diferente do que ela esperava:

– Quando ouvi você tocar pela primeira vez, fiquei profundamente emocionado. Dez violinistas podem tocar a mesma música, mas é a maneira como a tocam que faz a diferença, entende o que quero dizer? – Ele se retraiu levemente, como se estivesse envergonhado por não conseguir se expressar de forma mais eloquente, e coçou o pescoço, desviando o olhar e rindo timidamente. – Você deve estar me achando inconveniente. Espero não estar ofendendo você; garanto que nunca foi minha intenção...

– Não, não... por favor, continue – ela o incentivou.

Conte-me tudo que você achou da minha música.

– Bem... Eu achei você bastante reservada com seu instrumento, quase austera. E, no entanto, havia tanta paixão escondida sob aquela austeridade que eu não conseguia entender como era possível tocar daquela forma. Eu me lembro de estar sentado à minha mesa, olhando em volta e pensando comigo mesmo: *eles não estão ouvindo, essas pessoas ao meu redor, tudo o que ouvem é uma simples música,* mas eu ouvia o que você estava tentando esconder de toda aquela multidão. Eu ficava arrepiado ao sentir aquela força, aquele talento puro que você estava cuidadosamente escondendo atrás de uma técnica meticulosa. – Ele esfregou o braço como se o arrepio na pele ainda estivesse ali, seus olhos brilhando com a lembrança da emoção. – Não sei se você entende...

– Eu entendo – Alma apressou-se a assegurar, sentindo um sorriso surgir em seu rosto. Ela o entendia melhor do que ele pensava. Ela mesma tinha sentido os mesmos arrepios por toda a pele quando o ouvira tocar. – Depois de ouvir você tocar naquele dia, fiquei imaginando como seria conhecê-lo como pessoa, como parceiro de música. Esperava poder conhecê-lo um dia só para que pudéssemos nos sentar e conversar sobre música, vida e arte por horas. Acho que devo agradecer à SS por tornar meus sonhos realidade.

A brincadeira quebrou um pouco a seriedade do momento, e Alma ficou aliviada por isso. Era difícil ficar ao lado dele ouvindo-o dizer todas aquelas coisas e não ser afetada por elas. *Um talento. Uma pessoa. Uma colega instrumentista.* Nada sobre seu lindo rosto ou seu lindo vestido, e ela era grata por isso! Teria sido extremamente decepcionante se ele tivesse se mostrado tão superficial quanto os outros. Alma deixou escapar um suspiro que ela não tinha percebido que estivera segurando o tempo todo.

– Você poderia ter-me abordado depois do concerto – disse.

– Eu pensei nisso – admitiu Miklós. – Mas então pensei que, se meu palpite sobre você estivesse correto... veja bem, você parece ser uma mulher que nunca sofreu com a falta de atenção dos homens e que, acredito, se sentiria insultada por uma abordagem rude... você provavelmente teria me dito para sumir dali com meus elogios, e isso seria o fim de tudo.

Alma riu, mesmo sentindo o coração tocado com aquelas palavras.

– É o que eu teria dito. Provavelmente.

– É mesmo?

– Sim.

– Viu? Minhas deduções estavam corretas, então – ele disse, tentando, sem sucesso, esconder outro sorriso.

– Desapontado?

– Eu ficaria desapontado se você dissesse que eu estava errado.

Alma estava olhando para ele. Ele tinha olhos cinzentos da cor do aço e, no entanto, para ela, pareciam os olhos mais afetuosos que ela já tinha visto.

– Nunca estive na Hungria – disse, mudando de assunto. A conversa estava indo para o lado pessoal, e ela não queria isso. Não ali, pelo menos.

– E nunca tinha ouvido você tocar antes. E agora lamento por isso. Sinto que perdi muito.

– Suponho que tenhamos sorte de estarmos ambos aqui e podermos tocar um para o outro todos os dias.

A distância, um cachorro latia. O clarão alaranjado do fogo do crematório invadiu o azul anil do céu. Alma estendeu a mão com a palma para cima. Alguns flocos de cinzas derreteram instantaneamente. Alguns, não. Alma esfregou a mão no paletó, então lembrou-se de que não era dela e olhou para Miklós com súbita e profunda tristeza.

Ele apenas sorriu tristemente e balançou a cabeça.

Não se preocupe. Eu entendo tudo.

– Você precisa ir agora – disse ela. – Está esfriando, e você não deve se atrasar para a sua apresentação. Temos que ir também. – Ela devolveu o paletó. – Espero que não esteja bravo comigo.

– Por que eu estaria bravo com você?

Ela deu de ombros.

– Para você, um renomado pianista, treinar minhas meninas deve ser como um professor universitário ensinar o alfabeto a alunos do jardim de infância.

– Está maluca? Você tornou minha transferência possível... providenciou para que eu me tornasse membro de uma orquestra de verdade. Agora posso fazer o que mais amo, tocar piano o dia todo, e você acha que eu poderia estar bravo com você?

– Eles o estão tratando bem lá?

– Sim. Como um rei.

– Estou falando sério.

– Eu também. Eles atenderam meu pedido e me colocaram no campo familiar.

– É mesmo? Isso é uma notícia maravilhosa!

– Realmente é! Eu encontrei muitos antigos conhecidos lá, músicos, jornalistas, diretores. Temos as melhores noites culturais do campo inteiro. A SS deveria ter inveja de nós.

– Posso conhecer algumas pessoas lá também. Será que você poderia tentar descobrir para mim? Conhece alguém com o sobrenome Röders? São meus amigos holandeses. Além deles, James H. Simon pode estar lá também.

– Vou perguntar por eles hoje mesmo. Nem que eu tenha de virar o alojamento inteiro de cabeça para baixo, se estiverem lá, vou encontrá-los para você.

– Diga que Alma Rosé está aqui. Algumas pessoas que não mencionei podem me conhecer...

– Você tem laços com a antiga Tchecoslováquia?

– Meu primeiro marido era tcheco. – Alma desviou o olhar.

Houve uma pausa, durante a qual Miklós a observou atentamente.

– Desculpe-me... Ele morreu?

Alma olhou para ele e sorriu. Mas não havia alegria naquele sorriso.

– Não. Eu morri por ele. Veja, eu era judia, e ele tinha uma carreira promissora.

Miklós não disse nada, mas a expressão em seu rosto, sim.

– Assim como Heinrich depois dele – Alma continuou a enumerar. Por alguma razão, era muito fácil falar sobre qualquer coisa com aquele homem que ela acabara de conhecer. – Assim como Leonard, meu noivo holandês depois disso... mas também não foi muito além. Ele tinha uma carreira, e eu ainda era uma judia. Um homossexual se casou comigo na esperança de me salvar da deportação. Engraçado, não é? Os nazistas os chamam de pervertidos e os colocam em campos, mas os chamados "pervertidos" acabam sendo pessoas muito melhores do que os arianos "íntegros".

– Talvez você deva começar a se interessar por homens judeus.

A declaração displicente a pegou de surpresa. Olhando para ele com espanto, Alma riu, apesar de não sentir alegria.

– Onde? Aqui?

– Este é o lugar certo. Toda a elite judaica europeia se reuniu aqui, não percebeu? – Em pé, olhando para as chaminés do crematório, ele gesticulou amplamente ao seu redor. – Mas precisa ser antes que eles nos envenenem.

De repente, Alma se sentiu sem ar. Um medo repentino apoderou-se dela; um medo absurdo e feroz de que um dia ele entraria naquele crematório e o mundo perderia aquele homem e seu magnífico talento para sempre.

– Tudo bem rir da morte. – Como se percebesse o estado de espírito dela, Miklós parou de brincar com aquele assunto. – Nós, mais do que qualquer um, temos esse direito.

Ele pegou a mão dela e beijou-a como se estivessem se separando depois de uma dança, curvou-se numa mesura elegante e caminhou na direção das colunas de fogo.

Alma ficou parada, olhando para ele, uma figura solitária nas sombras crescentes e prateadas, e sentiu um imenso e repentino desejo. Uma ideia maluca a possuiu, como se tudo estivesse predestinado, como se até aquele encontro tivesse sido escrito por alguma mão invisível e onipotente muito antes de ela nascer, muito antes de ele nascer; como se eles tivessem sido trazidos até ali de propósito. O passado praticamente havia deixado de existir – o passado antes de conhecer Miklós –, e esse último pensamento aterrorizou e emocionou Alma profundamente, e um violento tremor a sacudiu, não de frio, mas pela repentina compreensão daquilo tudo.

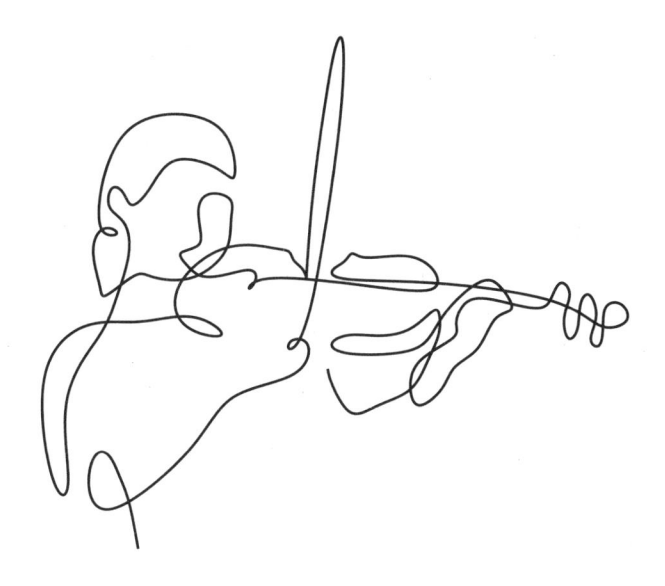

Capítulo 18

Novembro de 1943

No final de novembro, os dias começaram a se tornar cada vez mais curtos. O sol indiferente brilhava nas cabeças curvadas dos internos por apenas poucas horas cada dia, isto quando se dignava a aparecer. Depois do almoço, enquanto as meninas dormiam, Alma conseguia avistar as figuras fantasmagóricas dos prisioneiros de sua pequena janela. Descalços, eles se arrastavam de volta para os alojamentos segurando seus tamancos rústicos de madeira nas mãos, calçados inúteis no inverno, que só faziam alguns escorregar e quebrar a formação. Oficialmente, os espancamentos estavam proibidos pela nova administração, mas era difícil mudar velhos hábitos.

Alma tinha o costume de ficar do lado de fora do barracão, fumando, pensativa, com o olhar perdido no vazio, mas, desde que o doutor Mengele a surpreendera desprezando de maneira tão infame o horário da soneca, ela ficava confinada a seu quartinho. Ao contrário das outras meninas, não conseguia dormir, mas, para acalmar *Herr Doktor*, fingia que sim.

Ele, porém, não se deixava enganar.

– Você continua emagrecendo – observou ele em tom profissional depois que ela terminou de tocar *Träumerei*, de Schumann, para ele no belo novo piano do bloco.

– Pretendo ser modelo em Paris depois que a guerra acabar – respondeu Alma com falsa seriedade.

A essa altura ela já tinha aprendido que era exatamente isso que o mais temido médico da SS preferia, pelo menos da parte dela: humor sarcástico maldisfarçado e uma dose de insolência para apimentar um pouco. Mengele apreciava esse tipo de humor porque ele próprio tinha propensão a isso.

– Poderá perfeitamente ser. – O doutor Mengele se levantou e pegou o quepe que estava pendurado no encosto de uma cadeira. Como sempre, estava imaculadamente arrumado, sem um fio de cabelo fora do lugar, bonito e implacável na mesma medida, um produto perfeito do Partido. – Os modistas parisienses precisarão de novas modelos depois que mandamos as antigas pelas chaminés. – Ele gesticulou, indicando o instrumento. – Esse piano é muito bom.

– Eu imaginava que seria. Pertencia ao *Kommandant* Höss.

O doutor Mengele deu uma risada inesperada.

– Como as coisas mudam neste lugar! Nós nos livramos de um lixo, para falar com sinceridade. Ele era o corvo mais presunçoso e insuportável que alguém poderia ter como superior.

As coisas mudavam e quase não mudavam. O *Obersturmführer* Hössler passava dia sim, dia não no alojamento com seu pastor-alemão, que se deitava aos pés dele, ofegante, enquanto Alma tocava solos para ele em seu violino. Ele sempre levava alguma coisa para ela – doces contrabandeados da cantina dos SS ou até ossos para seu próprio cão, embrulhados em um guardanapo, para que Alma tivesse a alegria de alimentar o cachorro. Ele começou a fazer isso depois que Alma comentou que também tivera um pastor-alemão e que o nome dele era Arno, e que costumava levá-lo para passear em seu carro conversível branco ao longo do Prater, o famoso parque público de Viena, e que as pessoas a reconheciam imediatamente, pelo carro e pelo cão preto no banco do passageiro. Com o passar dos dias, o pastor-alemão de Hössler passou a se deitar aos pés de Alma, em vez de aos do dono. O líder do campo não parecia se aborrecer com isso.

Mandl apareceu certa tarde e depositou um maço de cartões-postais sobre a mesa na qual as copistas trabalhavam e anunciou que todas as moças da orquestra que fossem arianas tinham permissão para receber pacotes de casa, de acordo com a nova diretriz do *Kommandant* Liebehenschel.

– E as judias? – Alma perguntou à *Lagerführerin* de Birkenau.

Mandl a encarou como se ela tivesse dito uma asneira imensurável. Foi então que Alma compreendeu: as famílias das moças judias tinham ido para a câmara de gás assim que chegaram, ou então estavam escondidas em algum lugar sem endereço de remetente.

– As internas judias receberão auxílio diretamente da Cruz Vermelha, para que, quando os suíços vierem fiscalizar, não possam dizer que não tratamos vocês bem – Mandl respondeu antes de sair.

Naturalmente, essa boa vontade toda era puramente egoísta, uma fachada conveniente para ser apresentada ao mundo por meio dos relatórios da inspetoria da Cruz Vermelha, mas ainda assim Alma era grata pelas rações adicionais. Dentro dos pacotes da Cruz Vermelha havia biscoitos, linguiça defumada, pão e até sardinhas enlatadas em azeite. Alma distribuía os pacotes igualmente entre as meninas e dividia o seu com Miklós. Eles comiam as sardinhas douradas diretamente da lata, segurando os filés brilhantes e oleosos pela cauda e engolindo-os inteiros, com os olhos fechados de satisfação. O sabor rico e celestial, há muito esquecido depois da dieta austera de Auschwitz, fazia suas papilas gustativas quase explodir de deleite.

– Luxo puro! – comentou Miklós depois de rasparem o azeite da lata com o pão até o metal ficar completamente seco. – Lembra o Ritz, não lembra? Só falta um balde de prata com champanhe.

– E quem disse que não tem balde?! – Alma brincou e empurrou com o bico da bota o balde de alumínio que ficava ao pé da mesa. – Este é o Bloco de Música, um estabelecimento de alta classe. Temos água potável para hidratar e evitar que alguém tenha de ir para a enfermaria com disenteria, portanto isto nos classifica como a elite do campo.

— É verdade. Mil perdões, condessa. — Miklós levou a mão ao peito, desculpando-se. — Nunca foi minha intenção insultá-la dessa maneira. De fato, eu deveria ser mais grato. A SS me propiciou viajar para o exterior e alimentação gratuita, e aqui estou eu, saudoso dos luxos do passado. Mas isso não pode ser evitado. Receio que minha natureza judaica capitalista e gananciosa não reconheça os esforços de reeducação da SS — acrescentou com profundo sarcasmo.

— Eu pensei que fôssemos socialistas imundos desejando realizar a revolução bolchevique — retrucou Alma.

— Não, somos a todo-poderosa organização sionista que secretamente rege o mundo de Wall Street e acumula posses roubando o povo alemão honesto. O Ministro da Propaganda Goebbels fez recentemente um novo discurso sobre isso. Ao travar esta guerra, estão tentando salvar o mundo das nossas garras.

— É estranho... No discurso anterior, ele disse que estão travando a guerra contra a Internacional Comunista e que os judeus marxistas inventaram a ideia toda do comunismo. Disse que nós, a escória judaica, desejamos pegar o dinheiro dos arianos honestos e redistribuí-lo entre as massas.

— Isso foi antes de os Estados Unidos entrarem na guerra.

— Exato. Falha minha.

Miklós se esforçou para manter-se sério, mas não conseguiu por muito tempo e acabou explodindo numa gargalhada. O riso dele era maravilhoso, rico, sonoro, até um pouco cínico e quase inadequado em um lugar como Birkenau, mas proporcionava a Alma um prazer interior ouvi-lo. Na luz dourada da lâmpada, os olhos cinzentos dele brilhavam como cacos de vidro, claros e penetrantes.

— Há quanto tempo está aqui? — Alma perguntou.

Ele pensou um pouco antes de responder:

– Muito tempo. Às vezes parece que passei a vida toda aqui, às vezes é como se eu tivesse chegado ontem.

– Alguns internos sabem a contagem exata dos dias.

– Os Triângulos Verdes, porque têm uma chance de sair daqui.

– Você não acredita que irá sair um dia?

– Acredito que sim, de um jeito ou de outro. – O modo brincalhão como ele inclinou a cabeça indicando o crematório fez o estômago de Alma revirar. Notando a careta de desgosto dela, Miklós mudou o tom – e o assunto –, sentindo-se desconfortável. – Consegui um trabalho novo. Eu ia lhe contar, mas você me seduziu com suas sardinhas e, depois disso, não consegui pensar direito. E não se preocupe, vou continuar treinando suas meninas. Vou trabalhar nos turnos extremos, pelo que me disseram.

Alma sorriu, grata pela mudança de assunto.

– Em um bom destacamento, espero.

– Um dos mais *kosher* do campo inteiro – confirmou Miklós. – A cozinha da SS.

Alma o fitou, surpresa.

– Como você conseguiu? Pensei que fosse reservado somente aos Triângulos Verdes alemães.

– E é – Miklós assentiu. – O *Kapo* deles foi pessoalmente falar comigo depois que me viu passar pelo posto de controle com meu *Ausweis*. Um sujeito esquisito, devo dizer... gigante, com mãos tão grandes que poderiam esmagar meu crânio com um único aperto. Eu me assustei bastante quando ele se aproximou de mim feito um gavião. Ele me interrogou mais do que a Gestapo, durante uns bons quinze minutos, sobre meu *status*, meu passe, o motivo pelo qual foi emitido, meu acesso aos diferentes destacamentos de trabalho, minhas inclinações políticas e não sei mais o quê. Mas foi depois que eu contei os detalhes da minha prisão que ele de repente se tornou muito amável e anunciou que eu seria muito bem-vindo no destacamento deles e que ele mesmo providenciaria tudo com a SS.

— O que tem de tão especial na sua prisão para ele se interessar por você dessa maneira?

— Nada, para falar a verdade. Se bem que podem ser as circunstâncias... — Ele pensou um pouco antes de continuar: — Eu fui preso em 1942, em Praga.

— O que você estava fazendo em Praga?

— Tocando piano — respondeu ele, sério.

Alma percebeu que estava sorrindo, mesmo contra a vontade.

— Em 1939, os nazistas ainda não estavam em Budapeste, mas tínhamos o Partido da Cruz Flechada, que não era muito diferente. Mesma música, com outras palavras. Depois que adotaram a Segunda Lei Judaica, eu fui demitido da Filarmônica por causa do meu *status* racial. Viena estava fora de questão, os nazistas já estavam desfilando pelo Prater. Eu tinha um amigo diplomata em Praga que me convidou para trabalhar na rádio local. Praga já era uma capital do assim chamado Protetorado Alemão, mas o Protetor do Reich em exercício, Von Neurath, por acaso era amigo do meu amigo, sob cuja proteção eu me encontrava. Por algum tempo me deixaram em paz. Na rádio, nunca me creditaram a música que eu tocava, mas para mim estava tudo bem contanto que eu pudesse tocar. — Os olhos cinzentos tinham um ar distante. — Fui preso logo depois que atiraram no segundo Protetor do Reich, Heydrich, em seu carro. Ou jogaram uma granada, não sei exatamente, mas lembro-me de que a SS colocou a cidade inteira em *lockdown* e no dia seguinte a Gestapo estava à minha porta.

— Por que você?

— Porque sou judeu, e somos bodes expiatórios perfeitos para esse tipo de coisa, não?

Não havia como discutir isso. Era a lógica perfeita da Gestapo. Apesar de tudo, Alma surpreendeu-se rindo.

— De qualquer forma, eles me levaram para um porão e começaram a exigir que eu dissesse os nomes dos meus cúmplices. — Os olhos de Miklós cintilaram com uma alegria travessa. — Bem, percebendo que eles estavam firmemente convencidos de que eu é que havia orquestrado a coisa toda, não quis desapontá-los e dei a eles todos os nomes que me ocorreram... Berlioz, Sieczyński, Schumann, Benatzky, e não me esqueci de acrescentar Mendelsohn, para que a contagem fosse justa. Eles saíram com a lista, mas voltaram logo depois. Um dos superiores devia ter alguma noção de música e explicou a eles do que se tratava. – Ele se encolheu teatralmente. – Nem preciso dizer que os policiais da Gestapo não veem com simpatia os judeus que os fazem de idiotas diante de seus superiores. Foi quando meu nariz conheceu de perto os nós dos dedos deles, num contato direto. Eles me mantiveram lá por mais uma semana ou algo assim, passando periodicamente na minha cela para me dar um pontapé nas costelas. Mas então pegaram os verdadeiros orquestradores e me mandaram para cá só por ser judeu e ter uma língua comprida.

Sem os clarões alaranjados do crematório dançando na sala, o rosto dele se destacava, pálido e nobre, em meio às sombras. De repente, Alma sentiu um impulso incontrolável de estender a mão e tocar no rosto dele, só para se certificar de que ele estava realmente ali.

– Como você é corajoso... – murmurou com sinceridade.

Ele balançou a cabeça, disfarçando outro sorriso.

– Não sou corajoso. Os patriotas tchecos é que eram. Eu sou apenas um judeu inofensivo, deplorável demais até para desperdiçarem uma bala comigo. – Por um momento, ele mergulhou em silêncio, mas de repente disse: – Felizmente, o destino é conhecido por dar segundas chances, e até um judeu inofensivo pode provar que é útil. Foi isso que o *Kapo* do destacamento disse. E, sabe, eu quero acreditar nele.

Alma não gostava nem um pouco daquele *Kapo* da cozinha. Havia alguma coisa extremamente vaga e secreta na maneira como ele havia abordado Miklós. Os Verdes, os Vermelhos e o *Sonderkommando* nunca faziam nada de bom em comparação com a população geral, aterrorizada e, portanto, passiva, do campo. Eram os da espécie deles que ficavam balançando, pendurados, no cadafalso, com mais frequência do que os demais. Ao contrário dos internos comuns, cujos pensamentos consistiam unicamente na obsessão de obter migalhas de pão e em simplesmente sobreviver, aquelas categorias privilegiadas ainda tramavam e conspiravam contra a SS com uma determinação verdadeiramente obstinada. Seus buchos estavam cheios; eles ainda tinham forças e por isso podiam ocupar-se com outros assuntos. Claro que eram surpreendidos e executados, mas este era um sacrifício aceitável aos olhos deles. No lugar dos heróis mortos, os novos invariavelmente se uniam para defender interesses comuns, e alguma coisa dizia a Alma que o *Kapo* da cozinha estava entre eles – a esquiva Resistência do campo –, torturados, mutilados, enforcados e alvejados e, no entanto, estranhamente imortais. Ela não gostava do *Kapo* da cozinha, mas não podia deixar de respeitá-lo.

– Vamos brindar a isso. – Ela mergulhou sua caneca de alumínio no balde de água e ofereceu-a Miklós.

Ele não aceitou; apenas fez um sinal para que ela esperasse um instante.

– Tenho algo melhor – declarou com um olhar conspiratório. Enfiou a mão no bolso do paletó civil e tirou de dentro uma pequena xícara de porcelana com um logotipo no fundo que Alma reconheceu imediatamente.

– *Limoges!* – exclamou ela, surpresa. – Como conseguiu isso?

Colocando de lado a preciosa xícara com todo o cuidado, Miklós ergueu o dedo indicador outra vez. Diante do olhar incrédulo de Alma, tirou de dentro do bolso um pires para completar o conjunto.

– Troco este conjunto por sua caneca.

– Não, eu não posso aceitar... Deve ter lhe custado rações preciosas... – Alma tentou protestar, mas Miklós estava irredutível.

– Será um favor, acredite. Sou alérgico a porcelana, sabe...

Alma olhou para ele e não pôde deixar de pensar como tinha sobrevivido aquele tempo todo sem aquelas brincadeiras bem-humoradas.

– Como conseguiu? – ela repetiu a pergunta, virando a xícara entre as mãos.

– Não importa. – Ele pegou gentilmente a xícara e encheu-a de água. – Pronto, condessa. Agora você tem um aparato decente para tomar seu café da manhã. *Prost*.

– *Prost*, senhor conde. Um brinde às segundas chances.

– Um brinde à nossa saída deste lugar caminhando com nossos próprios pés.

Por algum tempo depois disso, os crematórios ficaram estranhamente inativos. Do escritório do campo, Zippy chegou com a notícia que circulava à boca pequena de que o novo *Kommandant* estava obstruindo as ordens de extermínio que vinham de Berlim.

Então, numa manhã, Alma acordou com o cheiro familiar e viu o clarão alaranjado refletido no vidro de sua janela.

À noite, o *Kommandant* Liebehenschel entrou e se sentou, como de costume, com os olhos baixos, e solicitou que fosse tocada uma marcha fúnebre.

Miklós tocou para ele, e o efeito foi de fazer qualquer um que ouvisse querer soluçar alto de desespero e tristeza. Liebehenschel continuou sentado por um tempo depois que a música terminou, e então levantou-se, um pouco cambaleante, agradeceu baixinho e saiu, enxugando disfarçadamente o rosto com a manga do uniforme.

As coisas mudavam no campo, e não mudavam. Até o tempo permanecia parado.

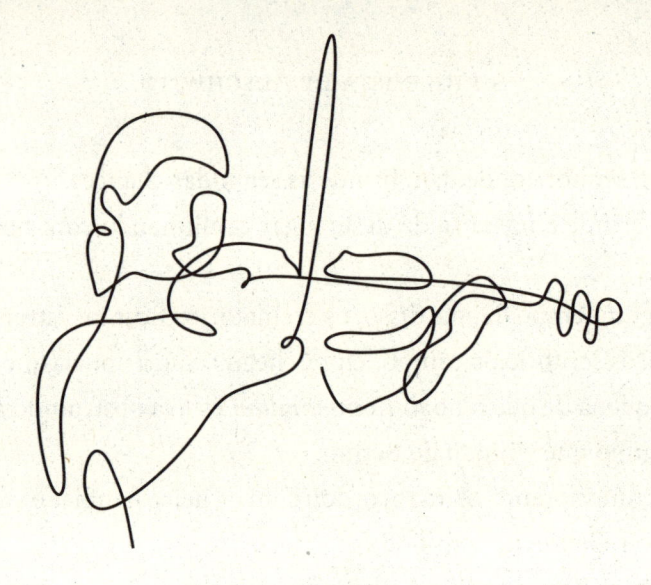

Capítulo 19

– Tifo.

Alma olhou para o doutor Mengele como se não compreendesse o que ele dizia.

– Sim. Um caso comum. Nada a ser feito – ele repetiu e gesticulou para que Violette descesse do beliche. – Todas vocês ficarão na Sauna por algum tempo, e enquanto isso o alojamento será desinfetado.

Antes que ele desse outro passo, Alma adiantou-se rapidamente e colocou-se entre ele e sua mais jovem protegida – Violette-de-Paris, compositor favorito Vivaldi.

– Para onde vai levá-la?

Ele a fitou com expressão sarcástica.

– Para onde você acha?

– Eu não vou permitir! – As palavras escaparam da boca de Alma antes que ela se desse conta do que estava fazendo. Com os punhos cerrados, permaneceu firme diante do homem mais temido no campo. Seu corpo inteiro tremia, mas ela se recusava a recuar um único passo. A lembrança do menino gêmeo na sala do patologista lhe veio à mente; devia estar parecendo tão inofensiva e ridícula para o doutor Mengele, em sua postura defensiva patética! E, no entanto, o desejo de proteger havia surgido nela, superando até o instinto de autopreservação. – Ela é uma integrante essencial da minha orquestra, e eu não vou permitir!

O doutor Mengele a fitou por uns segundos, ligeiramente irritado, porém impressionado.

– Vou levá-la para a enfermaria – disse ele por fim, falando devagar. – Não para a câmara de gás. E agora, para a Sauna, você e todas as outras. Quero verificar se há mais casos entre vocês antes de levá-la para o Revier.

Alma olhou para ele com grande desconfiança.

– Ela é uma violinista excelente. O senhor a ouviu tocar, não será fácil substituí-la.

– Sendo assim, aconselho que saia da minha frente para que eu possa levá-la para a enfermaria o quanto antes, para que receba o atendimento médico necessário.

Uma injeção de fenol no coração? Alma não se moveu.

– A doutora Švalbová cuidará dela. Vamos? – Ele bateu o chicote contra a bota, impaciente. – Andando todas, já! Querem ficar doentes também?!

Com grande relutância, Alma sinalizou para que as meninas a seguissem para fora do alojamento.

Na formação habitual, de cinco em cinco, elas marcharam para a Sauna em um silêncio tenso. Mas parecia que sua provação estava longe de acabar. Assim que passaram pelas portas da antessala, com fileiras de ganchos nas paredes, o doutor Mengele imediatamente as direcionou para os bancos sob os ganchos.

– Tirem a roupa toda, já.

Um murmúrio ansioso percorreu a fileira de mulheres sentadas. Familiarizadas com o campo, elas sabiam que estavam na segurança de uma sauna, e não na câmara de gás; no entanto, o medo de algo diferente estava claramente estampado em seus semblantes. A ordem para tirar as roupas, vinda particularmente de alguém que, com razão, era chamado de Anjo da Morte, significava apenas uma coisa: uma triagem.

Como que impulsionadas por um instinto coletivo, todas as cabeças se voltaram para Alma ao mesmo tempo, pedindo, implorando por proteção. Ela se manteve perfeitamente calma, não só pelas meninas – o medo era tão contagioso ali como qualquer doença mortal –, mas porque estava ciente de que o doutor Mengele a observava atentamente, sorrindo com as pálpebras semicerradas. Isto indicava pura curiosidade, uma aposta mental consigo mesmo do que ela iria fazer. Ele gostava daqueles jogos psicológicos, fazia tempo que Alma sabia muito bem disso.

O que ela também já havia aprendido era que era impossível prever as reações dele. Às vezes, ele escutava as súplicas dos médicos internos e permitia que eles tratassem os casos quase perdidos; às vezes permanecia impassível quando os médicos internos lhe prometiam que os pacientes estariam em condições de retornar ao trabalho dentro de poucos dias e mandava todos para a câmara de gás.

– *Herr Doktor*, isso é realmente necessário?

O doutor Mengele parecia quase entediado.

– É sabido que os piolhos transmitem tifo – ele começou a explicar em um tom de palestrante. – E eles entram pelas costuras das roupas, por isso elas precisam ser desinfetadas. Assim como o alojamento inteiro, inclusive os instrumentos musicais, e vocês também. Mas, antes disso, preciso ver se alguma de vocês está infectada. Por experiência, sei que os internos podem ser muito espertos quando se trata de esconder esse tipo de coisa. Por causa dessa esperteza é que ocorrem os surtos no campo inteiro.

Esperteza? Não haveria esperteza alguma se certos médicos da SS não mandassem todos os casos de infecção para a câmara de gás, Alma gostaria de dizer.

– Está certo, como sempre, *Herr Doktor*.

Sem mais uma palavra, ela começou a desabotoar o casaquinho, incomodada com o leve tremor de seus dedos – de indignação, não de medo. As moças seguiram seu exemplo, até certo ponto tranquilizadas por sua calma. Foi necessário um esforço tremendo para parecer tranquila e confiante quando por dentro estava fervilhando de medo e de raiva.

Na última tentativa de preservar ao menos um pouco da dignidade das moças, Alma perguntou se elas podiam não tirar a roupa de baixo.

– Tudo precisa ser desinfetado – o doutor Mengele respondeu sem emoção.

– Eu entendo isso, *Herr Doktor*. Tiraremos tudo *depois*.

– Depois de quê? – Era impossível saber se ele estava falando a sério ou se estava fazendo um de seus joguinhos mentais outra vez.

Depois que você sair. Alma não falou, mas seu olhar foi bastante eloquente.

– O senhor poderá ver as manchas de tifo na pele delas, mesmo com a roupa de baixo – disse na pausa que se seguiu.

– Sou médico. Não estou interessado em seus seios e partes íntimas.

– Mais uma razão para não precisar tirar a roupa toda.

O doutor Mengele começou a rir.

– Desde quando você acha engraçado discutir comigo, *Frau* Alma?

Quando ela não respondeu, ele simplesmente balançou a cabeça resignado e começou a andar ao logo da fileira de mulheres, inspecionando a pele do peito e pedindo que baixassem o cós da calcinha somente quando via alguma erupção suspeita.

Três outras meninas, incluindo Flora, a única pianista da orquestra, foram separadas das outras. Elas ficaram de pé, abraçadas entre si e olhando fixamente para Alma em vez de para o homem da SS, com a expressão de lebres assustadas.

– Elas também precisam ir para a enfermaria? – Alma não disfarçou a apreensão.

– Sim, sim, para a enfermaria.

Ela não acreditava em uma palavra que saía da boca daquele homem.

– Eu vou poder visitá-las? – Alma foi acompanhando a pequena procissão em direção à porta.

– Absolutamente fora de questão.

– E a nossa programação? Está marcado para tocarmos na enfermaria todas as terças e quintas.

– Não durante o surto.

– Podemos tocar do lado de fora! – Ela se deteve a tempo antes de segurar a manga do sobretudo dele. – Podemos levar os instrumentos e tocar do lado de fora. A música é importante para a recuperação.

– Eu soube que as baixas temperaturas são prejudiciais para os instrumentos. Não foi por isso que você solicitou um fogão para o alojamento? – Ele arqueou uma sobrancelha.

Alma apenas olhou para ele com um leve ar de reprovação.

Ele acenou para ela com as luvas, num gesto de pouco caso.

– Faça como quiser, se é tão importante para você. Terças e quintas, mas somente do lado de fora do bloco e por não mais de trinta minutos. Se eu pegar uma de vocês do lado de dentro, não haverá mais conversa.

– Pode deixar, *Herr Doktor* – Alma prometeu, mas ele já tinha lhe dado as costas. – Obrigada.

Ela o viu passar pelas três garotas, que tiveram de sair atrás dele, descalças e seminuas, encolhidas contra o vento gelado e as rajadas de neve, e sentiu um nó na garganta, uma vontade de chorar por causa de um incompreensível misto de gratidão e ódio, tão violento e selvagem que quase a sufocava. O campo provocava efeitos estranhos na mente das pessoas. Depois dos abusos constantes infligidos pelos SS, um gesto tão banal como permitir que as internas permanecessem parcialmente vestidas, mais ou menos alimentadas e poupadas de serem mortas – apenas levando alguns tapas e chicotadas – era visto como algo impressionante. Tudo nelas estava reduzido a um instinto canino, e elas lambiam alegremente a mão que de vez em quando lhes atirava um osso metafórico e temiam a bota que poderia lhes chutar as costelas ao mesmo tempo...

Recompondo-se outra vez, Alma virou-se para sua orquestra, reduzida a umas poucas integrantes insubstituíveis, e sorriu para elas, encorajando-as. Duas internas as esperavam na entrada da Sauna.

– Bem, meninas, vocês sabem o que fazer – Alma falou para elas no tom de voz mais animado que conseguiu. – Mantenham os olhos fechados o tempo todo e esfreguem o desinfetante no cabelo até o couro cabeludo arder como se estivesse pegando fogo. Não quero perder mais nenhuma de vocês para a enfermaria, portanto é melhor aguentar isso agora. Tirem a roupa e entrem rápido. Não queremos que ninguém pegue um resfriado também.

Somente Sofia ficou para trás. Ela esperou que as meninas entrassem antes de se aproximar de Alma e sussurrar no ouvido dela:

– Acredita mesmo que ele as levou para a enfermaria?

– Eu não sei – Alma admitiu com sinceridade. – Mas a primeira coisa que vou fazer assim que nos vestirmos de novo será descobrir isso.

Com os olhos inflamados ainda ardendo por causa do desinfetante, Alma se esgueirou sorrateiramente até a enfermaria, procurando localizar o familiar sobretudo cinza. Uma vez lá dentro, ela suspirou de alívio, pois sabia que o doutor Mengele não entraria no bloco que havia se transformado em enfermaria infecciosa se pudesse evitar. O Anjo da Morte não se importava em dissecar cadáveres, mas os pacientes vivos ele deixava aos cuidados dos médicos internos sempre que possível.

Alma sabia que ele tinha sido transferido para Auschwitz depois de ser ferido no *front* oriental e ser considerado inapto para continuar na linha de frente. Ele recebera alguns prêmios por sua bravura, entre eles duas altamente cobiçadas Cruzes de Ferro. Certamente havia tratado pacientes nas condições mais perigosas, arriscando a própria vida. Então, quando será que ele tinha se transformado de um corajoso médico da linha de frente em um assassino sádico sem a mínima consideração pelo destino de suas vítimas? Pois vítimas é o que eram, e não pacientes. E como ele conseguia ir até o Bloco de Música depois de mandar um novo lote de seres humanos para a câmara de gás e ficar ouvindo-a tocar violino com expressão de terna melancolia no rosto?

Alma não compreendia muitas coisas naquele lugar, mas o doutor Mengele era o mais difícil de compreender no meio daquilo tudo.

Enquanto avançava pelo corredor, Alma teve de cobrir o nariz e a boca com o lenço de cabeça. A enfermaria estava lotada com a recente afluência de pacientes com tifo. Como era comum no campo quando ocorria algum surto e não havia camas suficientes, metade das pessoas doentes ficava deitada diretamente no chão gelado e sujo. Com o maior cuidado possível, Alma passou por cima dos corpos, imaginando quantas daquelas mulheres já estariam mortas. Não que as vivas estivessem muito melhores; delirantes por causa da febre e padecendo de severas dores estomacais, elas gemiam e suplicavam para ninguém em particular, em diferentes idiomas naquela Babilônia infernal onde Deus as tinha abandonado por razões que ninguém conseguia compreender.

Os ratos rastejavam livremente por cima das formas esqueléticas cobertas por roupas surradas e sujas. Algumas das mulheres simplesmente os empurravam com os pés, com indiferença; outras não se mexiam, nem mesmo quando algum deles, mais insolente, começava a roer sua carne.

Devia ser assim que as enfermeiras reconheciam as que estavam mortas.

– Esta também – uma delas indicou para duas internas assistentes, chutando o rato de cima do peito da mulher.

Encostando-se à parede o máximo que o espaço entre as mulheres no chão permitia, Alma deixou-as passar com sua carga humana. Do lado de fora, nos alto-falantes, soava uma marcha alegre, e o braço da mulher morta pendurado movia-se em sincronia com a música, como se estivesse regendo. Alma sentiu um calafrio percorrer seu corpo diante daquela imagem grotesca.

Em um canto, uma mulher estava chorando; a companheira de catre tinha acabado de arrancar uma casca de pão seco de sua mão.

– Escutei o que a doutora disse para você. Você não vai se recuperar! – dizia a outra mulher, enfiando o pão na boca. – Não precisa comer, *eu* preciso. Vou sair daqui e servir o Reich! A SS precisa de mim! Pare de choramingar... eu tenho direito à sua porção porque sou mais forte. Os mais fortes sobrevivem, é Nietzsche perfeitamente aplicado. Você é burra demais para entender a grandeza das ideias dele...

Alma observou a cena, horrorizada. *O que eles fizeram conosco?*, pensou, contemplando a estrela amarela costurada no peito da mulher. Uma judia, usando uma túnica listrada com a qual inúmeras outras judias deviam ter morrido e citando Nietzsche para a ex-amiga, de quem havia acabado de roubar o último pedaço de pão. Reduzidas a animais e ensinadas a agir como tais...

– O tifo não inspira caridade.

Alma demorou alguns segundos para virar-se na direção da voz. Uma médica interna estava à sua frente com uma prancheta pressionada ao peito. Seu semblante era nobre e calmo.

– Quando se recuperam, são atormentadas pela pior fome que se pode imaginar, até mesmo para os padrões do campo – explicou a médica. – Tornam-se literalmente selvagens. Uma vez combinaram forças e atacaram as internas que estavam distribuindo a sopa da noite. Não deu em nada, lógico... simplesmente entornaram o caldeirão inteiro no chão, deixando o bloco inteiro com fome. Tivemos de relatar o ocorrido, e elas foram para a câmara de gás. Desde então é assim, pequenos roubos entre elas. Triste situação. – Ela acenou de leve com a cabeça, indicando a mulher que terminava de comer o pão. – Era professora de literatura em Praga.

Então virou-se para Alma, inabalável, como se cenas como aquela não fossem novidade e não a impressionassem mais.

– Como posso ajudá-la?

– Estou procurando a doutora Švalbová.

– Está falando com ela.

– Alma Rosé, do Bloco de Música. – Alma estendeu a mão.

A doutora Švalbová olhou para a mão dela, mas não a apertou.

– Melhor não. Não se ofenda... é para a sua proteção, não minha. Não queira saber onde eu ponho as mãos o dia todo, e só podemos usar sabonete de manhã e à noite. Racionamento.

– Sim, claro. Perdoe-me. – Alma baixou a mão, subitamente desconfortável por estar com as mãos limpas e com um agasalho quentinho com cheiro de desinfetante. Elas eram o bloco de elite porque os oficiais da SS o frequentavam; o bloco médico não era considerado tão essencial, pois ninguém se beneficiava dele – ali era só doença. – O doutor Mengele disse que traria minhas meninas para cá...

– Ele trouxe. Ele me fez separar uma ala para elas que normalmente reservamos para as *Kapos*. – Ela parecia um pouco contrariada. – Como não temos nenhuma *Kapo* doente, eu estava usando essa ala para minha outras pacientes, mas elas tiveram que ser transferidas aqui para o corredor, porque não temos leitos suficientes na enfermaria. Mas suas meninas estão bem confortáveis. São só quatro, cada uma em um leito.

– Eu não pedi isso a ele – murmurou Alma na defensiva, embora, tecnicamente falando, ela não tivesse culpa de nada. A culpa era da administração por a enfermaria estar em estado tão precário. Era errado de sua parte preocupar-se com o bem-estar das meninas? Mesmo assim, ela suavizou o tom de voz quando acrescentou: – Eu vim perguntar se a senhora precisa de alguma coisa para elas. Remédio, comida, cobertores...

– Todas as minhas pacientes precisam de tudo isso – a doutora Švalbová a interrompeu outra vez. – Quanto às suas meninas, elas já têm cobertores, um fogão na enfermaria e rações dobradas. Agora, se me der licença...

Ela esbarrou no ombro de Alma ao passar. Alma não se ofendeu. Não era a primeira vez que uma interna expressava desdém pelo fato de seu destacamento ser privilegiado e as "bonecas do Bloco de Música desfilarem pelo campo com suas meias de seda e cabelos cacheados sob os lenços cor de lavanda e tocarem música para entretenimento dos oficiais da SS", ao passo que as demais eram obrigadas a se arrastar dia após dia com apenas algumas migalhas de pão velho e um pingo de margarina, sem poder esperar mais nada além disso. O campo estava cheio desses sentimentos mesquinhos, não era novidade alguma. Alma já havia aprendido a ignorar.

Ela deveria ter voltado para a Sauna e para a companhia das meninas, que, depois de passada aquela mais recente provação, estavam aproveitando abertamente seu inesperado dia de folga. Em vez disso, porém, Alma foi até as instalações do patologista, mas ficou algum tempo parada do lado de fora, apavorada demais para bater à porta e descobrir que o doutor Mengele estava lá dentro. Por fim, ela se preparou para o pior e bateu de leve. O doutor Ránki abriu a porta e imediatamente puxou-a para dentro, batendo a porta em seguida.

– Ele está aqui? – perguntou Alma à guisa de cumprimento.

– Claro que não. Eu deixaria você entrar se ele estivesse?

– Eu preciso de medicamentos. – Alma decidiu ir direto ao ponto.

– Eu imaginei. Tifo?

– Você tem algum remédio?

– Nenhum cuja falta não seja percebida. Mas acho que posso lhe dar alguma coisa que ele não pensaria em verificar. – O doutor Ránki foi até o armário de vidro e começou a vasculhar as prateleiras. Depois de alguns minutos, frascos de remédio de diferentes tamanhos, formatos e cores foram parar dentro dos bolsos de Alma. – Isto aqui vai fazer a febre baixar... não é o medicamento tipicamente ministrado aos pacientes de tifo, mas ajuda a aliviar as dores estomacais... não creio que ele dará por falta deste também... e deste... este aqui é para ser injetado se houver um caso mais grave. Vou anotar no relatório que o frasco se quebrou. Também posso lhe dar um pouco de morfina, para trocar por ração extra ou por algum outro remédio, se não for necessário para nenhuma delas. Tem alguma enfermeira lá em quem você confie?

– Tem a doutora Švalbová – Alma respondeu sem hesitar. Ela só vira a médica interna uma única vez, mas pudera perceber que ela prezava o bem-estar das pacientes – de todas, sem preferência – acima de tudo.

Alma não ficou surpresa quando o doutor Ránki sorriu, assentindo.

– Ah, doutora Mancy, como as pacientes a chamam. Manca Švalbová. Ótima médica. Sua única preocupação são as pacientes. Coisa rara em um lugar como este. A maioria perde a humanidade...

Com o peso de seu contrabando nos bolsos, Alma esgueirou-se por entre os barracões até chegar à segurança do *Kanada*. Kitty estava em seu posto habitual, separando as pilhas de roupas com expressão de repulsa. Um transporte devia ter chegado do gueto.

– Veja isto! – Com dois dedos ela segurou uma camisa masculina puída, com dois grandes círculos amarelos nas axilas, como se segurasse pelo rabo um rato morto. – Se enviarmos isto para a Alemanha, vão nos mandar para a câmara de gás, e com razão! De onde veio isto? Há poucos meses tínhamos casacos de qualidade, com golas de arminho, de raposa, forro de seda... pó de arroz, batom francês em tubos dourados... ainda tenho alguns... cremes para as mãos com óleos egípcios. E agora? Eles nem trazem malas mais, estas porcarias vêm dentro de fronhas!

Alma mudou o peso de um pé para o outro, impaciente.

– Eu preciso de sabonete. Pode dispor de algumas barras?

Kitty bufou e sacudiu a camisa no ar.

– Estou dizendo a ela que recebemos todo tipo de lixo ultimamente, e ela quer sabonete...

Alma chegou mais perto da outra moça.

– Eu tenho morfina.

Como por um passe de mágica, a expressão de Kitty se modificou. Morfina era equivalente a ouro derretido em termos do campo. Vários oficiais eram viciados, e o interno que conseguisse morfina para eles cairia em suas graças.

– Espere aqui.

Kitty desapareceu no fundo do depósito e retornou pouco depois com duas sólidas barras de sabonete marrom.

– Cinco por um frasco, ou nada feito – disse Alma, que não era nada boba.

– Isso é assalto a céu aberto! – protestou Kitty.

– É pegar ou largar.

– Você é violinista ou especuladora do mercado de ações?

– Posso ser uma coisa ou outra, conforme a ocasião – respondeu Alma, imperturbável.

– Está extorquindo alguém da sua espécie!

Alma avaliou a outra mulher com grande ceticismo.

– O homem certo da SS lhe dará um rim por um frasco, e você sabe disso. Não é extorsão.

– Um rim não tem serventia alguma para mim – Kitty resmungou, mas finalmente cedeu e foi buscar mais três barras de sabonete para Alma.

Quando a doutora Švalbová viu as barras de sabonete, duas delas de lavanda francesa, enfileiradas em sua mesa, ficou emudecida por alguns momentos.

– Eu também trouxe álcool, ataduras, iodo e remédio, mas o remédio precisa ser dado primeiro às minhas meninas – disse Alma. – O que sobrar, sinta-se livre para dividir entre as outras como lhe aprouver. Vou tentar lhe trazer mais suprimentos quando puder.

Sem dizer uma palavra, a doutora Švalbová levantou-se de sua cadeira, levou um dos sabonetes até a pia enferrujada presa à parede e começou a ensaboar as mãos. Depois de uma lavagem meticulosa, colocou cuidadosamente o sabonete ao lado da lasca do sabonete anterior e foi até perto de Alma.

– Obrigada, *Frau* Rosé – disse, em um tom bem diferente do de antes, e estendeu a mão. – Doutora Manca Švalbová. Pode me chamar de doutora Mancy.

Alma segurou a mão da médica e apertou-a com firmeza, retribuindo o sorriso caloroso da doutora Mancy.

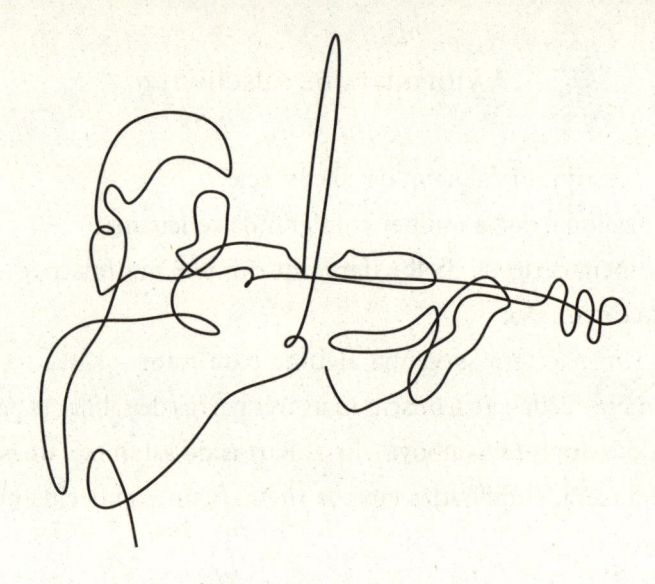

Capítulo 20

Todos os dias, em vez de apenas às terças e quintas, Alma levava sua orquestra para o gramado na frente da enfermaria. Todos os dias, apesar da neve molhada ou do vento uivante, elas tocavam as músicas favoritas das meninas doentes. A cada dia, Miklós furtava algum produto da orquestra masculina de Birkenau que pudesse ajudar suas colegas. Os produtos variavam de batatas cruas descaradamente apropriadas da cozinha da SS até remédios e vitaminas que, com a mesma insolência, eram retirados do bloco médico da SS. Todos os dias, a doutora Mancy entregava para Alma pequenos bilhetes escritos por suas doentes – *Estamos indo muito bem aqui e nos recuperando lenta, mas progressivamente; obrigada por todos os alimentos e remédios; quão delicioso foi o Brahms de hoje!* – Todos os dias, Alma deixava a enfermaria com um aperto doloroso no peito, sem saber se encontraria o lugar vazio no dia seguinte. Todas as noites, ela se sentava, assolada pela insônia, e olhava para o brilho alaranjado das chaminés através de sua janela, com medo de fechar os olhos, como se isso pudesse de alguma forma prejudicar o destino das meninas e enviá-las para aquele inferno flamejante.

Fazia muito tempo que Sofia e Zippy já tinham desistido de tentar convencer Alma de que ela precisava de mais do que quatro horas de sono por dia; mas Miklós via as olheiras sob seus olhos com desaprovação e logo adquiriu o hábito de contrabandear todos os tipos de alimentos para seu quarto sem que ela notasse – "para levantar seu ânimo". Dois dias antes fora uma maçã. Antes, uma barra de chocolate suíço. Dias de pão ocorriam apenas se não tivesse outra opção – Miklós preferia itens mais refinados às miseráveis rações oficiais do acampamento.

Quando Alma descobriu o chocolate antes da partida do pianista e reprovou sua atitude, Miklós apenas deu de ombros com ar indiferente e se recusou categoricamente a pegar seus presentes de volta ou até mesmo a dividi-los. Com as mãos enfiadas nos bolsos, ficou diante dela e disse que tinha mais de onde vinha aquilo e que não estava com fome. Ele também tocava piano durante os jantares na cantina da SS, explicou. Eles o alimentavam bem, lá.

Alma desconfiou se ele estava mesmo dizendo a verdade; as maçãs de seu rosto subitamente enrubesceram, e sua pele parecia estar num tom acinzentado, deixando-o com a aparência de uma estátua gótica de algum nobre cavaleiro medieval.

– Você poderia trocar aquela barra de chocolate por um pão inteiro – argumentou.

– O pão daqui é uma desgraça e não me deixaria satisfeito de qualquer forma – ele rebateu, conformado.

– Você me imagina tomando meu café da manhã em uma xícara de Limoges com chocolate suíço pelo qual você arriscou sua vida? – Alma arqueou uma sobrancelha, desconfiada.

– Sim. Esta imagem e meu piano são duas coisas que me mantêm vivo hoje em dia – declarou ele em um tom sério que normalmente usava em suas brincadeiras, mas agora Alma percebia que sua expressão estava absolutamente séria, e isso fez seu coração falhar um batimento.

– Mas não tenho nada a lhe dar em troca de sua generosidade.

– Você está me oferecendo sua companhia e sua música. Isso é mais do que suficiente.

– Mesmo assim, gostaria que você ficasse com algumas coisas.

– Estou dando tudo porque dar é o que nos traz humanidade. Quando posso dar algo, sinto que o dia valeu a pena. Você não sente o mesmo quando dá tudo o que pode para suas meninas?

Ela sentia. Mas também suspeitava de que ele havia roubado todos aqueles "presentes" quando os SS não estavam olhando e implorou que ele parasse, para seu próprio bem. No entanto, ele se recusara a ouvir a razão e, teimoso, trouxe uma laranja para ela no dia seguinte.

– Eu não roubei desta vez, não se preocupe – explicou Miklós, rindo, antes que Alma pudesse repreendê-lo. Apenas a SS tinha acesso a frutas frescas; ser pego com algo desse tipo escondido significava automaticamente uma sentença de morte, uma bala na nuca, sem fazer perguntas. – A amiga de *Herr Kommandant* me deu.

Alma notou a forma respeitosa como ele se referia a *Herr Kommandant*. O ex-comandante Höss costumava ser citado zombeteiramente como o *Velho*, tanto pelos presidiários quanto pelos SS. Parecia que o *Kommandant* Liebehenschel gozava de melhor reputação entre a população do campo.

– Eu tenho pena dele – continuou Miklós. – Ele está louco de amor por ela, e seus superiores não permitem que eles se casem.

– Por que não?

– Segundo os rumores, ela não é politicamente confiável. Muito simpática com os judeus – Miklós contou o mesmo boato que Zippy mencionara não fazia muito tempo. – Foi por isso que transferiram os dois para cá de algum alto cargo em Berlim, para reeducação. O que nem imaginam seus superiores é que eles parecem estar muito felizes aqui. Ele estava na cozinha com a inspeção hoje, conversando conosco como uma pessoa qualquer querendo saber sobre nossas preocupações. Ela estava com ele. A princípio, pensei que ela fosse sua secretária ou algo assim, mas então vi o jeito como ele olhava para ela. Depois o chefe dos garçons me explicou tudo.

Ele bufou como se não acreditasse totalmente.

– Acredita nisso? *Nossas preocupações* – ele repetiu perplexo e balançou a cabeça. – *Herr Kommandant* anotou tudo em seu caderninho preto e prometeu fazer o que pudesse para tornar as coisas mais fáceis para nós. Tentou explicar que, toda vez que a câmara de gás era acionada, era por ordens diretas de Berlim, não por sua própria iniciativa. Eu poderia jurar para você, ele parecia quase chateado com todo esse sistema podre, e mais ainda quando falou sobre mulheres e crianças... E sua amiga, que mulher gentil! Eu sou o único judeu na equipe de garçons, os outros são alemães, Triângulos Vermelhos e Verdes. Sabe o que ela fez? Ela me chamou de lado e me perguntou, muito discretamente, para que meus companheiros de trabalho não ouvissem, se eles estavam me tratando bem. Eu disse que sim, que me tratam muito bem e que são todos ótimos companheiros. Ela sorriu, tirou esta laranja do cesto e a colocou na palma da minha mão.

Ele olhou para sua mão, ainda incrédulo. Alma também estava olhando para as mãos dele, um sorriso crescendo em seu rosto. Desejou ter estado lá para ver com seus próprios olhos uma manifestação tão inesperada de humanidade em um lugar onde a própria humanidade era massacrada às centenas de milhares.

– Como o chefe dos garçons conseguiu essas informações?

– Você não imagina o quanto os SS falam quando ficam bêbados. – Miklós deu uma risadinha. – Eles superam qualquer lavadeira com sua aptidão para a fofoca. Naturalmente, a equipe de garçons ouve tudo e usa isso em benefício próprio.

– Que benefício?

– Nas questões rotineiras do acampamento. – Miklós ficou repentinamente muito vago, como se tivesse revelado mais do que pretendia inicialmente, e rapidamente mudou de assunto. – Quer que eu descasque para você?

– Sim. E fique com metade, por favor. – Alma estendeu a laranja para ele, ignorando que ele tivesse evitado continuar o assunto apenas por educação. – Só hoje. Aceite.

Ele hesitou, mas algo nos olhos dela o impulsionou.

– Muito bem, condessa. Mas só hoje, e só porque foi concedida a mim por algum milagre.

Alma ficou paralisada quando ele tirou um canivete de dentro da bota para cortar a laranja. Todos sabiam que somente a resistência do campo tinha acesso a armas frias. Dois membros da SS tinham sido enforcados pouco tempo antes exatamente porque foram descobertos portando canivetes. Apenas dois porque enfrentaram todas as torturas da Gestapo sem revelar mais nada para o terrível departamento de Grabner; Alma se lembrava de todos os detalhes arrepiantes da história.

– Não me diga que a amiga de *Herr Kommandant* também deu esse canivete para você.

– Não, claro que não.

Ela percebeu que ele evitava fitá-la nos olhos.

– Miklós?

– Sim?

– Você se envolveu com as pessoas erradas?

Miklós olhou para ela com estranheza e sorriu, ao mesmo tempo discreto e orgulhoso.

– Não. Desta vez me envolvi com as pessoas certas. Desta vez, serei corajoso também.

Ele então a fitou nos olhos por um longo momento e, de repente, puxou-a e a beijou, intensamente e sem constrangimentos, aparentemente roubando-lhe a capacidade de respirar. Alma não se importou com a sufocante sensação de desejo implacável e arrebatadora que inundou seu corpo. Em vez de afastá-lo – pois era uma loucura beijar daquela maneira, mesmo atrás da porta fechada de seu quarto, porque Mandl tinha o hábito de entrar sem bater e por muito menos mandar as internas para o *Strafblock*, o bloco da prisão –, Alma colocou os braços em volta do pescoço dele e o abraçou com força; aproximou-se ainda mais, sentindo o coração dele bater forte contra o seu, e permitiu-se esquecer de tudo por alguns preciosos momentos. Parecia que tudo havia deixado de existir – Mandl, o perigo, o campo e o mundo todo lá fora; agora, havia apenas aqueles longos dedos emaranhados em seu cabelo e a respiração quente contra seus lábios abertos, e, para Alma, isso era tudo o que importava.

O sol estava baixo sobre o crematório, mas os internos nunca o tinham visto mais claro. Não havia sido ofuscado pela constante cortina da espessa fumaça preta, e o ar estava claro e puro. Eles fungavam avidamente durante a chamada, inalando os aromas da terra, da brisa e da neve derretida, há muito esquecidos. Até mesmo o cheiro de suor e sujeira de suas próprias roupas encardidas era mais agradável que o cheiro terrível de carne queimada. A nova administração exigira que as chamadas fossem mais rápidas, e as duas horas a mais de sono animaram seus ânimos imensamente. Eles gritavam *"Jawohl"* quando seus números eram chamados e trocavam olhares rápidos e felizes de incredulidade pelo fato de que, pela primeira vez em tanto tempo, suas mãos estavam vazias. Por ordem explícita do novo *Kommandant*, eles foram autorizados a deixar a boina do uniforme na cabeça para se protegerem do frio, em vez de segurá-lo com as mãos trêmulas em sinal de respeito pelo guarda que conduzia a chamada, como costumava ser durante a impiedosa liderança de Höss. A distância, um reservatório de água estava sendo construído. Oficialmente, seria para o corpo de bombeiros de Birkenau; extraoficialmente, diziam que seria para os presos nadarem durante o verão. *Herr Kommandant prometeu, pessoalmente,* eles sussurravam um para o outro enquanto olhavam a figura alta em seu sobretudo cinza com olhos cheios de genuína gratidão.

O *Kommandant* Liebehenschel parecia estar de excelente humor. Os crematórios estavam inativos já fazia uma semana. Alma se perguntava o que devia ter custado ao comandante travar aquelas batalhas com Berlim. Perguntava-se também quanto tempo duraria aquele impasse.

Alma tinha acabado de voltar da enfermaria com sua orquestra, aliviada com o progresso que as quatro meninas doentes estavam fazendo, quando Mandl irrompeu no bloco, extremamente entusiasmada. Falando rapidamente, ela revelou que acabara de ouvir no rádio a mais maravilhosa música de piano a quatro mãos e desejava que fosse incluída na programação de músicas de Natal. Estalando os dedos, ela tentou reproduzir a melodia que havia ouvido.

Miklós reconheceu a música que a líder do campo feminino estava cantarolando – era *Fantasia em Fá Menor*, de Schubert – e, antes que Alma pudesse abrir a boca para protestar, ele já estava dizendo a Mandl que seria um prazer, mas que, em vista de a peça ser bastante difícil, exigiria longas horas de ensaios.

Mandl concordou com tudo e até dispensou Alma de algumas de suas funções de *Kapo*.

Assim que a líder do campo feminino saiu do alojamento, Alma virou-se para Miklós.

– Onde você acabou de me meter? Eu sou violinista! Piano não é exatamente a minha especialidade, para dizer o mínimo, e você quer que eu toque um dueto de Schubert!

Despreocupado, Miklós não deu importância para o protesto de Alma.

– Não há com que se preocupar. Eu vou ensinar você em dois dias.

– Dois dias?! – Alma olhou para ele. – Você é louco.

– Condessa, estamos todos loucos aqui – ele citou Lewis Carroll com um sorriso irônico, brincando. – Você ouviu sua líder. Ela quer ouvir Schubert, e Schubert ela terá. Vamos provar aos nossos comandantes arianos que não somos apenas consumidores inúteis de comida.

Sofia levou as meninas para a Sauna, para o banho diário. Alma estava preocupada demais com o maldito Schubert que Miklós havia imposto a ela para perder seu tempo se lavando quando poderia ser gasto em ensaios. Sua amiga olhou para ela atônita – Alma era conhecida por sua obsessão com limpeza e higiene –, mas aceitou a função de Alma sem contestar.

– Vou me lavar mais tarde, na torneira da latrina – Alma explicou. – Eu realmente preciso ensaiar durante todas as horas que tenho. Minhas habilidades com o piano estão enferrujadas demais para tocar algo do nível de Schubert.

Ela não precisava ter-se preocupado tanto; Miklós mostrou-se um excelente professor. Com infinita paciência, ele a ensinou a tocar a música através da partitura que escrevera de memória. A própria Alma escrevera algumas partituras de memória para a orquestra e não entendia o espanto de Zippy sempre que a observava fazer isso. Mas, por algum motivo, ela viu Miklós escrever a música inteira em menos de vinte minutos e foi tomada por uma profunda admiração por ele.

— Não, não é assim — Miklós a interrompeu suavemente enquanto eles praticavam. — Você está muito tensa com o pobre piano. Ele não gosta, e isso faz com que ele produza esse som de lamento. O piano, assim como o violino, é um instrumento feminino, precisa ser acariciado. — Com extrema delicadeza, ele começou a alisar as teclas com os dedos. — Percebe a diferença? Agora, ele cantarola baixinho. Olhe, deixe-me mostrar. Alguém lhe ensinou uma bela técnica, mas seu dedilhado é forte e rígido. O piano não gosta de mãos rígidas. Você deve relaxar mais os pulsos. — Posicionando-se atrás dela, Miklós colocou as mãos sob as palmas de Alma. — Descanse suas mãos, completamente relaxadas, em cima das minhas e sinta como meus músculos se movem quando toco esse trecho. Você quase não precisa fazer esforço. Está vendo?

Alma achou que a sala tinha ficado subitamente muito quente, e ela tinha plena consciência de sua própria respiração.

— Feche os olhos. A percepção muscular funciona melhor quando os olhos estão fechados.

Alma fez conforme ele instruía. Agora era apenas a escuridão, serena e tranquila ao seu redor, uma melodia linda invadindo sua alma e os braços de alguém a envolvendo.

— Você ainda está muito tensa. Relaxe os ombros. Encoste-se em mim. Pare de processar tudo com essa sua mente inquieta e comece a *sentir* a música, pelo menos por cinco minutos. – A voz dele era baixa e estranhamente hipnotizante. – Você não está mais aqui. Este lugar não existe. Estamos em Viena, no palco onde você tocava música de câmara com seu pai, mas agora somos só nós e o piano, e estamos nos preparando para um concerto. Você está usando um lindo vestido, e eu, um fraque preto elegante com gravata borboleta engomada a tal ponto que aperta meu pescoço. Você amaldiçoará seus novos sapatos, mas os usará mesmo assim, porque a aparência é muito importante, e nós somos dois instrumentistas veteranos e podemos suportar qualquer coisa em nome da arte.

Alma sorriu e apoiou as costas no corpo dele. Teria sido inapropriado em qualquer outro momento, mas ali, de repente, parecia a coisa mais natural a se fazer. Miklós não se afastou; pelo contrário, encostou o rosto no dela enquanto apoiava o queixo em seu ombro.

– Os ingressos se esgotaram em poucas horas – ele continuou. – Os cartazes da nossa apresentação estão espalhados por toda a cidade. Os Rothschild estarão sentados em seu camarote e vão jogar rosas para você, como costumam fazer, quando você se levantar para agradecer ao público tão graciosamente como só você faz. Em frente ao palco, a imprensa vai enlouquecer de alegria. Todos os olhos, todas as câmeras estão em você enquanto você está de pé, uma verdadeira deusa, deliciando-se à luz dos *flashes* e holofotes.

– Eu não quero ficar ali sozinha.

Alma estava sozinha desde que conseguia se lembrar. Mesmo com Váša dividindo o palco com ela, ela sempre tivera clareza da solidão que a consumia. Mesmo junto de Heinrich, fugindo da Áustria invadida pelos nazistas, ela estava sozinha – sozinha em sua dor, sozinha em seu sofrimento, mesmo quando ele se sentara a seu lado no compartimento do trem e jurara que enfrentariam juntos todas as dificuldades que surgissem pelo caminho. Assim como seu primeiro casamento, aquilo não durou muito. Depois de poucos meses em uma cidade estrangeira, com Alma sustentando os dois com sua música, ele fugiu de volta para a Áustria, sua cidade natal, onde o negócio da família era próspero e onde sua dignidade masculina podia ser restaurada.

– Você não está sozinha. Estou bem atrás de você, esperando para segurar sua mão assim que você estiver pronta.

– Segure agora.

Miklós envolveu a mão dela nas suas e levou-a aos lábios.

– Você nunca estará sozinha novamente.

– Todos dizem isso.

– Eu não sou como todos. Nunca vou abandonar você. Pelo menos, no que depender de mim. – Ele estava beijando cada um de seus dedos. – Eles terão que me mandar para a câmara de gás para me separar de você.

Apavorada, Alma se afastou abruptamente.

– Por que dizer coisas tão terríveis? De todas as coisas...

Ele já estava se desculpando e segurando o rosto dela entre as mãos. Beijou as faces claras, os cílios úmidos e escuros, os lábios, o pescoço, o cabelo e as mãos.

Alma havia jurado para si mesma que nunca mais se envolveria com um homem, pelo menos não a sério. Estava determinada a manter o coração trancado e gélido, mas Miklós a beijou e, de repente, ela não tinha mais escolha.

– Isso não vai durar para sempre – ele sussurrou. – Um dia iremos sair daqui. Sairemos juntos, e eu estarei segurando sua mão quando passarmos por aqueles portões. E então faremos uma turnê por toda a Europa, e todas as noites estarei ao seu lado e segurarei sua mão. Você acredita em mim?

Ela acreditava. Mesmo sem esperar por aquilo, no meio daquela fábrica de mortes, ela acreditava.

Do lado de fora, a voz de Sofia ecoou pelo complexo enquanto ela fazia a contagem das moças antes de deixá-las entrar. Com grande relutância, Miklós tirou as mãos do rosto de Alma e sentou-se ao lado dela, mas desta vez mais perto do que antes. Ela também se aproximou, até sentir o calor de sua perna contra a dele.

– Então, o piano e o violino são instrumentos femininos – ela disse, mudando propositalmente de assunto. Pensar que poderiam não ter liberdade era doloroso demais, e mais ainda era a ideia de não poder compartilhá-la com aquele homem. – Quais são masculinos?

– Ora, o contrabaixo, é claro. É um velho alemão que resmunga, com sua voz baixa, relembrando os bons velhos tempos, quando seu país não era invadido por liberais e judeus.

A sombra de um sorriso apareceu no rosto de Alma.

– Quais mais?

– O tímpano, naturalmente. O tímpano é o *Reichsmarschall Göring*[15] dos instrumentos musicais. É cheio de si, mesmo sendo totalmente oco por dentro. Faz muito barulho, mas nenhuma música. Só se pode marchar ao som dele, mas não dançar. Por esse motivo é o instrumento favorito dos nazistas.

Alma ficou mais animada. Seus olhos negros agora brilhavam com uma alegria há muito esquecida.

– O que mais?

Miklós olhou para ela. Não apenas olhou, mas acariciou-a com seus olhos cinzentos e brilhantes.

– O trompete. O trompete não é apenas um homem, é o próprio *Herr* Ministro da Propaganda Goebbels. Assim como o tímpano, não cria uma melodia bonita que se possa apreciar, produz um som agudo, tão estridente que desperta os instintos mais básicos das pessoas que o estão ouvindo. Sua música de marcha é fácil de identificar e seguir. Não requer nenhum intelecto ou sofisticação. Tudo o que se pode fazer quando se ouve é marchar no seu ritmo.

Alma teve que rir. A descrição era muito precisa.

– Tudo bem, *Herr* Steinberg. Chega dessa podridão nazista. Vamos falar de coisas mais agradáveis. Já sabemos que o piano é sua amante favorita. Agora, o que você tem a dizer sobre meu violino?

---

[15] Militar de alta patente nas Forças Armadas da Alemanha. (N.T.)

– Seu violino? Seu violino é igual a você. Por fora é excepcional e forte; cordas tensionadas ao máximo. Elas têm resistido demais, ainda não quebraram por algum milagre... Produz a mais bela melodia, mas somente se alguém souber como acariciá-la bem com seu arco.

Naquele momento, as meninas entraram rindo com suas brincadeiras alegres, e Alma não teve a chance de dizer a ele que, mesmo contra todas as probabilidades, ele certamente saberia como fazer isso.

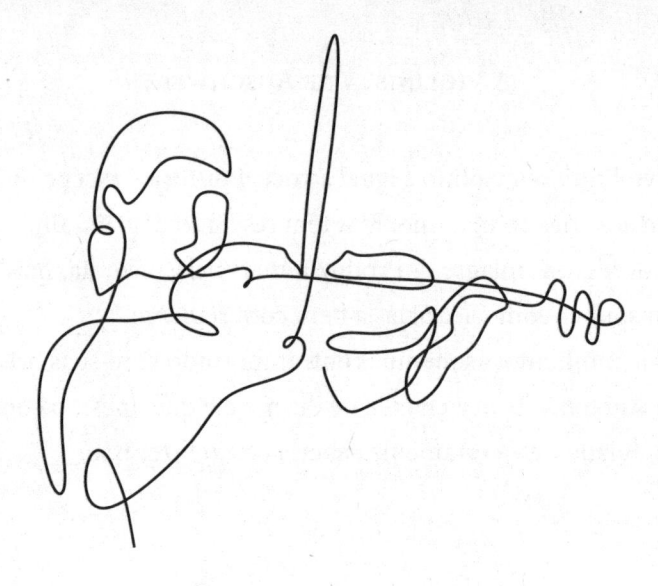

Capítulo 21

A noite aveludada envolveu o campo. No fundo do alojamento, onde ficava o fogão cilíndrico maravilhosamente quentinho, as moças conversavam em vários idiomas ao mesmo tempo enquanto coziam suas porções de comida. Um aroma tentador de batatas fritas com um toque de linguiça fresca – suprimentos da Cruz Vermelha, sem dúvida – pairava no ambiente. Sozinha em seu quarto, Alma olhava pela janela para o céu nublado e escuro. Era quase inconcebível imaginar que em algum lugar além dali, além do crematório, das covas coletivas e de todas aquelas camadas de arame farpado, existia liberdade. Em algum lugar perto dali, aonde se poderia chegar a pé, alguma mulher polonesa estava assando batatas para o jantar, sorrindo ao ouvir as vozes dos filhos brincando do lado de fora, na neve. Em algum lugar não muito longe dali, um fazendeiro estava recolhendo seus animais para passar a noite em um estábulo ou cúrral quentinho e aconchegante, cheirando a feno e lã. Em alguma cidade próxima dali, um casal estava se beijando na rua, sem se preocupar com toque de recolher, estrelas amarelas e guardas da SS. Em um súbito acesso de amargura torturante e impotente, Alma jogou-se na cama e enterrou o rosto no travesseiro, angustiada com a injustiça daquilo tudo.

Em Auschwitz, o que ela mais abominava eram as noites. As ocupações diurnas não deixavam tempo para pensar muito. Mas então vinha a chamada noturna e, depois disso, as agonizantes horas de vazio, de pensamentos taciturnos que a levavam quase à loucura, a crescente sensação de desespero e desesperança, e nenhuma possibilidade de escapar.

A porta rangeu baixinho.

– Obrigada, não estou com fome – falou, sem levantar o rosto do travesseiro.

A intenção das meninas era a melhor possível, lógico; seus pequenos pardais... nunca deixavam de lhe oferecer uma parte das parcas provisões que preparavam no fogão, mas ela raramente aceitava.

– Comam vocês. Ainda estão em crescimento, precisam se alimentar – era a explicação que ela costumava dar.

A verdade era que ela estava tão revoltada com aquela existência indigna que realmente, na maioria das vezes, não tinha apetite, preferindo ficar desnutrida até a morte a continuar sendo escrava dos nazistas.

Alma sentiu o colchão afundar quando alguém se sentou a seu lado e, em seguida, a leve pressão de uma palma entre seus ombros. A mão percorreu suas costas, para baixo e novamente para cima, até parar em seu pescoço, massageando gentilmente os músculos tensos.

Ela não precisava olhar para ver quem era; reconheceria o toque daquelas mãos entre um milhão. Ele a estava acariciando, e o nó rijo e frio dentro dela começou a se desfazer, as sombras começaram a se dissipar; o mundo voltava a ser colorido.

– Condessa...

– Hum?

– Está dormindo?

– Sim. Estou tendo um sonho maravilhoso e, se você me acordar, nunca mais falarei com você.

Alma sentiu a respiração dele na pele quando ele riu baixinho, cobrindo sua nuca com beijos suaves.

– Não precisa acordar. Só precisa segurar minha mão e vir comigo.

Dessa vez, Alma virou-se para fitá-lo.

– O que é isso? – Divertida, ela meneou a cabeça indicando a tira de pano amarrada no pescoço dele, imitando uma gravata.

Miklós ajeitou a peça com uma seriedade teatral.

– Condessa, é obrigação de um cavalheiro estar com a melhor aparência possível quando convida uma dama para sair.

Sentando-se na cama, Alma sorriu.

– E aonde pretende me levar?

– Ao lugar mais chique das redondezas, claro – respondeu Miklós, estendendo a mão.

Alma segurou-a, maravilhada com a fantástica habilidade dele de trazê-la de volta à vida quando minutos antes ela estava pensando seriamente em se jogar na cerca elétrica.

Eles caminharam pelas passagens familiares, mas, de repente, o labirinto de cercas elétricas deixou de existir, assim como as torres de vigia, as metralhadoras, os cães dos SS e os próprios guardas brutamontes. Seus passos eram leves porque suas mãos se tocavam, e isso era tudo que importava, pelo menos por alguns minutos.

Em frente a um dos barracões, Miklós parou e curvou-se galantemente e com bom humor para Alma.

– Condessa, permita-me recebê-la em meu humilde lar, o Campo Familiar.

Ele bateu à porta de um modo peculiar, e no mesmo instante ela foi aberta, revelando um rapazinho com olhos brilhantes e cabelo escuro desalinhado.

– *Herr* Steinberg!

– Espero não estarmos atrasados – disse Miklós.

– De jeito nenhum. Vai começar em cinco minutos. *Herr* Hirsh guardou lugar para vocês na frente.

– Lembre-se de estar atento ao seu posto.

– Sempre, *Herr* Steinberg! – O garoto bateu os calcanhares e fez continência.

Dentro do recinto, Alma olhou em volta, admirada. Além das placas habituais com os dizeres em alemão – Seu Bloco é Sua Casa; Respeite Seus Superiores; Limpeza Faz Bem à Saúde; Esforço e Obediência –, as paredes daquele bloco em particular estavam adornadas com desenhos coloridos de meninos, meninas, animais e até de instrumentos musicais. Mas o que a deixou sem fala foi a quantidade de crianças envolvidas na tarefa de dar os toques finais no palco improvisado no centro do barracão. Elas agiam com confiança e estavam perfeitamente à vontade, ao contrário dos pequenos assustados que Alma estava acostumada a ver na rampa antes de o doutor Mengele mandar todo mundo, com um aceno indiferente de suas luvas, diretamente para a câmara de gás.

Segurando Alma pela mão, Miklós a levou até um dos beliches ao lado do qual se encontrava um jovem bem-apessoado, segurando nas mãos o que parecia ser um roteiro. Como todos os demais ali, estava vestido com roupas civis e usava botas de cano alto bem engraxadas, que instantaneamente o classificavam como pertencente à casta privilegiada. O cabelo escuro penteado com brilhantina reluzia na iluminação fraca fornecida pelas velas, e ele estava concentrado em direcionar seus pupilos para o palco. Assim que viu Miklós, seu semblante se iluminou, e seu sorriso se alargou ainda mais quando o pianista o apresentou a Alma.

– *Frau* Rosé! – ele exclamou, segurando a mão dela entre as suas, demonstrando grande emoção. Falava alemão quase tão bem quanto Alma, com a diferença de um leve sotaque tcheco. – Que honra recebê-la aqui. Sou Fredy Hirsch. Temos vários colegas seus aqui, a maioria tchecos, mas todos falam alemão, portanto, depois que a apresentação terminar...

Inúmeras mãos já acenavam para ela dos beliches próximos. Com um nó se formando na garganta, Alma agradeceu pela recepção calorosa, pelos elogios amáveis, pelas lembranças de seu pai e seu tio, por todas as exclamações – "Nunca ouvi música de câmara tão excelente, tão perfeita e sublime!" – Alma reconheceu os nomes e apertou todas as mãos estendidas que conseguiu alcançar, enxugando as lágrimas em um misto de alegria e da mais profunda tristeza pelo fato de todos aqueles virtuoses estarem presos ali, possivelmente para sempre, até morrerem.

A iluminação foi reduzida ainda mais, restando somente as velas que destacavam o palco. A um sinal de Fredy Hirsh, a audiência silenciou. Do canto do barracão, apareceram dois homens uniformizados, um deles com um bigode de Hitler claramente pintado sob o nariz e outro com um travesseiro dentro do paletó militar para imitar um abdômen protuberante. A simples visão dos botões ameaçando arrebentar foi suficiente para fazer a plateia rir. Aconchegada a Miklós na parte superior de um beliche, Alma reconheceu um dos uniformes como sendo do exército austríaco na Primeira Guerra; o outro uniforme ela não conhecia.

– São veteranos da Grande Guerra – explicou Miklós baixinho, como se lesse sua mente. – Os SS permitiram que ficassem com os uniformes, e inclusive com as comendas militares.

O ator com o bigode pintado curvou-se sobre a escrivaninha improvisada recoberta de mapas toscamente desenhados e começou a mover soldadinhos de chumbo de uma posição para outra, produzindo sons de batalha infantis. Algumas pessoas deram risada. O ator com o travesseiro bateu no suporte de madeira de um dos beliches.

– *Reichsmarschall* Göring, *mein Führer*. Posso entrar?

O Hitler se empertigou e alisou o uniforme, assumindo uma expressão séria.

– *Ja*, pode entrar, *ja*.

Göring subiu no palco, bateu os calcanhares e estendeu o braço em saudação.

– *Heil* Göring!

– O que disse? – Hitler virou-se, olhando furioso para Göring.

A pura imagem da inocência ferida, Göring deu de ombros.

– Eu disse "*Heil* Hitler", *mein Führer*. O *Reichsführer* Himmler lhe deu aquele chá de camomila de novo, que o faz escutar coisas estranhas?

A plateia explodiu em risos.
- Não sei do que está falando.
- Na última vez que o senhor bebeu aquele chá, começou a insistir que Deus estava falando com o senhor e que o nomeou Seu messias para salvar a Alemanha dos bolcheviques judeus, *mein Führer*. Inclusive fez essa declaração no ar, antes que o Ministro Goebbels tivesse tempo de censurar. Recebemos uma ação judicial de Churchill. Ele alega, conforme o que escutou no rádio, que riu tanto que engasgou com o bolinho que estava comendo e quase morreu. O Papa também enviou um telegrama para a Chancelaria do Reich e exigiu que não envolvêssemos Deus em nossos assuntos. Eles estão começando a perder fiéis.
- Esses são católicos. Quem se importa? Nós os perseguimos também.
- Ah, é?
- Você não lê meus memorandos de grupos perseguidos? Para que eu envio semanalmente versões atualizadas?!
- Eu leio, *mein Führer*.
- Então, quem eu adicionei recentemente à lista atualizada?
Göring pareceu apelar com certa urgência para a memória.
- Os italianos, depois que mudaram de lado?
- Teve sorte no chute. Quem mais?
- Os japoneses?
- Por que eu perseguiria os japoneses?
- Porque são hordas asiáticas bárbaras?
- Os bolcheviques são hordas asiáticas bárbaras!
- Mas, *mein Führer*, os bolcheviques são russos, não são?
- Não, são a comunidade judaica internacional! Será que é tão difícil assim seguir a minha linha de pensamento sobre superioridade racial?! - Ele socou a escrivaninha com os punhos, espalhando soldadinhos de chumbo para todo lado.
Na plateia, alguém explodiu numa gargalhada, que contagiou o bloco inteiro. Os próprios atores tiveram que se esforçar para se conter, mas acabaram conseguindo.

Göring enxugou a testa com o lenço.

– Extremamente difícil quando a pessoa muda de ideia duas vezes por dia, seu idiota desgraçado.

– O que disse?

– Eu disse que vão servir lombo assado para o almoço hoje, *mein Führer*.

– O quê? Carne de novo? Quando vão parar com essa prática selvagem de abater os pobres animais?

– Mas, *mein Führer*, nós abatemos humanos em massa...

– Exatamente. São humanos. Não nos importamos com eles.

Mais uma vez o alojamento ficou em alvoroço. Imersa naquela hilaridade comunitária, Alma percorreu o olhar ao redor e deu-se conta de que nos últimos minutos havia se esquecido completamente de que estava no campo de concentração, que aquele palco não era de verdade e que os atores usavam seus reais uniformes de guerra, e não fantasias.

Tudo bem rir da morte, ela recordou as palavras de Miklós. *Nós, mais do que ninguém, temos esse direito.*

Sim, eles riam da morte; riam dela destemidamente e com insolência, bem na frente de sua medonha fisionomia, e aquele pequeno ato de resistência quase roubava o fôlego de Alma, por orgulho daquelas pessoas corajosas do Campo Familiar, por seu espírito resiliente, por sua recusa em se submeter.

Alma segurou a mão de Miklós e, numa onda de emoção, beijou-a antes que ele pudesse impedi-la.

– Obrigada por me trazer aqui.

Ele olhou para ela com ternura, absorvendo o deleite claramente estampado no rosto corado e animado.

– Eu queria lhe mostrar como os outros internos se sentem quando você toca para eles. Você faz com que se esqueçam de onde estão, como esses dois fizeram você esquecer. Não foi? Sei pela expressão do seu rosto. Nunca vi você tão feliz, tão descontraída. Neste lugar, o maior presente é ter algo que o faça esquecer. Você proporciona isso a eles, e quero que se lembre disso todas as vezes que achar que sua música é inútil. Neste lugar, isso é quase tão valioso quanto o pão. E você proporciona isso sem restrições, minha generosa Almschi.

Ele roçou os lábios nos dela por um instante, mas, subitamente, Alma sentiu como se tivesse asas.

Um assobio agudo do menino que estava de sentinela na porta do bloco interrompeu a apresentação, fazendo com que os dois atores se jogassem no chão e saíssem se arrastando para fora do palco. Alma nunca imaginara ver dois veteranos idosos escalar até o alto dos beliches com a antiga agilidade do tempo da guerra e serem instantaneamente escondidos sob os cobertores por seus companheiros de bloco. Crianças fantasiadas de gnomos já marchavam pelo palco cantarolando uma alegre cantiga em alemão. Uma linda menina de cabelos pretos juntou-se a elas e começou a bater palmas quando a porta do barracão se abriu abruptamente e Hössler entrou, acompanhado por dois guardas da SS.

Fredy Hirsh já os cumprimentava de seu lugar em frente ao palco improvisado.

Os habitantes do bloco fizeram uma grande encenação de sair dos beliches, mas Hössler sinalizou para que permanecessem em seus lugares.

– *Branca de Neve*? – Ele meneou a cabeça na direção das crianças vestidas de gnomos.

– *Jawohl, Herr Obersturmführer*. – Fredy inclinou a cabeça respeitosamente. – Como o senhor pediu. Estamos no meio do ensaio.

Hössler se aproximou do palco, interessado. Fredy Hirsh fez um sinal para as crianças continuarem. Aparentemente, o líder do campo de Birkenau aprovava o desempenho dos pequenos artistas. Enfiando a mão no bolso, pegou um punhado de balas e jogou-as no palco improvisado.

– O alemão deles melhorou significativamente – disse Hössler para Fredy.

– Tenho praticado com eles todos os dias, *Herr Obersturmführer* – Fredy afirmou.

– Trabalho louvável, Hirsh. Continue.

Com isso, Hössler e sua comitiva saíram do alojamento.

Um suspiro unânime de alívio ecoou no barracão, acompanhado por alguns risinhos nervosos.

– Eles foram embora! – O jovem vigia avisou da porta, com o rosto ainda grudado na fenda entre as tábuas. – Podem continuar.

– Essa foi por pouco, *mein Führer* – uma voz murmurou do alto de um beliche, e o bloco inteiro explodiu em risos outra vez.

No meio daquela alegria toda, Miklós não parava de olhar para Alma, como que encantado. As chamas das velas pareciam dançar e produzir sombras fantásticas sobre os beliches e as paredes pintadas. A claridade suave contornava a silhueta do pianista. Alma olhava para o palco, e ele olhava somente para ela, como se não existisse mais nada no mundo.

– Eu deveria ter trazido meu violino. Poderia tocar para eles depois que a peça acabasse...

Ele a interrompeu:

– Eu acho que amo você, Almschi.

Por um instante, Alma se sobressaltou. A confissão a pegara de surpresa. Era cedo demais para aquilo; inesperado demais; e o cenário era inadequado também. Mas a sombra de uma emoção profundamente dolorosa que passou pelos olhos do pianista – ele não poderia esperar pela libertação para dizer isso a ela; para eles, o momento poderia nunca chegar – fez com que Alma compreendesse os motivos dele. Em Auschwitz, cada dia contava. Era primordial dizer o que era importante enquanto se estava vivo. Ela levou a mão à nuca de Miklós e acariciou seus cabelos escuros enquanto olhava para ele com o mais terno afeto.

– Mas você mal me conhece.

– Eu conheço você. E a amei desde o primeiro instante. Amei você desde que a ouvi tocar no Prater. Na verdade, acho que amei você minha vida inteira, sem a conhecer pessoalmente. Eu amo o conceito de você, a versão onírica de você que construí para mim. Eu procurava partes de você em todas as outras mulheres, mas sempre faltava alguma coisa. E agora, com você aqui na minha frente, inteira e real, eu sinto que nunca fui mais feliz. Sinto que valeu a pena vir para este lugar só para conhecer você.

Um sorriso floresceu no rosto dela. Em volta deles, as pessoas estavam rindo; os atores estavam zombando do líder alemão com admirável insolência, mas Alma mal ouvia. O amor era uma coisa cruel, que causava mais tormento às suas vítimas do que alegria. Ela tinha tentado lutar contra aquilo ao máximo, mas, naquela noite, ela se rendeu.

– Sabe, *Herr* Steinberg, eu acho que amo você, também.

Como sempre acontecia em Auschwitz, só se podia contar com alguns poucos dias de relativa trégua de todos os horrores que haviam se acostumado a ver ali. Era ingenuidade, claro, esperar que esse sossego durasse, mas mesmo assim Alma continuava acreditando, até que o dia chegou – o primeiro em que Miklós se atrasou para o ensaio deles – e obliterou todas as suas esperanças da maneira mais cruel. Sua angústia só se intensificou quando ele não apareceu naquele dia nem no dia seguinte.

Quando por fim ele voltou, dois dias depois, estava com o rosto tão machucado que o olho esquerdo não abria, de tão inchado. Pontos grosseiros suturavam a pele no supercílio, era quase certo que o nariz estava quebrado, e, apesar de tudo isso, seus lábios arrebentados sorriam para Alma, enquanto ela o fitava mortalmente horrorizada.

– Não precisa se alarmar. Minhas mãos estão perfeitamente bem – declarou ele, mostrando as mãos bonitas e intactas, como se esta fosse a única preocupação de Alma. – O concerto de Natal não será cancelado por minha causa, eu garanto. Nunca cancelei uma apresentação na minha vida e não será agora que farei isso.

– Seu olho! – foi tudo que Alma conseguiu dizer.

– Tenho profunda convicção de que estarei apresentável até lá.

– Você poderia ter perdido o olho!

– Felizmente, eu tenho dois. Posso ler a partitura, contanto que eu vire a cabeça um pouco, assim. – Ele já estava sentado ao piano, em uma postura meio de lado, até um pouco cômica.

Para Alma, porém, parecia trágico.

Ele deu uns tapinhas no banco, convidando-a para sentar-se, mas ela não se mexeu. Seu corpo inteiro tremia, de uma emoção intensa e desconhecida.

– Você podia ter morrido! – O grito escapou da garganta de Alma. Subitamente, ela foi dominada por um desejo violento e impotente de dar umas fortes palmadas nele. – Eles pegaram você roubando, não foi? Os SS? Foram eles que bateram em você?

– Eles não me matariam. Ordens de *Herr Kommandant*.

– Hössler atirou numa mulher, na minha frente, porque achou que ela tinha me roubado! Você acha mesmo que eles vão dar importância às ordens de *Herr Kommandant*? E tudo isso por quê? Por um tablete de chocolate! Valeu a pena? Apanhar até a morte por um chocolate?

– Você está gritando – comentou Miklós, baixinho.

– Eu tenho o direito de gritar! – Alma queria parar, mas de repente tinha perdido o controle da própria voz. – Como acha que eu iria conviver comigo mesma sabendo que assassinaram você por causa de um chocolate? Trata-se de um jogo doentio para você? É divertido ver até onde você pode roubar dos SS e se safar?

– Não foi por causa de um chocolate desta vez – retrucou ele, baixinho.

Alma olhou para ele, ciente do frio mortal que se espalhava por suas veias.

– Foi por quê, então? – perguntou num sussurro, quase com medo de saber.

Por alguns momentos, Miklós pareceu considerar se contava ou não. Por fim, ele falou:

– Eles encontraram uma coisa comigo. Uma coisa que eu não deveria ter.

– O canivete?

– Não. – O tom de voz dele ficou subitamente estranho. – Eu já tinha passado o canivete para outra pessoa.

Pálida e emudecida, Alma continuou estudando o rosto dele, mas não conseguiu discernir nem mesmo uma sombra de triunfo ou desafio sob os hematomas e inchaços.

A última de suas dúvidas foi obliterada. Os novos companheiros de Miklós – os Verdes e os Vermelhos, o *Ausweis* e a possibilidade de transitar livremente pelo campo, a proximidade com os SS e a posição relativamente protegida. Seria tolo da parte deles (ela praguejou mentalmente contra os homens que o haviam arrastado para suas maquinações perigosas) não utilizar os serviços dele para atingir suas metas, fossem estas quais fossem. Alma sabia que Zippy também estava envolvida com a Resistência do campo, mas Zippy só passava as informações que obtinha em suas instalações no campo. Não era insensata a ponto de armazenar armas e munições, como comentavam que os membros da Resistência faziam na esperança de organizar um motim assim que o exército soviético se aproximasse. Aparentemente, porém, Miklós era. Ou ele simplesmente valorizava sua liberdade e dignidade acima dos perigos envolvidos no espírito orgulhoso da Resistência.

– Miklós, o que você fez? Não minta para mim, por favor. Preciso saber, para estar... preparada.

– Não há nada para estar preparada – ele tentou tranquilizá-la. – Já levei minha surra obrigatória. A calça dos SS que descobriram comigo, eu justifiquei com o frio que faz dentro do alojamento e também com minha ignorância. "Um sujeito da estação de desinfecção no *Kanada* trocou comigo por um pedaço de pão, *Herr Untersturmführer*. Ele me garantiu que a calça tinha sido descartada pelo seu escritório e que eu podia usá-la embaixo da minha calça para me agasalhar, que ninguém se importaria...".

A expressão dele era totalmente inocente e sincera enquanto contava o ocorrido, e até Alma se convenceu.

– E acabei usando mesmo, debaixo da minha calça. Foi um erro, mas não foi intencional. Então eles me deram uma boa surra e encerraram o caso.

Os SS podiam ter encerrado o caso, mas para Alma não estava encerrado.

– Para que você precisava de uma calça do uniforme dos SS?

Miklós riu com certa apreensão, esperando escapar de mais perguntas, mas, vendo que Alma não desistiria, respirou fundo e reassumiu a postura nobre, digna e séria.

– Um homem precisa escapar, e para isso é preciso estar vestido como um deles. Se esse homem consegue sair daqui e chegar aos soviéticos, ele dará a eles os mapas do campo e dos crematórios. Nossa esperança é de que os bombardeiros soviéticos ou americanos lancem algumas bombas neles, ou pelo menos nos trilhos do trem que traz os prisioneiros para cá.

Uma rápida careta de dor franziu a testa de Alma; ela estava prestes a dizer alguma coisa, algo sobre o sinistro departamento do chefe da Gestapo e o cadafalso na *Appellplatz*, e sobre ela própria não ser capaz de sobreviver se ele não sobrevivesse, mas fitou os olhos claros e destemidos e acabou colocando a palma fria da mão na face dele, como se o abençoasse.

Sim. Você faria o que fosse preciso. Seja corajoso agora, quando a coragem é tão importante. Eu não o amaria tanto se você fosse medroso como tantos outros. Seja valente. Faça o que for preciso, e eu ficarei ao seu lado e segurarei sua mão, como você prometeu segurar a minha.

Ela não disse as palavras, nem seria necessário, mas era quase como se Miklós pudesse ler seu pensamento. Ele agradeceu baixinho pela compreensão. Era quase ultrajante apaixonar-se naquele lugar, mas para eles não havia um meio de contornar isso. Eles expressaram seus sentimentos um pelo outro naquele dia, como uma sentença de morte, e selaram com um beijo que deixou a ambos sem fôlego.

– Por toda a eternidade, dure o que durar.

– Por toda a eternidade, e muito além dela.

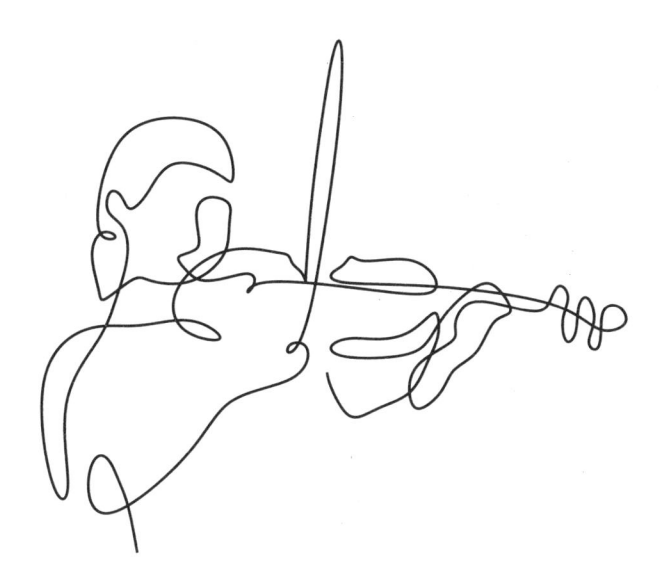

Capítulo 22

Dezembro de 1943

Cinco dias antes do Natal, duas das meninas tiveram alta da enfermaria e foram entregues aos cuidados de Alma. Elas apareceram no bloco, pálidas e magérrimas, completamente exauridas da caminhada até ali, mas mesmo assim foram até suas respectivas cadeiras. Com uma ansiedade crescente, Alma observou enquanto elas pelejavam com seus instrumentos, pois até mesmo algo tão leve como um violino era pesado demais para Violette segurar. Flora também não estava se saindo melhor ao piano, mesmo sob a gentil supervisão de Miklós; uma longa e dolorosa hora de ensaio deixou as duas garotas encharcadas de suor e ainda mais pálidas que antes.

– Não vai dar certo. – Miklós foi o primeiro a declarar abertamente o que todos estavam pensando. – Isto não é ensaio, é tortura. Elas tiveram alta porque não estão mais na fase de contágio, não porque estejam recuperadas. Deveriam estar na cama, de repouso e se alimentando direito, não dominando Wagner para o maldito concerto para os SS!

No instante exato em que Alma ia mandar as meninas para suas respectivas camas e deixá-las descansar, o doutor Mengele entrou, sentou-se em uma das cadeiras colocadas ali para a plateia e fez um sinal para que a orquestra continuasse tocando. Alma não gostou nem um pouco do sorriso de lobo estampado no rosto dele.

A própria imagem da compostura, ela endireitou os ombros e bateu no estande com a batuta.

– Do início!

Foi preciso fazer um esforço tremendo para manter o olhar acima da cabeça das meninas, com uma indiferença profissional, quando tudo o que ela queria era ver se Violette conseguiria posicionar o violino no ombro a tempo. No entanto, como se pressentissem algo maligno pairar no ambiente como uma nuvem escura e sinistra, as meninas tocaram melhor do que nunca. As violinistas em particular tocaram numa sincronia perfeita, como que unidas por um desejo de proteger a integrante mais fraca de seu grupo do predador ali sentado em seu elegante sobretudo cinza. Ainda assim, não foi suficiente para disfarçar uma nota desafinada no instrumento de Violette.

O doutor Mengele encolheu-se visivelmente.

Sentada ao lado de Miklós, que dividia o banco do piano com ela, Flora lutava com o piano. Sob o olhar do doutor Mengele, que era um misto de horror, zombaria e maldisfarçado divertimento, o pianista tocava ao lado de sua aluna com uma raiva impotente, até que seus nervos se esgotaram. Miklós afastou gentilmente as mãos de Flora do teclado e passou a tocar sozinho, corrigindo imediatamente o som da orquestra inteira. Alma sentiu-se tentada a fazer a mesma coisa com Violette.

Com o suor escorrendo da testa, Violette estreitava os olhos para enxergar a partitura à sua frente. Com grande esforço, tentava acompanhar as colegas, mas parecia que seus olhos e mãos se recusavam a cooperar.

Mais uma nota desafinada; ela apertou os lábios descorados e segurou o violino com mais força para mantê-lo sobre o ombro. Seus dedos estavam rijos pelo esforço; o arco raspava as cordas com um som agudo e áspero.

Derrotada, ela finalmente desistiu e baixou o instrumento. O olhar dela fez a garganta de Alma se contrair de emoção. Era uma expressão agonizante de extremo desânimo e frustração com sua própria incompetência. *Perdoe-me...* Os lábios da menina tremiam. Duas lágrimas grossas rolaram pelas faces lívidas e caíram sobre o violino parado e silencioso em seu colo.

Alma interrompeu a música. Miklós tinha razão, aquilo era uma tortura. Como que entendendo a situação, o doutor Mengele se levantou.

– *Frau* Alma, podemos conversar em particular?

No silêncio opressivo que se seguiu, Alma o levou até seu quarto. Uma vez lá dentro, ele olhou ao redor com curiosidade, puxou uma das cadeiras da mesinha capenga e gesticulou com um floreio para que Alma se sentasse, antes de ocupar a outra cadeira.

– *Herr Doktor*, certamente o senhor não espera que elas estejam em sua melhor forma – começou ela, contrariando todos os protocolos. – Elas acabaram de ter alta da enfermaria, ainda estão muito fracas e precisam de um tempo para voltar ao normal...

– Você sabe exatamente como o tifo afeta as pessoas? – perguntou o doutor Mengele, como se não tivesse escutado uma única palavra que ela dissera. – Entre as possíveis complicações estão a perda de audição, sensibilidade à luz, problemas de visão e rigidez muscular. – Ele lançou a Alma um olhar penetrante. – Todas essas perturbações são uma sentença de morte para qualquer um que toque música. Não concorda?

Alma não respondeu. Tinha certeza de que a escolha de palavras dele era intencional.

– Não vamos prejudicar o desempenho da orquestra inteira por causa de duas integrantes fracas. O novo transporte deve chegar em breve. Você poderá escolher outras meninas, novas integrantes para a orquestra, talvez até melhores do que essas eram...

– Elas não *eram*. – A voz de Alma soou carregada de frieza. Ainda estão aqui e não irão a lugar nenhum. Pelo menos, não enquanto eu for a responsável. É o dever de qualquer sociedade civilizada cuidar de seus membros fragilizados e protegê-los, não se livrar deles assim que adoecem. É isso que nos faz humanos, *Herr Doktor*.

– Ideias marxistas. – Ele descartou o argumento dela com um gesto de pouco-caso. – Não é assim que o Reich funciona. E Auschwitz-Birkenau segue a jurisdição e a ideologia do Reich. Todos os membros frágeis da sociedade devem ser erradicados. São inúteis e não contribuem para nada. – Ele deu outro olhar provocador a Alma pelo canto do olho. – É exatamente o caso daquelas duas em sua condição atual.

– Até o Natal elas estarão tocando direitinho – Alma garantiu, enfrentando o olhar dele. Seu tom de voz quase não transmitia emoção. – Eu me responsabilizo.

– Elas estão fracas e quase cegas. Essas complicações podem durar semanas, às vezes meses – continuou o doutor Mengele, com um certo prazer sádico. – E tem outra questão... uma fome constante que não é saciada, por mais bem alimentados que os pacientes estejam. Tornam-se verdadeiros animais. Começam a roubar dos próprios familiares. Eu mesmo testemunhei o que essa fome faz com eles.

Alma também tinha visto, mas continuou fitando-o obstinadamente com seus olhos pretos.

– Minhas meninas não roubam.

– Em circunstâncias normais, não. Mas as circunstâncias não são normais.

– Claro que não. É um campo de extermínio. – Ela deu de ombros com frieza.

O doutor Mengele sorriu, divertido.

– Você é uma ótima esgrimista com as palavras, *Frau* Alma. Aposto que tinha muitos admiradores.

– Grande coisa... pularam todos do barco feito ratos quando as suas leis raciais entraram em vigor.

– São meros covardes – o doutor Mengele admitiu com uma facilidade surpreendente. Alma olhou para ele desconfiada, mas não havia nenhum traço de ironia na expressão dele. – Não pode culpá-los pela covardia. Eles não podem evitar, como lebres que ficam paralisadas quando se deparam com um lobo. É uma pena que tenhamos elementos tão fracos em nossa linhagem racial ariana... – De repente ele se inclinou para a frente e apontou o dedo para Alma, quase encostando no peito dela. – Você, por outro lado, é feita de aço, *Frau* Alma. Tem nervos de aço e mercúrio nas veias. Nesse aspecto, você é muito mais ariana do que nossos tão elogiados Cavaleiros Teutônicos, que tremem nas bases e largam suas armas à mera aproximação de um *Ivan*. Eu vi acontecer no *front* oriental... uma cena patética. A máquina de guerra alemã "invicta", acenando com lenços brancos assim que ouvem *"Oorraah, pobieda, hurrah, vitória"* vindo das linhas soviéticas, antes mesmo de verem os russos avançar para eles.

Mais uma vez ele observou Alma com os olhos semicerrados.

– Mas aposto qualquer valor como você não teria fugido. – Ele balançou a cabeça, como que confirmando seu pensamento. – Não, não teria. Você nunca recua do perigo. É destemida ao extremo, ao ponto do suicídio. Essa é uma característica muito ariana, que não posso deixar de respeitar.

Alma precisou fazer um enorme esforço para não demonstrar repulsa em sua expressão.

– Se realmente respeita isso, *Herr Doktor*, e se tem mesmo essa confiança em meus "nervos de aço", permita que eu coloque as meninas de volta em boa forma. Eu garanto que elas tocarão com excelência no Natal.

– É um evento grandioso, *Frau* Alma. *Kommandant* Liebehenschel estará presente. Todos os líderes do campo.

– Eu sei disso.

– Não vai querer passar vergonha com sua orquestra, vai?

– Eu jamais deixaria uma integrante da orquestra subir ao palco se não estivesse cem por cento segura da capacidade dela de tocar à altura dos meus padrões de exigência.

– Por que essa insistência com essa dupla em especial? Elas são facilmente substituíveis. Anuncie um teste no campo, tenho certeza de que terá uma nova violinista e uma nova pianista antes do final do dia.

– Não preciso de substitutas. Minhas meninas têm toda condição de tocar. – Ela o fitou e suavizou o tom de voz. – *Herr Doktor*, o senhor já depositou sua confiança em mim antes, naquele primeiro dia na rampa. O senhor me deu permissão para ampliar minha orquestra, e acredito que não o desapontei com o resultado, caso contrário o senhor já nos teria mandado para a câmara de gás por causa da nossa inutilidade. Confie em mim mais uma vez. Eu as colocarei em forma, dou-lhe a minha palavra.

– Em cinco dias? Impossível.

– Não é impossível. Qualquer coisa é possível se houver empenho e dedicação.

– Pensamento louvável.

Ele se recostou na cadeira, estudando Alma com grande interesse. O olhar dela estava fixo em uma das botas do doutor Mengele, tão impecavelmente engraxadas que ela achou que poderia ver seu próprio reflexo no couro se aproximasse o rosto.

– Muito bem – ele concedeu por fim. – Pode ficar com suas meninas até lá. Mas, se eu ouvir uma nota desafinada durante o concerto... uma só... não somente essas duas, mas as quatro garotas da orquestra que estão doentes receberão injeção de fenol no coração no dia seguinte. Creio ser um acordo bastante justo.

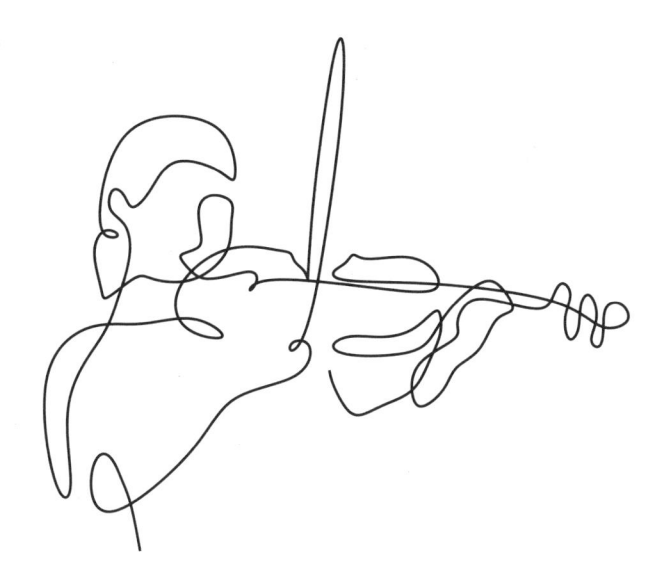

Capítulo 23

– Certo.

De repente, olhar para sua própria orquestra era como enfrentar um pelotão de fuzilamento. O peso do mundo inteiro tinha descido de uma vez sobre os ombros de Alma. Nervos de aço, qual o quê! Por que de repente sua "mão firme" tremia quando ela segurava a batuta? Parecia pesada demais para ela naquele momento.

Alma largou a batuta, sentou-se em uma das cadeiras e passou as mãos pelo rosto. Tudo aquilo era demais. Responsabilidade demais, e não somente para ela, ou como havia sido em outros tempos para seu pai, mas para quatro seres humanos, quatro moças jovens com a vida inteira pela frente, com suas esperanças, medos e sonhos para o futuro. Ela olhou para as próprias mãos, flácidas e hesitantes, as palmas viradas para cima em seu colo. Quatro vidas. Eram quatro vidas humanas que estavam naquelas mãos.

Subitamente tomada pela vergonha, ela olhou para as meninas, que a observavam, estudando seu rosto desde que ela voltara de dentro do quarto. Elas precisavam desesperadamente de uma líder, e ali estava ela, lamentando seu destino quando era o destino delas que estava em jogo. O tempo era essencial. Perdê-lo sentindo pena de si mesma era um crime.

De seu lugar ao piano, Miklós lançou-lhe um sorriso encorajador. Assim como as meninas, ele parecia ter fé e confiança nela, quando nem ela mesma tinha.

– Certo – ela repetiu, dessa vez com determinação na voz, e levantou-se agilmente. – É óbvio que Violette e Flora precisam de uma alimentação reforçada antes de retomarem os ensaios. De agora em diante, por cinco dias, daremos a elas rações extras para garantir que tenham força suficiente para tocar. Cinco dias é pouco tempo, portanto começaremos imediatamente. As meninas que ainda tiverem alguma comida em seus pacotes, tragam aqui. Regina, faça um chá quente para todas, pode ser? Estamos precisando nos aquecer, e enquanto isso as meninas vão comer.

Quase instantaneamente começou um arrastar de cadeiras, conforme as meninas iam até seus beliches para pegar as parcas provisões que guardavam com o máximo cuidado. Com os olhos marejados, Flora e Violette observaram uma pequena pilha crescer na mesa de jantar comunitária – frutas secas, biscoitos, conservas, linguiça defumada, queijo e até cubos de açúcar – um verdadeiro banquete, que poucos ali em Auschwitz tinham visto.

Ocupada em dividir as provisões em duas porções iguais, Alma não notou a princípio um pequeno grupo de veteranas polonesas conversando em um canto. Foi somente quando a voz de Sofia se elevou acima do burburinho geral em um crescendo de gritos indignados e incompreensíveis que a atenção de Alma foi atraída para o que estava acontecendo.

– Algum problema? – perguntou, aproximando-se do grupo.

A voz das mulheres baixou para um murmúrio. Alma não entendia o idioma delas, mas reconheceu o tom de desafio. Eram apenas cinco, e todas desviaram o olhar para não a encarar.

– Essas vacas teimosas se recusam a entregar suas rações – relatou Sofia, olhando para suas conterrâneas com desdém.

– Por quê? – indagou Alma baixinho.

Ela já sabia a resposta, mas queria que elas falassem, por um certo desejo perverso de confirmar sua teoria.

– Não achamos justo dar nossa comida para elas – uma das moças respondeu em um alemão hesitante. – Por que deveríamos fazer isso?

– Porque elas estiveram doentes e precisam se alimentar para se recuperar. – Alma conseguiu manter o tom de voz calmo, embora sentisse a raiva crescer. – Elas não têm culpa de ter adoecido, têm?

– Nós não as culpamos. Só estamos dizendo que não é justo dar nossa comida para elas. Elas deveriam ter-se prevenido. Se a saúde delas é mais fraca que a nossa, por que nós é que devemos ser prejudicadas? Elas nunca recebem nada dos parentes...

– Porque os parentes delas estão todos mortos. – O peito de Alma arfava visivelmente agora. Ela estava consciente do olhar de Miklós observando-a. A ideia de que ele a visse naquele estado a revoltava, mas revoltava-a mais ainda ver aquele tipo de atitude em suas pupilas. Ela não admitiria que aquele tipo de egoísmo se alastrasse em seu grupo. – Morreram aqui mesmo em Auschwitz, alguns diante dos olhos delas. Elas são culpadas por isso também?

– Não estamos dizendo que a culpa é delas. Estamos dizendo que é socialismo tirar de quem tem para dividir com quem não tem.

– Socialismo, é? – Antes que Alma pudesse se conter, sua mão voou no rosto da garota com um estalido. – Não é socialismo! Isso se chama decência humana, se é que você tem noção do que isso significa!

A moça ficou paralisada por alguns segundos, olhando para Alma, e em seguida começou a chorar. Mas Alma não sentia um pingo de vergonha pelo que acabara de fazer, sentia apenas uma fúria avassaladora e cegante.

– Agora há pouco tive de escutar as teorias raciais daquele imbecil da SS, agora tenho de escutar as mesmas idiotices de você, debaixo do meu próprio teto? Como um bem-treinado papagaio da SS, é isso?! Eu já vi gente como você, bem ali na enfermaria, arrancar o último pedaço de pão da mão da amiga moribunda e justificar o ato! Será que você consegue entender, de uma vez por todas, que aqui não há judeus e poloneses, nem franceses, nem comunistas, há somente os SS e os prisioneiros, e isso resume tudo?! Somos todos o mesmo que nada para eles. Você se considera superior a Violette porque ela é judia e você é polonesa? Pois bem, vou lhe dar uma notícia... Aos olhos dos SS, você é um verme que precisa ser exterminado. Quanto mais discutirmos entre nós, melhor para eles. Quanto mais agirmos como animais umas com as outras, menos trabalho para eles. Era com isso que eles estavam contando quando organizaram este campo de concentração, você entende? Estamos todos juntos nisto. Eles são o inimigo, não nossos coleguinhas internos.

– E você é igual a eles! – a garota revidou, gritando. – Escravizando-nos, pior que os SS. Você não tem o direito de se considerar judia. É uma típica alemã de sangue frio. Não admira que a tenham nomeado *Kapo*. Reconheceram em você alguém da espécie deles!

Dessa vez foi Sofia quem deu um tapa na moça, com muito mais força do que Alma havia dado.

– Porca ingrata! – a ex-*Kapo* rugiu, indignada. – *Frau* Alma tem feito tanto por vocês! Todos os privilégios que vocês têm aqui, roupas novas, rações duplas, pacotes da Cruz Vermelha, a soneca depois do almoço, chamada dentro do alojamento em vez de lá fora no frio, um fogão para aquecer, chuveiro todo dia, lavagem de roupa uma vez por semana, tudo isso foi esquecido? Garota mimada, egoísta! Hoje é Violette, amanhã pode ser você. Iria achar que era socialismo se *Frau* Alma dividisse com você a ração dela, se você estivesse morrendo de febre?

A moça não respondeu. Estava muito ocupada esfregando o rosto dolorido e fungando. As amigas agora pareciam hesitantes e, logo em seguida, colocaram seus suprimentos sobre a mesa comunitária. Alma aceitou as doações em silêncio. Quando a líder do grupo se aproximou da mesa com algumas latas, Alma a deteve.

– Fique com a sua parte. Não quero que saia pelo campo reclamando para todo mundo que esteja disposto a escutar que a *Kapo Alma* extorquiu suas rações, como a vadia socialista que é.

– Eu sinto muito, *Frau* Alma.

– Não sente, não. Você está com medo, isso sim. Com medo de que eu de alguma forma me vingue de você ou exclua você definitivamente da orquestra.

A julgar pela expressão surpresa da moça, as palavras tinham acertado o alvo em cheio. Alma deu um sorriso torto.

– Não há do que ter medo. Sua consciência será seu pior castigo. Todos os dias, quando olhar para Flora ou para Violette, você se lembrará de sua covardia e egoísmo. Todo santo dia, pelo resto da sua vida, você viverá com isso. Nenhuma punição pode ser pior que essa.

Não demorou para a moça começar a chorar de novo, dessa vez, lágrimas de culpa. Ela empurrava as latas para as mãos de Alma com um gesto lamentável e suplicante, mas Alma ficou parada como uma estátua na frente dela, com os braços cruzados, bloqueando a mesa e as tentativas da garota de colocar os alimentos na pilha coletiva.

Por fim, admitindo derrota, a moça chegou perto de Violette, entregou duas latas diretamente para ela e as outras duas para Flora.

– Perdoem-me, por favor... Não sei o que deu em mim.

– Está tudo bem. – Violette sorriu. – Eu entendo perfeitamente. Não precisa...

– Não, por favor, pegue. É para vocês. Vocês precisam se alimentar.

– Já tem o suficiente para todas...

– Não, coma. Você esteve doente, precisa se alimentar...

Quando as meninas *Stubendienst* – zeladoras do bloco – trouxeram o almoço, Alma dividiu sua porção entre Violette e Flora. As duas ainda protestavam quando ela se dirigiu para a porta, procurando distraidamente no bolso o maço de cigarros.

O lado de fora parecia um verdadeiro Polo Norte. A crosta gelada de neve esmagava-se sob os pés, mas Alma acolhia o frio cortante como uma forma distorcida de autoinfligida punição. Agasalhada somente com seu casaquinho leve, ela tremia de frio enquanto tentava pela terceira vez acender o cigarro.

– Greve de fome outra vez?

Apesar de tudo, ela sorriu ao ouvir a voz de Miklós. Sentia-se grata por ele não ter interferido no caso, porém mais grata ainda por ele estar de pé a seu lado agora. Sentiu algo pesado sobre os ombros, passou a mão e reconheceu seu casaco de pelo de camelo.

– Não estou com fome. Só cansada e nervosa.

– Posso imaginar. – Ele estreitou os olhos, fitando algum ponto ao longe.

– Se você me disser outra vez que sou exigente demais com elas, primeiro vou bater na sua cabeça com alguma coisa e depois me divorciar de você.

– Eu não ia dizer nada disso. Na verdade, achei que você contornou admiravelmente bem a situação.

– Com uma exceção. – Alma deu uma tragada profunda no cigarro. – Eu bati em uma pessoa. Pela primeira vez, hoje eu bati em alguém. – A voz dela estava repleta de incredulidade consigo mesma.

Para sua surpresa, Miklós começou a rir baixinho.

– Um feito inimaginável para uma *Kapo*, bater em uma interna pela primeira vez depois de meses! Seu nome deveria constar em algum livro local de honrarias, ou algo parecido. A maioria das *Kapos* não passa um dia sem bater na cabeça de alguém com uma batuta!

– Elas têm batutas diferentes. A minha é para reger a música, não para bater em alguém. É por esse motivo que estou tão decepcionada comigo mesma. Sinto que este campo está me transformando em uma pessoa horrível. Estou me tornando muito rude, insensível... – Ela olhou para Miklós com expressão trágica. – Estou me tornando um deles, Miklós – falou por fim, em um tom de extrema desolação.

Ele segurou o rosto dela entre as mãos.

– Que bobagem! Nenhuma sordidez, nenhuma degradação que existe neste lugar é capaz de afetar você...
– Já afetou – ela o interrompeu, calma e resignada. – Fiquei amiga dos SS. Eles me chamam de "*Frau* Alma" e me tratam com cordialidade. Falam comigo sobre música, sobre Viena e sobre assuntos refinados.
– Isso não é amizade. Você sabe que deve ser respeitosa e manter o decoro com eles se quiser que sua orquestra sobreviva. Se *você* quiser sobreviver.
– Eles me ensinaram a ser violenta.
– Não. Você apenas perdeu a paciência. Qualquer um ficaria com os nervos à flor da pele depois de tudo o que você passou.
– Eu escravizo minhas protegidas, e os SS me elogiam por isso. A pessoa sabe que se tornou um ser humano terrível quando os SS começam a elogiá-la e a admirar o seu "caráter ariano". Sabe o que significa "ariano" aos olhos deles? Ser cruel, superar expectativas, ter sangue de gelo nas veias. Mengele me disse há pouco que eu incorporo todos os três. Disse que me admira.
– Pare.
– Não, não vou parar. Quero que você escute, para que saiba que tipo de pessoa eu sou. Ela tinha razão, minha polonesinha bandolinista, assim como Hössler antes dela, e Mengele também. Todos disseram a mesma coisa, e estão certos... Eu não sou judia, sou uma alemã, e por isso é tão fácil para mim sobreviver aqui. Os SS me consideram uma deles. Reconhecem a minha semelhança com eles, um "espírito afim" – ela terminou como se cuspisse as últimas palavras.
Dessa vez, Miklós não pediu para ela parar, apenas pressionou os lábios com força sobre os dela e sentiu escapar o soluço que ela vinha tentando desesperadamente reprimir.
– Você pode abominar a si mesma o quanto quiser – declarou com um sorriso destemido quando finalmente se afastou. – Eu sempre a amarei, por nós dois. Não, não, nada de lágrimas agora. Elas não podem ver você assim. Precisam que você esteja forte.

– Sim. – Alma enxugou o rosto com a manga e sorriu bravamente.

– Assim está melhor.

– Você vai treinar com Flora até o toque de recolher?

– Claro. Vou treinar com Flora, e você, com Violette. Tenho certeza de que Sofia dá conta de ensaiar a orquestra. Você já as treinou maravilhosamente. Viu como tocaram bem para Mengele, agora há pouco?

Alma sorriu por entre as lágrimas.

– Tocaram mesmo, não foi?

– E tocarão melhor ainda no Natal. Nós dois vamos garantir que isso aconteça.

Miklós passou o braço sobre os ombros dela para conduzi-la para dentro e, de repente, o fardo pareceu bem mais leve do que antes.

– Toque apenas esta primeira linha, mas toque com perfeição. – Alma estava debruçada ao lado de Violette, com a mão apoiada firmemente no encosto da cadeira da violinista.

Depois de uma refeição generosa, um pouco de cor tinha retornado às faces de Violette, e os olhos da menina haviam ganhado um brilho renovado. Quando ela posicionou o violino sob o queixo, aquela exaustão mortal e o desespero de antes não estavam mais ali. Sob o olhar atento de Alma, ela tocou as primeiras notas cuidadosamente, sem errar.

– Ótimo. Agora toque a segunda linha, do mesmo jeito.

Violette obedeceu e ergueu os olhos para Alma, que assentiu, encorajando.

– Agora toque as duas.

Foi quando a mão vacilante de Violette escorregou pela primeira vez. No mesmo instante, a expressão dela esmoreceu. Ela começou a baixar o instrumento, mas Alma não permitiu.

– Sem intervalos até terminarmos a peça inteira. Toque apenas a terceira linha onde você errou. Vinte vezes seguidas.

Violette virou a cabeça abruptamente para cima.

Alma limitou-se a dar de ombros e sorrir.

– Isso é o que o meu pai me dizia quando eu errava. É ótimo ter talento, mas a prática... muita prática... é essencial para dominar a peça que você está tocando. Quando você pratica dez, vinte, trinta vezes, seus dedos passam a tocar automaticamente do jeito certo. Você cansa de tocar aquela parte, mas nunca mais irá errar. Acredite em mim.

Depois de uma hora, elas tinham tocado somente até a terceira página. Depois de mais uma hora, com as mãos trêmulas e os olhos marejados de lágrimas, Violette estava quase pedindo socorro. Alma ofereceu a ela algumas fatias de maçã seca e um cubo de açúcar para repor as energias, mas foi só; não se permitiu comover-se além disso.

– Eu disse *sem intervalos* até tocarmos a peça inteira, e nós vamos terminar. Pode chorar, pode me xingar, pode me odiar pelo que estou fazendo com você, mas você vai ter domínio total sobre essa peça, Violette. De novo, do início.

No final do dia, elas haviam tocado a peça inteira. Havia sangue no braço do violino, os dedos de Violette estavam em carne viva, mas ela tocou a peça inteira errando somente duas vezes.

Alma levou a garota para seu quarto e começou a limpar as feridas.

– Você tocou excepcionalmente bem hoje, Violette.

Para sua surpresa, ela percebeu que Violette estava sorrindo. A violinista indicou os dedos de Alma com um movimento da cabeça.

– Essas cicatrizes são do violino. – Não era uma pergunta, era uma afirmação, e continha uma ponta de admiração.

– São, sim.

– Seu pai também a obrigava a ensaiar até cortar os dedos? – perguntou a menina em alemão, com seu forte sotaque francês.

– Não. Ele não precisava me *obrigar* a nada. Era um violinista tão excelente que tudo o que precisava fazer era tocar sua música de câmara. Eu não suportava ouvir, de tão magnífico que era. – Alma fez uma pausa e em seguida acrescentou com um sorriso: – Eu não sou uma violinista particularmente talentosa.

Violette olhou para ela, atônita, e Alma balançou a cabeça, sorrindo.

– Não sou mesmo. Não naturalmente talentosa, como meu pai e meu tio. Eu estudei e pratiquei muito para chegar pelo menos um pouco perto. Mas a maior parte é técnica. Eu toco com as mãos. Meu pai tocava com o coração. Mas só um crítico musical da mais alta categoria consegue perceber. Eles sempre me questionaram sobre isso, e estavam certos. – Ela terminou de aplicar a pomada nos cortes dos dedos de Violette. – Se eu fui capaz de treinar para "enganar" a população em geral, você também pode. Você só precisa enganar um único homem. Mas é extremamente importante enganá-lo, está entendendo?

Se Violette ficou assustada com a expressão séria de Alma quando disse as últimas palavras, ela não demonstrou. Apenas assentiu com a cabeça e prometeu começar bem cedo na manhã seguinte.

– Soldadinha corajosa! – Alma segurou o rosto dela entre as mãos e beijou-a na testa.

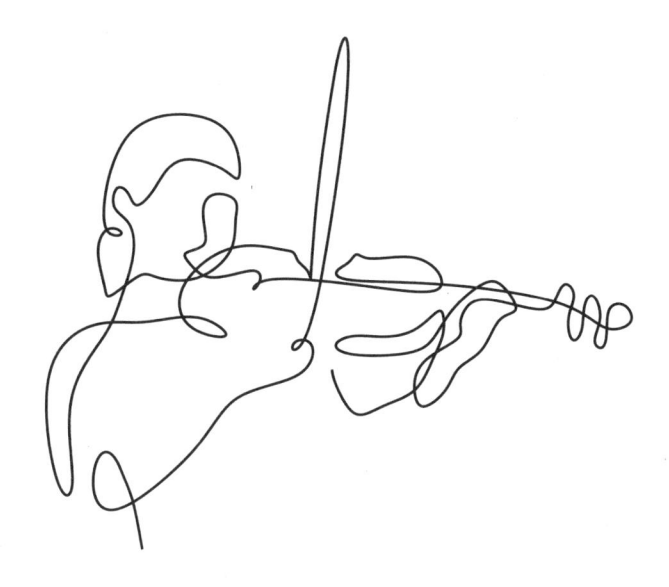

Capítulo 24

Véspera de Natal, 1943

Desde cedo, os alemães no campo estavam num humor excelente, ao contrário das meninas da orquestra de Alma, cujo estado de espírito esmorecia cada vez mais, o ânimo dando lugar ao medo. Faltavam poucas horas para o concerto. Para Alma, a sensação de ter uma espada sobre a cabeça nunca havia sido tão forte e ameaçadora. Miklós segurou as mãos dela e garantiu que ela havia feito tudo o que podia fazer pela orquestra. Havia ensaiado com as meninas até não mais sentir o braço direito; até a batuta ficar tão pesada que era uma tortura segurá-la erguida; até suas costas, logo abaixo das omoplatas, ficarem tão doloridas como se a Gestapo do campo a estivesse cutucando com um atiçador em brasa. E, mesmo com tudo isso, Alma sentia que não havia feito o suficiente. Se Flora ou Violette tocassem mal naquela noite, a morte delas pesaria em sua consciência. Afinal, ela era a regente, a *Kapo*, a mãe que elas não tinham mais.

No salão dos oficiais, os internos andavam para lá e para cá, apressados, juntando e arrumando as mesas, enfeitando o pinheiro perfumado com bolas coloridas e bandeirolas da suástica, pendurando o retrato de Hitler na parede. Os colegas de Miklós da equipe de garçons do *Kommando* faziam questão de fazer um gesto obsceno na frente do retrato cada vez que passavam por ele. Isso pelo menos pareceu divertir um pouco as meninas. Isso e as rações dobradas diretamente da deliciosa cozinha da SS, que os Triângulos Verdes, amigos de Miklós no *Kommando*, levavam para elas, tomando conta e protegendo-as como falcões enquanto elas comiam atrás de portas fechadas.

– Agora, se nós morrermos, pelo menos teremos tido uma última refeição decente – brincou Violette-de-Paris com expressão sombria, e de repente Alma sentiu o estômago embrulhar.

– Vocês não vão morrer. Não deixarei que ele encoste a mão em vocês. – Era uma promessa que ela não tinha o direito de fazer, e ainda assim Alma fez, porque era algo que as meninas precisavam ouvir.

Às dez para as seis, Maria Mandl chegou para verificar suas mascotes. Alma ouviu quando ela se dirigiu a uma das ordenanças:

– Elas não estão bonitinhas nesses uniformes azuis de concerto?

Alma se retraiu em seu íntimo. Isso era tudo o que as meninas eram para a líder do campo: bonecas para serem exibidas aos colegas.

– Lembre-as de sorrir enquanto estiverem se apresentando. – Dessa vez Mandl falou diretamente para Alma. – Elas ficam muito mais bonitas quando sorriem.

Uma sensação sombria e vil surgiu dentro de Alma diante daquelas palavras. Sentiu o impulso de ir até aquela mulher ignorante e esbofeteá-la com força. A vida das meninas estava por um fio, e ela queria que elas sorrissem enquanto provavelmente estavam vivendo suas últimas horas?

Com um esforço tremendo, obrigou-se a manter a calma. Nenhum músculo se moveu em seu rosto quando ela assentiu com um movimento da cabeça em reconhecimento à recomendação de Mandl.

– Certamente, *Lagerführerin*.

O salão começou a ficar cheio daquelas figuras que pareciam abutres cinzentos. Eles davam tapinhas nas costas uns dos outros – *Como estão as coisas no seu destacamento, veterano das guerras?... Economizou o suficiente para comprar para sua Lotte aquele casaco de pele que ela queria?...* – E davam risadas com a habitual piadinha de Auschwitz: *Por que comprar quando se encontra qualquer coisa no Kanada?...* Eles tiravam do bolso fotos da família e exibiam seus filhos, uniformizados e cruéis como os pais.

– Sujeito valente meu caçula vai ser, viu... Denunciou o pai do melhor amigo porque o velho se recusou a cumprimentá-lo com a saudação obrigatória de Hitler. Sem sentimentalismos, esse meu garoto! Puro espírito germânico, lealdade ao *Führer*, e somente a ele!

Alma ficou contente por estar de costas para eles enquanto regia uma música de fundo suave antes do início do concerto oficial. Assim eles não podiam ver seu rosto retorcido em uma careta de desprezo.

Elas tocariam naquela noite. Tocariam e sobreviveriam, e um dia sairiam dali e se empenhariam em derrubar aqueles abutres de uniforme cinza e levá-los à justiça por todas as maldades, por terem o atrevimento de rir quando milhares sofriam, por se vangloriarem de seus filhos quando queimavam judeus nos incineradores, por terem o descaramento de comemorar alguma coisa no meio daquele matadouro. A resolução fria e impiedosa no semblante de Alma refletiu-se no das meninas. Sim, elas tocariam maravilhosamente naquela noite, porque lutar pela sobrevivência também era resistência, e elas eram lutadoras destemidas pela liberdade.

Respirando com certa dificuldade, Alma estava de pé diante da plateia, com a batuta de maestro na mão. Todos os oficiais do alto escalão aplaudiam entusiasmados, mas ela olhava com ar de triunfo para um único homem. O doutor Mengele esperou alguns segundos, mas finalmente descruzou os braços e começou a aplaudir também, um pouco teatralmente, mas isso não importava. Tanto Violette como Flora haviam sido notáveis naquela noite. As duas estavam encharcadas de suor – Alma podia ver o brilho na pele do rosto exausto delas – mas isso era um preço insignificante a pagar pela vida de quatro jovens.

Em suas próprias costas o suor também escorria. Os concertos sempre a faziam perder alguns quilos, de pura exaustão e nervosismo, e ela não havia comido quase nada nos últimos cinco dias, dividindo suas rações com as convalescentes. Havia um leve zumbido em seus ouvidos, os músculos do braço esquerdo estavam doloridos depois do solo final de violino – assim como ficavam quando ela tocava com as Waltzing Girls, quando tinha de reger e tocar –, e ela estava com uma sensação esquisita na cabeça, como que um pouco zonza. Pontinhos escuros dançavam diante dos seus olhos, mas ela fingiu ignorar.

Graças a Deus pelo batom do *Kanada*... que colaborava para que a plateia visse uma virtuose vienense no palco em toda a sua glória, e não uma mulher exausta prestes a desmaiar. Não, desmaiar estava completamente fora de questão.

Alma piscou para afastar os pontinhos pretos e forçou-se a sorrir. Miklós e ela tinham uma longa noite pela frente – primeiro, a apresentação de piano a quatro mãos, depois um concerto para violino e piano e, por fim, o que os oficiais da SS solicitassem, fosse lá o que fosse.

Os oficiais faziam muitas solicitações. Agora que a apresentação oficial havia terminado, o piano de Miklós foi empurrado para um canto do salão. As mesas foram dispostas de modo que a árvore de Natal decorada com suásticas e enfeites reluzentes ficasse em evidência no centro. Esquivando-se agilmente dos casais uniformizados que dançavam, os garçons internos se apressavam para um lado e para outro, sobrecarregados com o peso das travessas transbordantes de comida equilibradas nas pontas dos dedos. O aroma de dar água na boca do ganso de Natal trouxe para Alma a lembrança de seu pai guarnecendo o tradicional prato das festas enquanto a família Rosé em peso o observava com atenção. Ela daria tudo para ter uma chance de cravar os dentes naquela ave dourada, mas recusava-se a deixar transparecer esse desejo, não olhando nem uma vez na direção dos garçons. Seus jalecos brancos justos e o guardanapo dobrado sobre o braço quase faziam com que parecessem garçons comuns, não fosse a ausência da disposição bem-humorada que os garçons civis costumavam demonstrar na esperança de obter boas gorjetas. Aqueles homens olhavam para seus clientes com ódio, sempre que um dos oficiais estalava os dedos para chamá-los.

Os oficiais estavam particularmente espalhafatosos e intoleráveis naquela noite. Tinham suas parceiras para impressionar, e era à custa dos garçons que causavam essa impressão. Se bem que esse comportamento deplorável não diferia muito daquele dos clientes regulares de restaurantes, pensou Alma. Sempre havia aqueles que, para se sentirem bem, precisavam rebaixar os outros. Por experiência, Alma sabia que os tipos mais desagradáveis eram os que deixavam as gorjetas mais míseras, ao contrário dos homens discretos e de classe. Estes nunca reclamavam, mesmo que o bife estivesse passado além do ponto, e invariavelmente deslizavam sobre a mesa uma gorjeta equivalente a metade da conta antes de apertar a mão do garçom em agradecimento pelo serviço excepcional.

Alma olhou para Miklós e viu que ele estava com os olhos fechados, como se não quisesse ver aquele rebanho uniformizado a quem era forçado a entreter. Era uma experiência humilhante para o virtuose da Filarmônica de Budapeste tocar em um salão lotado de oficiais bêbados, em meio às risadas escandalosas das ordenanças de rosto vermelho, mas ele mantinha uma postura estoica com grande dignidade. Parcialmente enevoado pela fumaça dos cigarros, o salão cheirava a suor rançoso, gordura de ganso e álcool derramado, mas Miklós tocava com um meio sorriso sereno no rosto, como se somente seu corpo estivesse ali presente, e seu espírito estivesse em outro lugar, bem distante, intocado por toda a sordidez e ordem perversa imposta pelos nazistas.

Alguém gritou pedindo o tango alemão de Zara Leander, *Under the Red Lanterns of San Paoli*. Miklós flexionou os dedos e lançou um olhar apreensivo para Alma. Ele tinha a vantagem de estar sentado, ao passo que ela estava de pé fazia horas. Ela retribuiu o olhar, sorriu corajosamente e até piscou para ele. *Enquanto estou tocando a seu lado, não me canso. Paoli.*

– Um dia isto vai acabar – ele moveu os lábios silenciosamente.

– Eu não quero que acabe – respondeu ela, da mesma maneira. – *Quero tocar com você pelo resto da vida, seja onde for.*

Miklós entendeu, pois correspondia àquele sentimento que reluzia nos olhos dela no momento em que tocou o violino com o arco – a bela melodia sobre amor eterno. Parecia encaixar-se muito bem naquele momento. Alma o fitou com o mais terno afeto; ele não desviou o olhar do dela em nenhum momento, e de repente todo o burburinho em volta silenciou sob a intensidade daquela conexão invisível. Era como se só eles dois estivessem no salão. Os uniformes cinza eram grotescamente insignificantes e estavam deslocados ali. Havia somente a música, que eles tocariam até que o último fardado saísse pela porta. E depois disso eles ainda continuariam tocando, nem que fosse apenas para os garçons internos. De qualquer forma, seriam uma plateia bem mais simpática.

Passava das três da madrugada quando o último grupo dos homens da SS finalmente cambaleou até a saída, uns apoiados nos ombros dos outros. Um deles ficou um pouco mais para supervisionar os garçons internos enquanto estes limpavam as mesas. O *Kapo*, também vestido de branco para a ocasião, tentou garantir que cuidaria de tudo, mas o oficial descartou a oferta com expressão de desprezo e apontou o dedo para ele.

– Eu sei o que vocês, idiotas espertinhos, pretendem – falou com voz arrastada, trôpego sobre as pernas. A barra de sua túnica estava parcialmente enfiada dentro da calça, e tudo indicava que era por acaso. – Assim que virarmos as costas, vocês vão se esbaldar à custa do Reich, seus porcos imundos.

Ao lado de Alma, Miklós suspirou baixinho, com desdém. Ele se virou de lado no banco do piano, com o cotovelo apoiado na tampa fechada, e observou o homem embriagado com um misto de maldisfarçada desaprovação e tolerância de um adulto ao ver uma criança fazer algo errado.

Os garçons ignoraram o insulto e continuaram com sua tarefa, parecendo estranhamente dignos e bem-educados em contraste com o "dono do mundo" uniformizado. Isso pareceu enfurecer o oficial ainda mais.

– Isso mesmo, ultimamente vocês estão espertinhos demais. Planejando fugas debaixo do nosso nariz, aproveitando-se da boa disposição do novo *Kommandant*, seus suínos! Muito bem... nós vamos pegar aquele pilantra, e vocês vão ver o que faremos com ele e com quem quer que seja que o tenha ajudado, depois que o pegarmos. Vamos pendurá-lo bem no alto, junto com seus cúmplices. E vocês verão com que rapidez faremos isso!

Alma virou-se para Miklós, consciente de estar segurando a respiração. Ele apenas piscou para ela, parecendo imensamente satisfeito consigo. Os esforços não haviam sido em vão. *Eles conseguiram... por algum milagre, não menos que isso, eles conseguiram, os bravos homens da Resistência!* Alma o fitou com evidente admiração.

– Conspirando atrás das nossas costas – o oficial continuou a resmungar –, andando por aí com ar altivo nas caras horrorosas... até os novos... idiotas arrogantes! Vão para a câmara de gás cantando seus hinos nacionais e prometendo que nós seremos os próximos! – Agora havia um tom de incredulidade na voz dele, como se tal possibilidade fosse absurda.

Alma colocou o violino dentro do estojo, mas, quando ela fez menção de sair, Miklós a segurou pelo pulso e puxou-a para perto dele. Então ela também sentiu algo sinistro, uma ameaça invisível pairar no ar.

Um dos garçons recolheu algumas travessas e começou a jogar as sobras de comida dentro de um grande caldeirão. Oficialmente, essas sobras eram oferecidas aos cães dos guardas. Extraoficialmente, segundo a explicação de Miklós, iam para os internos famintos que formavam fila ao longo da cerca de arame farpado, com suas cumbucas nas mãos. Arriscando a própria vida, os garçons distribuíam as sobras de comida através da cerca. Quando o caldeirão chegava aos canis, estavam quase vazios.

Aquele oficial da SS parecia não estar a par desse estratagema, mas suspeitou de que os próprios garçons pretendessem se banquetear. Ele esperou que eles terminassem de limpar tudo e então se aproximou do caldeirão com um sorriso maldoso. Alma viu-o puxar uma cadeira para perto do caldeirão e subir nela. Miklós apertava a mão de Alma cada vez com mais força; seus olhos cinzentos assumiam uma expressão mais fria conforme ele acompanhava cada movimento do guarda, já suspeitando das intenções dele. Os garçons pararam o que estavam fazendo e também esperaram pelo próximo passo do homem com o olhar fixo, sem piscar.

Lentamente, pois seus dedos não pareciam querer obedecer ao seu comando, ele desabotoou a braguilha e começou a urinar dentro do caldeirão. Enquanto fazia isso, percorreu o olhar em volta, sem realmente focar em algo ou em alguém em particular, com expressão de triunfo. Um sorriso de satisfação transformou sua expressão em uma careta feia, de puro rancor. Alma sentiu a mão de Miklós tremer de raiva sobre a dela. Os garçons se aproximaram muito lenta e discretamente, até rodearem o homem da SS em um semicírculo. Alguns ficaram na entrada da cozinha, observando a cena em um silêncio sinistro. Dois deles fecharam as portas de saída, trancando-as sem fazer ruído. Dentro do peito, o coração de Alma martelava violentamente. Subitamente sua garganta ressecou.

O *Kapo* pegou a garrafa de conhaque, que ainda continha cerca de dois terços da bebida. Alma se preparou para vê-lo derramar o líquido em cima da cabeça do oficial, mas ele apenas encheu um copo até a borda e estendeu-o para o homem.

– Bela proeza, *Herr Rottenführer*! – exclamou ele, em tom de admiração. – Só mesmo um verdadeiro homem da SS é capaz de mijar desse jeito. Um civil jamais conseguiria produzir um arco tão fantástico... não teria a energia necessária. – Ele entregou o copo ao oficial, que sorriu com expressão estúpida.

Apoiando-se no ombro do *Kapo*, ele desceu da cadeira e pegou o copo para engolir o conteúdo.

– O que você faz aqui? – exigiu o oficial, dando um tapa no peito do *Kapo* e devolvendo o copo vazio.

O *Kapo* tornou a enchê-lo, rapidamente.

– Assassinato, *Herr Rottenführer* – explicou, amável. – Aqui, aceite mais uma dose. Os civis também não têm energia para isso. Só mesmo um valente SS para esvaziar a adega inteira! Só podemos aspirar a atingir a sua capacidade.

Havia um tom subjacente nas palavras do *Kapo*, Alma percebeu claramente.

O oficial analisou o copo à sua frente, soluçou, engoliu a bile que subia à garganta, mas recuperou-se e esvaziou novamente o copo, encorajado pelo *Kapo*, que sorria abertamente agora.

– De quem você se livrou? Da sua mulherzinha? – perguntou o homem com voz engrolada, limpando a boca e perdendo o equilíbrio, quase caindo para trás.

– De um homem da SA, seu colega na Tropa de Assalto do Partido Nazista – explicou o *Kapo* em um tom de voz ainda mais amigável que antes, arrancando risos de seus companheiros. – Ele capturou um casal de judeus idosos que moravam no apartamento em cima do nosso e achou que seria uma boa ideia arrastá-los escada abaixo pelos cabelos. Então eu achei que seria uma boa ideia acertar a fuça dele com um soco, segurá-lo pelos tornozelos e largá-lo no vão da escada, deixando-o cair quatro andares, de cabeça. – Ele fez uma pausa de efeito. – Ah, o som delicioso do crânio dele se espatifando no chão de mármore! A cabeça dos civis não faz um barulho igual. É como um melão maduro se partindo! – Ele beijou a ponta dos dedos. – Só a cabeça oca dos SS e dos SA é que produz aquele som esplêndido!

Os garçons ao redor dele já não riam, mas continuavam sorrindo em silêncio, seus dentes brancos brilhando ameaçadoramente na penumbra. O sangue fugiu do rosto do oficial. Ele engoliu em seco e olhou em volta; pela primeira vez havia real apreensão em seus olhos.

– E este aqui é Urschel – continuou o *Kapo*, apontando para um dos garçons. – Também é um matador dos SA, só que ele é veterano, diferentemente de mim, que sou principiante. A primeira baixa dele foi em 1933.

– Arranquei-lhe o olho com a ponta afiada da própria flâmula dele – declarou o veterano, com orgulho.

Um murmúrio de aprovação percorreu a fileira de garçons.

– Ele matou com seu esquadrão anarquista durante anos, até a Gestapo finalmente pegá-lo.

– Mas só conseguiram provar um. – Urschel deu de ombros. – Estarei fora daqui em dois meses. *Herr Kommandant* disse que eu já servi o tempo que devia e já me reabilitei.

– Já mesmo? – O *Kapo* olhou para o colega com expressão cética.

O veterano fez uma careta e virou-se para o oficial.

– Somos todos assassinos aqui, *Herr Rottenführer*. Vocês mesmos nos nomearam para esta posição privilegiada porque não queriam os dóceis judeus servindo vocês. Há algum problema? O senhor não parece muito bem... Deveria beber um pouco mais.

O *Kapo* já estava empurrando a garrafa – não mais o copo – para as mãos trêmulas do oficial da SS.

– Beba. Beba tudo, seu porco imundo!

Depois de mais um olhar assustado para os homens que o rodeavam, o oficial deixou escapar um frenético pedido de socorro.

– Pode berrar até sua cabeça estourar. – O *Kapo* riu, cortante. – Todos os seus amigos estão dormindo profundamente em suas camas, roncando sonoramente, como bons soldados que são. Mas você... – Mais uma vez a expressão ameaçadora surgiu no rosto dele. – Você resolveu se intrometer e prejudicar nossos planos. Portanto, na minha opinião você merece, no mínimo, tudo o que está por vir. Escolheu viver como um porco, pois então é justo que morra como um.

O oficial olhou para o *Kapo* com expressão aterrorizada e suplicante. Empurrando novamente a garrafa para ele, pressionando-a com força contra o peito do homem, o *Kapo* quase o derrubou, derramando um pouco de conhaque na túnica dele.

— Beba! — ele vociferou, suas feições se transformando em uma máscara de fúria.

Para Alma, o *Kapo* parecia realmente um homicida naquele momento, e, apesar disso, ela percebeu que não tinha medo dele. Ao contrário, tinha a sensação de que ele era uma espécie de anjo vingador dos tempos antigos, todo vestido de branco, que tinha vindo atender às preces dos oprimidos, magnífico e impressionante em sua ira por justiça. Então, aquela era a Resistência do campo. Todos aqueles homens, inclusive Miklós.

Ela apertou a mão do pianista com mais força e olhou para ele com uma afeição infinita.

Com a mão trêmula, o oficial da SS estendeu a mão para pegar a garrafa e levou-a aos lábios. Enquanto ele tomava os primeiros goles, o cântico do *Kapo* — "Beba" — foi acompanhado pela equipe inteira. Todos eles, em seus jalecos brancos, gritavam "Beba! Beba! Beba!" — juízes e executores ansiando por justiça.

Alma sentiu que seus pés se moviam independentemente de sua vontade, quando chegou mais perto do grupo, com o olhar cravado no oficial da SS. Dessa vez Miklós não a deteve; ao contrário, foi atrás dela. Percebendo a aproximação deles, os homens vestidos de branco se afastaram para incluí-los no círculo. Ombro a ombro, eles ficaram ali, com os olhos brilhantes e sorrindo sombriamente.

Sob os olhares implacáveis, o oficial soltou um jato de vômito e deixou cair a garrafa, que se espatifou em dezenas de cacos. Em seguida caiu de joelhos e inclinou-se para a frente, mas o *Kapo* rapidamente o empurrou para trás com a bota no peito dele, fazendo-o cair de costas. Ele começou a engasgar e tentou erguer a cabeça, mas o *Kapo* pisou sobre seu pescoço para impedi-lo, caçoando quando o homem agarrou sua perna num gesto de desespero.

— A esposa de Weidel está esperando que ele lhe leve comida. No frio congelante, ela está junto à cerca de arame, usando sua roupa puída. Ele está aqui porque se recusou a se divorciar dela, de sua esposa judia, e preferiu em vez disso vir para cá com ela. E agora, graças a você, ela irá esperar em vão. E todo dia aqui é crucial, quando se trata de conseguir comida. Do mesmo modo que é crucial respirar quando você engasga com o próprio vômito. Eu considero isso justiça poética, sabe... – Ele pressionou com mais força o pescoço do homem. – Ela não vai comer nesta noite de Natal, mas Weidel contará a ela sobre como você morreu, e ela irá se deitar de estômago vazio, mas com o coração cheio... cheio de esperança de que um dia teremos nossa vingança, e então vocês terão de pôr as barbas de molho, pois não teremos misericórdia ao fazer justiça.

O *Kapo* inclinou a cabeça ligeiramente para o lado. Parecia uma criança esmagando um inseto com o pé, com a diferença de que não havia curiosidade infantil e inocente em seu semblante. Ele olhava para o homem da SS com um ódio bastante racional.

Alma percorreu o olhar ao redor e viu que todos os rostos refletiam exatamente a mesma emoção e perguntou-se como estaria sua própria expressão naquele instante.

Por fim, depois de alguns últimos momentos se debatendo, o oficial ficou imóvel sob a sola da bota do *Kapo*. O garçom então tirou o pé e olhou para a bota com expressão de repulsa. Estava salpicada com uma substância nojenta, e ele rapidamente a esfregou na manga do uniforme do oficial caído no chão.

– Negócio asqueroso – murmurou ele para si mesmo.

Alma tinha a impressão de que ele não se referia ao vômito na bota.

– Não havia outra maneira. – O homem chamado Weidel deu de ombros, resignado. – Eles é que começaram tudo isso.

– Será que devemos chamar um médico? – sugeriu Urschel, agachando-se ao lado do cadáver e examinando-o de perto. – Ou fumamos um cigarro primeiro?

– Vamos fumar primeiro – concordou o *Kapo*, apalpando os bolsos à procura do maço de cigarros. – Ele não irá a lugar algum, e eu seria capaz de matar por um cigarro agora. – Subitamente ele deu uma risada rouca e desprovida de alegria. – Matar por um cigarro! O que acha disso? Este lugar está me transformando em um humorista...

Ele deu um violento pontapé no corpo do homem morto.

– Não faça isso – disse um dos garçons, um homem de óculos e rosto pálido e inteligente. – Haverá marcas no corpo, e depois da autópsia *Herr Doktor* fará perguntas.

O *Kapo* se afastou do cadáver e ergueu as mãos zombeteiro, como que se rendendo.

– Esse é o doutor Tellman – Miklós murmurou no ouvido de Alma, apontando para o homem de óculos. – Foi sentenciado a trabalhos forçados por recusar-se a fazer eutanásia em pacientes com doenças mentais. São todos alemães, aqui. Jornalistas, médicos, até advogados. Alguns são comunistas, alguns são simplesmente homens com consciência. Homens de primeira linha, todos eles.

Alma e Miklós ficaram um tempo ao lado do corpo do oficial que aqueles "homens de primeira linha" tinham acabado de matar, e, no entanto, de alguma maneira, aquele último comentário fazia sentido para Alma.

Um dos garçons se aproximou trazendo o estojo do violino de Alma, juntamente com a partitura.

– É melhor vocês darem o fora daqui, crianças. As coisas vão ficar tumultuadas por aqui muito em breve. Tenho certeza de que conseguiremos nos safar fazendo com que tudo passe por um infeliz acidente, mas será melhor se informarmos que vocês já tinham ido embora, para poupá-los de interrogatórios.

Do lado de fora, a neve caía em flocos finos, que o vento fazia rodopiar. Alguns derretiam assim que tocavam os rostos expostos do casal, outros pousavam em seus cílios molhados. Havia sombras por todo lado em volta deles, mas apesar disso não parecia haver nenhuma ameaça para eles naquela noite. O ar estava limpo e fresco, e seus corações estavam plenos de esperança e de uma estranha alegria. Eles caminharam juntos por um trecho, Miklós carregando o estojo do violino de Alma. Haviam acabado de testemunhar um assassinato, e mesmo assim Alma se sentia estranhamente serena. Era errado, era condenável, mas naquela noite ela não tinha escolha. Não podia se forçar a sentir remorso, por mais que quisesse e tentasse.

– Feliz Natal, Alma – Miklós disse de repente. Ela nem tinha percebido que haviam chegado aos portões que separavam o campo dos homens do das mulheres. Havia só mais um barracão antes da guarita do vigia. – Você comemora o Natal, não?

– Sim. Eu lhe disse, fui batizada na Igreja Protestante, e depois na Católica. Comemoro duplamente. E hoje, triplamente.

– Então, feliz Natal! – ele repetiu. – Nesta noite minha fé foi renovada também. Se o Deus cristão decidiu que para tudo há um limite, eu acreditarei nele daqui por diante. Ele realizou um milagre de Natal. Nesta noite, provou para mim que existe. Acho até que gosto dele...

Alma deu um sorriso torto.

– Quer ouvir uma piada? – perguntou.

– É o momento certo para isso.

– A mãe de Jesus era judia. Segundo as Leis de Nuremberg, isso significa que ele foi o primeiro *Mischling*, ou seja, o primeiro mestiço oficial.

Miklós deixou escapar uma exclamação abafada e cobriu a boca com a mão para não rir. Os ombros de Alma também sacudiam, mas ele não tinha certeza se era de riso ou de choro. Até que por fim as lágrimas escaparam, grossas e pesadas. Ela as enxugou com as costas da mão, chateada, e escondeu o rosto no ombro de Miklós.

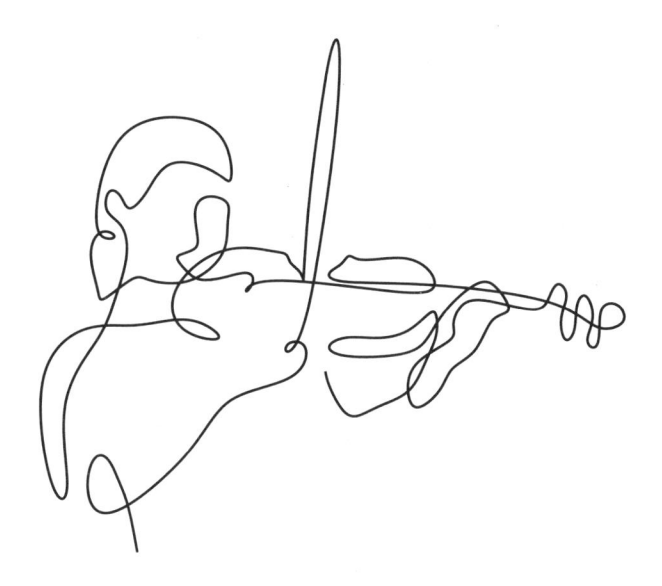

Capítulo 25

Janeiro de 1944

O novo ano chegou e, com ele, certa estabilidade. Não exatamente para os padrões normais do mundo, mas em relação às questões de vida ou morte no inferno de Auschwitz. Os concertos de domingo apresentados em conjunto pelos dois Blocos de Música ganhavam cada vez mais popularidade entre os SS. Até mesmo o *Kommandant* Liebehenschel compareceu em todos eles.

Ele andava de excelente humor ultimamente. De acordo com as informações que Zippy trazia do escritório do campo, Berlim aprovara sua nova abordagem "suave" e até autorizara o sistema de recompensas que o novo *Kommandant* sugerira para os presos. Sofia zombou da notícia e balançou a cabeça, desgostosa. Finalmente alguém conseguira perceber que as recompensas ofereciam resultados melhores do que a punição. *No entanto, seria tudo a mesma coisa*, ela também concluiu em resignação. *O novo* Kommandant *não duraria muito. Era tolerante demais para o estilo de seus superiores. Alguém ainda iria querer impedi-lo, certamente.*

Esse pensamento tornou-se profético. A notícia de que haveria uma inspeção em breve se espalhou pelo acampamento como um incêndio descontrolado. Em pouco tempo, tudo estava sendo espanado e arrumado de forma apresentável. Mesmo no bloco de Alma, os internos carpinteiros apareceram e começaram a consertar o telhado esburacado ao redor da claraboia.

– Que extravagância! – Zippy observou o trabalho deles com espanto. – Nós realmente teremos um telhado forte agora?

– Alguma coisa importante vai acontecer. – Sofia estava bem menos entusiasmada. – Isso não vai acabar bem.

– Ora, cale-se, Sofia! – Zippy virou-se para encará-la. – Você está rogando praga para todos nós!

– Não é praga, é que já tenho experiência – Sofia rebateu calmamente. – Algum figurão oficial está chegando, podem esperar por seleções em massa.

– Credo! – Zippy interrompeu. Sofia apenas a olhou com pena e não fez mais comentários.

Alma assistia a tudo com uma leve sensação de desconforto e só conseguiu sorrir, sentindo-se impotente, quando viu Miklós dando de ombros, parecendo desconfortável também.

– Vamos nos preocupar com isso quando acontecer. Agora, vamos esquecer tudo e tocar música. É a melhor maneira de passar a tarde de domingo.

Os SS estavam extremamente de bom humor naquele dia. Até os carpinteiros foram autorizados a descer do telhado e sentar-se no chão com as pernas cruzadas, bem no fundo do alojamento, para desfrutar de parte das músicas de Beethoven. Foram eles que causaram tumulto no meio da *Sonata Pathétique*. Alma olhou feio quando ouviu o barulho; nunca havia tolerado isso em sua plateia e era conhecida por interromper a apresentação, mesmo que fossem os guardas da SS os culpados. Mas Miklós, que no momento estava tocando um solo, pareceu nem notar. O olhar de desaprovação se intensificou quando ela viu os internos se levantar e abrir caminho para um guarda SS e um interno – ou pelo menos alguém que parecia ser um interno – que acabavam de entrar no alojamento.

– Von Volkmann! – Laks, o *Kapo* do Bloco de Música do acampamento masculino, exclamou, incrédulo.

O interno escutou e caminhou diretamente na direção do maestro da orquestra masculina para apertar sua mão.

– O próprio, seu veterano das salas de concerto! – Ele ficou visivelmente satisfeito ao ver Laks e segurou a mão dele com grande emoção.

Segurando seu violino, Alma observou a cena, admirada. O interno, se é que ele era um deles, não devia ter nem vinte anos e era tão bonito que era impossível desviar o olhar dele. Era radiante, com cabelos dourados que não haviam sido raspados, mas cortados, e por um barbeiro obviamente caro e habilidoso; olhos marcantes com longos cílios; maçãs do rosto acentuadas e um queixo quadrado que lembrava os dos cartazes da SS, que mostravam a pureza da raça ariana. Mas o que mais surpreendeu Alma foi a adoração com que os membros da SS que estavam presentes olhavam para o recém-chegado. Até mesmo nos olhos de Hössler havia uma emoção paternal, como se ele estivesse feliz por receber um filho pródigo de volta em seus braços.

O jovem caminhou até ele, e Hössler levantou-se. Os dois trocaram apertos de mãos calorosos. Alma quase deixou cair seu violino e procurou o rosto de Laks, esperando alguma explicação.

– É o nosso ex-pianista – Laks sussurrou para ela, mal movendo os lábios. – Filho de um figurão da SS de Berlim. A administração local tem pavor do pai dele. O *Gruppenführer* da SS Von Volkmann é chefe deles e pode tornar as coisas muito difíceis para todos se maltratarem seu pequeno *playboy* de cabelos dourados enquanto ele está sob seus cuidados.

– Eu disse que ele voltaria em breve – um colega membro da orquestra cutucou o líder, aproveitando a comoção entre os SS. – Você me deve um pacote.

– A aposta era que ele voltaria antes do Natal. Estamos em janeiro.
– Seu vigarista! Tentando escapar de uma aposta honesta?
– Não estou, e você perdeu. É janeiro, então você me deve um pacote.
– Mas ele está de volta!
– Eu nunca disse que ele não voltaria. A questão era *quando* aconteceria.

Eles continuaram discutindo, mas Alma não estava mais prestando atenção. Estava olhando para Miklós. Alheio às notícias, ele também observava a cena que se desenrolava com uma expressão de surpresa no rosto, as palmas das mãos apoiadas no colo.

– Com o que você se envolveu desta vez? – Hössler perguntou, dando tapinhas no peito forte do garoto. – Essas roupas não são suas, são?

– Não, eles estão desinfetando as minhas. O rapaz disse que vai entregá-las para mim, lavadas e passadas, amanhã de manhã. Eles me deram este suéter e um terno no *Kanada*.

– São do seu tamanho?

– Servem bem, *Herr* Hössler. Não se preocupe comigo.

Herr Hössler. Alma trocou olhares com Zippy.

– Então, o que foi dessa vez? – Hössler repetiu, satisfeito com a questão das roupas do jovem.

– Distribuição de propaganda antigovernamental na área da Grande Berlim. Folhetos e alvoroço. Seis meses de trabalho forçado – Von Volkmann revelou claramente com orgulho incontestável na voz.

– Trabalho forçado... sei! – alguém resmungou atrás de Alma.

Algumas risadas familiares se seguiram.

– Você simplesmente não consegue ficar longe de nós, não é mesmo? – Foi a vez de Hauptsturmführer Kramer apertar a mão do jovem. Kramer era outro figurão do alto escalão que Hössler havia levado um dia para assistir ao concerto de domingo e que rapidamente se tornara um ferrenho admirador da orquestra. Ele tinha um rosto quadrado e bruto, os olhos frios de um assassino sob sobrancelhas grossas, uma boca predisposta a gritar insultos aos internos e um amor inexplicável por Chopin.

— Por que eu deveria? Vocês têm todas as conveniências modernas aqui. É um lugar de primeira classe para se estar. Mais seguro do que em Berlim, de qualquer forma. Aqui, os Amis não estão tentando jogar uma bomba na minha cabeça cada vez que me arrisco lá fora! — Von Volkmann terminou e deu uma gargalhada escandalosa.

— Propaganda comunista? — Hössler perguntou, genuinamente interessado.

— Pacifista. — *Abaixe suas armas e renda-se aos Aliados para evitar mais derramamento de sangue desnecessário. Libertar todos os prisioneiros de guerra e prisioneiros de campos de concentração e restabelecer sua cidadania e direitos. Somos todos irmãos e irmãs...*

Hössler já estava acenando com a mão na frente do rosto.

— Isso é suficiente. Todos entenderam a ideia. Seus seis meses de trabalho forçado começam imediatamente. Aí está o seu piano, pode começar.

Sob o olhar espantado de Alma, Miklós começou a se levantar de sua cadeira. Ele já estava ali havia tempo suficiente e sabia o que fazer. Os arianos eram hóspedes queridos; ele era apenas um judeu substituível. Mas, para seu espanto, Von Volkmann o empurrou pelos ombros delicadamente para que se sentasse novamente.

— Não, não! Sente-se, *Herr*...

— Steinberg — completou Miklós, piscando para o moço.

— *Herr* Steinberg. Sente-se. Este lugar é seu. Eu não poderia tocar Beethoven nem que fosse para salvar a minha vida, de qualquer maneira. Vou assessorá-lo como puder, se o senhor concordar. — Obtendo um aceno de cabeça um tanto rígido de Miklós — assim como Alma, ele ainda estava pasmo com tudo o que estava acontecendo —, Von Volkmann virou-se para Hössler com um sorriso radiante no rosto. — Tudo bem para você se tocarmos a quatro mãos, *Herr* Hössler?

Hössler acenou, meio desanimado.

Eles resolveram deixar o rapaz se divertir, mas em algum momento os murmúrios anteriormente disfarçados se transformaram em uma discussão aberta.

– O que devemos fazer com o outro? – Foi Kramer quem fez a pergunta.

– Ora, vamos manter os dois. – Hössler encolheu os ombros para o colega.

Para alívio de Alma, Mandl acenou com grande entusiasmo. Ela passara a gostar da música de Miklós tanto quanto todo mundo. E, depois que ele escrevera uma curta canção para ela como presente de Ano-Novo, a líder do acampamento feminino definitivamente incluíra Miklós entre suas pessoas favoritas.

– Não podemos ficar com os dois. – Kramer olhou para ele. – Eichmann virá fazer uma inspeção em breve. Como planeja explicar para ele a presença de dois pianistas?

– Fácil, *Herr* Kramer! – Era o próprio rapaz dessa vez. – Sou um péssimo pianista e só consigo tocar músicas populares; nada sofisticado como *Herr* Steinberg toca. A orquestra precisa mais dele do que de mim. Então envie-me para o destacamento de trabalho externo. Eu sou forte. Posso trabalhar por cinco.

Kramer soltou uma risada.

– O filho de um *Gruppenführer* da SS nos destacamentos externos! Seu pai cairia duro se soubesse disso. E em seguida poria a todos nós para varrer cascalhos junto com você, como castigo.

Von Volkmann voltou-se para Hössler, mas o líder do acampamento também não concordava com a ideia.

– Esqueça os destacamentos externos. Você vai ficar no Bloco de Música e ponto final.

– *Herr* Obersturmführer... – Alma ouviu sua própria voz como se viesse de dentro da água. O sangue pulsava muito alto em seus ouvidos. – O que vai acontecer com Miklós?

Não o mande para os destacamentos externos. Qualquer coisa, menos os destacamentos externos.

Hössler refletiu por alguns segundos.

– Vamos transferi-lo temporariamente para o *Kanada*, sob o comando de Wunsch. O *Kanada* é um bom destacamento. Talvez até melhor que o Bloco de Música. – Ele deu a ela um sorriso tranquilizador. – O *Ausweis* dele será prorrogado; ele ainda poderá vir aqui e ser tutor de sua pianista ou praticar com você para apresentações.

Alma suspirou de alívio. O *Kanada* era um destacamento muito bom. Ela agradeceu delicadamente a Hössler.

O SS foi embora primeiro. Em seguida, a orquestra masculina começou a guardar seus instrumentos. Foi então que Von Volkmann explodiu inesperadamente:

– Nós devíamos fazer algo! Isso não está certo!

– O que não está certo, garoto? – Laks perguntou a ele com uma tolerância amigável.

– Tirar *Herr* Steinberg de sua função simplesmente porque ele é judeu! Você o ouviu tocar Beethoven? Bach? Eu estava sentado ao lado dele; ele nem mesmo olhou para a partitura. Tocou toda a música de olhos fechados, de memória! – Ele olhou para Miklós com incontestável admiração.

Miklós ficou estático diante do filho do general da SS, perplexo e profundamente comovido; não conseguia acreditar que o menino se dirigira a ele, um prisioneiro e judeu, com tanta educação e reverência, chamando-o de *"Herr"*.

– *Ele* precisa estar na orquestra, não eu! – Von Volkmann continuou, com convicção. – Ele tem o talento, os requisitos para isso. E eu deveria ir para o destacamento externo.

– Vamos indo, destacamento externo – Laks zombou dele, dando-lhe um tapinha bem-humorado no ombro. – O toque de recolher começará em breve. Você deve ter se desacostumado enquanto estava na capital.

– Também há toque de recolher na capital agora – Von Volkmann disse baixinho por entre os dentes. – E ordem de fazer blecaute total porque estamos sendo bombardeados pelos Amis e pelos britânicos com regularidade admirável. *E tudo graças ao nosso Führer* (ele cuspiu as últimas palavras) – um *slogan* que se transformara em zombaria – com tanto ódio que Alma sentiu um calafrio na espinha.

Os SS estavam enganados sobre ele. Ele não estava se rebelando contra o pai nem estava brincando com toda aquela história de resistência alemã; ele realmente os abominava, odiava o sistema que defendiam e, acima de tudo, o louco que seguiam. De repente, Alma sentiu uma onda de respeito, gratidão e esperança ao ver aquele garoto-propaganda ariano, que escolhera defender o que era certo, não importando as consequências.

Laks olhou para ele com tristeza.

– Sinto muito pela sua cidade. Não há nada que possa ser feito quanto a isso. Agora, vamos.

Mas o jovem não se mexeu.

– Não é justo o que eles estão fazendo.

– A vida não é justa.

– Algo precisa ser feito.

– Não há nada a ser feito. Vamos.

– Não.

De repente, o filho do *Gruppenführer* da SS dirigiu-se para a saída perto da qual os carpinteiros estavam recolhendo suas ferramentas, pegou um martelo, colocou a palma da mão contra a parede e começou a martelar os próprios dedos. Os internos congelaram em seus lugares, horrorizados, boquiabertos. Algumas das meninas de Alma soltaram gritos assustados.

Tudo acabou antes que eles pudessem fazer alguma coisa. Von Volkmann virou-se para encará-los, erguendo a mão com os dedos ensanguentados como se fosse um troféu macabro. Lágrimas escorriam por seu rosto – sem dúvida uma resposta puramente física –, mas apesar disso ele sorria.

– Pronto. Está tudo resolvido. Agora eu não consigo tocar de jeito nenhum. Eles terão que me enviar para algum destacamento, e *Herr* Steinberg continuará em seu posto.

– Seu idiota impetuoso! – Laks exclamou, olhando angustiado para a mão mutilada do rapaz, mas ao mesmo tempo havia em seu tom de voz uma ternura e uma emoção implícitas que todos sentiam, mas não sabiam como expressar.

Alma lembrou-se da ocasião em que seu pai fora escoltado para fora da Filarmônica de Viena, e um jovem ariano o ridicularizara enquanto ele saía. Ela olhou para este outro jovem com sua atitude corajosa e nobre e, de repente, foi tomada por uma profunda gratidão por ele manter sua humanidade quando tinha todos os motivos para fazer o contrário.

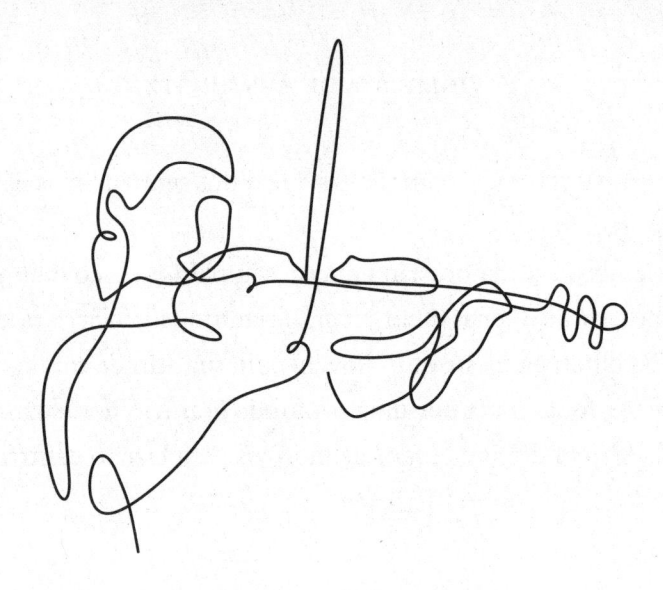

Capítulo 26

Fevereiro de 1944

Noite e dia, o bater dos pesados martelos ecoava em Birkenau. Do escritório do campo, Zippy trazia diariamente fragmentos de rumores sobre a Hungria supostamente mudar sua lealdade para os Aliados, sobre alguém importante chamado Eichmann (um nome repetido com uma ponta de medo até pelos SS) e sua iminente visita para inspeção, sobre a possibilidade da invasão alemã de sua ex-aliada e sobre a situação dos judeus húngaros, que certamente seriam os bodes expiatórios em meio a toda aquela confusão e em breve estariam entre a população do campo.

– É a segunda rampa que devem estar construindo – concluiu Sofia, vendo os trilhos da estrada férrea se aproximar cada vez mais do alojamento.

– Pelo que eu ouvi dos guardas, eles estão planejando transportar para cá toda a população de húngaros judeus. É para isso que dizem que o tal Eichmann virá, para dar aos SS ordens precisas com relação à acomodação desse povo. Quinhentas mil pessoas. Fico pensando onde vão pôr essa gente toda – refletiu Zippy, observando os internos com os olhos estreitados.

De onde elas estavam, os trabalhadores do *Kommando* nas obras lembravam formiguinhas ocupadas, formando fileiras e cuidando de suas tarefas como se nada mais importasse. Os guardas da SS pareciam corvos, em suas capas pretas, os olhos redondos e as vozes ásperas ditando ordens como se fossem grasnados.

– Naqueles novos barracões que estão construindo perto da campina.
– Sofia acenou com a cabeça na direção de outro canteiro de obras.

Alma, que estava a poucos metros delas, fumando, contou em silêncio os barracões e balançou a cabeça.

– Aquele míseros barracões pingados, ali? Mal caberão cinquenta mil... meio milhão, nunca.

– Imagino que construirão mais quando começarem a deportá-los – disse Sofia, embora sem convicção na voz.

Alma deu outra tragada profunda no cigarro.

– Com a melhor boa vontade do mundo, abrigarão cem mil. E o resto, para onde irá? – Ela virou-se para as outras duas.

Todos os três pares de olhos se voltaram instintivamente para a chaminé do crematório. Somente uma cerca muito fina as separava dele. Da entrada, outro grupo de internos estava construindo uma passagem estreita ao longo do arame farpado. Alma traçou com o dedo indicador o progresso deles até parar no ponto onde a nova rampa em breve deveria ficar pronta. Chegou a abrir a boca para dizer "Vão levar a maior parte deles para a câmara de gás, não estão vendo?", mas, notando a expressão horrorizada no rosto das moças, não disse nada.

Quando marcharam para a enfermaria – era terça-feira, dia da musicoterapia –, elas viram outros três *Kommandos* de internos desenrolar arame farpado da entrada de outros três crematórios. Todos levavam à mesma direção: a rampa em construção.

O *Kommandant* Liebehenschel caminhava na direção deles com as mãos atrás das costas e os olhos focados no chão, como se não quisesse ver aquilo tudo. Quando Alma parou com sua pequena tropa para esperar que ele e seus assessores passassem, o vento carregou as palavras deles, jogando-as em seu rosto.

— ... Nem os cinco serão suficientes, mesmo com execuções contínuas. Segundo dados preliminares que Eichmann nos enviou, haverá transportes chegando diariamente. Não seria o caso de usar também a Pequena Casa Vermelha e a Pequena Casa Branca...?

— O problema não é o gás. É a cremação que...

Alma ordenou que as meninas recomeçassem a marchar antes mesmo que a sombria delegação terminasse de passar. De repente, o protocolo não importava mais. Ela não queria que elas ouvissem aquilo.

O pior de tudo foi que a notícia abalou Miklós. Alma entendia perfeitamente, era terrível ouvir aqueles rumores sobre sua terra natal, que em breve seria pisoteada por botas fascistas e espancada até a submissão. Mas havia algo diferente na maneira como ele reagiu. Em vez de lamentar abertamente o destino de seu povo, Miklós se retraiu e ficou cada vez mais introspectivo. Ele continuava indo ao Bloco de Música para treinar com Flora, mas seu pensamento estava longe dali. Com um toco de lápis que havia pedido a Laks, ele ficava rabiscando em um pequeno caderno que carregava consigo e nem notava os erros que Flora cometia. Alma suspeitava tratar-se de algo de suma importância — pelo menos para ele —, mas achou que seria indelicado bisbilhotar. Em Auschwitz, as pessoas lidavam com seus infortúnios, cada qual a seu modo. Ela sentia que não tinha o direito de se intrometer no mundo particular dele.

Quando Alma o levou para seu quarto e perguntou gentilmente se ele precisava de alguns dias de folga, sem a responsabilidade de treinar Flora, ele aceitou prontamente, para surpresa e desapontamento de Alma. Mas, por ele, ela disfarçou a frustração, sorriu e pediu que ele se cuidasse e ficasse bem. Miklós murmurou algo ininteligível, foi até a porta, mas subitamente, como se acordasse de um sonho, girou nos calcanhares, atravessou o quarto e beijou Alma com uma paixão infinita. Quando se afastou, a expressão de dor em seus olhos quase rasgou o coração dela ao meio.

– Não vai demorar muito – prometeu ele. – Está quase concluído. Logo tudo fará sentido!

Ele segurou a mão dela, beijou-a quase com reverência e largou-a abruptamente antes de sair apressado. Um longo tempo depois, Alma ainda sentia os dedos dele em sua pele.

Os dias seguintes foram de puro tormento. Alma teve de suportar longas horas sombrias que se arrastavam, e se arrastavam, subitamente cinzentas e inteiramente desprovidas de esperança. Mais uma vez as paredes do alojamento estavam ali, fechando-se sobre ela; o arame farpado, o campo – Miklós havia sido um escudo para aquilo tudo, com a intensidade de sua música e seus beijos roubados, mas agora tudo estava de volta e multiplicado por dez, pura desolação, estranha e aterrorizante. Alma sabia que ele estava vivo e bem. Todas as manhãs um mensageiro do Bloco de Música de Laks trazia bilhetes escritos às pressas em pedaços de papel, mas era o estado de espírito dele que a preocupava.

... Saudades, Almschi...
... Essas tarefas inúteis roubam os momentos preciosos dos quais preciso tão desesperadamente. Mas tudo bem. As noites ainda me pertencem, e nem preciso dormir tantas horas. Somente mais alguns dias, Almschi...
... Será que você pode me mandar o seu lenço, pelo mensageiro? Eu gostaria de ter algo seu, senão sinto que enlouquecerei de solidão...
... Sonhei com você esta noite. Quando Fredy sacudiu meu ombro para me acordar para a chamada, eu dei um tapa nele, acredita? Mas ele não ficou chateado, ele entendeu...

Sozinha em seu quarto, atrás da porta fechada, Alma beijou o papel com a caligrafia dele, enfiou o bilhete dentro da fronha e ficou deitada, acordada, por horas intermináveis, tocando os bilhetes com a ponta dos dedos, sentindo-se intensamente amada e ao mesmo tempo profundamente só.

Sabia que ele não a abandonaria por um motivo insignificante. Devia ser algo de suma importância, provavelmente os planos de luta pela liberdade. Com imenso orgulho, ele lhe contara sobre a conexão que a Resistência do campo havia feito com a célula de Cracóvia; com igual destemor, admitira que ele próprio estava secretamente passando documentos para os trabalhadores poloneses livres que a SS contratava para serviços ocasionais dentro do campo, ignorando por completo o fato de que os astutos poloneses estavam coletando informações bem debaixo de seu nariz. Alma entendia perfeitamente. Sentia-se grata por ele ter reservado um tempo para avisá-la de que estava vivo e bem, mas ainda assim sentia demais a ausência dele, como uma punhalada no peito. Seu pianista não estava a seu lado, e a sensação era de que o mundo inteiro havia morrido. De repente, ela não conseguia mais reger. A primeira coisa que fazia pela manhã era pegar o violino e começar a tocar com uma obsessão doentia, só para recapturar a mesma sensação de paz e serenidade que Miklós lhe transmitia quando guiava suas mãos sobre as teclas do piano...

Apenas feche os olhos. Você não está mais aqui. Este campo não existe. Estamos no palco...

Sofia e Zippy pediram para ensaiar com elas. Era oficial, agora: Eichmann viria na segunda-feira. Eichmann, o temido oficial da SS cuja meta de vida era exterminar o maior número possível de judeus, segundo o que Zippy ficara sabendo.

– Ele é o assunto mais comentado no *Schreibstube* – contou ela, visivelmente alarmada. – Os líderes da SS falam sobre a competência dele com um misto de reverência e admiração. Que não é qualquer um que é talhado para supervisionar os esquadrões de extermínio da SS executarem famílias inteiras por horas a fio e sorrir de satisfação com o resultado... Que não é qualquer um que tem estômago para ver crianças pequenas cair em uma ravina em cima dos corpos das mães, limpar massa encefálica e sangue do sobretudo com indiferença e depois sair para jantar com as autoridades civis locais, banquetear-se e brindar a um serviço bem feito.

Para os oficiais da SS, Eichmann era um exemplo a ser imitado. Para a população do campo, incluindo o Bloco de Música, ele era a morte personificada. Até Mandl parecia nervosa quando passou no alojamento para verificar o progresso diário da orquestra.

– Vocês precisam tocar o melhor possível, estão ouvindo? Esse homem é aquele que pode dar ordens especiais a vocês sem nenhuma autorização superior. Nem mesmo *Herr Kommandant* tem mais autoridade que ele!

Alma escutou, mas não ouviu. De repente a opinião do tal Eichmann sobre elas não tinha importância. *O campo não existia. Ela estava no palco...*

– Alma, estamos lhe pedindo!

Saindo do devaneio, ela olhou para a intrusa em seu quarto. Era Zippy. O rosto dela estava molhado de lágrimas, aquela moça que ela nunca tinha visto chorar antes.

– Por favor, venha... Precisamos ensaiar. A orquestra inteira depende de você.

Aquele era o problema. Alma baixou o violino e sorriu com tristeza. Todo mundo sempre dependia dela. Sua primeira orquestra em Viena, depois sua família, depois... somente seu pai. Durante anos ela tivera que ser forte por alguém, e sem ter com quem contar a não ser ela mesma. Por fim, aparecera alguém que prometera dividir o fardo com ela, mas agora ele não estava mais a seu lado, e o fardo estava mais pesado que nunca.

Alma passou as mãos pelo rosto. Não tinha certeza de por quanto tempo mais conseguiria aguentar. Mas ali estavam Zippy e as meninas, jovens demais para morrer, e portanto ela não tinha escolha a não ser ir em frente.

– Vamos. – Ela se levantou com esforço e seguiu Zippy para fora do quarto, olhando para seu reflexo no pequeno espelho na parede. Por que ninguém lhe dissera que tantos fios brancos haviam aparecido em seus cabelos, até pouco tempo antes completamente pretos? E o que acontecera com sua postura aristocrática da qual sua mãe tanto se orgulhava? Ombros caídos, uma mulher cansada, que parecia estar na meia-idade com apenas trinta e sete anos. – Vocês pensam que precisam de mim, mas não precisam.

Vocês acham que eu não escuto nada de dentro do meu quarto, mas escuto perfeitamente bem. Vocês estão se saindo maravilhosamente bem.

Zippy parou e olhou para ela.

– Nós precisamos de você. Sempre precisaremos – afirmou, séria, e Alma sentiu um nó na garganta.

Todo aquele tempo, ela acreditava que estava salvando as meninas, mas talvez elas é que a estivessem salvando. Suas meninas. Seus pardais. A orquestra mais maravilhosa do mundo.

A moça estava chorando ao lado da cerca. Estava sentada perto demais – Alma podia ouvir o zumbido da eletricidade quando se aproximou da interna do campo das mulheres. A cabeça raspada cheia de feridas, a pele acinzentada suja de poeira e lágrimas, o vestido esfarrapado de uma cor indistinta... o normal para Birkenau.

Alma ajoelhou-se na neve ao lado dela e colocou a mão sobre a dela, magra e ossuda e segurando uma pedra. Não, uma batata.

– Alguém bateu em você? – Alma estudou o rosto da moça. Não havia nenhum ferimento ou hematoma visível, somente um sofrimento infinito. Ela era a própria imagem do sofrimento. – Alguém roubou sua comida? – Alma sondou novamente, olhando para a batata, em dúvida.

A moça beijou a batata, aninhou-a contra o peito e começou a chorar ainda mais, estendendo a mão para o arame. Alma segurou-a rapidamente pelo pulso e puxou-a para seu colo. A garota não pesava quase nada, era pele e osso embaixo daquele saco sujo que estava usando, um saco de ossos contra o peito de Alma, um esqueleto vivo que, por algum milagre, ainda respirava.

Subitamente, Alma sentiu-se envergonhada. Pessoas morriam às centenas ali todos os dias, e lá estava ela, sofrendo por um coração partido e carregando sua dor como uma heroína romântica taciturna de um romance gótico.

– Se você me contar o que aconteceu, quem sabe eu possa ajudar – sugeriu baixinho, balançando a garota nos braços como sua mãe costumava fazer quando ela era criança.

Alma nunca se permitira esse tipo de carinho com as meninas da orquestra – de propósito, para não as mimar com ternura, pois ternura era algo extremamente perigoso naquela fábrica de morte. Em Auschwitz, a ternura matava. Somente os mais empedernidos sobreviviam, e, mais do que qualquer coisa, Alma desejava que as meninas saíssem dali com vida. Mas aquela moça estava muito destruída; por fora e por dentro também, se considerava o arame farpado como uma salvação para a tragédia que estava vivendo... ou morrendo. Era o mínimo a fazer, abraçá-la, para que sentisse calor pela última vez.

– Não há nada a ser feito. – A voz da moça soou estranhamente extinta, seca e ao mesmo tempo chorosa. – Ele está morto.

Alguma coisa naquelas palavras apunhalou o peito de Alma. Ela sentiu o sangue fugir do rosto. Naturalmente, a moça se referia a outra pessoa, alguém que Alma não conhecia, mas ainda assim...

Como foi sinistra a pausa que se seguiu! Alma podia escutar a própria respiração.

– Quem está morto? – A pergunta foi um sussurro assustado.

– Tadek. Meu marido. Está vendo isto? – Ela mostrou a batata para Alma. Cheirava a terra e como se estivesse começando a apodrecer, um cheiro desagradável que fez Alma se retrair. – Todos os dias de manhã ele me jogava uma pela cerca. Uma batata com um bilhete amarrado com barbante. Com poucas palavras escritas, "Aguente firme, meu amor... logo nos reencontraremos... a guerra irá acabar em breve..." Mas era o suficiente. Suficiente para eu saber que ele estava vivo. E hoje, um colega do *Kommando* veio no lugar dele. Chegou até a cerca, atirou esta batata e foi embora, enxugando as lágrimas. – Os lábios descoloridos tremeram. – Foi assim que eu soube. – Ela deu um suspiro entrecortado, balançou a cabeça e sorriu fracamente, em gratidão pela bondade de Alma. – Você não pode me ajudar, mas obrigada por me ouvir.

Ela colocou a batata na mão de Alma com firmeza.

Alma se levantou, um pouco cambaleante, e olhou uma última vez para a moça, mas esta já estava andando na direção da cerca.

Dessa vez Alma não a deteve, apenas andou cada vez mais rápido de volta para seu alojamento, até seu passo se tornar uma corrida desenfreada e ela perder o fôlego.

Ele está morto.

Ele está morto...

Dentro do alojamento, sem tirar o casaco, ela pegou o violino e começou a tocar, o mais alto que conseguiu, querendo silenciar as palavras que ecoavam sem parar dentro de sua mente.

Alguém bateu à porta. Alma abriu, e o tempo parou de repente. Miklós estava diante dela, parecendo que fazia semanas que não dormia, pálido e muito magro, mas o brilho nos olhos era mais intenso que nunca.

– Eu terminei – disse ele sem preâmbulos, colocando uma pilha de papéis nas mãos dela.

Ela o observou, emudecida. Eram partituras escritas à mão. O título era *Für Alma*[16].

– O que é?

– Uma sonata. Para você. Eu compus. Beethoven fez uma para Elise, e eu escrevi uma para minha Alma. Espero que esteja à altura do seu nome.

Alma olhou para ele, ainda sem voz. As folhas de papel tremiam em suas mãos. Ela leu a primeira metade de uma página, escutou mentalmente a música, imaginou Miklós tocando para ela...

– Eu sei o que está acontecendo. Vão matar todos os húngaros – disse ele, calmamente.

– Não! Só os recém-chegados... Você é um prisioneiro essencial para eles, está sob a proteção de Hössler... Eles não vão lhe fazer mal.

Alma não sabia a quem estava tentando convencer, se Miklós ou a si mesma. Só sabia que seu coração batia dolorosamente, com um terror crescente diante da verdade que ela se recusava a reconhecer, e que de repente o quarto parecia um caixão fechado, onde o ar faltava.

---

[16] Para Alma. (N.T.)

Miklós sorriu, pesaroso.

– Vão matar todos os húngaros – repetiu, com resignação. – E eu sou um. Hitler nunca perdoará o almirante Horthy pela traição de voltar-se contra ele e negociar um armistício com os Aliados. Uma traição pública, ainda por cima. Meus colegas de equipe souberam de tudo sobre o desejo dos húngaros de mudar de lado pelo rádio improvisado que eles usam para se inteirar do progresso da guerra. É o principal assunto da BBC no momento. Alguém terá de pagar o preço por essa traição. Os SS já estão comentando sobre uma *Aktion* contra os húngaros judeus, mas por enquanto o escritório de Berlim com aquele idiota do Himmler no comando vai se contentar em acabar com os que já estão aqui, ou seja, o Campo Familiar.

Ele segurou o rosto de Alma entre as mãos, fitando-a com uma ternura infinita.

– Minha linda e corajosa Alma... espero que me perdoe por ter abandonado você desse jeito a semana inteira, mas eu precisava terminar a tempo, antes que nos encurralassem. Assim você terá algo meu para lembrar. Agora posso morrer feliz e em paz. Também passei os direitos para você, minha assinatura está na última página. Você será a proprietária legal da obra depois que sair daqui. Pode revender para ter algum dinheiro para se sustentar por um tempo. Escrevi os endereços de alguns amigos e colegas húngaros, eles comprarão de você, caso queira vender para eles. São todos arianos, não se preocupe. Estarão lá quando você sair.

– Você está louco. – Alma empurrou os papéis contra o peito dele. – Não, você está completamente louco!

Ela estava gritando, estava ciente de que estava gritando, mas não conseguia parar. Tudo veio à tona de uma vez – o desespero e o medo selvagem de pensar em um mundo no qual Miklós Steinberg, pianista e compositor, o homem a quem ela tanto amava e por quem daria a vida para que vivesse, não existia mais.

– Leve de volta! Eu não quero. Isso é um testamento, eu não quero! É um mau presságio, traz azar, para todos nós! Leve de volta e nunca mais me mostre isso!

– Alma, seja razoável.

Ela estava lutando com Miklós, mas quanto mais lutava, com mais força ele a segurava contra o peito, com mais firmeza pressionava os lábios aos cabelos dela, acariciando-os e acariciando seus ombros que tremiam com os soluços.

– Você não acredita em azar, Almschi.

– Passei a acreditar aqui. Você passou a acreditar no Deus cristão.

– Eu estava brincando. Ainda sou ateu. Mas acredito nos advogados, e eles conhecem a minha assinatura...

– Miklós, pare... Se você tem coração, pare de falar.

– Está bem, vou parar. Em vez disso, vou tocar para você. O que me diz?

Antes que ela pudesse impedi-lo, ele foi até o piano de cauda, fingiu afastar para trás as abas de um fraque invisível, piscou para Alma – *não se desespere, meu amor, ainda temos o hoje* – e começou a tocar.

Alma escutou, segurando o fôlego, e pensou que nunca havia escutado algo tão lindo como aquela sonata. Havia sido composta no inferno, escrita por uma mão agonizante e uma mente prejudicada pela fome, e, no entanto, que melodia suave e lírica, que tom intensamente comovente! Foi naquele instante que ela compreendeu Miklós. Segurou as folhas da partitura contra o peito e compreendeu os motivos dele, respeitando-o por ter tomado aquela decisão por ambos. Ele sabia que, se morresse, as lágrimas pouco ajudariam. Dinheiro, em contrapartida, ajudaria Alma a sobreviver, e isto era tudo o que importava para ele – que ela sobrevivesse e fosse feliz. Se fosse ao contrário, ela faria a mesma coisa por ele. Ao tomar consciência disso, um sorriso se formou nos lábios de Alma.

– Que lindo...

Alma foi a primeira a virar-se para a voz desconhecida. Todas as moças da orquestra estavam em volta do piano, encantadas. Agora elas se apressavam a pegar seus instrumentos à visão da *Lagerführerin* Mandl, do *Obersturmführer* Hössler, do doutor Mengele, do *Hauptsturmführer* Kramer e do discreto oficial na frente deles, segurando as luvas na mão.

– Nunca escutei isso antes – o homem tornou a falar, em um tom de voz suave e com o mesmo sotaque de Mandl. Se não fosse pelo uniforme e pelas divisas de alta patente no ombro, Alma não o teria identificado como um oficial da SS. De constituição miúda, esguio e de baixa estatura, nariz adunco e óculos, ele lembrava um típico advogado judeu que o *Der Stürmer*[17] satirizava regularmente em seus periódicos. – De quem é a composição?

– Minha, *Herr Obersturmbannführer* – respondeu Miklós.

– Seu nome?

– Miklós Steinberg, *Herr Obersturmbannführer*.

– Você é compositor?

– Sou pianista, na verdade. Compus poucas músicas na minha vida.

– Como se chama esta?

– *Para Alma*.

– Quem é Alma?

– Minha falecida esposa – Miklós mentiu sem vacilar nem piscar.

Ao lado do recém-chegado, Mandl respirou fundo, aliviada.

– *Herr Obersturmbannführer*, a orquestra das meninas preparou algo especial para a sua visita, com a sua permissão – ela começou a falar com deferência, fazendo um sinal para uma das meninas trazer uma cadeira para o ilustre visitante, embora este não tivesse demonstrado inclinação para sentar-se.

Seria possível que aquele homem franzino, o advogado judeu, fosse realmente o temível Eichmann que havia chegado naquela manhã? Alma não conseguia acreditar quando ergueu a batuta. Por recomendação de Mandl, elas haviam se dedicado a preparar exaustivamente uma peça de Wagner para a visita de *Herr Obersturmbannführer*, um arranjo pomposo, puramente alemão, que agredia os ouvidos de Alma com sua grandiosidade militarista, mas que – ela bem sabia – os SS consideravam como uma espécie de hino.

---

[17] Publicação nazista semanal. (N.T.)

Eichmann, se era de fato ele, continuou em pé, escutando por mais um tempo, até que assentiu com um breve aceno de cabeça e sinalizou para que ela parasse.

– Obrigado. Já ouvi o suficiente.

Com isso, ele se retirou do barracão, seguido pelos outros componentes da administração local da SS. Um silêncio mortal pairou dentro do Bloco de Música.

– Ele detestou – disse Sofia, quando o silêncio se tornou insuportável e qualquer coisa que se dissesse seria melhor. – Ele detestou, estamos todos fritos.

As moças permaneceram naquele mesmo estado de estupor petrificado pelo resto do dia, mal trocando uma ou outra palavra e aguardando a sentença de morte oficial.

Ainda atordoada e mentalmente exausta demais para dizer alguma coisa inútil de encorajamento que de nada adiantaria, Alma ficou sentada entre as meninas, imóvel, olhando para o nada, estranhamente contente com o pensamento de que pelo menos morreriam todos juntos – o Campo Familiar e o Bloco de Música.

Apenas Miklós demonstrava uma estranha serenidade enquanto percorria levemente os dedos pelas teclas do piano, com o ar pensativo de um homem cujos objetivos haviam sido alcançados e que agora podia morrer em paz. A melodia misteriosa e melancólica que ele tocava combinava de maneira assustadora com a ocasião. Como que sob um feitiço, eles estavam pouco a pouco aceitando o desfecho inevitável. Era uma música fantasmagórica e fúnebre que ele estava tocando, mas, por alguma razão inexplicável, estranhamente tranquilizadora. Vindo das mãos de pele clara, aquela música de morte já não parecia assustar. A beleza sombria de paz eterna que transmitia envolveu o alojamento como uma nuvem e proporcionou alguns momentos preciosos de um conforto longamente ansiado. Miklós tocava a música fúnebre que era de todos ali, e Alma não podia sentir-se mais grata por isso. Somente ele era capaz de transformar o pavor mortal do iminente massacre em algo tão sublime.

Quando anoiteceu, Mandl marchou para dentro do alojamento. Seu rosto estava iluminado de regozijo.

– Foi concedido a este bloco um dia de folga. Um dia de folga no prado, fora do campo. O *Obersturmbannführer* Eichmann achou justo recompensar vocês pela apresentação.

– Mas ele mal nos ouviu tocar – Alma viu-se dizendo, ainda com dificuldade para assimilar a notícia.

Mandl limitou-se a gesticular na direção de Miklós com um sorriso eloquente – *Mas ele ouviu esse moço* – e saiu.

Todas de uma vez, as garotas se atiraram para Miklós, abraçando-o e beijando-o, entusiasmadas. Mas ele só tinha olhos para Alma. Estava sorrindo para ela, um pouco sem jeito, e fitando-a com tanto amor e devoção que ela se sentiu em paz outra vez. Ele estava ali, com ela, e tudo era como deveria ser.

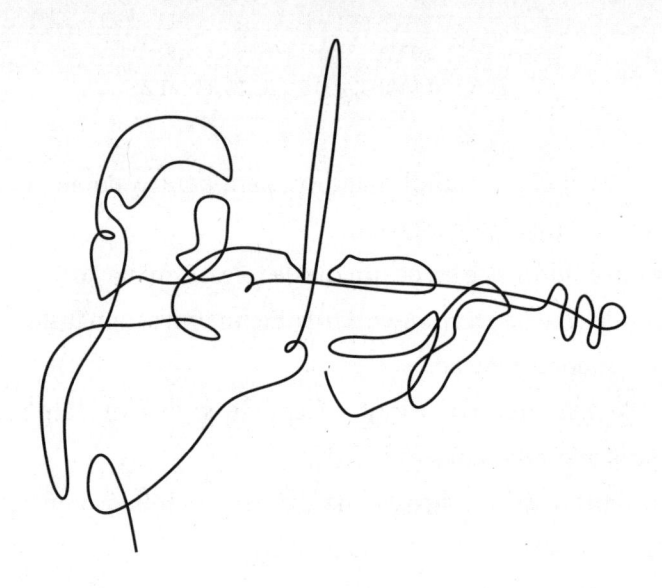

Capítulo 27

Março de 1944

A prometida "folga" foi adiada várias vezes por causa do tempo ruim. Nevou implacavelmente a semana inteira, até que, na primeira semana de março, o sol finalmente apareceu por entre as nuvens e começou a obliterar as posições inimigas com a determinação dos soviéticos no *front* oriental. Não demorou muito para os montículos de neve, que estavam pela altura dos joelhos, derreterem. Tufos de grama despontaram no solo úmido, mais verdes e brilhantes que nunca. Era uma transgressão passível de castigo, mas mesmo assim os internos quebraram o protocolo enquanto passavam pelos portões rumo às obras e colhiam dentes-de-leão só para contemplar as florzinhas com admiração – *Então ainda existiam mesmo flores no mundo?* – e mal percebiam os golpes do bastão do *Kapo* por desmanchar as fileiras.

Um homem da SS estava na entrada do Bloco de Música; a seu lado estavam Miklós e Von Volkmann, sorrindo de orelha a orelha.

– Vistam-se e façam fila na frente do barracão para a chamada – ordenou o guarda. – Dia de folga, ordens da administração do campo!

Antes que elas começassem a se mexer, ainda não acreditando na boa-nova, o *Kommando* da cozinha chegou com um caldeirão de café – apesar de que "café" era uma palavra um tanto ambiciosa para o líquido amarelado que era servido no campo – e contemplou as integrantes da orquestra com uma dose dupla em vez da quantidade habitual.

– Doses dobradas! Quem foi que vocês agradaram tanto? – perguntaram os internos da cozinha.

– Alguém chamado Eichmann – Alma respondeu e levou a caneca aos lábios com a mão não muito firme, como que para enxaguar aquele nome da boca.

Já fazia tempo que ele fora embora, mas havia deixado para trás uma atmosfera sinistra, que ainda perdurava, juntamente com o barulho dos martelos da construção da rampa.

Agora, o *Sonderkommando* também estava cavando alguma coisa na campina, não muito longe das duas antigas câmaras de gás – Alma os via toda vez que visitava Kitty no *Kanada*.

– Não são valas comuns de novo, são? – Alma perguntou um dia para Kitty, incrédula. Certamente o fiasco com as valas comuns que posteriormente tiveram de ser escavadas tinha ensinado alguma coisa aos SS. Mas até a sempre tagarela Kitty se calou e recusou-se a comentar o que eram aqueles buracos. Como para pôr um fim à insalutar curiosidade, logo os SS ergueram telas altas e sólidas que ocultavam da população do campo o *Sonderkommando* e seu sinistro trabalho.

Cuidem de suas vidas, senhoras e senhores. Não há nada para ver aqui. Era algo que um fala-mansa como Hössler diria. Alma já sabia como ele encerrava esses assuntos.

Ela precisou fazer um grande esforço para parar de olhar para as escavações naquele lindo dia de primavera. Contadas e alinhadas na habitual formação de cinco em cinco, as moças da orquestra marcharam pela *Lagerstraße* principal, acompanhadas apenas pela *Kapo* e por um guarda da SS. No princípio, ninguém prestou muita atenção nelas, mas, conforme elas foram se aproximando dos portões principais, mais internos se aglomeravam do outro lado da cerca elétrica, parando a poucos centímetros do arame farpado. Com as cabeças raspadas, como aparições cinzentas em trajes esfarrapados, eles olhavam incrédulos para a tropa com seus lenços cor de lavanda.

Nunca alguém saía do campo de Auschwitz daquela maneira. Era algo inconcebível, mas o fato é que ali estavam elas, dirigindo-se para os portões e para uma liberdade temporária, e de repente os internos que assistiam à cena começaram a gritar saudações entusiasmadas, com as vozes fracas e roucas, erguendo os punhos ossudos no ar. Devia ter custado um esforço considerável para eles, mas mesmo assim celebraram, porque finalmente alguém saía daquele lugar, portanto era possível, afinal. Havia um mundo atrás das cercas de arame, a relva, os rebanhos, os fazendeiros, as cidades, os países. O planeta continuava girando, e eles não estavam presos naquele limbo para sempre por pecados que não sabiam que haviam cometido até que os nazistas chegaram e leram a lista de suas ofensas inexistentes.

– Calem suas bocas fedidas, seus carcaças imundas! – o guarda da SS esbravejou por sobre o ombro, mas sem muita convicção. Não atirou na direção dos internos quando eles desobedeceram e continuaram a saudar. O sol bem-vindo aquecia seu rosto, e o rifle estava tão confortavelmente pendurado em seu ombro que ele achou que não valia a pena se dar ao trabalho.

O solo no campo ainda não havia sido revirado, e o guarda perguntou ao fazendeiro o porquê.

– Cedo demais, *Herr Kommandant*. – Todo homem da SS devia ser "*Herr Kommandant*" para eles. E aquele em particular não pareceu se importar com a promoção.

O fazendeiro era alemão, da Saxônia, a julgar pelo sotaque. Fazia tempo que todos os poloneses locais tinham sido removidos, para onde ninguém sabia ao certo. Alguns especulavam que havia sido justamente para Auschwitz.

— É um truque que a primavera está pregando em todos nós — o fazendeiro continuou a explicar, fazendo um gesto amplo com o braço. — É seguro dizer que tudo isto estará coberto de neve em cerca de uma semana. Só um tonto para acreditar que este tempo veio para ficar. O inverno estará de volta antes que essas flores e botões tenham noção do que aconteceu. A neve vai enterrar tudo novamente, e rápido, o senhor vai ver, *Herr Kommandant*.

— Acredito em você — respondeu o guarda com um sorriso.

Alma ficou imóvel e em silêncio ao lado dele. *Sim, iria enterrar todos... Só um truque, aquilo tudo...*

Elas se sentaram no local que o guarda da SS indicou, um trecho onde a relva havia crescido no solo — uma anomalia climática, sem dúvida. Não era uma típica primavera polonesa, nem com a imaginação mais criativa; nisso o fazendeiro estava certo. Uma anomalia, assim como elas, prisioneiras de um campo de concentração tomando banho de sol com os rostos voltados para ele — uma pequena tropa de girassóis fazendo de conta que não se importavam com o que o amanhã lhes reservava.

A mulher do fazendeiro apareceu com uma cesta, que depositou aos pés do guarda. Ele fez uma rápida encenação, como se fosse recusar, mas logo aceitou e até colocou uma linguiça defumada e um pão caseiro nas mãos de Alma. O gargalo de uma garrafa estava aparecendo sob a toalhinha de linho; notando que o guarda a observava, Alma rapidamente desviou o olhar, disfarçando.

O pão ainda estava quente, e o cheiro era divino. Era algo completamente diferente do que elas estavam acostumadas a comer. Era pão de verdade, feito na cozinha da fazenda, amassado pelas mãos da mulher, assado no forno até dourar. Como era deliciosa a sensação de quebrá-lo aos pedaços e dividi-lo com as meninas! Elas mastigavam com uma lentidão deliberada, os olhos fechados, saboreando cada pedacinho. Como cavalheiros que eram, Miklós e Von Volkmann recusaram.

Pelo menos uma hora devia ter-se passado. O guarda bebera todo o conteúdo da garrafa e roncava sonoramente, deitado com a cabeça sobre as mãos cruzadas. O rifle estava do lado; sob o sol ofuscante, a arma havia perdido a aparência ameaçadora e parecia um mero adereço de palco, assim como ele próprio. Alma olhou para ele, e ocorreu-lhe que ele não pertencia àquele lugar. Não havia espaço para armas e uniformes em meio àquele gramado verdejante. Em breve a Natureza reivindicaria o território que lhe era de direito, por meios pacíficos, que no final sempre ganhavam das armas e bombas e artilharia pesada. Os alemães bombardeavam a terra, pisoteavam aqueles dentes-de-leão com suas botas de solas grossas e pespontadas, e, no entanto, a cada primavera, sem falta, a grama atravessava o solo envenenado pela pólvora, e as flores desabrochavam de onde jaziam os ossos das vítimas.

Era a ordem do mundo que o homem da SS não compreendia. A beleza era indestrutível. Era a força mais poderosa que existia, e sempre seria. Deitado ali, ele não se dava conta das ervas e dentes-de-leão rodeando seu corpo, quase o ocultando; e Alma percebeu quão mortal e frágil aquele homem era.

– O fim está próximo – Miklós sussurrou ao ouvido dela, como se lesse seus pensamentos. Estava sentado com as pernas em volta dela e puxou-a para si, de modo que ela apoiasse as costas em seu peito. – O fim deles.

Os dois ficaram observando o guarda adormecido como se já fosse uma relíquia do passado. Pensamento otimista, claro, mas era tudo o que lhes restava.

– Ele já está morto. Só que é muito tapado para perceber. Todos eles são.

– E nós?

– Nós? Nós vamos viver para sempre. Através da nossa música. Toda vez que alguém tocar um disco com seu concerto de violino, você renascerá. Toda vez que tocar no rádio o meu concerto de piano, eu viverei novamente. Nós criamos algo que não pode morrer, Almschi. Mas eles... eles todos irão perecer, e todos os vestígios deles serão apagados da face da Terra.

– Você ainda acredita que sairemos daqui?

– Nós já saímos. – Ele riu baixinho, com os lábios encostados nos cabelos dela.

– Não. Você sabe o que eu quero dizer.

Por algum tempo, ele não respondeu. Somente quando sentiu o corpo de Alma ficar tenso foi que ele a beijou no ombro e disse as palavras nas quais não acreditava, mas que ela precisava desesperadamente ouvir:

– Sim. Claro que vamos sair. E depois vamos viajar por toda a Europa levando apenas uma mala.

– E meu violino.

– E seu violino. Vou comprar um Stradivarius para você assim que recebermos o pagamento.

– Quanto, exatamente, você espera receber? – Ela o fitou com um ceticismo fingido.

– Milhões. Nós nos tornaremos uma curiosidade, escreva o que digo. Os músicos de Auschwitz. Voltar de um lugar como este é como voltar do próprio inferno. As pessoas olharão para nós como mais do que sobreviventes, como se realmente tivéssemos voltado do túmulo. Seremos muito ricos e famosos, você vai ver.

– Que bom. – Alma não o contradisse, apenas sorriu e se aninhou ao peito dele. Ele era um fabulista, com certeza, mas um fabulista brilhante. Ela acreditava nele todas as vezes que ele criava cenários impossíveis.

Nesse momento, Von Volkmann aproximou-se deles, protegendo o rosto do sol com a mão ainda engessada. Seu nariz e as faces já tinham adquirido um tom rosado pela exposição ao sol. Devia estar terrivelmente entediado, sem nada para fazer no Bloco de Música de Laks, perambulando por dias a fio entre os destacamentos, portanto era natural que os SS o tivessem mandado junto com as meninas de Alma para aquele passeio, provavelmente esperando que ele mencionasse o episódio em sua carta ao pai influente.

– Estou interrompendo?

– De jeito nenhum – Alma e Miklós responderam em uníssono.

Ele percebeu a reação e sorriu.

– E então, qual é o plano, crianças? – Ele meneou a cabeça na direção do guarda adormecido. – Vamos matá-lo e correr para o exército soviético?

Soube que não estão muito longe daqui. Aproximando-se de Lublin neste momento. O *Armia Krajowa*[18] também é uma opção, para quem não gosta dos bolcheviques.

Ele riu antes que Miklós e Alma pensassem em uma resposta.

– Estou brincando. Se bem que estou convencido de que não me executariam se eu fosse em frente com o plano. – Von Volkmann olhou novamente para o homem adormecido como se o avaliasse e a distância até o rifle. – Estou quase tentado a testar essa teoria.

– Esplêndida ideia. Você vai levar um tapa na mão, e nós seremos todos alvejados – disse Miklós.

– Já houve quem escapasse daqui, você sabe.

– Sim, sabemos – respondeu Miklós inexpressivamente, seu semblante não revelando emoção alguma.

A Resistência do campo estava em uma fase de boa sorte: o fugitivo não havia sido pego, e eles haviam se safado do crime de homicídio na noite de Natal. O *Kapo* dos garçons tinha feito um teatro convincente, irrompendo dentro da enfermaria da SS, gritando que acontecera uma coisa horrível com *o pobre Herr Rottenführer, que havia engasgado até a morte. Bem que ele tinha avisado para ele não exagerar e não beber mais aquele maldito conhaque francês, e se eles podiam por favor chamar um médico imediatamente.* E outras mentiras convincentes desse tipo. Alma se lembrava bem da expressão de euforia de Miklós quando lhe contara tudo: "Acredita que eles praticamente não nos interrogaram quando foram até a cantina?! O doutor Mengele nem mesmo examinou o corpo, muito menos fez autópsia. Chamou o morto de gambá bêbado que merecia o que tinha acontecido, assinou o atestado como morte acidental e saiu como se nada tivesse acontecido."

Talvez fosse muita sorte mesmo. Talvez os que lutavam por liberdade tivessem se tornado mais profissionais e, portanto, perigosos em suas técnicas.

---

[18] Exército Nacional. (N.T.)

– Eles inclusive deram detalhes do campo aos comandantes aliados – Von Volkmann falou outra vez, obviamente impressionado. – Eu soube pelo meu pai, dias antes de me prenderem. Vocês precisavam ver o estado em que se encontravam! O escritório do meu pai ficou em alvoroço quando souberam do caso todo. O próprio *Reichsführer* Himmler convocou todo mundo para uma reunião de emergência e gritou com eles, indignado por terem permitido que informações tão prejudiciais tivessem escapado dos muros de Auschwitz. Agora os Aliados sabiam o que eles planejavam...

– Grande coisa, que diferença fez...? – foi Sofia quem deu sua opinião. Von Volkmann ficou em silêncio. De repente parecia chateado.

– Tem razão. A prioridade dos Aliados é vencer a guerra. Não nós.

– Por que você voltou? – Miklós deu voz à pergunta que todos que conheciam a família Von Volkmann deviam ter feito a si mesmos.

A princípio o filho do general da SS não respondeu. Mas então olhou para Miklós com seus olhos azuis brilhantes e de repente anunciou com uma voz firme que revelava desespero e ao mesmo tempo aversão:

– Porque aqui, ao contrário de em minha casa, eu me sinto livre.

Miklós desviou o olhar, arrependido de ter perguntado. Alma também lamentava pelo rapaz. Era muito triste sentir-se mais em casa entre a população do campo, rodeado de todo aquele horror, do que entre seus familiares.

O sol descia para oeste, e o guarda finalmente acordou a tempo de ver a mulher do fazendeiro voltar com outra cesta cheia de gostosuras, em maior quantidade que antes, e que foram distribuídas entre todos. Eles comeram, conversando amigavelmente, e nem escutaram o som de um carro se aproximar, percebendo somente quando ele parou à margem da estrada, não muito longe de onde estavam. Livrando-se imediatamente da garrafa de onde estava bebendo, o guarda da SS levantou-se de um pulo e ficou atento. Deixando de lado os quitutes também, as meninas de Alma se puseram de pé, impulsionadas por puro instinto adquirido no campo.

Na borda do trecho gramado, um oficial alto da SS estava de pé ao lado de um Mercedes preto e observava o grupo em silêncio. Com um aceno de mão, ele dispensou o guarda e caminhou até onde estavam Alma, Miklós e Von Volkmann. Este deixou escapar um som abafado, o que alarmou Alma. O oficial soltou o ar com desdém, como se já esperasse aquilo, tirou as luvas dedo por dedo e depois o quepe, com a caveira e os ossos cruzados logo acima do visor.

Alma olhava para ele, perplexa. Poderia perfeitamente ser irmão gêmeo de Von Volkmann.

– *Herr Sturmbannführer* – Von Volkmann cumprimentou o homem com ar zombeteiro. – A que devo tão duvidoso prazer?

– Ainda se acha engraçadinho?

– Eu posso ter a língua comprida. Ao contrário de você, não preciso estar atento a cada palavra que sai da minha boca.

O gêmeo de Von Volkmann ignorou a provocação.

– E então, já foi suficiente? Pronto para voltar para casa e para sua família?

Quase gêmeos, mas não exatamente. Naquele homem, a beleza pura e refinada da linhagem dos Von Volkmann estava congelada, enrijecida como gesso, com linhas duras nos cantos de uma boca acostumada a gritar ordens e a ter essas ordens obedecidas. Os olhos azuis, que em um eram juvenis, no outro eram glaciais e indiferentes. O oficial parecia uma estátua de granito, um recipiente vazio do qual alguém havia removido a alma.

– Eu *estou* em casa, mano. – Von Volkmann sorriu e gesticulou com a mão engessada na direção da orquestra. – E esta é a minha família.

O irmão o estapeou no rosto com a mão espalmada, num insulto proposital.

O Von Volkmann com a mão engessada apenas sorriu e ofereceu a outra face. O Von Volkmann da SS deu-lhe um segundo tapa, mais forte.

O Von Volkmann pacifista limpou o sangue do lábio arrebentado e riu na cara do irmão.

– Você pode me bater o quanto quiser. Não vai mudar nada. Pode me arrastar até aquele seu Mercedes e me levar para casa, que vou envergonhar você e papai na primeira oportunidade.

— Papai tem outros planos para você. Agora que você é maior de idade, irá para o *front* com as *Wehrmacht*.

— Não, eu não vou. Eu me recuso a vestir o uniforme e a pegar em uma arma. Terão de me trazer de volta para cá, dessa vez com acusação real de pacifismo, não só por causa de uns míseros panfletos — desafiou o irmão mais novo em tom de voz calmo.

— Idiota teimoso!

— Igual a você — Von Volkmann retrucou e recebeu outro tapa.

— Por que continua encenando?

— Não estou encenando. Eu quero ficar aqui. Por que é tão difícil entender isso?

— No meio desses judeus imundos?!

— Eles não são imundos! Tomamos banho todo dia, e nossas roupas são lavadas semanalmente.

— Pare de falar comigo como se eu fosse um idiota!

— E de que outro modo vou falar com você se você diz coisas idiotas?!

Outro golpe, dessa vez um soco com o punho fechado que fez Von Volkmann cambalear para trás. Ele vacilou por um instante, cobrindo o nariz com a mão enquanto o sangue escorria para o chão. Em seguida, empertigou-se e esfregou o rosto. O sorriso retornou e, por alguma razão, isso fez com que o *Sturmbannführer* Von Volkmann engolisse em seco.

— Eu tenho pena de você — disse o irmão mais novo de repente.

O *Sturmbannführer* Von Volkmann deu um passo para trás, alarmado.

— Sim, tenho pena... Olho para você agora e sinto pena. Quer saber por quê?

O *Sturmbannführer* Von Volkmann não parecia querer saber.

— Porque você é um escravo, meu irmão, e eu sou um homem livre. Você é escravo desse uniforme.

Ele segurou a lapela do sobretudo do irmão, que afastou a mão dele com um tapa e deu outro passo para trás.

— E da sua posição, do seu cargo, e o pior de tudo, do seu venerado *Führer*. Está completamente acorrentado a tudo isso, mano, você mesmo se acorrentou e não vai se livrar disso, ah, não! Fez voluntariamente um juramento para o ditador. Entregou a ele seu orgulho e sua voz. Você praticamente deixou de existir. Agora é um simples uniforme sem rosto, que não significa coisa alguma para ele. Ainda não entendeu isso? Ele não se importa com as pessoas, não se importa com você. Ele só se importa com ele mesmo e, em um piscar de olhos, pode sacrificar vocês todos em nome de uma ideologia idiota que nasceu na cabeça demente dele. E aí vocês vão marchar para a morte balindo os *slogans* dele – *grandeza para a Alemanha!* –, descerebrados que são. Por que está olhando para mim desse jeito horrorizado? Porque eu falei contra o seu líder ou porque falei a verdade que você tem medo de admitir? Você é um covarde, com sua arma e seu uniforme. Covarde e escravo. E eu sou um homem livre e sempre serei. Agora vá. Você não tem nada a fazer aqui. Esta é a terra dos livres, *Herr Sturmbannführer.*

    O Von Volkmann escravo voltou para seu carro praticamente correndo. O Von Volkmann livre ficou observando o irmão, com a silhueta desenhada contra o sol.

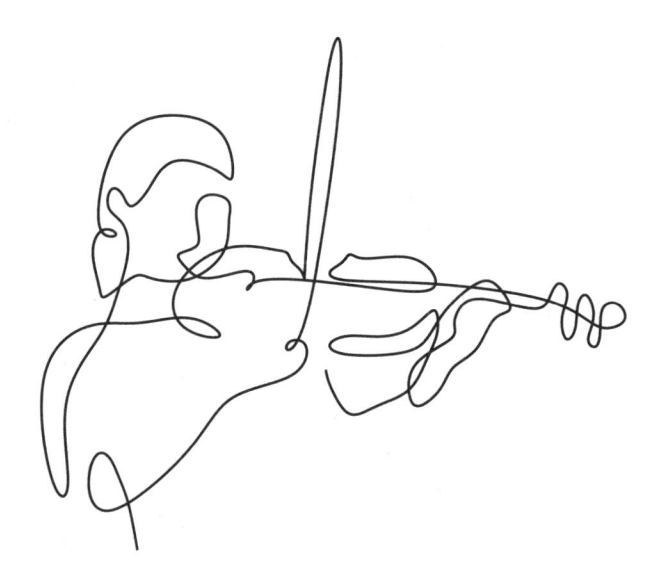

Capítulo 28

8 de março de 1944

Alma começou a suspeitar de que havia algo errado quando Zippy não voltou do *Schreibstube* para o Bloco de Música. A sensação de mau presságio se intensificou quando a guarda da SS Drexler declarou friamente que era uma ordem vinda de cima e não entrou em detalhes. E transformou-se em pânico total quando, depois da chamada do final do dia, Drexler e Grese trancaram a porta do Bloco de Música pelo lado de fora com um clangor sinistro.

Alma se encolheu; o som reavivou no mesmo instante lembranças do trem de gado.

Até Sofia, a veterana do campo, estava alarmada.

– Isso não pode acabar bem – Alma ouviu-a sussurrar, para que as outras não escutassem.

– Eles vão trazer os húngaros? – perguntou Violette.

Sofia lançou um olhar fulminante para a garota.

– Já aconteceu antes de trancarem vocês? – Alma perguntou para a ex-*Kapo* com um olhar suplicante, esperando uma resposta que a tranquilizasse.

Sofia não respondeu, evitando encarar Alma.

– Estão planejando um extermínio, não é? – Alma mal escutava a própria voz, tamanha a força com que seu coração batia e o sangue pulsava em seus ouvidos.

O silêncio da amiga era eloquente.

Correndo para a única janela de seu quarto, Alma limpou a umidade que se acumulara na vidraça. Como ela desconfiara, os SS se movimentavam de um jeito que só podia sugerir uma coisa: uma *Aktion* estava para acontecer. Holofotes brilhantes estavam acesos, ao contrário da norma habitual de *blackout*; as luzes fortes iluminavam os guardas e a entrada do crematório como um palco pronto para uma apresentação grotesca e medonha. Com o rosto colado na vidraça, Alma viu o *Sonderkommando* – assistentes da câmara da morte, como eram chamados pela população do campo – correr para um lado e para outro conforme os SS gritavam ordens para eles. Logo apareceram furgões *Sanka* chegando ao pátio. Sob a luz artificial muito branca, as cruzes vermelhas nos uniformes dos motoristas pareciam sangrar.

Os SS correram para os furgões, rasgaram a lona e as tábuas traseiras e começaram a puxar as pessoas amontoadas lá dentro e a espancá-las violentamente.

– *Raus, raus, raus!!!* Para fora, já!

Uma mulher gritou:

– Ele é só uma criança! Não o machuque!

Alma ouviu uma voz que parecia ser de um senhor idoso, tentando argumentar com os SS que os agrediam com seus porretes:

– Eu sou um trabalhador essenci... – A explicação calou-se abruptamente.

– Estamos sob a proteção da Cruz Vermelha! – exclamou um rapaz jovem. O apelo foi seguido por um grito agudo e surpreso e, depois, pelo silêncio.

Alma viu quando dois homens do *Sonderkommando* arrastaram alguém pelas pernas em direção à escada que levava ao vestiário. O homem inconsciente – *ou já estava morto?* – estava vestido com trajes civis.

Todos estavam em trajes civis, homens, mulheres, crianças, idosos; subitamente Alma se deu conta, horrorizada, de que eram do Campo Familiar.

Com o corpo inteiro coberto de suor frio diante daquele caos, ela compreendeu por que nunca tinha escutado alguém gritar antes, mesmo o crematório estando bem ali, do outro lado da cerca em frente ao alojamento. Os recém-chegados eram enganados por Hössler e seus discursos; tranquilizados pelas placas nas paredes – *Ducha e Desinfecção* – escritas em diferentes idiomas; iludidos pelos ganchos numerados onde penduravam suas roupas – *...memorizem o número do cabide no qual seus itens estão para que possam recuperá-los mais facilmente depois que tomarem a ducha, senhoras e senhores.* Ela tinha presenciado com seus próprios olhos.

Os recém-chegados iam de boa vontade para a morte porque não suspeitavam de nada. Eram os internos do Campo Familiar que tinham de ser espancados e forçados escada abaixo até o vestiário, pois sabiam muito bem do que se tratava. Eles resistiam e protestavam que queriam trabalhar, que estavam sob a proteção da Cruz Vermelha, pediam para chamar o *Lagerführer* Schwarzhuber, que havia dado a eles sua palavra de honra de que estariam em segurança sob sua responsabilidade.

O *Lagerführer* chegou minutos depois, só que não fez nada para deter os guardas da SS. Em vez disso, riu abertamente dos judeus e de sua ingenuidade. Sua ordenança, o *Oberscharführer* Voss, deu um passo à frente.

– Qual é o problema, cambada de judeus? Chegou a sua vez. Não há nada a ser feito. Por que tornar seus últimos momentos desnecessariamente estressantes para vocês e seus familiares? Para que esse drama todo? Mostrem um pouco de dignidade... Tirem a roupa e vão para o próximo compartimento, em ordem, como deve ser.

O próximo compartimento. A câmara de gás.

Freneticamente, Alma começou a procurar no grupo de pessoas o rosto familiar. Certamente eles tinham transferido Miklós para o Bloco de Música de Laks antes da *Aktion*. Com certeza sabiam que ele não pertencia ao Campo Familiar. Então seu rosto ardeu de vergonha por ser tão egoísta. Diante dos seus olhos, famílias inteiras estavam sendo levadas para o matadouro, e ela estava preocupada com um único homem. Mas também, aquelas mães não suplicavam por seus filhos em vez de pelo grupo todo? Tristeza e medo eram emoções egoístas; simplesmente não havia um meio de contornar isso.

Em um espasmo de violenta emoção, Alma correu para fora do quarto e se jogou contra a porta trancada a cadeado pelas guardas, batendo e empurrando-a com o ombro. Como em meio a uma névoa, atordoada e desorientada, ela sentiu os braços de Sofia envolvendo-a e ouviu a voz tranquilizadora da mulher polonesa garantindo que *ele não estava lá, não estava, e que ela não deveria fazer nenhuma bobagem, senão acabaria morrendo por nada...*

Alma voltou para a janela, procurando, com as mãos espalmadas no vidro. Ao lado do *Lagerführer* Schwarzhuber, o doutor Mengele estava fumando, esbelto e elegante como sempre. Isso de certa forma a tranquilizou. Mesmo assim, ela se afastou para trás e mediu a janela; era bem pequena, mas não havia grades nem tela, e ela era magrinha o suficiente para passar por ela. Alma estendeu a mão para uma cadeira, mas Sofia estava lá para impedi-la mais uma vez.

A ex-*Kapo* puxou a cadeira antes que Alma a alcançasse.

– Ah, não, isso não! Não vê o que está acontecendo lá? Quer que vamos todas para lá também? Ou acha que os SS deixariam passar essa travessura?!

– Eles não liquidariam o bloco inteiro. Nós somos essenciais.

– Ah! – O riso cínico de Sofia soou em uma única sílaba. – Olhe lá para fora... Lá se vão os internos essenciais, os mais privilegiados do campo inteiro. Proteção da Cruz Vermelha, conversa! Ou você se controla ou vou amarrar você com meu lenço e deixá-la assim a noite toda. Entendo sua preocupação, mas tenho que pensar na orquestra. Tenho apreço e respeito por você, por tudo o que fez pelas meninas, mas não vou permitir que coloque a segurança delas em risco.

Alma sentiu as lágrimas se acumular sob o queixo, e só então percebeu que estava chorando.

– Sofia, se ele estiver ali, eu nunca irei perdoá-la. – Ela soluçou, sentindo-se insignificante e impotente, como uma criança com o peso do mundo sobre os ombros.

Era ridículo culpar Sofia por qualquer coisa, claro; ela sabia muito bem disso, e Sofia também sabia. Ela estreitou Alma nos braços e embalou-a gentilmente para um lado e para outro, repetindo que *tudo ficaria bem, que pela manhã ela veria isso por si mesma.*

Obviamente, nada ficaria bem. Mais furgões paravam na entrada do crematório enquanto os SS conduziam suas vítimas, que berravam, pela porta adentro. Logo as familiares sombras alaranjadas começaram a dançar nas tábuas do chão do quarto de Alma. Os incineradores estavam funcionando. O primeiro lote de internos já tinha passado pelo gás.

Um cheiro adocicado e enjoativo penetrou as fendas das paredes do Bloco de Música. Ficou pairando ali como a própria morte, envolvendo Alma com seu abraço nauseante. Morte, morte por toda parte, entrando por seu nariz, pela garganta, pelos olhos, pela alma, sufocando-a, destruindo suas últimas defesas, transformando sangue em ácido. Dentro do peito, seu coração sangrava, esvaziando-se.

Ótimo. Que morresse ali mesmo, naquele instante. Que desse o último suspiro junto com ele, mesmo que não estivessem juntos. Seria o melhor final. Já bastava Sofia a estar abraçando, lembrando-a do toque de outros braços, o qual ela nunca mais sentiria outra vez.

Elas estavam sentadas na cama agora. Alma havia tentado algumas vezes, por impulso, ir até a janela, mas Sofia a impedira.

– Para quê? É tortura ver tudo isso, é pura tortura...

Mas, mesmo que não vissem, podiam ouvir tudo muito bem – o choro das crianças e das mães, as exigências indignadas dos maridos e súplicas dos idosos – tudo isso abafado pelos uivos dos cães e pelos berros ferozes de seus donos uniformizados.

– Nós queremos trabalhar! *Herr Lagerführer*, diga a eles que somos bons trabalhadores! Leve-nos para o destacamento externo, verá como podemos trabalhar bem!

– Mamãe! Mamãe! – Como navalhas, os gritos agudos das crianças rasgavam a noite. Os pequenos gnomos, para quem Hössler tinha distribuído balas como prêmio pela maravilhosa apresentação de *Branca de Neve*, eram agora arrancados dos braços de suas mães por ordens dele.

Cada respiração era uma luta, um sacrifício para Alma, enquanto ela se agarrava aos ombros de Sofia. Aquilo tudo era demais para suportar. Ela quase desejou nunca ter ido visitar o Campo Familiar, nunca ter conhecido aquelas pessoas, porque seria mais fácil passar por aquilo se não as conhecesse pessoalmente, aquelas pessoas dignas e corajosas que enfrentavam com bravura o temido líder alemão.

Acima de tudo, porém, ela desejava nunca ter escutado as palavras de Miklós. *Eu acho que amo você, Almschi.* Mas ele dissera essas palavras, e daquele momento em diante ela estava conectada a ele por um cordão invisível e, no entanto, quase tangível. E agora, se ele morresse, ela não teria escolha senão segui-lo, percebia isso agora com uma clareza angustiante.

Do lado de fora, a orgia de destruição nazista continuava fervilhando.

– Para dentro, seus merdas! Para dentro, judeus desgraçados, e rápido, antes que eu ajude vocês a encontrar suas pernas!

– *Herr Doktor*, diga a eles que estou isenta! Estou grávida, *Herr Doktor*! Lembra-se de que o senhor disse para me darem leite junto com a ração porque estou grávida? Aqui, *Herr Doktor*, estou aqui!

Alguma coisa na voz daquela mulher fez com que Alma ficasse imóvel nos braços de Sofia.

– Dê uma espiada e veja se ele a tirou da fila. – Sua voz soou estranhamente suave.

– O quê?

– Essa mulher grávida. Veja se Mengele a tirou da fila.

Sofia levantou-se com relutância. Ficou de pé junto à janela por algum tempo, em silêncio, enquanto Alma olhava para as sombras cor de laranja que pareciam serpentes se arrastando nas tábuas do soalho.

– Não vejo nenhuma mulher grávida – disse Sofia por fim.

– Está vendo Mengele?

– Sim.

– O que ele está fazendo?

– Nada. Está parado junto com Voss e Schwarzhuber.

Alma assentiu vagarosamente com a cabeça. Toda a luz parecia ter-se extinguido de seus olhos. Estavam parados, fixos no vazio, sem enxergar e já sem vida.

– Você nos enganou! – uma mulher gritou lá fora. Não tinha mais nada a perder. – Mas seu Hitler vai perder a guerra! Então será a nossa hora da vingança... Então vocês irão pagar por tudo, seus assassinos!

Um estampido soou. De repente, no silêncio que se seguiu, alguém começou a cantar. Alma reconheceu o antigo hino nacional da Tchecoslováquia.

Os SS deviam ter tentado impedir aquela forma tão pouco ortodoxa de protesto, pois a primeira voz foi rapidamente abafada, mas logo outras se elevaram, continuando a partir de onde a primeira se calara. Vinham do subsolo, do vestiário e da câmara de gás para onde eles estavam sendo conduzidos, profundas e sonoras. Elevavam-se acima dos gritos furiosos dos SS e se espalhavam pelo campo, como um lembrete poderoso da inabalável determinação dos prisioneiros.

De dentro do alojamento escuro, outras vozes se uniram às primeiras. As meninas de Alma estavam cantando, solidárias com a revolta. Alma se levantou. Suas pernas não estavam muito firmes, mas suas mãos estavam, quando ela tirou o violino de dentro do estojo. Levou-o ao ombro e olhou para Sofia.

– Eu sei que ele está lá. Sei que está cantando com eles. Quero que ele saiba que estamos ouvindo, que todas nós estamos ouvindo.

Ela fechou os olhos e começou a tocar – para Miklós, seu valente lutador pela liberdade; pelos corajosos pequenos gnomos; por Fredy Hirsh, seu anjo da guarda; pelos dois veteranos da Primeira Guerra que debocharam do próprio Hitler e por todos os que haviam assistido e dado risada.

Os internos do Campo Familiar deviam ter de fato escutado os primeiros acordes do violino. Revitalizados pelo apoio, suas vozes ficaram mais altas, mais incisivas, mais desafiadoras, ensurdecedoras. Atrás da parede, Flora bateu nas teclas do piano com raiva. Não cantava o hino junto com os outros, mas gritava-o, e, estranhamente, aquilo combinava com a ocasião. Em questão de segundos, a orquestra inteira tocava com um sentimento que estava sempre ausente quanto elas tocavam para os SS. Estavam tocando a canção do adeus.

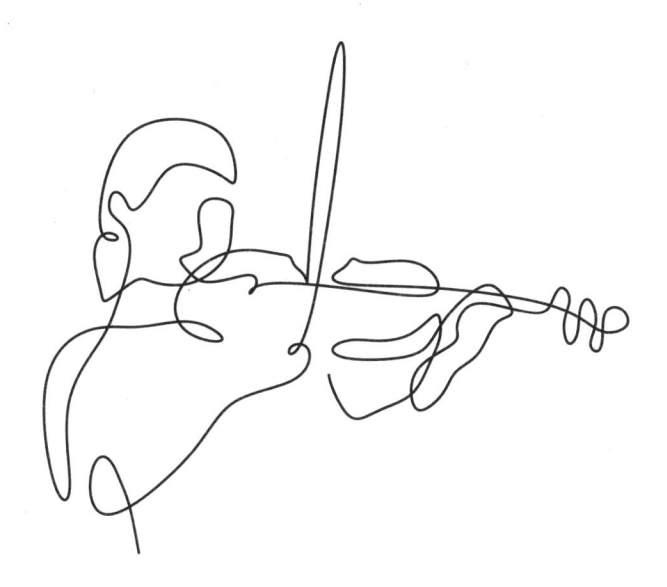

Capítulo 29

Alma estava no escritório de Maria Mandl, aonde Zippy a acompanhara pessoalmente.

Alma sentiu muita pena de Zippy, sua pobre mensageira – os olhos dela estavam vermelhos, e ela não parava de se desculpar por não ter conseguido avisá-la, por não terem encontrado um jeito.

– Mala e eu ouvimos por acaso a conversa de Schwarzhuber com Berlim quando ele falou sobre a chacina que iria acontecer... Mala até já havia arquitetado o plano – para onde correr primeiro, a quem avisar, como transformar a situação em um tumulto. Ela conhece mulheres de campos descentralizados que contrabandeiam pólvora para Birkenau, para a Resistência. O *Sonderkommando* tem armas... eles também armazenam granadas improvisadas nos crematórios. Eles teriam ajudado, Mala tinha certeza disso... – A voz de Zippy sumiu, embargada pelas lágrimas. Ela estava diante de Alma, infeliz, os ombros caídos e soluçando de tanto chorar. – Mas Schwarzhuber percebeu que ouvimos tudo quando saiu do escritório. Eles nos trancaram lá pelo resto do dia e da noite, então não tínhamos como avisar ninguém... Você me perdoa?

Alma tentou sorrir para a amiga e dizer que ela não tinha pelo que a perdoar, mas as palavras não saíram. Sorrir, então, era algo totalmente além de seu poder. A morte de Miklós na noite anterior a havia destruído completamente; a confirmação oficial a deixara com uma dor apática no lugar onde antes estava seu coração. Tudo o que restara fora uma mera casca quebrada, incapaz de sentir qualquer coisa.

Mandl as encontrara e, com uma voz estranhamente suave e visivelmente desconfortável, pedira a Alma que se sentasse. Alma sentou-se, sem dizer uma palavra, sem olhar para a líder do acampamento.

– Helen, você pode ir. – Ela até chamou Zippy pelo primeiro nome em vez do habitual tratamento, *Spitzer*. A outra garota permaneceu no escritório, ao lado do arquivo. – Mala, você também. Não, na verdade, espere... Traga-nos café. – Normalmente, essa ordem surpreenderia Alma. Mas naquele momento ela apenas olhou apaticamente para o gerânio plantado no parapeito da janela.

Mandl sentou-se à sua frente e ajeitou-se algumas vezes na cadeira, parecendo desconfortável. Houve uma longa pausa.

Mandl ficou visivelmente aliviada ao ver Mala se aproximar com uma bandeja com café.

– Ah, aí está você! Já estava achando que você tinha se perdido.

Mala nem sequer olhou para Alma, os olhos fixos na bandeja de prata. Ficou parada, em pé, ao lado de Alma, em absoluto silêncio, mas, ainda assim, havia uma tristeza tão profunda em sua postura que até Mandl percebeu e rapidamente desviou o olhar. A acusação naquela postura silenciosa da interna devia ter ferido a líder do campo como ferro em brasa e agora não havia mais como livrar-se da marca. *Assassina*.

– Deixe a bandeja na mesa e pode sair. Vá! Eu posso servir o café, não há necessidade de perder tempo aqui. – Mandl ocupou-se em organizar minuciosamente as xícaras na mesa. Em seguida pegou o bule e examinou o rosto de Alma. – Leite?

Quando Alma não respondeu, ela colocou o bule na mesa o mais silenciosamente possível.

– Escolha sensata. Ambas precisamos de algo mais forte hoje. – Mandl pegou uma xícara, deu a Alma um sorriso forçado e despejou generosamente o café na xícara. – Beba.

Alma não se mexeu. Não foi uma resistência deliberada com a intenção de insultar ou qualquer coisa desse tipo; ela simplesmente não tinha forças para mover os braços. A caminhada até ali lhe havia custado muito. Não, não a caminhada... as palavras de Zippy. Elas lhe lembravam...

– Eu entendo que você esteja abalada. Também estou muito chateada, acredite. Você sabe o quanto eu gostava dele. Nunca faríamos isso intencionalmente. Foi um erro lamentável, você tem a minha palavra quanto a isso. Ele não estava na lista. Veja por si mesma. – Mandl empurrou para Alma um papel com nomes e números, que Alma também ignorou. – É que eles estavam liquidando todo o Campo Familiar, e ele era o único de toda a orquestra que morava lá, só Deus sabe o porquê.

– Ele conhecia pessoas lá. Companheiros músicos. De antes. – Alma mal reconheceu a própria voz. Estava rouca, parecia sufocada.

– Tanto o *Obersturmführer* Hössler como eu propusemos a ele se queria ser transferido permanentemente para o Bloco de Música de Laks, mas ele não quis.

– Eu sei. Obrigada por permitir que ele ficasse no Campo Familiar. Ele estava muito feliz lá.

– Não entendo por que ele não se identificou quando estavam sendo levados para... O *Obersturmführer* Hössler não estava lá ontem, mas o doutor Mengele estava. Ele o teria tirado da fila imediatamente.

Teria mesmo? Alma finalmente reuniu forças para pegar a xícara e deu um grande gole. Assim que a largou, Mandl a encheu de café e acrescentou conhaque.

– Talvez ele quisesse ir com eles. Patriotismo e tal – Mandl pensou em voz alta. – Um dos homens do *Sonderkommando* também entrou na câmara de gás junto com seus compatriotas, para morrer com eles, acredita? Ainda bem que os internos tiveram a atitude de tirá-lo de trás da coluna onde ele estava escondido e colocá-lo diante de seus supervisores da SS. Eles lhe deram algumas bofetadas por ter tido tal ideia e o mandaram para cima, de volta aos fornos, mas o que estou tentando dizer é que eles fazem coisas estranhas às vezes, até mesmo internos privilegiados. Você conhece o *Sonderkommando*... eles vivem muito bem lá, em seus crematórios. Catres individuais, com colchão, travesseiro, comida e álcool em abundância. Você viu como todos estão acima do peso? – Ela balançou a cabeça com espanto. – E ainda assim aquele sujeito entrou para morrer!

Será que Mandl realmente achava que travesseiros de penas e comida em abundância de alguma forma compensavam o fato de incinerarem a humanidade dia e noite, por ordem dos homens da SS? Alma deu outro grande gole em sua xícara; lembrou-se do conjunto de Limoges que ainda estava em sua mesa, no quarto, e sentiu o estômago se contrair com uma dor quase física.

– Ele simplesmente não aguentava mais – Mandl continuou, alheia ao estado de angústia de Alma. Não esclareceu se se referia ao companheiro do *Sonderkommando* ou...

Alma apertou os dentes com tanta força que os ouviu ranger. Ainda não conseguia dizer o nome dele, nem mesmo em pensamento. Não seria capaz por muito tempo. Isso inundou seu peito de agonia e seus olhos de lágrimas, de tal forma que a imagem de Mandl ficou embaçada. Conseguiu perceber que a líder do acampamento se debruçou sobre a mesa para servir mais conhaque em sua xícara, desta vez sem café.

– Você precisa de alguma coisa? – A generosidade de Mandl parecia quase sincera.

Alma obrigou-se a fitar a outra mulher.

– Posso pegar um vestido preto no *Kanada*?

Mandl pareceu ficar aliviada.

– É claro! Que pergunta... Vá direto daqui, se quiser, e diga a eles que permiti que você pegue cinco vestidos pretos.

– Obrigada, *Lagerführerin*.

– Algo mais?

Alma considerou.

– Sua palavra de que nada vai acontecer com minhas meninas.

– Você tem a minha palavra. Enquanto eu estiver no comando do campo das mulheres, nada acontecerá com elas.

– Obrigada – repetiu Alma, muito mais calma dessa vez. Sua maior preocupação estava resolvida. Havia apenas mais uma coisa a fazer.

– Foi mesmo sem querer – insistiu Mandl. – É verdade.

Alma assentiu com a cabeça. Mandl estava dizendo alguma outra coisa, mas suas palavras não estavam mais sendo registradas. Ela agora estava pensando em quantos frascos de morfina custaria um frasco de cianeto de potássio no mercado do *Kanada*.

Appell. O bloco, desagradavelmente silencioso. Alma, alinhando as meninas para a chamada, como era seu costume diário. Vestido preto, olhos pretos, inexpressivos e vazios, a ideia do veneno fluindo por seus pensamentos. Ela não tinha falado com ninguém desde então, nem chorado. Apenas realizava as tarefas diárias do campo de modo automático, já se desligando, pronta para morrer a qualquer momento.

– Bizarro, não é? – Até sua voz demonstrava uma falta de sentimento perturbadora. As meninas pareceram notar o tom sombrio. – O campo inteiro acabou de ser gaseado e, ainda assim, a vida continua. Todas essas pessoas morreram, e devemos tocar música como se nada tivesse acontecido. – Ela bufou baixinho com uma risada cínica e fria enquanto estendia a mão para pegar o relatório matinal de Zippy.

Da primeira fila, Sofia a observava alarmada. Aquilo ia contra todas as leis da natureza, aquela apatia assustadora, aquele estado letárgico. Mas o que mais preocupava Sofia era o ar de serenidade enervante que Alma carregava sobre si mesma como um manto escuro, como se tivesse decidido algo em sua mente e somente a certeza dessa decisão a fizesse suportar o passar dos dias. Os olhos da violinista estavam tão desprovidos de qualquer resquício de vida que nem mesmo as lágrimas podiam fluir deles para chorar sua perda. Para Sofia, esse foi o primeiro sinal de alerta, o mais assustador. Além de Alma, apenas os *Muselmänner* tinham aquela aparência atormentada antes de sucumbir ao destino. Os *Muselmänner*, sombras definhadas dos destacamentos externos, que escolhiam a morte em vez de sua luta diária, pois a morte lhes parecia uma opção muito melhor. Eles também nunca choravam. Simplesmente não tinham forças para se preocupar com mais nada.

A *Rapportführerin* Drexler entrou, acompanhada por Grese. Alma cumprimentou as guardas com a saudação habitual e entregou o relatório a Drexler, fitando-a dentro dos olhos, que descobriu serem cor de avelã, com matizes amarelos e marrons. Com uma calma fascinante, Alma continuou a estudar os olhos da diretora que costumava atirar em qualquer interno que ousasse levantar o olhar para ela.

Drexler levou a mão até o coldre e parou ali. Alma acompanhou o movimento com uma indiferença perturbadora. Finalmente, Drexler disse:

– Esqueceu-se do seu lugar?!

Alma continuou com o mesmo olhar vazio.

– Responda quando sua *Rapportführerin* se dirigir a você!

Alma permaneceu olhando para ela em silêncio.

– Não duvide de que eu acabo com você aí mesmo onde está, sua porca insolente!

Nenhum músculo se moveu no rosto de Alma, apenas uma leve sombra de alívio passou rapidamente por seus olhos.

A mão de Drexler já estava no ar, preparando-se para desferir um tapa, quando sua tenente, Grese, pegou seu pulso no ar, indo contra todos os regulamentos. Ela sussurrou algo no ouvido de Drexler, algo sobre Mandl e Hössler e Mengele também, e todo o bloco assistiu com espanto quando uma das guardas mais temidas do campo baixou a mão e deu um passo para trás.

– Você não vai durar muito aqui de qualquer maneira – Drexler resmungou com maldade e rancor e arrancou o relatório das mãos inertes de Alma. Um sorriso sombrio distorceu as feições da violinista.

– Deus a ouça, *Rapportführerin*.

Por um instante, Drexler pareceu sem reação com tal resposta.

– Vadia judia burra – ela resmungou baixinho e saiu, andando, esquecendo-se de contar as integrantes da orquestra.

Dos pântanos vizinhos, a névoa rolava em ondas prateadas. Alma sentiu a umidade invadir o bloco pela porta deixada aberta por Drexler, que saíra apressada. Mais uma vez, ela olhara a morte nos olhos e, mais uma vez, fora a morte que desviara o olhar primeiro. Alma se levantou e ficou parada, desapontada.

À noite, Alma chamou Zippy em seus aposentos. Em vez da lâmpada, uma única vela estava acesa sobre a mesa. Por toda a sala, sombras surgiram, silenciosas e lúgubres. Cercado por elas, o rosto de Alma parecia apagado, totalmente desprovido de vida.

– Tome. Eu quero que você fique com isso. – Ela entregou a Zippy um rolo compacto de partituras que não aguentava mais ter por perto. A simples presença daquelas partituras era uma dolorosa lembrança da trágica realidade, do fato de que o homem que a escrevera nunca mais a tocaria. Tê-las a seu lado se tornara uma verdadeira tortura. O esquecimento era a única solução para passar os dias, até que pudesse encontrar uma maneira de se reunir com aquele sem o qual o mundo tinha ficado completamente silencioso. – Sei que você fará bom uso disto quando sair daqui.

Assim que Zippy viu o título – *Für Alma*, de Miklós Steinberg –, começou a balançar a cabeça, empurrando a partitura de volta para as mãos de Alma.

Alma olhou para ela com simpatia, mas recusou-se a pegar a partitura de volta.

– Eu sei. – Os lábios secos e incolores de Alma se contraíram em um sorriso triste e piedoso. Na luz fraca do quarto, sua pele tinha uma palidez fantasmagórica. Seus olhos estavam circundados por olheiras escuras. – É uma coisa estúpida demais de se fazer, entregar a alguém o último desejo e testamento dele dessa maneira. Eu disse isso quando ele me deu, mas aceitei mesmo assim, porque negar o último desejo a uma pessoa condenada também é uma coisa estúpida de se fazer. Quando alguém morre, é sempre muito mais difícil para os que ficam. Para a pessoa que está para morrer, o sofrimento está no fim, e ela vai ficar em paz. São os entes queridos que têm de viver com a perda, com aquela tragédia indescritível em seus corações por um longo tempo. – Ela fez uma pausa, mais uma vez perdida em recordações. Do lado de fora da janela, logo acima da chaminé do crematório, viu uma fatia pálida da lua, que se agarrava a uma única nuvem. – Ele sabia que morreria em breve.

Assim como Alma também sabia que morreria. Zippy viu essa verdade nos olhos da violinista – escuros e impenetráveis, como dois poços sem fundo – e sentiu-se sufocar de emoção.

– Almschi...

– Espero que você consiga me perdoar por ter sobrecarregado você com essa responsabilidade, mas não tenho escolha – continuou Alma.

Ela pressionou a testa contra a parede e começou a brincar com a chama da vela, passando os dedos por ela em um gesto estranhamente hipnótico – da direita para a esquerda, da esquerda para a direita. Zippy observou os dedos dela de perto, imaginou se a violinista sentia alguma dor, e de repente descobriu que não queria saber a resposta. Talvez Alma não sentisse mais nada. Ou talvez sentisse, sim, e estivesse se atormentando de propósito, pois a dor física fornecia pelo menos algum tipo de distração da devastação total que ela disfarçava com tanto cuidado.

– Senão, depois que eu for embora, pode acabar nas mãos de alguém que não mereça, e o mundo vai perdê-lo para sempre. E é uma música tão linda... – Havia doçura na voz de Alma. Seu rosto estava extremamente pálido e calmo.

– É uma música linda. Mas por que *você* não faz bom uso disso... – A voz de Zippy a traiu. Morreu em sua garganta, e em seguida as lágrimas vieram. A forma fantasmagórica de Alma estava borrada pelas lágrimas, lentamente se desintegrando, junto com as paredes que as cercavam, junto com a mesa e o estojo do violino de Alma e um pequeno frasco ao lado dela. *É apenas morfina*, Zippy repetiu para si mesma com uma obstinação desesperada. *Apenas morfina. Para ajudar a dormir.*

No ímpeto da emoção, Zippy agarrou a mão fina e cheia de veias azuis de Alma e pressionou-a contra seu rosto. Sentia a mão dela contra sua pele, sem vida e fria, como se já pertencesse a um cadáver, apenas os dedos estavam quentes e cheiravam levemente a fogo. Mas esse calor era superficial. Não demorou muito e a mão de Alma ficou mais fria do que nunca.

Eles tinham matado Miklós, mas haviam deixado Alma mortalmente ferida, Zippy percebeu com repentina e dolorosa clareza. Ninguém jamais se recuperaria de tal golpe.

Com extrema gentileza, Zippy baixou a mão da violinista de volta para a superfície áspera da mesa e saiu da sala, deixando Alma em seu mundo de sombras.

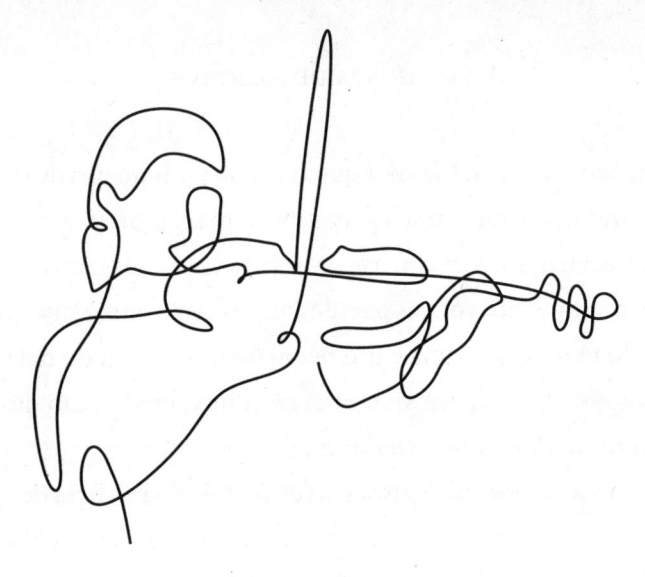

Epílogo

Abril de 1944

O Bloco de Música ficou em silêncio pela primeira vez desde sua abertura, na primavera de 1943. A parede da frente estava coberta de coroas de flores. No centro, havia uma única cadeira, forrada de tecido preto. Sobre ela estavam o violino de Alma e uma batuta de regente. Sofia pediu à *Lagerführerin* Mandl que o retrato de Alma fosse colocado ao lado dos instrumentos, mas não encontraram nenhum retrato nos arquivos, pois os primeiros começavam em meados de 1942. Como que para compensar isso, a administração do campo permitiu que as meninas prestassem sua homenagem ao corpo de Alma na enfermaria, onde ela havia falecido. A doutora Mancy tinha feito todo o possível para salvá-la. O doutor Mengele foi chamado. Ele veio surpreendentemente rápido, munido de sua maleta médica, mas Alma já estava dando seu último suspiro. Ela morreu com um sorriso no rosto, como se enxergasse além dos rostos em volta de sua cama e finalmente reconhecesse alguém familiar que não via fazia algum tempo.

A violinista de Auschwitz

A doutora Mancy ajudou Zippy a vestir o corpo de Alma com seu vestido preto favorito. Sofia ajudou a escovar o cabelo dela até cair em ondas suaves em volta do rosto pálido e pacífico.

Primeiro, os músicos – tanto os de Auschwitz como os de Birkenau – foram até a enfermaria onde o corpo de Alma estava sendo velado. Com a boina nas mãos, Laks ficou um longo tempo junto ao caixão simples de madeira compensada que o *Sonderkommando* havia feito às pressas por ordem de Hössler, possivelmente o primeiro na história do campo.

Hössler, por sua vez, estava sentado em uma cadeira a um canto, com as mãos cruzadas, os ombros curvos e a cabeça tão baixa que não dava para ver seu rosto. Parecia alheio aos internos em volta, enquanto seu pastor-alemão gania melancolicamente a seus pés.

Von Volkmann chorava abertamente, ajoelhado ao lado do caixão. Com a mão sã sobre os dedos da violinista, que pareciam feitos de mármore, com a rede de veias azuladas sob a pele transparente, ele repetia incansavelmente a mesma palavra: *Assassinos...*

Mandl trouxe flores e depositou-as junto aos pés de Alma, antes de colocar a mão na testa dela. O rosto da líder do campo estava coberto com uma camada branca de pó de arroz, mas nem mesmo a maquiagem pesada escondia a ponta do nariz vermelho e os olhos inchados de chorar.

Em outro canto, um pouco escondido, estava o rabi Dayen, movendo os lábios quase imperceptivelmente, fazendo uma prece. Não tinha importância que a mulher por quem ele rezava pertencesse a uma fé diferente da dele, ou que fosse dever da família recitar o *kadish*; ele rezava assim mesmo, como sempre fazia quando morria alguém.

Quando os homens do *Sonderkommando* chegaram no dia seguinte para buscar o corpo, Hössler se aproximou do líder deles, Voss.

– Ela será cremada exatamente como está, com esse vestido, sapatos, tudo, e dentro deste caixão. Nada deve ser mexido ou mudado, em circunstância alguma, entendeu?

– *Jawohl, Herr Obersturmführer!*

– E não leve nenhum outro corpo junto com ela, nem coloque nenhum outro junto com ela no incinerador.

– *Jawohl.*

– Se eu descobrir que você me desobedeceu... – O tom de voz de Hössler baixou para um sussurro sinistro que não prometia nada de bom.

– Suas instruções são perfeitamente claras, *Herr Obersturmführer*. – No final, Hössler decidiu ir, ele mesmo, ao crematório, e só saiu depois de ver com os próprios olhos que suas ordens haviam sido seguidas à risca.

A procissão dos internos continuou ao longo do dia seguinte, dessa vez para ir até o Bloco de Música. Guardas e ordenanças foram também – uma cena estranhíssima, que deixou até mesmo Sofia, veterana do campo que já tinha visto de tudo, atônita. Não se realizavam funerais em Auschwitz; era algo de que simplesmente nunca se tinha ouvido falar, no entanto ali estavam eles, vindos de todos os lados, num silêncio respeitoso, vítimas e algozes unidos por um mesmo sentimento, parando com reverência diante daquela cadeira forrada de preto. De alguma forma, durante sua curta permanência em Auschwitz, Alma havia conseguido tocar cada um deles, aquela mulher a quem chamavam respeitosamente de *Frau* Alma. A violinista de Auschwitz. A mulher que havia partido a seu modo, em seus próprios termos, e eles não podiam deixar de admirá-la por isso. Por fim, depois que anoiteceu, o Anjo da Morte em pessoa apareceu. O alojamento inteiro ficou em silêncio enquanto ele caminhava até a cadeira ornamentada com flores e drapeados pretos. Diante dela, ele tirou o quepe, ergueu o queixo e bateu os calcanhares em saudação antes de inclinar a cabeça.

– *In memoriam.*

Já passava muito da hora do toque de recolher. A noite caíra, branda e aveludada, sobre o Bloco de Música. Dentro do fogão, o fogo crepitava aconchegante, iluminando o rosto pálido e pensativo das pessoas ali reunidas. Somente algumas poucas meninas dormiam em seus catres; a maioria estava sentada, totalmente contra o regulamento, em um semicírculo ao redor do fogo, desfrutando do calor, crianças órfãs pela segunda vez.

A cabeça de Zippy estava deitada no ombro de Sofia. A ex-*Kapo* segurava nas mãos o lenço cor de lavanda de Alma.

– Ainda não consigo acreditar – falou Sofia, com uma voz totalmente desprovida de energia. Ela levou o lenço ao rosto e inalou. – Lilases. – Um leve sorriso oscilou em seu rosto, iluminado pela claridade incerta do fogo.

– Ainda sobrou um pedaço do sabonete favorito dela – Sofia disse para Zippy. – Vou deixar com você. Ela gostaria que ficasse com você.

Zippy não respondeu; apenas enxugou o rosto discretamente com as costas da mão.

– Eu não estaria aqui se não fosse por ela.

Sofia virou-se na direção da voz com o familiar sotaque francês. Violette-de-Paris estava mordiscando os lábios, tentando fazê-los parar de tremer.

– Eu jamais teria sobrevivido se ela não tivesse me dado uma chance – repetiu a violinista francesa com emoção reprimida.

– Perdoe-me, por favor, por rejeitar você no primeiro teste – Sofia começou a se desculpar, mas Violette apenas acenou com a mão, indicando que não tinha importância, que ela não guardava ressentimento da ex-*Kapo*.

– Você teve razão. Eu toquei horrivelmente. – Violette riu por entre as lágrimas.

Sofia tentou sorrir, mas sentiu o rosto se contorcer em uma careta.

– *Frau* Alma só me aceitou porque ficou com pena. Hélène pediu a ela para me dar uma chance. Violette olhou para sua companheira de vagão, que naquele momento estava esfregando suas costas. O rosto de Hélène também estava molhado de lágrimas. – E *Frau* Alma me deu a chance. *Countess Maritza*, de Kálmán, lembro como se fosse ontem. Não sei como ela conseguiu não se encolher e tapar os ouvidos quando toquei para ela!

Outro riso estrangulado... mais soluços reprimidos das meninas da orquestra.

– E mesmo assim ela me deu uma semana de experiência. Eu tinha que andar todas as manhãs do meu alojamento até o Bloco de Música para praticar com a orquestra. Eu me lembro de que... acho que foi no terceiro dia... alguém do meu alojamento roubou minhas galochas, e eu tive que ir descalça, e estava tão frio! Frio, molhado, lamacento...

— Estava. E eu não deixei você entrar enquanto você não lavasse seus pés na entrada. — Sofia estendeu a mão para Violette, e a garota a segurou, apertando-a com força. — Perdoe-me.

Mais uma vez a jovem violinista balançou a cabeça.

— Você estava cumprindo o seu dever.

— Lembro-me de como você começou a chorar.

— Eu chorei porque meus pés estavam meio congelados e porque estava chateada por terem roubado minhas galochas, não por sua causa — garantiu Violette. — Sem calçados, nossos dias estão contados em um alojamento comum. Como eu ia conseguir um novo par? Eu não conhecia ninguém no bloco, ninguém se preocupava comigo. Então me sentei lá fora e chorei, e *Frau* Alma saiu e perguntou o que estava acontecendo. Quando contei a ela, ela disse que ficaria comigo em caráter permanente. — Violette deixou escapar um suspiro entrecortado. — Essa foi a primeira vez que ela me salvou. — Ainda era difícil falar a respeito. Ela passou a mão pela testa, forçando-se a manter as emoções sob controle. — A segunda foi quando peguei tifo. O doutor Mengele teria mandado para o gás nós quatro que estávamos doentes, se não fosse por ela.

— Até mesmo depois que saramos ele teria nos mandado para o gás, só porque estávamos muito fracas — disse Flora, com a voz rouca pelo choro. — Se *Frau* Alma não tivesse interferido a nosso favor, é o que ele teria feito. — Ela ficou em silêncio por alguns minutos. — Ela também me salvou do Bloco da Quarentena. Eu, na verdade, já tinha desistido da vida. Ficamos isoladas lá por mais de um mês, quase sem comida e sem água. Eu estava tão fraca que cheguei a pensar que não aguentaria mais de quatro ou cinco dias no máximo. Então *Frau* Alma foi lá e perguntou se alguém tocava acordeon. Eu disse que tocava piano, mas mesmo assim ela me aceitou. Nunca esquecerei o dia em que um homem da SS destrancou a porta e chamou meu nome. — Ela meneou a cabeça várias vezes, com ênfase. — Ela salvou a minha vida.

— Ela me tirou da Sauna — relembrou Anita, com os olhos grandes e tristes em meio às sombras que se alongavam. — Eu estava lá com uma escova de dentes na mão... não tenho a menor ideia de quem me deu aquela escova, nem por quê... esperando o gás sair daqueles bocais e nos matar a todas. E então as portas se abriram e ela entrou, alta e elegante naquele casaco de pelo de camelo e com o lenço na cabeça, parecendo uma artista de cinema, e perguntou se Anita Lasker, a violoncelista, estava lá. No início pensei que ela era da SS, ou alguém importante. Mas ela segurou a minha mão com toda a delicadeza e disse "Está tudo bem agora, Anita. Venha comigo para o Bloco de Música, você vai tocar violoncelo lá. Acabou, não se preocupe. Eu vou proteger você." — Anita olhou para o teto e piscou várias vezes. — E foi o que ela fez — disse por fim, mas as lágrimas correram por seu rosto, abundantes.

— Eu não tocava quase nada, mas em vez de me dispensar ela me nomeou mensageira e salvou a minha vida — acrescentou outra voz no fundo do alojamento.

— Eu também não tocava, mas ela disse para eu ser copista, mesmo já tendo várias no bloco.

— Meus dedos estavam tortos por causa da artrite, e ela conseguiu convencer Hössler de que eu era uma virtuose no violino e que tocaria maravilhosamente bem quando melhorasse. Ele deu ordem para eu receber rações dobradas, para sarar mais rápido.

— Ela dividia as rações dela comigo quando cheguei. Eu estava tão fraca que desmaiava se me levantasse muito rápido.

— Ela conseguiu um cardigã para mim no *Kanada*.

— Ela me deixou dormir no quarto dela quando recebi a notícia de que minha mãe tinha morrido. Ela me abraçou e cantou cantigas de ninar a noite inteira. Se não fosse por ela, acho que eu teria me jogado na cerca. A única coisa que ela me pediu foi que não contasse para ninguém. Ela queria ser firme na frente das outras o tempo todo. Não queria nos mimar demais, queria que fôssemos fortes. Aqui, a fragilidade mata, por isso ela era tão exigente conosco, para garantir que conseguiríamos sobreviver se alguma coisa acontecesse com ela.

– Ela conseguiu que Mandl, Mengele e Hössler dessem sua palavra de que a orquestra continuaria sendo um destacamento essencial enquanto eles estivessem no comando – lembrou Zippy. – Fez com que prometessem que não haveria triagem entre nós.

– Acha que eles vão continuar cumprindo a promessa? – Sofia virou-se para ela.

– Vão, sim – respondeu Zippy, convicta. – Existem poucas coisas que são sagradas para os SS, mas, felizmente para nós, Alma era uma delas. Seria insensato quebrar uma promessa que fizeram para ela. Não sei explicar, mas... eles vão cumprir. Vocês vão ver. Sairemos vivas daqui, e, quando passarmos por aqueles portões, quero que todas se lembrem do nome da mulher que tornou isso possível e que no futuro contem para os seus filhos e netos que devem sua vida a Alma Rosé, a regente da orquestra de Birkenau. De minha parte, prometo que manterei o nome dela vivo para sempre, através da música, como ela gostaria. – Ela alisou a caixa onde estava a partitura de *Für Alma*, que Miklós escrevera, que ficaria ali guardada até o dia da libertação, quando então seria seguro levá-la para fora dos malditos portões daquele inferno de Auschwitz e mostrar para o mundo inteiro que nem mesmo as botas grossas e pesadas dos SS podiam pisotear o espírito humano; que o amor sempre triunfaria sobre o ódio; que a música era mais poderosa até que a morte.

Janeiro de 1945

A verdadeira e real libertação foi a coisa mais distante do evento grandioso que Zippy havia idealizado e sonhado por anos a fio. Não houve pompa, nem flores, nem imprensa, nem personalidades importantes se regozijando e dando as boas-vindas a todos com os braços abertos. As únicas equipes de filmagem eram soviéticas, e nem estavam interessadas nos internos comuns; estavam ocupadas demais filmando os gêmeos de Mengele enquanto estes eram conduzidos aos portões pelas enfermeiras da Cruz Vermelha polonesa e pelos médicos soviéticos. *Herr Doktor*, naturalmente, não estava em nenhum lugar à vista.

Como os outros SS, o doutor Mengele havia fugido assim que os estrondos da artilharia do Exército Vermelho chegaram às cercanias do campo. Seus companheiros foram logo em seguida, mas somente depois de queimarem toda a documentação comprometedora que poderia ser encontrada – primeiro nos fornos do crematório e depois diretamente nas piras ao ar livre, em frente ao quartel-general. Zippy soube em primeira mão: ex-funcionária da administração do campo, ela ajudou a destruir as provas, com uma fúria impotente atravessada na garganta, escondendo todos os preciosos papéis que conseguiu, mas obedeceu. Foi a última vez que lhe deram uma ordem.

O pouco que conseguiu salvar, Zippy entregou a um oficial soviético sênior de um departamento político, *SMERSH*[19], ou algo parecido. Zippy não se lembrava nem se importava. O camarada *Kommissar* folheou os papéis, assentiu com ar muito sério, apertou a mão dela e disse que não se preocupasse.

– Vamos encurralá-los em breve – prometeu, com a ajuda de um intérprete. – Agora vá para casa, *grazhdanochka*. Imagino que já tenha visto o suficiente deste lugar.

Zippy sorriu com o estranho termo de tratamento soviético, "cidadã". Sorriu e sentiu os lábios tremer em uma súbita onda de gratidão e lágrimas. Cidadã... não mais uma prisioneira, interna em campo de concentração. Ela passou os braços ao redor do pescoço do atônito comissário e beijou-o em cheio no rosto barbeado.

---

[19] Departamento de contraespionagem da União Soviética, criado a mando do Secretário-geral do Partido Comunista da União Soviética Josef Stalin. Fonte: Wikipedia. (N.T.)

– *Ladno, ladno* – "Chega, chega", ele murmurou, visivelmente sem jeito, limpando o rosto com as costas da mão, porém sorrindo, assim como o intérprete e como a própria Zippy.

No momento em que passaram pelos portões de Auschwitz, todas as regras foram subitamente canceladas para aqueles homens de semblante severo. Não demorou muito para aqueles guerreiros endurecidos pela batalha chorarem junto com os internos, que os abraçavam, beijavam seus rostos, mãos, uniformes; choravam e beijavam a cabeça das crianças e distribuíam o que havia sobrado das rações que tinham consigo, gritando para *aqueles bastardos que cuidavam da cozinha do campo para que se apressassem, pois as pessoas ali estavam à beira da morte de tanta fome!*

Eles já haviam libertado Majdanek[20], os soldados soviéticos explicaram, emocionados. Mas não estavam preparados para ver a escala de aniquilação que encontraram ali em Auschwitz.

A equipe de reportagem já terminara de filmar os gêmeos de Mengele. Os portões estavam livres. Agora Zippy podia finalmente passar por eles. As outras meninas da orquestra tinham sido evacuadas para um destino desconhecido em outubro de 1944, acompanhadas por sua líder do campo, Mandl – um outro campo, no interior da Alemanha, conforme Zippy suspeitava. Somente Zippy teve permissão para ficar, e isso por causa de sua posição na administração do campo.

Ela deu os primeiros passos incertos em direção à liberdade. Em uma mala que havia recuperado do que sobrara no *Kanada* – até isso os nazistas tinham tentado queimar, junto com os crematórios, junto com tudo que pudesse servir de prova da extensão das atrocidades cometidas –, ela carregava generosas rações fornecidas pelos soviéticos, um documento provisório com sua identificação e local de libertação e um rolo de partitura ainda embrulhado em papel celofane.

Birkenau praticamente já não existia mais em janeiro de 1945; a maioria dos internos, que não haviam sido evacuados, tinha sido transferida

---

[20] Campo de concentração, também na Polônia. (N.T.)

para o campo de prisioneiros *Stammlager*. Mas Zippy encarregou-se de recuperar o que mantinha escondido sob as tábuas do piso de seu antigo alojamento em Birkenau.

Für Alma, de Miklós Steinberg.

Ambos haviam perecido, mas a lembrança era imortal, e Zippy a levava em sua mala, de volta para o mundo livre. Carregava a lembrança de um verdadeiro herói.

Ela estava quase passando pelos portões quando algo a fez parar. Pelo canto do olho, Zippy avistou dois pardais empoleirados no alto da cerca de arame farpado, observando-a. A cerca já não era mortal, fazia algum tempo que a corrente elétrica havia sido desligada. Protegendo o rosto do sol, Zippy estudou os pássaros, com um sorriso cada vez mais largo no rosto. Era ingenuidade, claro, imaginar que eram Alma e Miklós se despedindo dela, mas em Auschwitz as pessoas se acostumavam a acreditar nas coisas mais fantásticas. Erguendo a mala com uma das mãos e mostrando-a para os pardais, Zippy deu uns tapinhas afetuosos na tampa de couro.

– Está comigo, Miklós, não se preocupe. E, Almschi... o mundo ainda irá conhecer a sua história, eu lhe prometo. Nós, a quem você salvou, providenciaremos para que isso aconteça e para que nunca seja esquecida. Vocês dois, mais do que ninguém, merecem o direito à imortalidade.

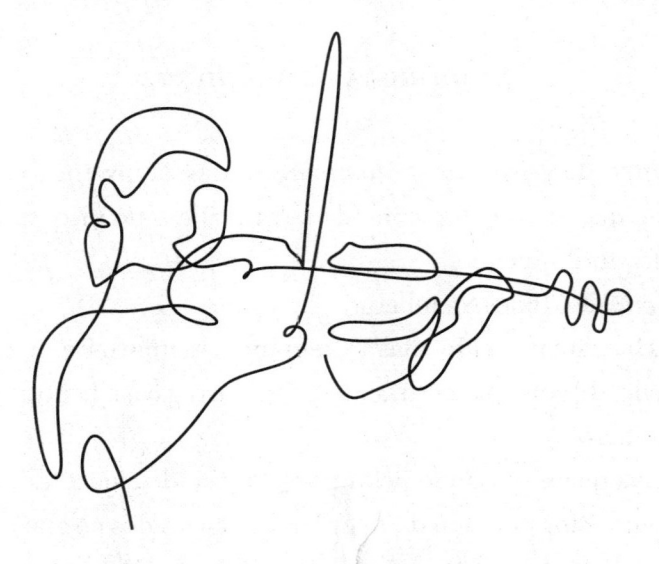

Uma carta de Ellie

Caro Leitor,

Quero agradecer imensamente por sua escolha de ler A violinista de Auschwitz. *Se você gostou do livro e quiser ser atualizado sobre meus lançamentos, inscreva-se no link abaixo. Seu endereço de e-mail não será divulgado, e você poderá cancelar a inscrição a qualquer momento.*

www.bookouture.com/ellie-midwood

A violinista de Auschwitz é um romance inspirado na história real de Alma Rosé, a famosa violinista e regente da orquestra feminina de Birkenau. Ela foi responsável pela orquestra do campo por menos de um ano, mas foi graças às suas habilidosas interações com os membros do alto escalão da SS da administração do campo que as jovens sob seu comando receberam cada vez mais privilégios e se tornaram uma parte tão essencial na vida do campo que até mesmo depois da morte de Alma elas foram poupadas das temidas triagens dos SS. Quase todas elas sobreviveram ao encarceramento e foram libertadas em 1945.

Eu li pela primeira vez sobre Alma Rosé e sua orquestra na obra de H. Langbein, People in Auschwitz, *mas foi quando comecei a pesquisar a fundo sobre ela que descobri que pessoa fascinante ela foi e o impacto que teve na vida daquelas moças, a quem, segundo testemunhos delas mesmas, ela realmente salvou da morte iminente.*

Alguns leitores talvez conheçam Alma Rosé do livro de memórias de Fania Fénelon Playing for time, *que posteriormente foi transformado em filme. Nele, Fénelon retrata Alma como uma mulher dura, fria e arrogante, propensa a violência e ataques histéricos; entretanto, segundo outras integrantes sobreviventes da orquestra, o livro escrito por Fénelon continha muitas "fantasias" (Anita Lasker-Wallfisch, violoncelista da orquestra e, posteriormente, uma famosa musicista inglesa) e descrições não acuradas, não só de Alma, mas também de outros membros da orquestra. "É uma pena que Fania tenha criado uma impressão tão deturpada da orquestra do campo quando escreveu a biografia que mais tarde foi reproduzida em filme. Por razões que só ela conhece, ela deixou-se levar pelas distorções mais absurdas da verdade sobre praticamente todas as personagens que participaram desse 'drama'." (Anita Lasker-Wallfisch). Na verdade, algumas dessas sobreviventes chegaram a escrever para vários jornais e revistas para protestar contra essas ficcionalizações dos fatos. Segundo o biógrafo de Alma Rosé, R. Newman, Helen "Zippy" Spitzer (Tichauer, depois de casada) também escreveu para a* Jewish Week *e para* The American Examiner *protestando contra o relato de Fénelon.*

Anita Lasker também expressou seu protesto para o London Sunday Times: *"No filme, Fania Fénelon emerge como a força moral que desafiou bravamente os alemães e manteve unidas as integrantes da orquestra, ao passo que a regente, Alma Rosé, é retratada como uma mulher fraca que impôs uma disciplina cruel às mulheres da orquestra, por medo dos nazistas, e que era fortemente dependente da aprovação de Fénelon. Só que não era nada disso. Fania era agradável e talentosa, mas não era vigorosa como Alma, que nos ajudou a sobreviver. Ela era a figura chave, uma mulher de imensa força e dignidade que merecia o respeito de todos".*

Por esse motivo, enquanto escrevia este romance, eu confiei principalmente na biografia oficial de Alma e nos relatos de outros sobreviventes, em vez de no de Fania. Com base nessas fontes, tentei criar o retrato mais fiel e objetivo possível de Alma, como pessoa e como instrumentista. Alma Rosé veio de um background *musical privilegiado, mas, em vez de tirar proveito do sobrenome consagrado da família, decidiu seguir seu próprio caminho e organizou uma orquestra feminina muito bem-sucedida, as Waltzing Girls de Viena, o que não era uma proeza fácil para uma mulher que vivia em uma sociedade predominantemente patriarcal. Quando as tropas alemãs marcharam para dentro de Viena em março de 1938, Alma recusou-se a se submeter à ordem discriminatória que proibia judeus de se apresentar nos territórios ocupados. Depois de levar seu pai idoso para a segurança da Inglaterra, ela voltou para a Europa, onde tocou – às vezes desafiando abertamente as regras – até sua prisão, no final de 1942.*

Após uma curta detenção no campo de trânsito francês de Drancy, ela se viu no transporte para Auschwitz – o campo de extermínio no qual a expectativa de vida de um interno era em torno de dois meses. Trabalho extenuante, condições de vida extremamente precárias, abuso constante por parte dos SS e dos Kapos (funcionários internos nomeados pela SS para supervisionar a ordem nos alojamentos), escassez de comida, doenças generalizadas e triagens frequentes para selecionar quem iria viver ou morrer transformavam cada dia em uma luta pela sobrevivência.

Apenas a vida dos internos dos assim chamados "destacamentos privilegiados" tinha alguma semelhança com a normalidade. Seus alojamentos não eram superlotados e muitas vezes eram até aquecidos; às vezes tinham latrinas anexas ao bloco, em vez de ter que usar as comunitárias; dormiam em catres individuais com roupa de cama própria; suas rações eram bem mais generosas que as dos internos comuns; podiam usar roupas civis e não eram obrigados a cortar o cabelo; podiam tomar banho diariamente, e suas roupas eram lavadas uma vez por semana – um privilégio que podia significar uma questão de vida ou morte em um campo infestado de epidemias de tifo propagadas por piolhos. A maioria dos internos que pertenciam à assim chamada "elite do campo" trabalhava ou no Kanada *(o destacamento onde os pertences e objetos de valor dos recém-chegados eram separados, processados e posteriormente transportados para a Alemanha), nos crematórios (para compensar o terrível trabalho que tinham de fazer, os internos do* Sonderkommando *eram bem alimentados e generosamente presenteados com bebidas alcoólicas pelos SS), nos escritórios do campo ou nas orquestras. Felizmente para Alma, ela pôde ir para um desses destacamentos "privilegiados".*

Segundo relatos de testemunhas oculares, Alma era uma excelente estrategista quando se tratava de negociar com os oficiais da SS. Ela conseguiu obter e garantir a proteção de vários membros do alto escalão da administração do campo junto à sua superior imediata e benfeitora, a infame líder do campo das mulheres, Maria Mandl (às vezes grafado "Mandel"). Alma reorganizou completamente a banda, que a princípio só tocava algumas canções populares e marchas simples, expandiu-a de vinte para quarenta integrantes e transformou-a em uma orquestra de grande sucesso, admirada por superiores da SS como Franz Hössler, Josef Kramer e até Josef Mengele. Entretanto, ao contrário de outros internos privilegiados que escolhiam deliberadamente o caminho da servidão voluntária, Alma Rosé estava longe de ser uma típica colaboradora do campo. Ela não disfarçava seu desprezo pelos guardas da SS, e em uma ocasião chegou a interromper a apresentação da orquestra por causa do barulho na plateia e exigiu silêncio absoluto de seu público uniformizado.

Usando seu talento e charme pessoal como um meio para melhorar as condições de vida das moças da orquestra, Alma conseguiu garantir esses privilégios para suas pupilas, tais como duchas diárias e soneca após o almoço, um fogão para aquecer o alojamento e para preparar refeições, o privilégio de receber pacotes da família (para as integrantes arianas da orquestra) ou da Cruz Vermelha (para as judias), um piano de cauda para o Bloco de Música, uniformes novos, que eram diferentes para o dia a dia e para as apresentações. E, talvez o privilégio mais importante, a isenção da orquestra das frequentes triagens realizadas pelos guardas da SS e pelo doutor Mengele, uma concessão que permaneceu mesmo após a morte de Alma.

Segundo Flora Schrijver Jacobs, uma das meninas da orquestra de Alma, "Ela (Alma) era uma deusa para os SS – uma deusa que os odiava". Obrigada por ler a história desta mulher verdadeiramente notável.

Espero que você tenha gostado de A violinista de Auschwitz, e, se gostou, eu ficarei grata se você escrever um review. Adoraria saber o que você achou, e também é importante para ajudar novos leitores a descobrir um livro meu pela primeira vez.

Eu adoro receber mensagens dos meus leitores – você pode entrar em contato comigo em minha página do Facebook, através da Goodreads ou pelo meu site.

Obrigada!

Ellie

EllieMidwood
www.elliemidwood.com

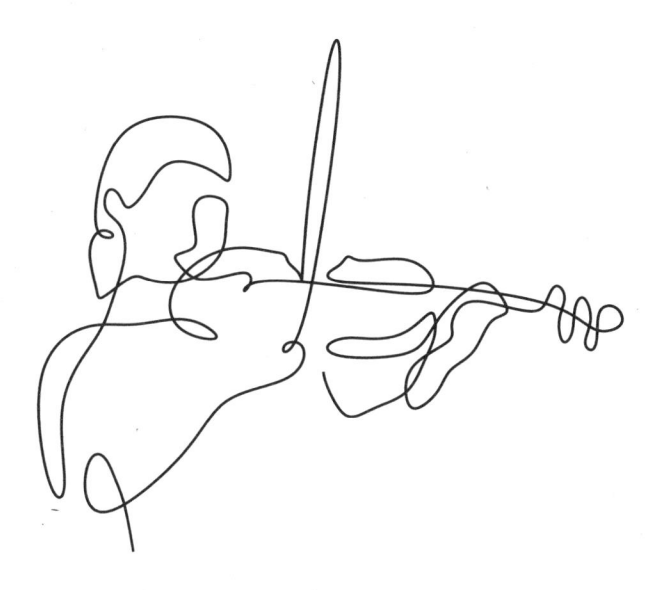

Notas históricas

Muito obrigada por ler *A violinista de Auschwitz*. Apesar de ser uma obra de ficção, a maior parte é baseada em uma história real. Enquanto eu escrevia, tentei ater-me o máximo possível aos fatos históricos que cercaram a vida – e a morte – de Alma Rosé e apenas usei licença criativa para aprimorar a experiência do leitor.

Alma Rosé chegou a Auschwitz em julho de 1943 e, depois de passar pelo processamento obrigatório, foi direcionada para o infame Bloco Experimental, onde o médico da SS doutor Clauberg conduzia experimentos de esterilização incruenta. As circunstâncias da chegada de Alma, sua reação e comportamento iniciais, suas interações com a superior do bloco, Magda Hellinger, e com a enfermeira interna Ima van Esso são fatos reais, com base nos testemunhos das duas mulheres. Depois que Magda Hellinger conseguiu um violino para Alma por intermédio de Helen "Zippy" Spitzer, as "noites culturais" do Bloco Experimental se tornaram um sucesso tão grande entre as internas e as enfermeiras que a assistente do doutor Clauberg, Sylvia Friedmann, tirou Alma da lista do médico da SS, dessa forma salvando-a do terrível destino de suas inúmeras vítimas.

O notório Bloco 11, chamado "Barracão da Morte", onde a Gestapo do campo aprisionava, torturava e executava suas vítimas, de fato ficava logo ao lado do Bloco Experimental. Segundo testemunhos de sobreviventes, eles podiam ver o "Muro Negro" no pátio se espiassem pelas janelas – o muro onde a Gestapo executava os internos condenados pelo pelotão de fuzilamento.

As circunstâncias da transferência de Alma para o Bloco de Música de Birkenau também são verdadeiras, embora algumas versões a respeito delas apresentem divergências. Alguns historiadores, entre eles H. Langbein, alegam que Alma teria sido transferida para Birkenau depois de tocar para uma das guardas do campo no aniversário desta. O biógrafo de Alma, R. Newman, ofereceu uma versão ligeiramente diferente, na qual alega que Alma teria atraído a atenção de Maria Mandl depois que a SS começou a frequentar as "noites sociais" no Bloco Experimental. Seja como for, Alma foi logo descoberta pela líder do campo de mulheres de Birkenau, Maria Mandl, e nomeada *Kapo* (prisioneira funcionária) do Bloco de Música de Birkenau.

O Bloco de Música de Birkenau era uma instalação relativamente nova, organizada por Mandl na primavera de 1943, poucos meses antes da chegada de Alma. Na época da nomeação de Alma, consistia de cerca de vinte mulheres, sendo que a maioria delas não era instrumentista profissional e só sabia tocar a chamada *Katzenmusik* – cacofonia –, segundo testemunhos de sobreviventes. "Nenhuma outra regente no mundo inteiro enfrentou tarefa tão formidável. Alma foi encarregada de fazer sair algo significativo de uma pedra." (Helen "Zippy" Spitzer).

Zofia Czajkowska (Sofia, no livro), a primeira *Kapo* e regente do Bloco de Música, foi de fato rebaixada à posição de superior do bloco para que Alma pudesse criar o mais próximo possível de uma orquestra de verdade a partir de uma banda, ou pelo menos esse era o plano de Mandl para a violinista. Em vez de exercer sua autoridade imediata, Alma preferiu criar uma parceria com a ex-*Kapo*. Segundo Zippy, "no início Alma tinha dificuldade com as instrumentistas polonesas, mas Czajkowska, ao renunciar e assumir a posição de superior do bloco, pôde ajudar Alma a superar esses problemas iniciais. Alma não falava polonês, e muito poucos poloneses falavam alemão. Em vez de ficar mal-humorada e dificultar o trabalho de Alma, Czajkowska acabou sendo de grande ajuda".

As descrições do Bloco de Música, incluindo o quarto de Alma, também são verdadeiras e baseadas em testemunhos de sobreviventes do Bloco de Música. A rotina diária do bloco também é baseada em testemunhos de sobreviventes. Houve algumas mudanças depois que Alma assumiu o comando da orquestra – as meninas realmente conquistaram o privilégio de uma hora de repouso depois do almoço, banho diário na Sauna do campo e roupas lavadas uma vez por semana.

As circunstâncias que envolvem o episódio de Alma salvando Flora Schrijver do Bloco de Quarentena, assim como quando ela tirou Anita Lasker das duchas do Bloco de Recepção, também são todas baseadas em fatos relatados em entrevistas com as sobreviventes. Alma também levou para a orquestra Violette Jacquet, uma violinista francesa, por insistência de Hélène Scheps, que chegou com Violette no mesmo transporte que vinha da França, apesar de Violette, segundo ela própria, ser uma violinista medíocre. Depois que Violette contraiu tifo, no inverno de 1943-1944, Alma a salvou pela segunda vez, alegando que Violette era sua melhor violinista e assim poupando-a de ser enviada para a câmara de gás. Infelizmente, os conflitos entre as garotas polonesas e as judias com relação às rações, particularmente durante a epidemia de tifo, também são baseados em fatos relatados por várias sobreviventes do Bloco de Música. Segundo seus testemunhos, Alma fazia o possível para ser mediadora entre as diferentes nacionalidades e não favorecia nenhum grupo em particular, recorrendo a uma abordagem justa e tentando de todas as maneiras unir as meninas.

As descrições de outros destacamentos, incluindo o famoso *Kanada*, são todas fiéis à realidade. Os internos permanentes desse destacamento, que era considerado o mais privilegiado do campo inteiro, podiam usar trajes civis, relógio de pulso, tomar banho na Sauna e não eram obrigados a cortar o cabelo. A corrupção no *Kanada* era desenfreada, e os internos se aproveitavam disso, negociando mercadorias em troca de favores, tanto com os SS como com outros internos. H. Langbein, sobrevivente de Auschwitz e historiador, descreveu detalhadamente em seu estudo *People in Auschwitz*: "Muitos objetos preciosos eram escondidos nas roupas e nos sapatos dos judeus que chegavam nos transportes e eram mortos. Os internos do *Kanada* que faziam a triagem desses objetos levavam secretamente – e audaciosamente – muitas coisas de valor para o campo. Em troca desses bens, eles ganhavam comida, roupas, sapatos, bebidas e cigarros que eram contrabandeados para o campo por funcionários civis e pelos homens da SS. Os internos que faziam essas negociações eram instantaneamente reconhecidos, pois estavam mais bem-vestidos e bem-alimentados" (baseado nos testemunhos de Ota Kraus e Erich Kulka).

Szymon Laks e René Coudy, ambos membros da orquestra masculina de Birkenau, relataram o seguinte depois de sua visita ao *Kanada*: "As moças que trabalham lá têm de tudo – perfume, água de colônia – e parecem ter saído dos melhores salões de cabeleireiros de Paris. Com exceção da liberdade, elas têm tudo com que uma mulher pode sonhar, até romance; a convivência com homens, tanto internos como os da SS, torna isso inevitável... A dez metros de seus blocos, do outro lado do arame farpado, estão as chaminés retangulares dos crematórios que ardem continuamente, queimando os donos dos objetos que essas admiráveis criaturas selecionam nesses blocos."

A personagem Kitty é baseada na verdadeira sobrevivente de Auschwitz Kitty Hart, que realmente trabalhava no destacamento do *Kanada*, e também o personagem rabino Dayen, que era um interno encarregado de queimar documentos e fotografias das pessoas que iam para a câmara de gás. Kitty Hart descreveu suas experiências em seu livro de memórias *Return to Auschwitz*. Foi essa corrupção generalizada que levou à investigação conduzida pelo doutor Morgen da SS e que resultou em várias prisões e julgamentos dos membros da SS, rebaixamentos, transferências e a imediata remoção do *Kommandant* Höss, que foi substituído pelo *Kommandant* Liebehenschel.

O novo *Kommandant* Liebehenschel era realmente conhecido entre os internos como "o *Kommandant* humano" e de fato implementou mudanças bem-vindas na rotina diária do campo. Ele acabou imediatamente com o que chamavam de "celas em pé", cubículos minúsculos que eram uma forma de tortura praticada pela Gestapo do campo no Bloco 11; proibiu os espancamentos por parte dos SS e *Kapos*; criou uma prática de fazer pessoalmente as rondas no campo e conversar com os internos sobre o que os preocupava; permitiu que internos ficassem com suas boinas na cabeça durante a chamada para se protegerem do frio e da chuva; propôs um novo sistema de recompensa para os internos que garantia certos privilégios quando atingiam a meta em seus destacamentos, incluindo permissão para visitar o bordel do campo (que realmente ficava no mesmo bloco da orquestra de Auschwitz, conforme descrito no livro).

Arthur Liebehenschel foi transferido para Auschwitz-Birkenau como punição por divorciar-se da mulher e ficar com a noiva, Anneliese Hüttemann, que foi acusada pela Gestapo por suas associações com os judeus. É verdade que ele conseguiu de certa forma parar com as execuções sistemáticas nas câmaras de gás, pelo menos por um tempo, brigando constantemente com Berlim por causa da "Solução Final" e seguindo as ordens diretas de Berlim somente sob pressão. Ao contrário do *Kommandant* Höss, que estava sempre mais que disposto a enviar para o gás os recém-chegados e os internos antigos que não passavam nas seleções. Na primavera de 1944, logo antes da chamada *Aktion* húngara, Liebehenschel foi destituído de seu cargo por ser "manso demais" e novamente substituído pelo *Kommandant*

Höss, que não tinha escrúpulos em eliminar toda a população de judeus da Hungria. A personalidade de Arthur Liebehenschel, suas interações com os internos e suas políticas são descritas em detalhe em *People in Auschwitz*, de H. Langbein, e em *The Auschwitz Kommandant*, de B. Cherish.

As ordenanças da SS Margot Drexler (também grafado "Dreschel" ou "Drechsler") e Irma Grese realmente faziam as chamadas no bloco de Alma. Suas descrições, personalidades e atitudes para com as meninas da orquestra são baseadas nos testemunhos de sobreviventes.

Em contraste com elas, Maria Mandl demonstrava muito mais respeito e favoritismo para com as mascotes do Bloco de Música, projetando uniformes novos para as meninas e concedendo a elas cada vez mais privilégios, a pedido de Alma. As interações de Zippy com a líder do campo das mulheres – incluindo a permissão de Mandl para que ficasse de cama quando não se sentia bem e para escolher um presente depois que escreveu uma dedicatória em um livro para Mandl presentear seu amigo Kramer, da SS – são todas baseadas nos testemunhos de Zippy. Também, segundo ela, Mandl mudou a classificação de Alma de "Judia" para "Mestiça" no livro de registros, dessa forma elevando o *status* dela entre a população do campo e garantindo um mínimo de proteção para Alma. Você pode saber mais detalhes na biografia escrita por R. Newman, *Alma Rosé: Vienna to Auschwitz*.

O doutor Mengele, conhecido como "o Anjo da Morte" entre a população do campo, era de fato um grande admirador do talento de Alma Rosé. Ele visitava o Bloco de Música com frequência para ouvir suas peças musicais favoritas, as quais às vezes ele pedia para que fossem tocadas várias vezes seguidas. As descrições de sua aparência física, personalidade e seu fascínio obsessivo com as experiências pseudocientíficas que conduzia são todas fiéis à realidade. A ocasião em que Teresa W., uma prisioneira interna que trabalhava para o doutor Mengele, descobriu "potes de vidro com olhos humanos dentro" em uma caixa que deveria ser enviada para o

Instituto Kaiser Wilhelm de Antropologia e Hereditariedade e Eugenia Humanas em Berlim-Dahlem foi relatada por ela mesma após sua libertação. Para retratar o doutor Mengele com a máxima precisão possível, eu recorri ao estudo de R. J. Lifton, *The Nazi Doctors*, no qual ele relata vários testemunhos de sobreviventes que trabalharam pessoalmente com o doutor Mengele e eram forçados a participar de experiências medonhas e de assassinatos. Um desses internos era um médico patologista, doutor Miklos Nyiszly, que serviu de inspiração para o fictício doutor Ránki. A descrição das instalações do patologista e do trabalho que ele era obrigado a fazer sob o comando do doutor Mengele é baseada em fatos relatados por ele em seu livro de memórias *Auschwitz: a doctor's eyewitness account*.

Assim como o doutor Mengele, o *Obersturmführer* Franz Hössler também estava entre os admiradores ardentes da orquestra de Alma. Ele visitava regularmente o Bloco de Música e costumava levar consigo seu cão. O fato de Alma também ter tido um pastor-alemão, que ela costumava levar para passear em seu automóvel conversível quando Viena ainda era uma cidade livre do reinado nazista, também é verdadeiro, bem como o fato de que foi Hössler quem permitiu que Alma levasse alguns tutores da orquestra masculina para treinar suas meninas.

Para descrever a personalidade de Hössler e seus infames discursos para as pessoas que estavam prestes a ir para a câmara de gás, eu recorri aos relatos de um dos sobreviventes do *Sonderkommando*, Filip Müller, que trabalhou durante anos sob o comando de Hössler e, portanto, estava familiarizado com a personalidade do oficial da SS. Em seu livro de memórias *Eyewitness Auschwitz*, o sr. Müller descreve como Hössler iludia os recém-chegados com promessas de um tratamento decente e trabalho honrado e fazia-os entrar quase espontaneamente na câmara de gás, tranquilizados pelos modos civilizados e cordiais de Hössler. Portanto, embora seja fictício o episódio em que Alma viu Hössler fazer seu discurso para as pessoas condenadas, ele é baseado em fatos reais.

A instalação do chamado "Campo Familiar", onde os judeus de *Theresienstadt*[21] podiam viver em seus núcleos familiares e eram poupados dos trabalhos pesados nos destacamentos externos, também é real. O fato de que era usado mais para propósitos de propaganda pelos SS e posteriormente ter sido liquidado quando essa necessidade deixou de existir foi descrito por H. Langbein e F. Müller em seus estudos.

A liquidação do campo também é baseada no relato de F. Müller, testemunha ocular do acontecimento. Na verdade, o interno do *Sonderkommando* que Mandl menciona ter entrado na câmara de gás durante a eliminação do Campo Familiar é baseado na história pessoal de Müller. Ele realmente desejou morrer com os internos condenados e só foi salvo quando esses internos o empurraram para a porta e avisaram os SS que havia um homem do *Sonderkommando* lá dentro.

O personagem Miklós Steinberg é baseado em um pianista húngaro da vida real que H. Langbein menciona em seu estudo. Segundo ele, os músicos de Auschwitz permitiam que ele tocasse piano quando a sala de música estava disponível (músicos judeus eram essencialmente banidos da orquestra de Auschwitz, ao contrário da política leniente de Birkenau, que permitia que os músicos judeus se apresentassem com os arianos). Seu destino é desconhecido, e eu usei a licença criativa para retratar um personagem baseado em uma pessoa real.

Quanto à Resistência no campo, era uma organização clandestina que realmente existiu. Consistia principalmente de prisioneiros privilegiados que podiam transitar livremente pelo campo (como Alma e Zippy com seus passes – *Ausweis*) e tinham acesso a diferentes destacamentos de trabalho. Foram eles que fabricaram rádios para informar a população do campo sobre as notícias do *front* (eles escutavam mais as estações aliadas, já que todas as emissoras alemãs naquele período transmitiam mais propagandas do que outra coisa), que contrabandearam armas e organizaram algumas

---

[21] Campo de concentração híbrido e gueto estabelecido pelas SS durante a Segunda Guerra Mundial na cidade-fortaleza de Terezín, localizada no Protetorado da Boêmia e Morávia. Fonte: Wikipedia. (N.T.)

fugas bem-sucedidas. Um dos atos mais famosos da Resistência do campo foi a rebelião do *Sonderkommando* que ocorreu em 7 de outubro de 1944 e resultou na destruição do Crematório IV. O motim planejado falhou, a rebelião foi controlada, a maioria dos participantes foi executada, mas o fato permanece – os internos de Auschwitz estavam prontos para lutar por sua liberdade a qualquer custo. F. Müller, que participou da rebelião e sobreviveu milagrosamente, também descreveu o evento em seu livro de memórias. Quanto à fuga do interno que também foi organizada com a ajuda da Resistência do campo, ela realmente aconteceu poucos dias antes do Ano-Novo, como descrito no livro.

Por mais incrível que pareça, o Bloco de Música realmente ganhou um dia de folga, com a permissão de sair da área do campo – algo inédito na história daquele lugar. De fato aconteceu depois da visita de Eichmann, e para descrevê-lo eu me baseei nos testemunhos das sobreviventes do Bloco de Música.

A construção da segunda rampa e do novo campo "Mexico", originalmente planejado para abrigar os internos húngaros, nunca foi concluída e é baseada em fatos reais.

Ainda há controvérsias em torno das circunstâncias da morte de Alma. Alguns historiadores relatam que ela cometeu suicídio poucas semanas depois da liquidação do Campo Familiar, alguns alegam que ela contraiu um vírus ou alguma outra enfermidade que a matou quase instantaneamente, outros especulam que foram as ordenanças da SS que a envenenaram por ciúme. Na minha história, eu decidi manter a versão de suicídio, já que várias sobreviventes do Bloco de Música testemunharam que Alma falou em suicídio algumas vezes e que tinha consigo ácido prússico que havia contrabandeado do campo de Drancy. A doutora Mancy, que se tornou amiga íntima de Alma, também relatou que, depois do extermínio do Campo Familiar, Alma perdeu toda a vontade de viver e que frequentemente falava em suicídio nas conversas entre ambas.

O doutor Mengele de fato foi à enfermaria para examinar Alma – uma atitude rara daquele médico da SS, que praticamente só se interessava por suas experiências e não se preocupava com o bem-estar dos internos. Apesar de todos os esforços para salvá-la, Alma morreu em 5 de abril de 1944.

O que é ainda mais incrível é que realmente vestiram o corpo de Alma e "a colocaram sobre um catafalco improvisado com duas banquetas, em uma alcova anexa ao consultório da enfermaria" (R. Newman). Segundo os sobreviventes, tanto os SS como os internos foram autorizados a prestar suas homenagens à violinista. Maria Mandl, segundo o biógrafo de Alma, pranteou abertamente a morte de sua mais célebre protegida. O *Obersturmführer* Hössler de fato exigiu que o corpo de Alma fosse tratado da maneira mais respeitosa, dadas as circunstâncias, e ordenou que fosse cremado individualmente e integralmente vestido como estava. Szymon Laks relatou que, depois da morte de Alma, a administração da SS também ordenou que a batuta de regente que ela usava fosse pendurada na parede do Bloco de Música com uma fita de crepe preto, em memória da violinista. Segundo Fania Fénelon, sobrevivente do Bloco de Música, o doutor Mengele também foi ao alojamento para prestar sua homenagem: "Elegante, distinto, ele deu alguns passos e parou perto da parede onde estavam penduradas a faixa do braço de Alma e a batuta de regente. Respeitosamente, com os calcanhares unidos, ele ficou ali por um momento, em silêncio, depois falou em tom de voz penetrante: "*In memoriam*".

Nem um único prisioneiro na história de Auschwitz-Birkenau, antes ou depois de Alma Rosé, foi tratado com tanto respeito depois de morrer. O talento e a integridade de Alma tocaram muitos corações, não somente dos internos, mas, ao que tudo indica, dos SS também.

Eu sinto que a vida de Alma em Auschwitz e seu legado estão perfeitamente resumidos nas palavras de Zippy: "Ela estava alcançando algo que nunca poderia alcançar na vida normal. Nas mãos dela, o que era nada se transformava em alguma coisa. A genialidade de Alma foi que ela conseguiu reunir um grupo de amadoras a um nível em que elas conseguiram ter um desempenho bastante aceitável. Para ela, foi o triunfo de sua carreira, algo que ela nunca teria acreditado ser possível. Ela também conseguiu algo que nenhum outro regente que ela conhecia teria tentado. Ela me contou que jamais poderia voltar para suas origens. Aquela sociedade vienense na qual ela havia crescido estava totalmente destruída. Em Birkenau, ela estava criando algo de que podia se orgulhar. Um punhado de pessoas a odiava, mas muitas mais a amavam e ainda amam. Algumas nunca compreenderam que só poderia haver uma líder para aquela orquestra."

Muito obrigada por ler a história dessa mulher incrível.

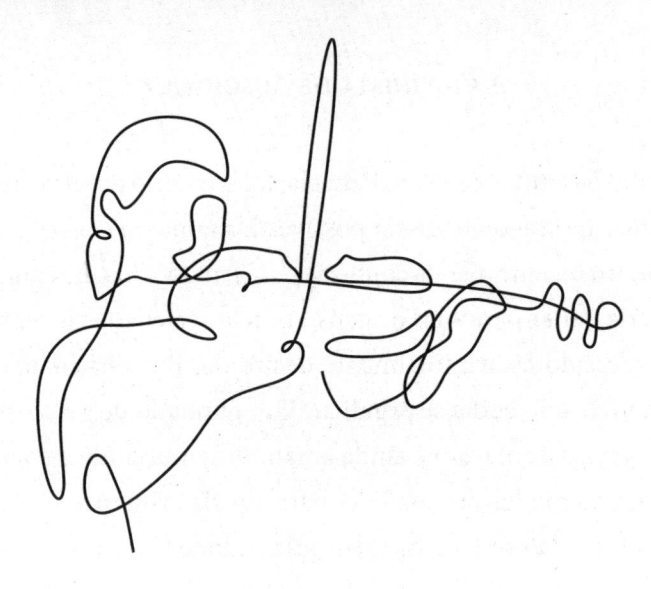

Agradecimentos

Quero agradecer à maravilhosa família Bookouture, por me ajudar a trazer à luz a história de Alma Rosé. Em primeiro lugar, um enorme obrigada à minha incrível editora Christina Demosthenous, por me guiar ao longo do processo com tanta habilidade, por me animar e encorajar no percurso e por todas as sugestões perspicazes que tanto me ajudaram. Gostaria de agradecer também a Sarah Whittaker pela linda arte da capa, que capturou exatamente o que eu queria transmitir em minha história. Obrigada, Kim Nash, Noelle Holten, Ruth Tross e Peta Nightingale, por toda a ajuda e por me fazerem sentir bem-vinda e em casa com sua fantástica equipe editorial. Foi um grande prazer trabalhar com todas vocês, e já não vejo a hora de criar outros projetos sob a sua orientação.

Um agradecimento especial à minha família, por acreditarem em mim e me apoiarem em cada etapa; a meu noivo, por estar comigo em todos os momentos desta jornada e por me inspirar a criar meus melhores personagens masculinos; às minhas duas melhores amigas, Vladlena e Anastasia, a quem negligenciei enquanto trabalhava neste livro e que foram tão compreensivas e me deram tanto apoio; a todos os colegas escritores que conheci no Facebook e que se tornaram grandes amigos – vocês são todos uma inspiração para mim! Não nos conhecemos pessoalmente, mas considero vocês como minha família.

E, é claro, meu muito obrigada aos leitores pela paciência de esperar novos lançamentos, por comemorarem comigo as revelações das capas, por lerem as pré-edições e por me enviarem as adoráveis mensagens de "fiquei-acordado-até-as-três-da-manhã-porque-não-conseguia-parar-de--ler-seu-livro-espetacular", pelas opiniões e elogios que sempre me fazem ganhar o dia e por se apaixonarem por meus personagens assim como eu me apaixono. Vocês são a razão do meu trabalho, é para vocês que eu escrevo. Muito obrigada por lerem minhas histórias.

E, finalmente, agradeço com reverência a todas as pessoas tão corajosas que continuam a inspirar meus romances. Alguns de vocês sobreviveram ao Holocausto, alguns faleceram, mas sua imensa coragem, sua resiliência e seu autossacrifício viverão em nossos corações. Seu exemplo sempre nos inspirará a sermos pessoas melhores, a defendermos o que é certo, a darmos voz àqueles que foram silenciados, a protegermos os que não podem se proteger. Vocês são todos verdadeiros heróis. Obrigada.